Sarah Breen & Emer McLysaght

OMG, diese Aisling!

Back to the Roots

SARAH BREEN & EMER MCLYSAGHT

OMG,
DIESE AISLING!
BACK TO THE ROOTS

Roman

Aus dem Englischen
von Barbara König

bold

Ausführliche Informationen
über unsere Autoren und Bücher
www.readbold.de

MIX
Papier aus verantwortungsvollen Quellen
FSC® C083411

Deutsche Erstausgabe
2020 bold, ein Imprint der
dtv Verlagsgesellschaft mbH & Co. KG, München

Titel der englischen Originalausgabe: ›The Importance of Being Aisling‹,
2018 erschienen bei Gill Books, Irland,
und 2018 bei Michael Joseph, Großbritannien.

Umschlaggestaltung: Ruth Botzenhardt / buxdesign, München
unter Verwendung einer Illustration von Lauren O'Neill
Lektorat: Katharina Diestelmeier
Gesetzt aus der Franziska
Layout & Satz: Gaby Michel, Hamburg
Druck und Bindung: CPI books GmbH, Leck
Printed in Germany · ISBN 978-3-423-23008-7

Für die *Mná na hÉireann,* Frauen von Irland,
besonders für India und Esme.
Die Zukunft ist sicher.

PROLOG

»Ist es um die Brust herum eingerüstet?«

Das Kleid ist wunderschön, aber ich schaue auf das 450-Euro-Preisschild und frage mich, warum es so teuer ist. Ganz schön viel Geld für etwas, das man nur einmal tragen wird. Obwohl die Fotos natürlich für immer sind.

»Wie meinen Sie?«

Auf Immer & Ewig ist der edelste Brautladen in Dublin, und die Verkäuferin – auf ihrem Namensschild steht Grace, aber das bezweifle ich, graziös sieht anders aus – behandelt mich von oben herab, seit wir hereingekommen sind. Bestimmt, weil ich eine Jogginghose und meinen alten BGB-Hoodie trage. Es ist aber wichtig, sich in solchen Läden so schnell wie möglich die Kleider vom Leib reißen zu können. Ein guter Tipp, den ich aus einem Hochzeitsforum im Internet habe.

Der Laden ist überhaupt todschick – die kennen ihre Kundschaft, alles ist in Rosa –, und wir haben ihn für uns allein. Ich war entzückt, dass jemand kurzfristig abgesagt hatte – normalerweise muss man ein halbes Jahr im Voraus einen Termin machen.

»Sie will wissen, ob das Kleid ein eingearbeitetes Mieder hat«, ruft Sadhbh hinter dem rosa Vorhang der Umkleidekabine hervor. Wie gut, dass sie hier ist, um zu übersetzen. Solche Situationen sind nicht mein Ding, aber Sadhbh fühlt sich in Luxusboutiquen ganz heimisch und kennt den Jargon.

»Ah, verstehe«, sagt Grace verkniffen. Unsere zweite und letzte Shoppingstunde hat begonnen. »Das hier nicht, aber wenn Aisling eins mit Mieder will, kann ich ihr natürlich ein paar erlesene Kleider zeigen.«

»Danke«, sage ich strahlend und mache heimlich ein Foto von dem Preisschild. Wenn man die Artikelnummer kennt, kann man die Teile im Internet zum halben Preis bekommen. Ein weiterer Tipp, den ich aufgelesen habe – diese Foren wiegen die Kosten des Breitbandanschlusses mehr als auf. »So ein kleines Mieder kann bestimmt nicht schaden, da die Hochzeit in der Woche nach Weihnachten ist.«

Majella kommt herbeigeschlendert, in jeder Hand ein Glas Prosecco und ein schwarzes Kleid über dem Arm. »Lass mich erst ausreden, ja?«, sagt sie und sprüht dabei Krümel über den rosa Teppich – sie hat sich an den rosa Gratis-Macarons gütlich getan.

»Du bist die Beste, Maj«, sage ich mit einer Grimasse und hänge das schwarze Kleid wieder weg. Kennt sie mich überhaupt? Ich bin doch kein Grufti!

Der Vorhang der Umkleidekabine fliegt auf, und Sadhbh tritt auf das Podest. Sie trägt ein bodenlanges schiefergraues Kleid, in dem sie aussieht wie aus einem Modemagazin – was für eine Figur! Ich verstehe nicht, warum sie sich immer in diese formlosen Säcke und Kimonos hüllt. Unweigerlich muss ich losheulen – sie ist einfach atemberaubend.

»Ach, Ais, nicht schon wieder.« Sadhbh hebt den Saum ihres Kleides und stakst zu der rosa Samtcouch herüber, auf der Majella und ich inzwischen sitzen. Weiter hinten verdreht Grace die Augen.

»Tut mir leid, tut mir leid«, sage ich und tupfe mir übers Gesicht. »Du wirst einfach so eine umwerfende Brautjungfer sein. Einfach fantastisch, Sadhbh. Ich glaube, das Kleid ist es. Gefällt es dir?«

»Ich mag die Farbe – aber hiermit bin ich mir nicht so sicher«, sagt sie und fummelt an dem Wasserfallausschnitt herum. Gerade den finde ich sehr zeitlos und elegant. Sie dreht sich noch einmal vor dem Spiegel um die eigene Achse.

»Darf ich etwas vorschlagen?«, ruft die ungraziöse Grace von hinten, wo sie gerade Prosecco nachschenkt. Majella hält sie auf Trab. »Wie wäre es denn, wenn die beiden Brautjungfern Kleider in derselben Farbe, aber in unterschiedlichen Stilen tragen würden?«

Ich kann geradezu sehen, wie über meinem Kopf eine Glühbirne aufleuchtet. Warum ist *mir* das nicht eingefallen? Genau das richtige Maß an cool und trendy.

»Genau!«, kreische ich. »Das klingt total ... abgefahren. Aber auch elegant. Nicht wahr, Sadhbh? Bist du dabei?«

»Du kennst mich doch, Ais, ich bin für alles offen«, sagt Sadhbh und zieht sich in die Umkleidekabine zurück. »Das überlasse ich dir.«

Grace lächelt säuerlich und macht sich an einem Kleiderständer voller grauer Kleider zu schaffen. »Wir haben hier viele Kundinnen wie Sie, Aisling. Viele Aislings. Die Idee gleiche Farbe, unterschiedliche Stile kommt meiner Erfahrung nach immer gut an.«

»Das kann ich gut verstehen«, rufe ich ihr zu. »Die Idee ist einfach genial. Genial!«

In meiner Michael-Kors-Tasche klingelt das Handy, und als ich es herauskrame, ist Johns Bild auf dem Display zu sehen. Ich lege sofort meine Hand darüber. Mir ist zwar klar, dass er nicht aus dem Telefon gucken kann oder so, aber allein die Vorstellung von einem Mann in einem Brautladen macht mich schon nervös. Das hier ist ein heiliger Ort.

»Hallo«, flüstere ich, stehe auf und verdrücke mich in eine Ecke. Die Kleider sollen noch nicht mal eine männliche Stimme hören.

»Ais«, antwortet er. »Ich weiß, dass du gerade unterwegs bist. Ich wollte nur wissen, ob du ein Geschenk für meine Mutter besorgt hast. Von mir sozusagen.«

John und ich sind seit acht Jahren zusammen – na ja, ein bisschen weniger, wenn man die kleine, unerwartete Unterbrechung miteinrechnet, die wir vor Kurzem hatten –, und die letzten acht Weihnachten habe ich jeweils ein Paar Hausschuhe gekauft, als Geschenk verpackt und »Für Mammy, alles Liebe, John« auf den Anhänger geschrieben. Warum sollte es dieses Jahr anders sein?

»Unterm Baum«, sage ich und seufze geduldig. »Das Geschenkpapier mit dem Kind in der Krippe.«

Es gab eine Zeit, da fand ich Johns Unbeholfenheit bezaubernd und seine Abhängigkeit von meiner Expertise, was den Hausschuhgeschmack seiner Mutter angeht, romantisch, aber ich muss zugeben, allmählich wird es ermüdend.

»Ich muss jetzt auflegen«, sage ich und beende das Telefonat. Dann atme ich tief durch, setze ein Lächeln auf und drehe mich um. »So, Grace, was hätten Sie denn in Grau für mich mit einem Mieder? Aber nichts zu Extravagantes, bitte, wir wollen ja nicht die Bräute ausstechen.«

»Elaine und Ruby ist es völlig egal, was wir anhaben, das weißt du doch.« Sadhbh lacht hinter dem Vorhang.

Sie hat natürlich recht. Wenn es nach unserer Mitbewohnerin und ihrer Verlobten ginge, wären wir gar nicht hier. Aber ich kann sie schließlich nicht ohne Brautjungfern heiraten lassen. Lesbisch hin oder her, bei Hochzeiten muss man sich an die Regeln halten – und die kenne ich alle!

KAPITEL 1

Mir läuft eine Schweißperle den Nacken hinunter, als ich noch mal auf alle viere gehe, um nachzuzählen. Vielleicht habe ich mich ja die ersten drei Male vertan.

»Achtundvierzig, neunundvierzig, fünfzig, einundfünfzig.« Wie eine Lehrerin, die ihre Schüler im Bus durchzählt und betet, keinen im Clara-Lara-Vergnügungspark vergessen zu haben, rattere ich die Zahlen runter. Vielleicht bleibe ich einfach unter dem Weihnachtsbaum sitzen und komme nie wieder raus. Oder zumindest erst, wenn dieser Nachmittag vorbei ist.

Einundfünfzig Geschenke. Dreiundfünfzig Leute, und nur einundfünfzig Wichtelgeschenke. Zwei nichtsnutzige Idioten haben es offenbar nicht für nötig befunden, heute ihren Hintern ins Büro zu bewegen, um etwas unter den Baum zu legen. Sie haben sich wahrscheinlich einen Tag zu Hause gegönnt, da die heutige Weihnachtsfeier allgemein als Ausrede dient, es im Büro eher langsam angehen zu lassen. Außer man leitet die Projektgruppe Weihnachtsfeier und hat die Aufgabe übernommen, das Wichteln zu organisieren. Früher hat Donna das gemacht. Und obwohl ich es bestimmt nicht vermisse, wie sie morgens immer bei jedem Bissen Haferbrei mit ihren Zähnen am Löffel entlangscharrte, fehlt sie mir gerade jetzt doch sehr. Anstatt es einfach »Wichteln« zu nennen, ist sie immer zwischen »Christeln«, »Wichten« und »Julklapp« wild hin- und hergewechselt, was mich beinahe in den Wahnsinn getrieben hat. Aber sie hat militant dafür gesorgt, dass alle, die beim Wichteln mitmachen wollten, ihr Geschenk auch rechtzeitig unter den Baum legten. Dass die Firma jetzt auf sie und ihr außergewöhnliches Festorganisationstalent verzichten muss, ist wohl der größte Verlust, zu dem der kürzliche Skandal bei RentenPlus geführt hat. Na ja, abgesehen von den Millionen von Euro, die bei der verfluchten Transaktion verschwunden sind. Aber mir fehlen gerade nicht Millionen von Euro, sondern zwei Geschenke. Und wenn nach der Mittagspause der große Päckchenaustausch stattfindet, werden alle Blicke auf mich gerichtet sein. Was soll ich bloß tun?

Ich stehe ganz lässig neben dem Baum wieder auf und schaue mich verstohlen im Büro um, ob irgendwas herumliegt, das ich als Ersatzgeschenk einpacken könnte. Eigentlich wollte ich mir in der Mittagspause für die Feier nachher die Haare stylen lassen. Ich habe ein wunderschönes Spitzenkleid von Dorothy Perkins, und gestern habe ich noch daran gedacht, mir passend zu meinen Stöckelschuhen eine hautfarbene, zehenfreie Feinstrumpfhose zu besorgen. (Acht Euro für eine Strumpfhose! Wenn nicht Weihnachten wäre, hätte ich mich geweigert, sie zu kaufen.) Jetzt muss ich wohl meinen Friseurtermin sausen lassen, um noch zwei Geschenke zu besorgen, damit niemand mit leeren Händen dasteht. Taugt vielleicht irgendetwas, das hier rumliegt?

Mein Blick fällt auf ein Basecap mit einem Werbeschriftzug auf einem der IT-Schreibtische. Würde das als Geschenk durchgehen? Wenn ich mit Tipp-Ex den Schriftzug überpinsele? Und was ist mit der Flasche Ouzo, die einer aus der Buchhaltung von einer Woche Urlaub auf Mykonos mitgebracht hat? Warum man nicht einfach diese riesigen Milka-Tafeln mitbringt, ist mir übrigens schleierhaft. Meine Toblerone- und Milka-Mitbringsel besorge ich immer hier im Supermarkt. Ich zahle doch nicht die horrenden Preise am Flughafen! Eine klebrige Flasche mit untrinkbarem Gift würde ich allerdings nie mitbringen. Dann wenigstens Pinot Gris oder Weinschorle im Doppelpack, wenn man keine Schokolade kaufen will. Jedenfalls geht die Flasche Ouzo wohl kaum als Weihnachtsgeschenk durch. Also muss ich gleich zur Mittagspause losrasen und panisch ein paar Sachen unter zehn Euro besorgen. Ich weiß ja noch nicht mal, wer die Beschenkten sind! Und ich habe keine Zeit, die Liste durchzugehen, um herauszufinden, welche Namen in der Ansammlung von eingepacktem Krimskrams unterm Baum fehlen. Was für ein Stress!

* *

Wenn mich nicht alles täuscht, trägt Declan Ryan tatsächlich seine riesige Weihnachtsmann-Krawatte. Drückt man hinten auf einen Knopf, klappt der Bart runter, und der Weihnachtsmann streckt einem sein nacktes Hinterteil entgegen – dazu ertönt eine blecherne Version von »Jingle Bells«. Nicht gerade mein stolzester Moment, was Geschenke angeht. Aber nachdem ich schwitzend durch die Lebensmittelabteilung von Dunnes geirrt und mit möglichst neutralen Sachen wieder herausgekommen war (einer Flasche Wein, einer abnormal großen Packung After Eight und einem Achterpack AAA-Batterien), bekam ich Panik. Auf dem Rückweg ins Büro kaufte ich daher die Krawatte als Beigabe zu den After Eight bei Datentyp, einem Handy- und Computerladen. Handy- und Computerladen trifft es nicht ganz, denn hier kann man alles Mögliche kaufen, während man auf die Reparatur seines gesprungenen Displays wartet. Und wenn einem danach ist, kann man auch ein Fax verschicken. Bei meinem Handy muss das Display natürlich nie repariert werden. Meine zuverlässige Schutzhülle sorgt dafür, dass es jederzeit sicher ist. Und bei einem dubiosen Händler würde ich es sowieso nicht reparieren lassen. Erlischt dadurch nicht sogar der Versicherungsschutz? Außerdem stehlen sie dann bestimmt deine Kontakte und schicken dir Nacktbilder und was weiß ich.

Jedenfalls scheint Declan ganz begeistert von seiner Krawatte zu sein. Er schlenkert über die Tanzfläche und entblößt den Hintern vor jedem, der ihn auch nur anguckt. Siobhán von der Personalabteilung war genauso begeistert von der Flasche Wein, aber angesichts der Batterien verständlicherweise verdutzt. Sie ahnt wohl, dass die Geschenke von mir sind. Ich musste sie ihr überreichen, da ihr Wichtelpartner ja nicht da war. Mein »Hohoho, das hat wohl ein kleiner Weihnachtself extra für dich ausgesucht« überzeugte sie nicht. Ich wäre ja begeistert, wenn ich Batterien geschenkt bekommen würde. So praktisch für Fernbedienungen.

Donal von der IT und Marie vom Empfang glänzen durch Abwesenheit - die zwei, deren Geschenke mit ihrem Namen drauf unterm Baum liegen geblieben sind. Morgen werde ich ihnen die Belege für den Wein, die After Eight, die Batterien und die Hinternkrawatte präsentieren.

»Wollen wir tanzen, Ais?«

Sadhbh kommt auf mich zu, nimmt einen Schluck von ihrem Rotwein und streckt mir die Hand entgegen. Sie hat sich letzte Woche die Haare gefärbt. Obwohl sie meine Mitbewohnerin ist, zucke ich immer noch jedes Mal zusammen, wenn ich sie sehe, obwohl ich es bestimmt gut verberge. Grau. Welche Neunundzwanzigjährige färbt sich, bitte schön, die Haare grau? Manchmal glaube ich, dass sie nicht mehr alle Tassen im Schrank hat. Aber seit sie nicht mehr nur die Kollegin oben aus der Personalabteilung ist, sondern meine beste Freundin hier in Dublin, habe ich mich an ihre Hipsterart gewöhnt. Sie hat sich für heute Abend die Spitzen lila gefärbt und sieht wie immer wunderschön aus. Das ist eben Sadhbh. Sie würde sogar in einer Plastiktüte gut aussehen, und ich bin mir ziemlich sicher, dass sie schon mal eine anhatte. Dem Augenschein nach würde man nicht denken, dass wir uns so gut verstehen, aber Gegensätze ziehen sich bekanntlich an.

Wir mussten dieses Jahr Getränkemarken ausgeben, da die offene Bar letztes Mal dafür gesorgt hat, dass drei Leute nach einer besonders heiseren Darbietung des Weihnachtsliedes »Fairytale of New York« von The Pogues im Krankenhaus gelandet sind. Wenn die Getränke umsonst sind, werden die Leute zu leichtsinnig und bestellen wie die Irren doppelte Brandys und Gin-Cocktails, um hektisch so viel wie möglich zu trinken, bevor die Bar schließt. Außerdem haben mir die höheren Mächte zu verstehen gegeben, dass das Budget nach dem Geldskandal begrenzt ist. Der Hotelsaal und das Abendessen waren schon gebucht, das konnten wir nicht mehr rückgängig machen. Die vier Getränkemarken pro Person dagegen wurden am frühen Abend mit nicht gerade wenig Gemecker entgegengenommen. Das hat die gesamte Wertsicherungsabteilung allerdings nicht davon abgehalten, zu den Klängen von »All I want for Christmas is you« in einer ziemlich gefährlich aussehenden Polonaise über die Tanzfläche zu ziehen, während der arme alte Des, ihr langmütiger Teamleiter, sich verzweifelt am Ende festklammerte.

Sadhbh hatte gemeint, ob es nicht besser für mich gewesen wäre, die Organisation an jemand anderen abzugeben, weil ich doch in letzter Zeit viel durchgemacht habe: Daddys Tod, mich um Mammy kümmern und obendrein in letzter Minute auch noch Elaines Junggesellinnenabschied organisieren. Ich war aber froh über die Ablenkung und bin gern beschäftigt und tatsächlich nie so ausgeglichen, wie wenn ich einen JGA plane. Nur vor Weihnachten graut mir. Und wie!

Elaine hat versucht, sich vor dem Junggesellinnenabschied

zu drücken, aber ich war fest entschlossen, ihn noch vor ihrer Hochzeit an Silvester reinzuquetschen. Ich kann noch immer nicht fassen, dass Ruby und sie direkt vor meinen Augen eine Beziehung hatten und ich es nicht gemerkt habe. Monatelang habe ich in Elaines Wohnung gewohnt und mich nie wirklich gefragt, warum Ruby fünfmal die Woche zum Frühstück da war. Ich dachte, sie wären einfach enge Freundinnen, die sich einen Netflix-Account teilen. Im Nachhinein ist es ziemlich offensichtlich, dass sie zusammen waren. Majella, meine beste Freundin von zu Hause, die in Phibsboro wohnt, macht sich noch immer deswegen über mich lustig. Dabei hat sie es auch nicht kapiert, obwohl sie regelmäßig bei unseren Freitagabend-Weingelagen dabei war. So viel zu ihrem berühmten *Gaydar.* Jedenfalls kommen sie um den Junggesellinnenabschied nicht herum. Nur über meine Leiche! Ich war natürlich überhaupt nicht überrascht, dass Elaine keinen wollte. Enttäuscht schon, aber nicht überrascht. In dem Jahr, das ich sie jetzt kenne, war sie bei keinem einzigen dabei, obwohl ich Grund zu der Annahme habe, dass sie zu mindestens dreien eingeladen wurde. Eine Einladung zu einem JGA ausschlagen? Ist das die Möglichkeit? Das eine war sogar ihre Cousine ersten Grades. Mit so einer Schuld könnte ich nicht leben. Ich bin mit Junggesellinnenabschieden groß geworden – und was mich betrifft, ist eine ordentliche Abschiedsfeier genauso wichtig wie die Hochzeit selbst.

Es hat zwar eine Weile gedauert – nicht, dass wir besonders viel Zeit gehabt hätten –, aber schließlich habe ich sie überredet. Sogar Sadhbh, die sich gerne vor »organisiertem Vergnügen« (ihre Worte) drückt, hat sie beschwatzt, weil sie gesehen hat, wie sehr mich das aufregt. Wir sind ganz offiziell zu Brautjungfern ernannt worden. Elaine war erst so: »Ich will keine Brautjungfern«, aber ich habe ihr gesagt, dass das inakzeptabel sei, und zerrte Sadhbh durch jeden Brautladen diesseits des Shannon, bis wir unsere Traumkleider gefunden hatten. Na ja, meine Traumkleider. Nachdem wir aus dem Laden raus waren, habe ich sie sofort in China bestellt. Sie sind in perfektem Zustand angekommen - mein bisher größter Triumph, obwohl Elaine gesagt hat, was sie angeht, könnten wir gerne in Jeans kommen. Unvorstellbar! Aber eigentlich haben wir Glück - wir hätten auch in eine ähnliche Situation geraten können wie bei Eleanor Bolgers Hochzeit letztes Jahr. Eleanor hatte auf tief ausgeschnittenen Multiway-Kleidern in Petrol für ihre vier Brautjungfern bestanden, und beim Anblick ihrer vollbusigen Cousine fielen dem Priester fast die Augen aus dem Kopf. Auf den Fotos sahen die vier gut aus, und darauf kommt es schließlich an, aber die Cousine hat den Tag damit verbracht, alles immer wieder reinzustopfen und Eleanor böse Blicke zuzuwerfen. Jedenfalls sind wir als Elaines Mitbewohnerinnen und Freundinnen natürlich dazu verpflichtet, und ich bin dazu geboren, Brautjungfer zu sein. Her mit der Sitzordnung, kann ich da nur sagen.

Sadhbh unterbricht meinen Gedankenfluss und zieht mich auf die Tanzfläche, als gäbe es kein Morgen, und ich muss zugeben, dass ich den »Single Ladies«-Boogie liebe. Ich fühle mich genau wie Beyoncé bis hin zur Handbewegung. Sechs Jahre irischer Tanzkurs - und ein natürliches Gefühl für Rhythmus hatte ich schon immer. Oh-oh-oh-oh-oh-oh-oh-oh-OOH! Plötzlich kracht Des mitten in uns rein, wovon ich stolpere und Sadhbh Rotwein auf ihr cremefarbenes ... Kleid, muss man es wohl nennen, verschüttet. Das hat sie bestimmt bei COS gekauft. Oder in einem dieser Läden, die keinen Namen haben, aber stattdessen ein paar Punkte oder das Bild von einem Fuchs, wo eigentlich das Schild sein sollte, und Kleiderständer über Kleiderständer mit dekonstruierter Mode.

Wer was mit heraushängenden Fäden haben will, könnte doch einfach zurück in den Hauswirtschaftskurs an der Schule gehen und sich selbst etwas nach einem Schnittmuster zusammennähen. Ich verstehe nicht, wie Sadhbh gutes Geld für diese Dinger ausgeben kann, aber sie sieht immer wunderschön und hip aus, und ihre verrückte Schmuckauswahl unterstreicht diesen Look irgendwie. Sogar jetzt, in diesem cremefarbenen Mehlsack, von dessen Ärmel der Rotwein tropft, sieht sie elegant aus. Des dagegen hat sich in Luft aufgelöst.

»Komm, das waschen wir raus«, brülle ich und ziehe sie Richtung Toiletten.

Die »Single Ladies« haben fast jede Frau auf die Tanzfläche getrieben, insofern kommen wir schnell an ein freies Waschbecken. »Alles gut, Ais«, behauptet Sadhbh, »das geht sicher raus.« Sie nimmt das echt gelassen. Ich wäre schon längst zu Hause, bis zu den Ellbogen in einem Bottich voller Waschmittel, und würde das Etikett verfluchen, auf dem bestimmt die Waschanleitung fehlt, wo man dafür aber eine ausführliche Beschreibung der Jurte in der Mongolei findet, aus der der Stoff stammt. Aber Sadhbh hat wahrscheinlich recht – mit zweilagigem hellblauem Klopapier daran herumzutupfen, bringt nicht so wirklich was. Außerdem sieht der Rotweinfleck fast so aus, als gehöre er dahin. »Vielleicht sollte ich dir noch einen Blue Curaçao übers Kleid kippen, um das Ganze ein bisschen bunter zu machen!« Sadhbh lacht und wendet sich dem Spiegel zu, um tiefroten Lippenstift aufzutragen. Meine rosa Lippenstiftfarbe ist schon vor Stunden dem Truthahn-Dinner und den vielen Gläsern Wein zum Opfer gefallen.

Neben Sadhbh fühle ich mich immer ein bisschen wie eine Kuh, obwohl ich meine hellbraunen Haare jederzeit ihren grauen vorziehen würde, selbst wenn meine Locken bei dem

Nieselwetter etwas außer Rand und Band geraten. Sie hat sich weggeschmissen, als ich ihr mal erzählt habe, dass ich mir noch nie die Haare gefärbt habe. Warum sollte ich auch, wenn die Sonne mir im Sommer so schöne blonde Strähnchen schenkt? Ich wäre doch verrückt, wenn ich das mit Chemikalien aufs Spiel setzen würde. Ich streiche mein Kleid über den Hüften glatt. Es steht mir sehr gut, muss ich sagen. In den letzten sechs Jahren bin ich mehr oder weniger erfolgreich bei den Weight Watchers, die letzten sieben Pfund sind aber sehr hartnäckig. Mein Coach Maura meint, ich stagniere, und besteht darauf, dass ich die Kerrygold-Butter durch einen dieser Aufstriche ersetze. Gott, Daddy würde sich im Grab umdrehen.

Ich habe mich bemüht, zwischen Wasser und Wein zu wechseln, aber nach dem ganzen Stress mit dem Wichteln und jetzt, wo die Party läuft, lasse ich mich gehen. Morgen bei der Arbeit wird es interessant. Niemand hat etwas davon gesagt, dass wir später kommen können. Wir haben in den letzten Wochen überhaupt sehr wenig Infos von den höheren Mächten bekommen. Nicht den Hauch einer E-Mail in Sachen Weihnachtsgeld. Vielleicht kommt sie ja morgen. Ich brauche neue Reifen, und mein Weihnachtsgeld soll die drittteuersten finanzieren. »Spare nie an Reifen oder Handtüchern, so wird dein Weg sicher sein und dein Hintern trocken.« Eine von Daddys Perlen der Weisheit.

Ich glätte auch mein Haar im Spiegel. Da ich es nicht mehr zum Friseur geschafft habe, müssen meine natürlichen Locken heute Abend eben für sich sprechen. Friseure sagen mir immer, wie viele Haare ich habe, während sie sich durchkämpfen. »Ich weiß«, erkläre ich dann voller Stolz. Es gibt kein höheres Lob von einem Friseur, als viele Haare zu haben.

»Sollen wir?« Sadhbh macht auf dem Absatz kehrt, um in

den Hotelsaal zurückzugehen, wo die unverkennbaren Klänge von »Livin' on a Prayer« bestimmt gerade die Wertsicherungsabteilung in neue Höhen der Ekstase versetzen. Hoffentlich hat sich Des irgendwo hingesetzt. Gerade, als wir die Toilette verlassen wollen, schiebt sich Maureen, eine der Chefassistentinnen, an uns vorbei und ruft: »Habt ihr schon gehört?«

»Was gehört?«, fragt Sadhbh. Als Mitarbeiterin der Personalabteilung ist sie sofort ganz Ohr.

»Irgendwas Großes steht morgen an«, sagt Maureen leise zu der Gruppe Frauen, die sie mit in die Toilette geschleppt hat. »Shermer wird eine Ankündigung machen. Ich musste den Anruf durchstellen und die Gesprächsnotiz an die anderen Partner weiterleiten.«

Sadhbh wendet sich ab und rennt los, bestimmt auf der Suche nach ihrer Abteilung, um herauszufinden, was zum Teufel hier läuft. Eine der Frauen fragt: »Weißt du, worum es geht?«

Maureen zuckt mit den Schultern: »Keine Ahnung, aber was immer es ist, es ist nichts Gutes.«

KAPITEL 2

Als ich am nächsten Morgen im Büro ankomme, liegen meine Nerven buchstäblich blank. Ich habe die halbe Nacht wach gelegen und mir wegen dieser Ankündigung Sorgen gemacht. Meine größte Angst ist, dass RentenPlus von einem dieser großen Mischkonzerne aufgekauft wird und wir wie bei Google alle an unseren Schreibtischen stehen müssen. Dann kriege ich noch mehr Krampfadern!

Die andere Hälfte der Nacht habe ich geträumt, dass ich in der Tiefgarage des Einkaufszentrums von Dundrum mit meinem Auto in der Schlange stand und ums Verrecken mein Ticket nicht finden konnte. Das ist eine meiner größten Ängste. Ich nahm meine gute Handtasche auseinander, während mich all die Latte-macchiato-Mütter in ihren SUVs und Range Rovers anhupten. Als ich endlich aufwachte, war mein Flanellschlafanzug schweißnass, und ich griff nach meinem Wecker, überzeugt davon, dass ich verschlafen hatte. Hatte ich natürlich nicht. Die Male, die ich verschlafen habe, kann ich an einer Hand abzählen. Tatsächlich war ich zu früh aufgewacht – sicher wegen einer Mischung aus Angst und den Red Bulls, die ich am Ende des Abends noch zu mir genommen habe. Eigentlich meide ich Jägerbomber wie der Teufel das Weihwasser, aber ich habe Declan Ryan einmal zu oft ein Kompliment wegen seiner Weihnachtsmann-Krawatte gemacht, und er hat kapiert, dass sie von mir ist, und darauf bestanden, mich auf einen Drink einzuladen. Zu diesem Zeitpunkt hatten bereits alle jegliche Vorsicht über Bord geworfen und kippten sich einen nach dem anderen hinter die Binde wie Magentabletten am zweiten Weihnachtsfeiertag. Ich bin letzten Endes zu Fuß zur Arbeit gegangen. Erst wollte ich mir den Luxus erlauben, mit dem Auto zu fahren. Aber da ich nicht mehr wusste, wie viele Gläser Wein ich zum Abendessen getrunken hatte, ist es gut möglich, dass ich mich verrechnet habe und über Nacht nicht genug Promille abbauen konnte. Den Jägerbomber nicht zu vergessen. Ich kenne die Werbespots. Mit der Schande könnte ich nicht leben.

Als ich im zweiten Stock ankomme, trifft mich der Alkoholdunst wie ein Hammer, obwohl noch gar nicht so viele Leute da sind. Sadhbh war schon weg, bevor ich überhaupt mein Schlafzimmer verlassen habe. Kein gutes Zeichen, aber sie wird wohl heute einiges zu tun haben, wenn es stimmt, was Maureen gesagt hat. Ich muss daran denken, ihr nachher eine Scheibe Toast und zwei Paracetamol aus dem Vorrat in meiner Schublade vorbeizubringen. Sie gehört zu den Menschen, die vergessen zu essen. Unvorstellbar!

Ich bin ehrlich gesagt auch nicht ganz auf der Höhe, aber etwas Hellbraunes im Laufe des Vormittags wird mich wieder zurechtrücken. Am liebsten hätte ich ein Croissant, aber aus Sicht der Weight Watchers sind sie eine Todsünde. Elaine hat mich fast davon überzeugt, dass ich mit dem Punktezählen mein Leben verschwende. Sie sagt, sie könne es nicht mehr mitansehen, wie ich in der Küche stehe und mir »zehn armselige Mandeln« zuteile. »Du bist nicht dick, Aisling!«, erklärt sie regelmäßig und führt mir vor, dass ich mindestens in die Hälfte ihrer verrückten Tops reinpasse. Aber sie hat gut reden. Sie gehört zu denen, die durch die Gegend schweben, als würde schon eine Kusshand sie sofort umhauen. Und sie ernährt sich freiwillig von Eiweiß, und was immer für Gräser und Unkraut sie da in ihrem schicken Mixer zusammenrührt –

wenn sie sich nicht gerade eine Pizza zum Katerfrühstück reinzieht (vegan, versteht sich). Mein Körperbau ist … stämmiger. Und dass mein Gewicht stagniert, hat sicher mit den Fehlentscheidungen zu tun, die ich nach den Donnerstagabenden im Coppers an der Pommesbude getroffen habe. Aber je weniger ich Maura von den Weight Watchers erzähle, desto weniger wird sie mich mit großen traurigen Augen ansehen. Ich will sie nicht enttäuschen.

Elaine hat dagegen einen Nutribullet-Fimmel. Ein Mixer taugt meiner Ansicht nach nur für zwei Sachen: um Semmelbrösel herzustellen und die eine oder andere Suppe. Heute Mittag esse ich Suppe. Bei Dempsey's um die Ecke vom Büro gibt's eine anständige Gemüsesuppe, die die richtige orange Farbe hat und so salzig ist, dass man dazu mindestens einen Liter Limo trinken muss. Also genau das Passende heute.

Ich schaue auf die Uhr – 8 Uhr 58 – und strecke den Kopf über die Trennwand meines Arbeitsplatzes. Das Büro ist noch immer mehr als halb leer. Ich schalte den Computer ein und sehe mich im Raum um. Mir fällt auf, dass alle den Blickkontakt vermeiden, aber ich kann nicht abschätzen, wer was weiß. In der guten alten Zeit haben wir zur Weihnachtszeit immer gewetteifert, wer seinen Schreibtisch am schönsten schmückt. Aber letztes Jahr wurde Weihnachtsschmuck aus Brandschutzgründen komplett verboten. Als Arbeitsschutzbeauftragte muss ich diese Regel natürlich öffentlich durchsetzen, aber innerlich habe ich gekocht. Es sah immer so schön aus mit dem Lametta, aber heute Morgen sieht es hier einfach erbärmlich aus. Man kann förmlich spüren, wie die Angst von jedem Schreibtisch aufsteigt. Man wünscht ja noch nicht mal seinem ärgsten Feind den Arbeitstag nach der Weihnachtsfeier, und jetzt steht uns auch noch diese Ankündigung bevor.

Ich aktualisiere meine E-Mails. Nichts, jedenfalls noch

nicht. Sadhbh hat versprochen, sich sofort zu melden, sobald sie etwas hört. Ich brauche unbedingt einen Tee, um meine Nerven zu beruhigen. Als ich in die Teeküche komme, kotzt Des gerade in den Mülleimer. Und noch nicht einmal in den normalen Mülleimer, nein, in die Wertstofftonne. Bei Gott, das sollte er in seinem Alter wirklich besser wissen. Bevor ich ihn anstupsen und fragen kann, was sein Kopf macht, ist er schon mit der Hand vor dem Mund aus der Küche gerannt.

Ich trommele mit den Fingern auf die Resopalarbeitsplatte – das mache ich immer, wenn ich nervös bin –, als meine neue Schreibtischnachbarin Suzanne hereingestürzt kommt, ihre Milchpumpe in einem schwarzen Rucksack auf dem Rücken. Ich weiß, dass das ihre Milchpumpe ist, weil sie über nichts anderes redet und jedem, der es hören will oder nicht, erzählt, dass sie laut EU-Recht Anspruch auf ein Zimmer mit einer abschließbaren Tür hat, um einmal am Tag abzupumpen. Der todunglücklichen Sadhbh hat sie ihre Rechte runtergeleiert und marschiert jetzt jeden Tag, den Rucksack schwingend, mit herausforderndem Blick durch den Flur – nach dem Motto: »Wagt bloß nicht, mich anzugucken!« –, um für eine halbe Stunde im Konferenzraum zu verschwinden.

Sie ist sehr nett, aber sie hat drei Kinder, über die ich in den wenigen Wochen, die ich Suzanne kenne, schon mehr erfahren habe, als ich über meine eigene Familie weiß. Ich liebe Kinder, und sobald eine meiner Freundinnen im gebärfähigen Alter mit einem Baby im Arm auf Facebook auftaucht, kommentiere ich das Bild mit einem »steht dir sehr gut« – die Leute lieben das –, aber irgendwann ist auch mal Schluss. Oft kommt Suzanne um zehn nach neun mit Geschichten über erhöhte Temperatur und Kotze oder unauffindbare Schuhe hereingestürmt.

Natürlich war sie gestern Abend nicht bei der Weihnachtsfeier, weil eins der Kinder – Chloe? – die Windpocken oder Maul- und Klauenseuche hat, und mir wird plötzlich klar, dass sie vermutlich noch nichts von der Ankündigung weiß.

»Mein Gott, ist das schön, dich zu sehen, Aisling. Du wirst mich nicht bitten, dich aufs Klo zu begleiten und dir den Hintern abzuwischen, oder?«

»Nein! Haha.« Soll ich ihr sagen, dass sie ihr Top verkehrt herum anhat? Sie geht an die Spülmaschine und nimmt sich einen sauberen Becher heraus. Nur den einen Becher. Für sich selbst. Ich sage aber nichts, weil ich weiß, dass das Büro für sie eine Art Ferienlager ist.

»Ich war gestern Nacht jede Stunde wach. Gibt es hier keinen koffeinfreien Kaffee?« Suzanne ist davon überzeugt, dass Chloe schon bei einer Spur Koffein in der Muttermilch wie eine Irre aus ihrem Bettchen springen würde oder was weiß ich. Ehrlich gesagt könnte ich inzwischen ein ganzes Buch über Chloe schreiben.

»Die wissen doch, dass ich keinen normalen Kaffee trinken kann«, stöhnt sie, schnappt sich einen Teebeutel und nimmt sich von dem Wasser, das ich gerade aufgekocht habe, während ich die Spülmaschine ausräume. »Ich muss der Personalabteilung mal auf die Füße treten, nur ...«

»Ich würde sie heute nicht behelligen – die haben da oben genug um die Ohren«, platzt es aus mir raus. Ich will Suzanne unbedingt abwürgen und kämpfe gegen meine aufsteigende Panik an. Ein Muttermilchgespräch stehe ich neben allem anderen heute nicht auch noch durch.

Suzanne stellt den Wasserkocher ab und dreht sich so ruckartig um, dass sie sich mit ihrem Pferdeschwanz fast das Auge aussticht.

»Wieso? Was ist los?«

Ich bereue sofort, dass ich etwas gesagt habe. Reden ist Silber, Schweigen ist Gold, sagt Mammy immer. Sie sagt allerdings auch, geteiltes Leid ist halbes Leid, und wenn ich jetzt nicht mit jemandem rede, tu ich gleich etwas Verrücktes, zum Beispiel gegen eine Tür treten. Ich werde nie vergessen, wie Miss Weightman in der Oberstufe gegen eine Tür getreten hat, nachdem Helen Donohoe sagte, dass Shakespeare nur Scheiße von sich gegeben habe. Später hat sich dann Schwester Anne mit uns hingesetzt und uns erklärt, dass Miss Weightman gerade die Wechseljahre durchmache. Das erklärte einiges in Bezug auf ihr generelles Verhalten in dem Schuljahr.

»Ehrlich gesagt weiß ich es nicht so genau«, flüstere ich und versuche, die Besteckschublade zu sortieren, während ich sie einräume. Schon wieder zu wenig Teelöffel – ich werde einen weiteren Zettel aufhängen müssen mit der Bitte um Rückgabe. »Gestern Abend hat Maureen gesagt, dass es eine Ankündigung geben wird. Ich habe deswegen kaum geschlafen.« Den Jägerbomber lasse ich unter den Tisch fallen, sonst muss ich mir wieder anhören, wie sehr Suzanne nach einem Glas Wein lechzt, aber dann könnte sie ja auch direkt Gift in Chloes Venen spritzen, wenn sie auch nur ein einziges Glas zu sich nimmt.

Allerdings scheint sie nicht besonders besorgt zu sein, sie seufzt erleichtert und macht bloß eine wegwerfende Handbewegung. »Ach, Maureen darf man nicht so ernst nehmen«, sagt sie auf dem Weg aus der Teeküche. »Die verträgt doch gar nichts. Wahrscheinlich wollte sie nur im Mittelpunkt stehen.«

»Glaubst du wirklich?« Ich nehme »meinen« Becher – ich habe ihn zusammen mit Tickets für einen Besuch bei Radiomoderator Brian McFadden gewonnen und hüte ihn wie meinen Augapfel – und folge ihr hoffnungsvoll zu unseren Schreibtischen. Vielleicht hat sie ja recht. Vielleicht wollte Maureen auf dem Klo bloß einen Schwatz halten und brauchte einen spannenden Einstieg. Suzanne hat auch mal am Empfang gearbeitet, deswegen kennt sie Maureen ziemlich gut.

Mit meiner Erleichterung ist es jedoch schlagartig vorbei, als ich eine E-Mail von Sadhbh sehe. In der Betreffzeile steht: »Guck auf dein Handy!!!«, also mache ich das. Mein Gott, in der WhatsApp-Gruppe von Chez SEA – so nennen wir unsere Wohngemeinschaft – geht es richtig ab. Zwölf Nachrichten! Chez SEA steht für Sadhbh, Elaine, Aisling, und das Profilbild ist ein Gruppenbild von uns dreien in der Badewanne. Fragt lieber nicht. Das mit Chez SEA war meine Idee, und Sadhbh hat uns Bademäntel bestellt, auf denen der Name hinten draufgedruckt ist. Majella war ein bisschen beleidigt, als sie sie gesehen hat, aber hat sich schnell wieder eingekriegt, als Sadhbh auch einen für sie mit der Aufschrift *Majella von Sinnen* hervorgezaubert hat, obwohl sie nur Stammgast und nicht Mitbewohnerin von Chez SEA ist.

Ich überfliege die Nachrichten von Sadhbh: »Große Sache«, »Versammlung«, »Entlassungen«. Entlassungen? Das ist ja schlimmer, als ich dachte! Elaine will auch unbedingt auf dem Laufenden gehalten werden. Sie ist im Vertrieb eines Social-Media-Start-ups, für das sie viel von zu Hause aus arbeitet und sich eine Bluse über den Schlafanzug zieht, wenn sie skypen muss – und ist deswegen immer sehr an den Vorgängen bei RentenPlus interessiert. Wenn sie nicht gerade ihre Serien guckt, fühlt sie sich zu Hause ziemlich einsam.

Ich werfe einen Blick auf Suzanne, die in ihren Computer tippt und nichts mitbekommen hat. Was, wenn *sie* entlassen wird? Einmal ist sie in der Mittagspause bei Dempsey's schwach geworden und hat ein Radler getrunken und mir gestanden, dass sie durchdrehen würde, wenn sie tagein, tagaus mit den desaströsen Drei verbringen müsste, deswegen würde mir das echt leidtun.

Klatsch. Klatsch. Klatsch.

Vor Schreck falle ich fast vom Stuhl. An der Tür steht Martin Shermer, der schwer zu fassende Geschäftsführer von RentenPlus Irland, weiß wie die Wand, mit gelockerter Krawatte und hochgekrempelten Hemdsärmeln; von einem Jackett ist nichts zu sehen. Hinter ihm stehen zwei der Partner – Bill Cullen mit Bart (ich weiß nicht, wie er wirklich heißt) und *DIE FRAU*. Obwohl sie gestern trotz ihrer Zusage nicht bei der Weihnachtsfeier aufgetaucht sind, sehen sie schrecklich aus.

»Tut mir leid, dass das so kurzfristig ist, aber bitte kommen Sie alle in den großen Konferenzraum. Jetzt sofort.« O, nun ist es so weit. »Wer zuerst da ist, bekommt noch einen Sitzplatz ...« Ich wende mich zu Suzanne, aber die ist schon losgesprintet.

* *

Wir drängeln uns in den großen Konferenzraum, und obwohl alle Fenster offen stehen, stinkt es wie in einer Brauerei. Insgesamt sind wir etwa achtzig, lehnen mit verschränkten Armen an der Wand wie schlecht gelaunte Schulkinder und warten darauf, unser Schicksal zu erfahren. Die restlichen Mitarbeiter schlafen wohl zu Hause in ihrer Kotze oder irren noch durch die Straßen, einen Kebab fest in der Hand. Obwohl wir so viele sind, ist es totenstill. Abgesehen von Eilish, einer der älteren Empfangsdamen, die vor sich hin schnüffelt. Auf dem Tisch stehen raffinierte Teilchen, unberührt, und winken mir quasi zu. An einem Tag wie heute würde mir Maura von den Weight Watchers wohl eins gönnen. Hilft Zucker nicht sogar bei einem Schock?

»Also, ihr fragt euch sicherlich, was los ist, und es tut mir leid, dass das so unvermittelt kommt«, hebt Shermer an. »Ich würde eigentlich warten, bis alle anwesend sind, aber ... ich will nicht, dass ihr es aus der Presse erfahrt.« Jemand murmelt von hinten: »Du Arschloch«, und die Stimmung wird immer angespannter. Eilish stößt einen kleinen Schluchzer aus. »Um es kurz zu machen, PPH, unser Mutterkonzern, zieht sich aus dem Irlandgeschäft zurück, und uns allen wird mit sofortiger Wirkung betriebsbedingt gekündigt, auch mir und meinen Partnern. Jedem Einzelnen.«

Uns wird *allen* gekündigt? Sogar mir? Der Raum explodiert. Plötzlich schreien alle: »Werden wir diesen Monat noch bezahlt?« »Was ist mit dem Weihnachtsgeld?«, ruft Natalie, eine der Fondsmanagerinnen. Meine Reifen!

»Wie viel Abfindung bekommen wir?«, stottert Des, der ganz grün im Gesicht ist.

»Was ist mit den Urlaubstagen, die ich mir für nächstes Jahr aufgehoben habe?«, frage ich niemand Bestimmten.

»Bitte! *Bitte*! Beruhigt euch erst mal«, brüllt Shermer armwedelnd über das Getöse hinweg und sieht aus, als würde er am liebsten im Erdboden versinken. Die beiden hinter ihm starren nur zu Boden. »PPH wird am 3. Januar eine Betriebsversammlung im Travelodge Hotel am Flughafen abhalten. Ich habe euch alles gesagt, was ich weiß – dort werden uns dann die Details mitgeteilt.«

Aus dem Augenwinkel sehe ich durch die verglaste Wand, dass sich in der Lobby große, kräftige Männer in Uniform versammelt haben. Wo sind die so plötzlich hergekommen? Alan von der IT hat sie auch bemerkt und ruft: »Was sind das denn für Typen?«

Alle drehen sich nach ihnen um, und einer der Männer – sein Hals ist etwa so dick wie mein Oberschenkel, und das will was heißen – winkt uns kurz zu. Dann fangen sie alle an zu lachen.

»Das ist der Sicherheitsdienst«, sagt Shermer mit einer Grimasse. »Ich habe die Anweisung, euch zu sagen, dass ihr eure Schreibtische räumen sollt und unter keinen Umständen Firmeneigentum mitnehmen dürft. Es gibt Überwachungskameras, und ihr werdet strafrechtlich verfolgt. Wir sehen uns am 3. Januar. Ach ja, und fröhliche Weihnachten!«

Der Raum explodiert erneut. Es ist die Rede von Gerichtsverfahren und davon, den Kampfsportler Joe Duffy anzurufen, und weiß jemand, wie viel man wohl für einen Aktenschrank bekommt und für einen acht Jahre alten Computer? Ich sehe, wie Sadhbh Eilish den Arm um die Schultern gelegt hat und sie zum Aufzug bringt, und ich spüre, wie mir die Tränen kommen. Sechs Jahre habe ich dieser Firma gewidmet, sechs Jahre war ich Arbeitsschutzbeauftragte, sechs Jahre habe ich die Weihnachtsfeier mitorganisiert und Ersatzgeschenke für Wichtel-Drückeberger gekauft. Und wofür? Um erleben zu müssen, wie meine glänzende Karriere als Rentenverwalterin und mein Teamleiterpotenzial ins Klo gespült werden?

Der Konferenzraum leert sich, und ich will auch gerade zur Tür hinaus, als ich auf dem Absatz kehrtmache und zum Tisch marschiere, angetrieben vom Gefühl himmelschreiender Ungerechtigkeit. »Nun, es wäre eine Schande, das alles verkommen zu lassen«, sage ich mit hoher, empörter Stimme und greife mir die Platte mit den Teilchen. Martin Shermer blickt von seinem Handy auf und starrt mich ausdruckslos an.

Auf dem Weg zurück zu meinem Schreibtisch bekomme ich mit, wie alle gerade ihre Arbeitsjahre zusammenzählen und herauszufinden versuchen, mit welcher Abfindung sie wohl rechnen können. Manche benutzen dafür sogar Taschenrechner. Sobald Suzanne wieder sitzt, fängt sie schon an, im Internet nach Trampolinen zu suchen. Ganz gefährliche Dinger sind das meiner Meinung nach.

Die Aufzugtür geht auf, und Sadhbh rollt ganz frech auf einem Bürostuhl heraus, zusammen mit ein paar anderen von oben, und sie rufen, dass sie auf ein paar Bier zu Dempsey's gehen, um sich zu besprechen. Sadhbh weiß genau, dass keiner dieser Sicherheitstrottel was zu ihr sagen wird. Und wenn doch, wird sie ihren Charme so lange spielen lassen, bis sie den Stuhl behalten darf. Sie verliert dauernd ihre Quittungen und bekommt trotzdem immer ihr Geld zurück, wenn sie was umtauscht. Und dann macht sie sich über mich lustig, weil ich meine Belege in einem speziellen Kästchen in der Nachttischschublade aufbewahre.

Ja, ich brauche etwas für meine Nerven, und ein Bier wäre genau das Richtige. Natürlich gehe ich nur aus, mache keinen drauf, werde also nicht bis zur Nationalhymne im Coppers bleiben, deshalb sage ich in Richtung der sich schließenden Aufzugtüren: »Ich komme gleich nach.«

Ich halte die Tränen zurück, bis ich eine Ecke gefunden habe, in der noch keiner steht und in sein Handy weint. Mit zitternden Händen drücke ich auf »wählen«.

»Ais?«

»Ich habe meinen Job verloren, John«, heule ich ins Telefon. »Was soll ich bloß tun?«

KAPITEL 3

Die Tür schwingt auf, und im Bruchteil einer Sekunde hat er seine großen, starken Arme um mich gelegt. Ich habe alle Bedenken in den Wind geschlagen und mir ein Taxi zu seinem Haus in Drumcondra genommen, obwohl ich den letzten Bus noch erwischt hätte. Aber die traumatische Nachricht bei der Arbeit sowie die vier Bier bei Dempsey's haben mich dazu gebracht, Geld zum Fenster rauszuwerfen. Als ich ging, saß Sadhbh bei Des auf dem Schoß und rief mir hinterher, dass ich morgen nicht vergessen solle, die Ballons abzuholen. Morgen. Elaines Junggesellinnenabschied. Wir müssen zusehen, dass wir gut in Form sind, trotz allem. Als sie die Nachricht über die Vorgänge bei RentenPlus erhalten hat, hat Elaine uns sofort eine WhatsApp geschrieben, um den Junggesellinnenabschied abzusagen. Aber ich habe dreißig Muffins bestellt (nein, ich werde sie nicht Cupcakes nennen, seit wann sind wir uns für Muffins zu schade?), die mit Rüschen-BHs dekoriert sind, und nachdem ich diese Peinlichkeit durchgestanden habe, werde ich das jetzt nicht mehr rückgängig machen.

Von John umarmt zu werden, ist wie in eine Art Sicherheitskapsel zu treten. Breit und wohlvertraut. In diese ausgestreckten Arme zu laufen und meinen Kopf unter seinem Kinn zu verbergen, hat mich in der Zeit, als wir nach Daddys Tod wieder zueinandergefunden haben, aufrecht gehalten. Tante Sheila nennt ihn den Fels meiner Stärke, und sie hat recht. Er hat an den Wochenenden auf dem Hof geholfen und großes Verständnis für meine Besuche bei Mammy mitten in der

Woche gehabt. Und auch wahnsinnig viel Geduld, wenn ich plötzlich in Tränen ausgebrochen bin - wegen einer Werbung für Bratensauce von Bisto, wegen herabgesetzten Hausschuhen, die denen von Daddy ähnlich sehen, wegen Phil Collins im Radio und wegen allem, was im Zusammenhang mit dem bevorstehenden Weihnachtsfest steht. Auch mitten im Supermarkt, während ich machtlos den heißen Tränen ausgeliefert war, die mir übers Gesicht liefen. John schob mich pflichtbewusst von den Honigmelonen weg. Daddy hat zu Weihnachten immer den Melonenlöffel hervorgeholt und zusammen mit einer Scheibe Schinken eine Vorspeise produziert, die er sehr elegant fand. Den Schinken hat er vor ein paar Jahren hinzugefügt, nachdem er dies in einem feinen Restaurant auf der Speisekarte gesehen hat. Ich für meinen Teil habe beides nie zusammen in den Mund genommen, aber er war sehr stolz darauf.

In Johns Armen genieße ich die Vertrautheit. Die Sicherheit. Ich blicke über seine Schulter und sehe meinen Cousin Cillian im Wohnzimmer sitzen. Er schaut sich gerade den neuesten Skandinavienkrimi an. Ehrlich gesagt sind diese Untertitel nichts für mich. Ich muss ja schon aufpassen, den Überblick bei den Personen nicht zu verlieren, die alle den gleichen Pullover zu tragen scheinen. Und es regnet ununterbrochen. Wenn ich eine Portion Trübsal brauche, kann ich auch einfach aus dem Fenster gucken. Da schaue ich mir doch lieber *Let's Dance* an. Ein bisschen Glamour kann nie schaden. Das guckt Cillian aber auch gern. Er ist übrigens dafür verantwortlich, dass John und ich zusammen sind. John war mein siebzehnter Kuss bei der Party zu meinem einundzwanzigsten Geburtstag. Cillian hatte ihn mitgebracht, einen großen, bärenstarken Typen in einem Knocknamanagh-Rangers-Trikot. Sogar die heftige Rivalität zwischen meinem Heimatort Ballygobbard und Knock – nur sechs Kilometer voneinander entfernt, aber in Bezug auf Hurling sind es Lichtjahre – hat mich nicht davon abgehalten, ihm ständig hinterherzugucken. Das war vor acht Jahren. Acht Jahre voller Küsse und Hurling-Spiele, Urlaube und Streits – und mir, die immer sichergestellt hat, dass auch etwas nicht zu Scharfes auf der Speisekarte steht, wenn wir essen gegangen sind, und ihm, der immer überprüft hat, ob der Barkeeper ihm wirklich eine Cola light für meinen Wodka und keine echte fette Cola gegeben hat. Acht Jahre abzüglich der wenigen Monate, die wir dieses Jahr nicht zusammen waren – unsere einzige Trennung. Ich wollte mich unbedingt verloben, und nichts schien mir mehr zu bedeuten. Das hat uns auseinandergebracht. Komisch, wie sich die Dinge verändern. Dann sind wir wieder zusammengekommen. Mein Gott, drehte sich mir der Kopf vor lauter Trauer, Liebe und der Sehnsucht in den Monaten ohne ihn. Vor einer Weile hat der arme Cillian an einem Sonntagmorgen meine Unterhose auf dem Küchenfußboden gefunden. Zum Glück konnte ich sie schnell aufheben und als Geschirrhandtuch ausgeben, bevor er mir zu nah gekommen ist. In der Küche! Als wären wir wieder einundzwanzig. Nicht, dass wir es mit einundzwanzig je in der Küche getrieben hätten, aber im Treppenhaus in Johns früherem Haus schon, wenn wir ganz, *ganz* sicher waren, dass alle mindestens zwei Grafschaften weit entfernt waren. Und nun finden John und ich allmählich in einen gemeinsamen Alltag zurück – abgesehen davon, dass ich ständig weinen muss.

John schiebt mich ein wenig von sich weg und schaut mir in die Augen, als würde er spüren, was mir so durch den Kopf geht: »Alles in Ordnung?«

Nein, ist es nicht, ganz und gar nicht. Die Panik, arbeitslos zu sein, überrollt mich, aber als ich den Mund öffne, um zu antworten, zuckelt Cillian in den Flur, einen riesigen Burrito in der Pfote. Sein Speiseplan hat sich von Tiefkühlpizza und Milch weiterentwickelt zu Burritos, Tiefkühlpizza und Milch. Ich habe gehört, wie er zu John gesagt hat, dass er sich nie vorstellen konnte, auch mal exotische Gerichte zu essen, und nun sieh ihn dir an: Jetzt ist er praktisch Mexikaner. Ich bin mir nicht ganz sicher, ob Burritos tatsächlich unter exotische Gerichte fallen, aber Reis in ein Sandwich zu tun, kommt mir persönlich sehr verwegen vor.

»Was ist los, Ais?«

John gibt Cillian mit einer Geste zu verstehen, dass er verschwinden soll, und sagt noch sanft über meinen Kopf hinweg: »Bei ihr im Büro sind ganz viele entlassen worden.«

»Ach ja. Scheiße. Das ist ... scheiße. Tut mir leid, Ais.« Cillian tätschelt ungeschickt meine Schulter und zieht sich ins Wohnzimmer zurück. Er weiß zwar nicht, wo bei einem Staubsauger vorne und hinten ist, aber im Grunde ist er ein Schätzchen.

Es ist wirklich scheiße. Alles fällt gerade auseinander.

In meiner Manteltasche klingelt das Handy, und ich hole es heraus. Es ist Majella. Ich habe ihr natürlich vorhin geschrieben, was los ist, aber sie war mit ihren Lehrerkolleginnen unterwegs, um die Tatsache zu feiern, dass sie das Schulhalbjahr überlebt haben, und Geschichten von der Front auszutauschen. (Mit der Geschichte von einem ihrer Schüler, der in einem Anfall von extremer Dreistigkeit in ihre Handtasche gepinkelt hat, woraufhin sie die Mutter einbestellen musste, hat Majella bestimmt das Rennen gemacht. Es war allerdings wohl nicht sehr förderlich, dass sie selbiges Kind mit der Mutter kurz darauf im Supermarkt getroffen hat. Maj hatte neun Flaschen Wein in ihrem Einkaufswagen und sonst nichts. Den Blick, den die Mutter ihr zugeworfen hat, beschrieb sie als »vernichtend«.) Ich zeige John ihren Namen auf dem Display, und er nickt und drückt meine Hand, bevor er Cillian ins Wohnzimmer folgt. Nachdem ich mich vergewissert habe, dass keine dreckigen Unterhosen auf der Treppe liegen, lasse ich mich auf der dritten Stufe nieder.

»Hallo, Maj.«

»Ais. Wie geht's dir? Tut mir leid, dass ich nicht früher anrufen konnte, aber ich habe mich dermaßen abgeschleppt mit Tüten voller Becher mit »Beste Lehrerin der Welt« und lauter Schneekugeln. Ich hätte ja gerne nur ein einziges Mal eine Flasche Baileys oder so was …«

»Alles bestens, Schätzchen«, sage ich und halte meine Knie umklammert. »Ich bin bei John, deswegen kann ich jetzt nicht so richtig telefonieren. Ich bringe dich morgen auf den neuesten Stand.«

»Ist gut, Ais, aber hör mal: Mach dir nicht zu viele Sorgen, das wird sich schon finden. Hier bitte links!«, brüllt sie plötzlich, und ich schwöre, ich kann hören, wie der Taxifahrer fluchend ausschert und die Becher in Majs Beutel scheppern.

»Tschüs, Majella.«

»Tschüs, Ais!« Ich höre noch, wie sie ihre Sachen zusammenrafft, und ein gedämpftes: »Helfen Sie mir mit dem Weihnachtsstern? Guter Mann!«

Als ich einen Blick ins Wohnzimmer werfe, sind John und Cillian ganz vertieft in eine Wiederholung von *Das große Backen*. »Der wird nicht aufgehen«, sagt Cillian im Brustton der Überzeugung, als ein Teilnehmer einen Laib in den Ofen schiebt. »Ja, ganz schön ambitioniert«, stimmt John zu. Zwei Typen, deren bisherige Kenntnisse von Backwaren sich auf Toastbrot und das Krümelmonster beschränken. Ich für meinen Teil habe Sauerteig und dergleichen immer misstraut. Aber so verrückt es auch klingt, Elaine hat mich davon überzeugt, es mal zu probieren, und es schmeckt herrlich.

John rückt auf dem Sofa ein Stück zur Seite und klopft auf das Kissen neben sich. Ich quetsche mich zwischen ihn und Cillian und versuche, mich auf die Sendung zu konzentrieren. Majellas »Das wird sich schon finden« klingt noch in mir nach. John stupst mich an und sagt leise: »Okay?«, während Cillian sich nach vorne beugt und vor sich hinmurmelt: »Los, du schaffst es«, als ein Kandidat seine Focaccia aus dem Ofen nimmt. Ich schenke John ein verkrampftes Lächeln und versuche, mich auf das Thema Brot zu konzentrieren, aber in Gedanken bin ich mit morgen beschäftigt. Dem Junggesellinnenabschied. Haben wir für alles gesorgt? Habe ich mein gutes Kleid von Oasis …?

»Um Gottes willen!«, schreie ich auf und lasse meinen Kopf gegen die Rückenlehne des Sofas knallen.

»Du hast völlig recht, Ais – wie kann man da nur Thymian reintun«, antwortet Cillian, ohne sich vom Fernseher abzuwenden.

»Was? Nein, ich meine nicht das Brot, du Dödel. Ich … ich habe nur vergessen, mein Kleid für Elaines und Rubys Junggesellinnenabschied morgen reinigen zu lassen.«

Es hängt seit dem einundzwanzigsten Geburtstag meiner Cousine Doireann vor ein paar Wochen im Schrank. Bestimmt ist es okay, aber für einen JGA hätte ich gerne ein sauberes Kleid gehabt. Das hat was mit Respekt zu tun.

»Gott, du bist ja nur noch auf Hochzeiten. Wann ist diese denn?«

»An Silvester«, meldet sich John zu Wort. »Kaum zu glauben, Silvester in Dublin.«

John kann noch immer nicht begreifen, dass er so kurz nach Weihnachten wieder nach Dublin muss. Es gab schon einen angespannten Wortwechsel deswegen. Die ersten Anzeichen eines Streits, seit wir wieder zusammen sind. Aber damit das Ganze nicht eskaliert und die Realität wieder Einzug hält, habe ich ihm versprochen, dass wir einfach erst am Silvestertag selbst nach Dublin fahren und dass es auf jeden Fall auch Bier geben wird, nicht nur Getreideschnaps, wie sie das neulich überlegt haben.

»Suchen Sadhbh und du schon nach einer neuen Wohnung? Nicht ganz einfach da draußen, habe ich gehört. Mann, der Teig muss noch mindestens zwanzig Minuten gehen!«, ruft Cillian.

Elaine hat es zwar noch nicht ausdrücklich gesagt, aber Sadhbh und ich wissen, dass wir uns eine neue Bleibe suchen müssen. Ruby und Elaine werden ein Ehepaar sein. Sie werden nicht wollen, dass anderer Leute Unterhosen oder Strumpfhosen auf dem Wäscheständer hängen, während sie sich im Nachthemd mit Erdbeeren bewerfen oder was auch immer. Ich weiß, sie wird uns nicht rausschmeißen, aber früher oder später müssen wir ausziehen. Chez SEA wird mir furchtbar fehlen. Es war ein Riesenspaß, und ich konnte der Traurigkeit zu Hause entfliehen. Die Vorstellung, meine guten Kissen zusammenzupacken und meinen *Lebe Liebe Lache*-Aufkleber über dem Bett abzunehmen, finde ich schrecklich. Dabei habe ich das Gefühl, ich wäre gestern erst eingezogen. Es wird mir sogar fehlen, mit Elaine über ihren – offen gesagt – rücksichtslosen Umgang mit Einkaufsbeuteln zu streiten. Es ist nicht Sinn der Sache, bei jedem Einkauf sechs Stück zu kaufen. Genau deshalb verwendet man ja Beutel und keine Plastiktüten. Am meisten aber werden mir meine Freundinnen fehlen. Schwer zu glauben, dass ich sie erst seit einem Jahr so richtig kenne.

»Ja, wir werden ausziehen müssen. Aber darüber will ich erst nach Weihnachten nachdenken.« Cillian nutzt allerdings gerade die Werbepause, um Burrito-Verpackungen und Biergläser in die Küche zu bringen. John tätschelt mein Knie und schenkt mir ein aufmunterndes Lächeln, aber jetzt steht das Thema nicht nur groß im Raum, es sitzt sogar mit auf dem Sofa.

Cillian steckt seinen Kopf aus der Küche. Er hat dort anscheinend gründlich nachgedacht: »Wie wäre es damit, Ais? Du könntest doch hier einziehen. Pjotrs Zimmer steht leer. Und du hättest einen begehbaren Kleiderschrank.«

* *

»Du kannst so lange bleiben, wie du willst, okay?«

Johns Stimme ist dumpf, da er sich gerade sein Knock-Triathlon-T-Shirt über den Kopf zieht. Es ist schon so oft gewaschen worden, dass es so weich ist wie ein Schlafanzug, und als solchen benutzt er es auch.

Ich tue so, als hätte ich ihn nicht gehört, und schlüpfe ins Bett. Ob er wohl gemerkt hat, wie ich mich verkrampft habe, als Cillian Pjotr erwähnt hat? Ich denke nie an Pjotr. Na ja, jedenfalls versuche ich es.

»Ais? Du kannst so lange bleiben, wie du willst«, wiederholt er.

»O, danke, ich weiß. Dank dir, mein Schatz.«

Keiner von uns erwähnt Cillians Vorschlag, richtig hier einzuziehen. Wir hätten das schon unzählige Male besprechen können, seit Elaine und Ruby beschlossen haben zu heiraten, aber wir haben das Thema tunlichst vermieden. Vor einem Jahr hätte ich möglicherweise sofort die Gelegenheit ergriffen – denn das war genau, was ich wollte. Auch vor einem Monat hätte ich sofort die Gelegenheit ergriffen, als wir gerade wieder zusammengekommen waren und Unterhosen in der Küche rumlagen. Aber jetzt will ich nicht darüber reden.

John legt sich zu mir ins Bett, liegt erst auf dem Rücken und kuschelt sich dann in seiner vertrauten Art an mich, während er meinen Oberschenkel streichelt. Ich überlege, ob ich reagieren soll, aber ich bin einfach so müde. Es ist allerdings schon eine Weile her. Gerade, als ich mich zu ihm umdrehen will, rollt er sich wieder auf den Rücken und seufzt.

»Sollen wir was gucken? *West Wing?*«

Während er mit gerunzelter Stirn in den Fernseher schaut, beobachte ich sein Gesicht, das vom Licht des Bildschirms angestrahlt wird. Mein lieber John. Ich rücke näher an ihn heran und lege den Kopf auf seine Brust. Aber noch nicht mal Jed Bartlet, der beste Serien-Präsident aller Zeiten, kann mich heute trösten.

KAPITEL 4

Zwanzig nach fünf, und wir haben noch nicht mal den Micra gepackt. Ich bin erst heute Nachmittag wieder nach Hause ins Chez SEA gefahren, nach einer unruhigen Nacht voller verstörender Träume und Schweißausbrüche in Johns Bett. Darin spielte Pjotr mit seinen starken Armen und seiner osteuropäischen Ausdrucksweise eine tragende Rolle, nachdem Cillian ihn gestern erwähnt hatte. Ich konnte John kaum anschauen, als ich aufgewacht bin. Er weiß nichts von Pjotr und mir und dem Kuss kurz nach Daddys Tod. Es war zwar bloß ein Moment des Wahnsinns, aber ich weiß, es würde ihn umbringen.

Sadhbh war selbst lange unterwegs. Sie sagt, es sei fast drei Uhr gewesen, als sie aus Dempsey's rausgerollt ist. Buchstäblich, denn sie saß noch immer auf dem Bürostuhl. Vorhin hat sie ihre Handtasche ausgeleert, und über die Kücheninsel ergossen sich Stifte, Post-its und lauter andere gute Sachen vom Bürobedarf im dritten Stock. Ich hoffe, ich mache mich als Mitwisserin ihres Verbrechens nicht schuldig. Das Letzte, was ich jetzt brauchen kann, ist, nie wieder ein Visum für Amerika zu bekommen.

Wir haben eine dringend erforderliche Pizza für ein spätes Mittagessen bestellt (Schinken und Ananas auf der einen Hälfte für mich und Blauschimmelkäse und eine Wurst, von der ich noch nie gehört hatte, auf der anderen für Sadhbh), dazu viele Dosen Cola light, und haben überlegt, mit wie viel Abfindung wir rechnen können. Durch ihren Job in der Personalabteilung kennt Sadhbh sich mit so was gut aus und glaubt, wir können mit einer anständigen Summe rechnen. Ich schätze 20 000 Euro, aber ihrer Ansicht nach ist das noch zu niedrig. Letztes Jahr sind einige Leute freiwillig ausgeschieden, und nach dem Urlaub zu urteilen, den Siobhán vom Kundenservice mit Michael vom Vertrieb gemacht hat, war die Firma sehr großzügig und ist weit über die gesetzlichen Verpflichtungen hinausgegangen. Michaels Ehefrau war da nicht ganz so großzügig, wie es scheint. Aber wir bekommen doch bestimmt dasselbe? Ich merke, wie meine Hoffnung wächst, und beschließe, sie gleich im Keim zu ersticken. Besser, nicht zu viel erwarten, dann werde ich später nicht enttäuscht. Ich weiß echt nicht, wie die Amerikaner es schaffen, mit ihrem Positive-Einstellungs-Schnickschnack durchs Leben zu gehen. Was für ein Albtraum! Ich habe Sadhbh auch gefragt, ob sie schon darüber nachgedacht hat, was mit Chez SEA passiert, wenn Elaine und Ruby verheiratet sind. Sie hat eingeräumt, dass sich unsere WG wohl auflösen wird. Doch wir beide hoffen, wo es keine Hoffnung gibt. Da weder Elaine noch Ruby bisher was von Ausziehen gesagt haben, bedeutet das vielleicht, wir bleiben eine große, glückliche Familie. Möglicherweise wollen sie ja eins unserer Eier für ihre Babys. Allerdings, wie Sadhbh anmerkte, haben sie zusammengenommen selbst schon genug Eier. Aber ich habe sowieso daran gedacht, etwas häufiger zu spenden, deshalb sollen sie wissen, dass das Angebot steht. Bestimmt hatten sie einfach noch keine Zeit, darüber nachzudenken. Die Verlobung und die Vorbereitung für die Hochzeit – das ging alles so schnell. Aber wer weiß? Ronan Keating hatte völlig recht – das Leben ist eine Achterbahn. Man muss einfach auf ihr fahren.

»Warum ziehst du denn nicht zu John?«, fragt Sadhbh, als sie die erste Ladung Krimskrams für den Junggesellinnenabschied aufsammelt, um damit in die Tiefgarage zu gehen –

Federboas, Cowboyhüte und die beiden meterhohen E- und R-Luftballons. Eigentlich wollten wir ihre Namen ausschreiben, bis ich erfahren habe, dass jeder Ballon vierzehn Euro kostet. Scheiß drauf.

Sadhbh balanciert den Karton auf ihrem Knie, während sie mich fragend ansieht.

»Ach, ich weiß nicht. So lange sind wir ja noch nicht wieder zusammen. Vielleicht ist es ein bisschen ... früh.«

»Früh? Ais, ihr seid quasi seit dem Kindergarten zusammen ...« Aber als sie meinen skeptischen Gesichtsausdruck sieht, wechselt sie das Thema und bewundert die Herzchen-Halsketten. In so was ist sie gut. Sie verlässt die Wohnung mit den Kartons, und ich gehe zurück in mein Zimmer, um den Rest zu holen. Ich muss noch die Girlande, die Schärpen und die Plüschhandschellen einpacken. Penis-Strohhalme habe ich auch besorgt – das war geradezu reflexartig –, aber im Nachhinein werden die wohl bei einem lesbischen JGA nicht so gut ankommen. Oder vielleicht erst recht – bei der Truppe weiß man das nie so genau.

Sadhbh kommt in die Wohnung zurückgetrampelt und steckt den Kopf durch meine Zimmertür. »Es wird langsam eng im Kofferraum«, sagt sie, dann fällt ihr Blick auf die Penis-Strohhalme auf meinem Bett, und sie verstummt. Man muss schon sagen, dass sie sehr detailgetreu sind. Man kann sogar die Adern erkennen. Sadhbh sieht mich mit hochgezogenen Augenbrauen an.

»Ich weiß«, sage ich seufzend und stopfe sie in meine Handtasche. »Aber ein Junggesellinnenabschied ohne Penis-Strohhalme? Da würde was fehlen. Sie werden es schon verstehen.«

»Hast du deine Mutter schon angerufen?«, fragt Sadhbh und lehnt sich an den Türrahmen. Mammy weiß nichts von der Sache mit meinem Job. Sie braucht jetzt nicht noch mehr Sorgen. Paddy Reilly, Daddys ältester Freund, hilft ihr auf dem Hof bei der Feldarbeit und mit der Buchhaltung, aber ich habe das schreckliche Gefühl, dass vieles auf der Strecke bleibt.

»Noch nicht.« Ich seufze erneut. »Aber morgen fahre ich nach Hause. Dann sage ich es ihr persönlich.«

Zusammen schleppen wir das restliche Zeug sowie zwei Kartons Prosecco in die Tiefgarage und stopfen alles – wie bei Tetris – in den Kofferraum. Ich hatte schon überlegt, den Micra gegen ein Auto mit einem größeren Kofferraum einzutauschen, aber ich konnte mich nicht dazu durchringen. Daddy hat mir vor Jahren geholfen, ihn auszusuchen, hat gegen die Reifen getreten und das Geschäft mit einem Handschlag besiegelt. Die Vorbesitzerin war eine vorsichtige Dame, wurde uns gesagt. Und er ist gerade frisch durch den TÜV. Zum Glück, denn in nächster Zeit wird es kein neues Auto geben.

Der Junggesellinnenabschied findet im Wilde-Zentrum statt – einem Gebäude mit neuen kreativen Räumen und einem Coworking Space mitten in der Stadt mit Blick auf den Liffey. Es grenzt an ein Wunder, dass wir da so kurz vor Weihnachten was bekommen konnten, aber Ruby kennt den Eigentümer, deshalb mussten wir nichts bezahlen und können sogar auf die Dachterrasse, von wo aus man einen herrlichen Blick auf die Stadt und die Dubliner Berge hat. Auf dem Weg dorthin frage ich Sadhbh, was zum Teufel eigentlich kreative Räume und ein Coworking Space sind, aber als wir ankommen, habe ich es immer noch nicht so ganz begriffen. Klingt aber super.

Die Bräute werden gerade geschminkt, aber wegen des dichten Verkehrs auf dem Weg in die Stadtmitte haben wir nicht mehr so viel Zeit zum Dekorieren. Ich bin gestresst. Wir machen das alles hier nur, weil *ich* darauf bestanden habe, und ich könnte es mir nie verzeihen, wenn die beiden keinen schönen Abend hätten. Ich persönlich finde ja, dass es nur ein richtiger JGA ist, wenn man zu der einen oder anderen Aktivität gezwungen wird – Poledancing, Schminkkurse oder von mir aus sogar Blumenkronen flechten, aber Elaine hat gesagt, irgendwo hört es auf. Also heißt es Drinks, Canapés, ein bisschen Tanzen, und das war's. Die gute Nachricht ist, dass ihr Vater, der offensichtlich zu viel Geld hat, den Partyservice bezahlt, also sind Essen und Cocktails umsonst. So was habe ich noch nie erlebt. Ich werde heute Abend besonders darauf achten müssen, zwischendurch auch mal Wasser zu trinken. Wenn die Getränke umsonst sind, schlägt man schnell über die Stränge – wie alle, die bei RentenPlus arbeiten, sehr gut wissen. Und ich kann die kleine Überraschung, die Sadhbh und ich für den späteren Abend geplant haben, nicht aufs Spiel setzen.

* *

»Gott, du hast dich selbst übertroffen, Ais!«

Majella sollte uns eigentlich beim Dekorieren helfen, aber sie musste heute Morgen zu einer Beerdigung nach Hause fahren, und Timoneys Bus hatte auf der Rückfahrt in die Stadt Verspätung. Samstags ist das immer so, denn Tony Timoney besteht darauf, bei der Einfahrt nach Dublin an der Nass Road zu halten, um einen Lottoschein zu kaufen. Zwar schwört er, dass er den Gewinn mit allen im Bus teilen wird, aber ich traue dem Mann nicht über den Weg. Er spielt noch nicht einmal EuroMillionen. Majella sieht gut aus – glücklich und geradezu strahlend –, und ich weiß, dass das weder mit dem Eiersalat-Sandwich, das sie sich vorhin reingezogen hat, noch mit dem Small Talk zu tun hat.

»Danke, Maj. Was macht der Kopf nach dem gestrigen Abend? Hast du deine Becher noch heil nach Hause gekriegt?«

»Geh mir weg mit den Bechern! Das Beste habe ich dir ja noch gar nicht erzählt. Hör dir das mal an: Gestern Morgen wurde ein Strauß roter Rosen im Lehrerzimmer abgegeben mit einem kleinen Teddy darin.«

»Nein!«, rufe ich unwillkürlich aus.

»Doch!«, quietscht sie. »Und, Ais, der Teddy hatte ein kleines Kissen im Arm ...«

»Ja und?«

»Und auf das Kissen waren die Worte *Ich liebe dich* gestickt.«

Sie kreischt, und ihre Begeisterung reißt mich mit. Ich weiß, es ist total kitschig, aber ehrlich gesagt ist es ein von mir lang gehegter Traum: dass jemand mit einem kühlschrankgroßen Strauß roter Rosen und einem Stofftier, das seinen eigenen Ausweis braucht, bei mir ins Büro platzt. So was von romantisch! Was Blumen angeht, kann ich mich über John nicht beklagen, aber diese Geste rührt mich fast zu Tränen. So extravagant!

Majella war schon im Kindergarten meine beste Freundin, und seitdem hat sie auch so ziemlich alle Jungs von zu Hause durch und eine Spur aus gebrochenen Herzen hinter sich zurückgelassen. Ihr erster Freund war Phillip McCarthy, aber er war gezwungen, Schluss zu machen, nachdem sie ihm beim Hallenfußball bis hinter den Kiosk gefolgt ist und ihn geküsst hat. Sie waren damals beide acht, und er bekam einen Riesenschreck. So ist Majella eben – genau wie Samantha in *Sex and the City,* und zwar schon immer –, sie kriegt, was sie will. Sie kriegt auch, was sie nicht will, wie die Chlamydien in ihrem ersten Semester in Limerick, aber selbst das konnte sie nicht aufhalten (obwohl sie einige peinliche SMS schreiben musste). In den vier Jahren, in denen Majella auf dem Mary Immaculate war, hat das College beinahe seinen Spitznamen »Das Unbefleckte« verloren.

»Die Kinder waren so was von aufgeregt, haben mir Fragen zu meinem Freund gestellt und wollten wissen, ob ich heirate. Ich glaube, er ist der Richtige. Ist das zu fassen?«

Nein, ist es nicht, wenn ich ehrlich bin. Ich habe wirklich gedacht, sie würde letztendlich einen von Johns Freunden heiraten - da ich eine Knocknamanagh-Rangers-Spielerfrau bin, hängen wir viel mit denen rum - oder sogar jemanden von den Ballygobbard Rovers, obwohl die Hochzeit für mich dann etwas heikel geworden wäre. Mannschaftspolitik ist eben verzwickt - es ist an sich schon ein Wunder, dass John und ich zusammengekommen sind.

Aber nein, sie ist verliebt in Pablo, das Milchgesicht von Taxifahrer, mit dem John sich angefreundet hat, als wir Anfang des Jahres auf Teneriffa waren. Monate später tauchte Pablo samt Rucksack in Ballygobbard auf, bereit, sich alles, was Irland anzubieten hat, zu eigen zu machen. John hatte ihm allerdings auch ganz schön was vorgeschwärmt. Als Pablo dann Majella kennenlernte, war klar, dass er nicht so schnell zurückkehren würde. Aber im Moment hat er heftiges Heimweh und ist dazu übergegangen, trotz der arktischen Temperaturen im Dezember Shorts zu tragen. Bis Weihnachten hat er bestimmt eine Nierenentzündung. Für eine Mitfahrgelegenheit ist er genau der Richtige, weil er seinen Job als Taxifahrer vermisst. Sehr praktisch für Majella, da sie keinen Führerschein hat und das, was in BGB einer Straßenbahn am nächsten kommt, Constance Swinfords Pferdetransporter ist. Zudem hat Pablo sich als Granate im Hurling erwiesen, und John hat ihn schon als Außenverteidiger im Auge. Er konnte ihm sogar eine Zeit lang einreden, dass BGB für BallyGoBackwards steht, ein Knocknamanagh-Witz, der nie alt wird.

»Das ist ja *so* romantisch, Majella. Du freust dich bestimmt wahnsinnig. Ich freue mich für dich, ja, echt.« Ich freue mich wirklich. Diese erste Phase einer Beziehung, wenn man ohne Ende rummacht und jede Minute miteinander verbringen will – das ist unschlagbar. Es erinnert mich an meine erste Zeit mit John und wie er mir jeden Morgen als Erstes eine Nachricht geschickt hat und weiß der Himmel wie viele dann noch im Laufe des Tages. Nichts Aufregendes, nur dies und das, um mich wissen zu lassen, dass er an mich denkt. Das war schön. Als wir wieder zusammengekommen sind, waren wir wie die Teenager, dauernd »Du fehlst mir« und »Ich liebe dich«. Dann hat er mir letzte Woche eine Nachricht geschrieben, dass ich daran denken soll, Klopapier mitzubringen, weil Cillian sich an mexikanischem Bohnenmus versuchen wollte. Trotzdem, gebraucht zu werden, ist ja auch schön, schätze ich mal.

»Endlich verstehe ich, was der ganze Wirbel soll. Ich bin verliebt, Aisling.« Majella leuchtet jetzt richtig, und man kann wohl sagen, dass ich sie noch nie so glücklich gesehen habe.

»Hier, mach dich mal nützlich«, sage ich und werfe einen Beutel penisförmiges Konfetti in ihre Richtung. Das war noch von Martina Cloghessys JGA übrig. Spare in der Zeit, so hast du in der Not. »Verteil das auf den Tischen, ja? Die Bräute werden gleich hier sein.«

Nach einer halben Stunde sieht alles umwerfend aus, wenn ich das mal sagen darf. Der Raum ist schon gut gefüllt, und Sadhbh hat mit ihrer, wie sie es nennt, minimalistischen skandinavischen Weihnachtsdeko ganze Arbeit geleistet. Die Ballons retten das Ganze, um ehrlich zu sein. Kellner schlängeln sich mit Tabletts voller verrückter veganer Dinge durch, gemäß Rubys Wunsch. Ich kann kaum glauben, dass das hier tatsächlich mein Leben ist, ich in Dublin, an einem Samstagabend auf einem lesbischen Junggesellinnenabschied. Es ist so kosmopolitisch. Ich bin voll im Aisling-auf-einem-JGA-Modus und unterhalte mich mit den Müttern der Bräute und den diversen Tanten, Schwestern und Cousinen – und bei Gott, es sind viele. Doppelt so viele Verwandte wie sonst, schätze ich mal. Vor einer Weile sind Ruby und Elaine in einer Kakophonie von spitzen Schreien und Umarmungen angekommen, und ich freue mich, dass letzten Endes alles geklappt hat. Sadhbh verteilt gerade den Krimskrams, und ich sehe, wie die Rugby-Mädels das Beste aus den Penis-Strohhalmen machen. Ich hätte nie an ihnen zweifeln sollen. Penis-Strohhalme sind eben einfach der Knaller, selbst wenn es nicht deine Kragenweite ist, sexuell gesprochen.

Die einzige Person, die ich nicht entdecken kann, ist Maj, und das ist ungewöhnlich. Normalerweise wäre sie jetzt auf der Tanzfläche voll in ihrem Element und würde die Plüschhandschellen schwingen. Ich schaue an der Bar nach. Nichts. Auf den Toiletten. Nichts. Dann gehe ich auf die Dachterrasse. Es ist eiskalt, selbst für Dezember, und der eisige Wind schneidet mir in die eine Schulter, die mein Kleid entblößt. (Es war dann doch nicht schlimm, dass ich es nicht mehr in die Reinigung gebracht hatte.) Dort sehe ich sie an einem Ecktisch sitzen, fest in ihren guten Wintermantel gewickelt. Sie schaut auf ihr Handy, strahlt wie eine Irre, und ich weiß, dass sie ihm gerade schreibt. Sie schreibt ihm dieser Tage dauernd. Ich lasse sie machen und gehe wieder rein.

Dann trinke ich einen großen Schluck von meinem Cosmopolitan – nie habe ich mich mehr wie Carrie Bradshaw gefühlt, obwohl ich wohl eher eine Charlotte bin – und tippe auf das Mikrofon. Sofort drehen sich alle im Raum zu mir um und starren mich an. Ich kann sehen, wie Elaine Ruby in die Seite stupst, nach dem Motto: O nein, was passiert jetzt?

»Äh, eins, zwei? Hallo, zusammen«, sage ich mit etwas zitternder Stimme. Reden zu halten, war nie so mein Ding, aber das hier muss einfach sein. »Nun, ich weiß, dass die Mädels kein großes Trara wollten, und ich habe es versucht, wirklich versucht.« Es wird gekichert, und Ruby schlägt sich die Hände vors Gesicht, aber ich kann sehen, dass sie lächelt. »Aber ich denke, alle werden mir zustimmen, dass ein Junggesellinnenabschied ohne Dia-Show kein Junggesellinnenabschied ist. Also, los geht's, Róisín!«

Hinter mir wird eine Leinwand runtergelassen, und Sadhbh drückt auf ihrem Handy auf »Wiedergabe«. Das erste Bild – nebeneinander montierte Babyfotos von Ruby und Elaine – wird sichtbar, während »Isn't She Lovely« aus den fantastischen Lautsprechern ertönt, die überall im Raum verteilt zu sein scheinen.

Beim vierten Bild weinen beide Bräute, ein neuer Rekord für mich. Das Kunststück ist, Videobotschaften von Freundinnen und Verwandten, die im Ausland leben und nicht kommen konnten, mit einzuarbeiten. Nichts lässt die Tränen so fließen, wie eine Schwester in Melbourne, die ein Gedicht aufsagt, oder eine beste Freundin in Toronto. Ich selbst heule natürlich auch. Das geht gar nicht anders.

Um Mitternacht ist die Party in vollem Gange und die Tanzfläche brechend voll, obwohl es nicht so meine Musik ist. Eine von Rubys Freundinnen legt auf, und bisher kannte ich noch kein einziges Lied. Als ich sie gefragt habe, ob sie was von Ed Sheeran spielen könnte, hat sie mich angeschaut, als hätte ich zwei Köpfe. Trotzdem, Maj und ich geben wirklich alles, und ich muss später daran denken, noch ein paar FitPoints auf meinem Weight-Watchers-Bewegungskonto einzutragen. Maura wird entzückt sein. Nach meinem fünften oder sechsten Cosmopolitan fühle ich mich etwas lädiert und schwanke auf die Dachterrasse, um ein bisschen frische Luft zu schnappen. Sadhbh steht mit ein paar Freundinnen von ihr und Elaine aus der Collegezeit zusammen, kommt aber sofort zu mir rüber, als sie mich sieht.

»Alles gut, Ais?«, fragt sie und zeigt auf meine nackten Füße. Na ja, nackt, abgesehen von meiner schwarzen 100-den-Strumpfhose. Es ist schließlich Dezember. Im Sommer gehe ich dann auf 40 den runter.

»Ich habe schon wieder vergessen, zwischendurch Wasser zu trinken«, sage ich mit einem Schulterzucken, und sie führt mich in eine ruhige Ecke unter einen Heizpilz.

»Warum gehst du nicht nach Hause? Die letzten Tage waren irre. Du musst total fertig sein.«

Da hat sie nicht ganz unrecht. Noch vor 48 Stunden dachte ich, mein größtes Problem seien zwei fehlende Wichtelgeschenke. Und jetzt bin ich ... meinen Job los. Ich habe immer gearbeitet. Im College habe ich zwei Jahre lang in einem Delikatessengeschäft gejobbt und zwei weitere Jahre in einem Restaurant. Der unbegrenzt verfügbare Krautsalat hat meiner Figur nicht gerade gutgetan.

»Vielleicht gehe ich wirklich nach Hause. Abgesehen von dem Gebrüll ist die Party eigentlich gelaufen. Du siehst so aus, als wärst du wieder besser drauf.«

»Ja, mir geht es wegen der ganzen Sache tatsächlich besser«, antwortet Sadhbh und steckt sich eine ihrer komplizierten selbst gedrehten Zigaretten an. Man sollte meinen, dass es einen einfacheren Weg gäbe, sein Krebsrisiko zu erhöhen. »Im schlimmsten Fall suche ich mir einfach einen neuen Job. Im besten Fall bekomme ich eine satte Abfindung.«

»So habe ich es noch gar nicht betrachtet.«

»Ach, scheiß drauf, es war sowieso ein Drecksloch«, sagt sie, und ich merke jetzt, dass sie auch ordentlich einen im Tee hat. »Außerdem dachte ich, dass das doch eine gute Gelegenheit für dich ist, mehr Zeit mit deiner Mutter zu verbringen, Ais. Ich weiß, dass du dir Sorgen um sie machst. Vielleicht ist es Glück im Unglück.«

Ach ja. *Das Glück an meiner Seite.* Das ist ein Film, an den ich länger nicht gedacht habe. Hilary Swank hat da so schöne Haare – man sieht gleich, dass sie ihre Haarpracht ordentlich pflegt mit Leave-in-Spülung, und wahrscheinlich macht sie auch wöchentlich eine Haarkur. Wirklich sehr glänzend. Und vielleicht hat Sadhbh recht: Arbeitslos zu sein, bietet mir die Chance, mehr Zeit mit Mammy zu verbringen. Silberstreifen und all so was. Sadhbh umarmt mich schwankend. »Aber ich werde es total vermissen, mit dir zu leben und zu arbeiten.«

Bevor ich ihr sagen kann, dass es mir ganz genauso geht, kommt Elaine mit zerzaustem Bob und ausgestreckten Armen zu uns rübergewankt. »Da sind ja meine Mädels«, singt sie, ganz offensichtlich noch lädierter als wir anderen. Mission erfüllt. Wenn die Braut nicht sturzbetrunken ist, ist es kein richtiger Junggesellinnenabschied. »Was ist los?« Elaine hält uns beide liebevoll im Schwitzkasten.

»Ach, wir heulen gerade wegen der Arbeit und allem rum. Wir werden uns gegenseitig fehlen.« Sadhbh drückt Elaine. »Und du ... du wirst uns auch fehlen«, sagt sie zögernd. Elaine presst die Lippen zusammen und sieht zwischen Sadhbh und mir hin und her. Sadhbh fährt fort: »Wir wissen, dass Chez SEA bald Vergangenheit sein wird.« Mir war nicht klar, dass sie vorhatte, das Thema anzusprechen, aber irgendjemand muss es ja tun.

Elaine wirkt richtig geknickt. »Ich wusste nicht, wie ich es euch sagen sollte. Das ging alles unheimlich schnell mit der Hochzeit, aber wir wollten den Schritt jetzt einfach machen, wisst ihr? Wir haben lange genug darauf gewartet, überhaupt heiraten zu dürfen, verdammt noch mal.«

»Es ist wunderbar, wunderbar«, weint Sadhbh Elaine voll. »Du hast es verdient, mein Schatz.«

»Bitte denkt jetzt nicht, dass ihr sofort ausziehen müsst.« Elaine zieht uns auf ein Korbsofa. Total feucht. Meine Nieren! »Wir fahren nach der Hochzeit drei Wochen in die Flitterwochen – erst nach Uganda und dann noch an ein paar coole Orte im Sudan und in Kenia.«

Sudan? Uganda? Mutter Gottes, was haben ihr die Malediven getan? Ist es nicht Gesetz, dass man in den Flitterwochen einen All-inklusive-Urlaub machen muss?

»Bitte mach dir keine Sorgen«, beruhige ich Elaine.

»Ja, mach dir keine Sorgen«, wiederholt Sadhbh. »Wir finden schon was.« Sie umarmt uns beide mit eisernem Griff und sagt dann: »Sollen wir gehen? Lasst uns nach Hause gehen, uns aufs Sofa pflanzen und *Girls Club – Vorsicht bissig!* gucken. Solange es noch geht.«

Es kommt mir zwar wie eine Sünde vor, eine offene Bar zu verlassen, aber im Schlafanzug auf dem Sofa abzuhängen, klingt herrlich, und so viele Abende bleiben mir, Elaine und Sadhbh nicht mehr. »Ich hole unsere Mäntel«, sage ich. Die Garderobe war auch gratis. Eine nette Geste.

KAPITEL 5

Am nächsten Tag lege ich noch ein paar Geschenke unter den Chez-SEA-Weihnachtsbaum (statt eines Engels ziert die Spitze ein Twink - nicht meine Idee!), umarme Sadhbh und Elaine zum Abschied und fahre los, um Majella abzuholen, mit der ich wie jedes Jahr zu Weihnachten nach Hause fahre. John ist schon auf dem Weg nach Knocknamanagh, nachdem er mich heute Morgen erst mal angerufen hat, um sich über Pablo zu beschweren. Der hat sich angewöhnt, John überschwängliche Textnachrichten über seine Gefühle für Majella zu schicken, womit John gar nicht umgehen kann. Pablos feurige Art hat sich in Knock oder Ballygobbard noch nicht durchgesetzt.

Es ist am praktischsten, Majella vor der Red Cow abzuholen, aber der Verkehr ist so irre, dass ich einen alten Mann anhupen muss, um einparken zu können. Gott weiß, dass ich nur in extremen Fällen hupe, aber er hält drei Parkplätze besetzt, und das geht sogar mir zu weit. Nächstes Mal lege ich dafür einen Euro in den Klingelbeutel, um das wiedergutzumachen.

Majella hockt auf einem Berg von Koffern und trägt ihren »Weihnachtsmann, was genau heißt brav?«-Pulli mit blinkenden Lichtern. Ich habe ihr gesagt, dass ich nicht viel Platz im Auto habe, aber sie hat sich angewöhnt, zu jedem Date mit Pablo etwas Neues anzuziehen. Mit wenig Gepäck reist sie wohl nun nicht mehr. Wenn es Penneys nicht gäbe, wäre sie längst pleite.

»Hi, Ais«, brüllt sie, macht den Kofferraum auf und wirft

ihren kleinen Rollkoffer auf das Fußmassagebad, also auf Mammys großes Geschenk. »Soll ich den Rest auf den Rücksitz tun?«

»Nur zu«, sage ich, während sie anfängt, alles zwischen meine sorgfältig eingewickelten Geschenke zu quetschen. Ich höre, wie das Lynx-Africa-Geschenkset für meinen Bruder Paul unter dem Gewicht ihrer Kosmetiktasche nachgibt. In letzter Zeit ist Majella verrückt nach Make-up. Sie ist besessen von Colette Green, Irlands bekanntester Mode- und Beauty-Bloggerin. Erst waren es die Schminkpaletten, dann die Pinsel, dann die Deo-Düfte. Aber jetzt bietet Colette auch Lipgloss, falsche Wimpern, sogar Bräunungscreme an, und Maj kann alles nicht schnell genug kaufen. Neulich habe ich gesehen, dass sie jetzt auch duftende Handyhüllen hat, ich kann mir also schon denken, was ich zu Weihnachten bekomme.

Hup, hup, hup. Die Autofahrer in Dublin gönnen einem nicht einmal eine Minute. Man sollte meinen, dass sie zu Weihnachten etwas mehr Geduld aufbringen könnten.

»Sitzt du?«, frage ich, als Majella sich theatralisch auf den Beifahrersitz fallen lässt und mit den Chips und Süßigkeiten rumfuchtelt, wie es bei uns Tradition ist.

»Ja«, sagt sie und schnallt sich an. »Los, mein Rentier, los!«

Und los geht's. Langsam bewegen wir uns die Autobahn entlang, und ich bin ein bisschen überdreht, obwohl mein Leben gerade buchstäblich auseinanderfällt. Majellas Weihnachtsfeier hat schon vor Wochen stattgefunden (Lehrer sind allen immer einen Schritt voraus), aber es gab noch ein ziemliches Drama, als zwei aus dem Kollegium beim Sex auf der Behindertentoilette bei McDonald's erwischt wurden. Das Allerneueste ist, dass die stellvertretende Schulleiterin gekündigt hat. Niemand wird sie vermissen – sie soll ein regelrechter Tyrann gewesen sein.

»Die Nerven liegen blank bei uns«, sagt Majella, reißt eine Tüte Weingummis auf und durchwühlt sie auf der Suche nach einem schwarzen, das sie mir in die Hand drückt. Eine wahre Freundin. Sie tun immer absichtlich weniger schwarze rein, weil die am besten schmecken. »Ich musste aufhören, im Lehrerzimmer *Home & Away* zu gucken. Jetzt hocke ich immer auf der Kindertoilette und schau die Serie auf meinem Handy. Meine Waden tun mir die ganze Zeit weh.«

»Und ist diese – wie heißt sie noch mal? – nach Weihnachten noch da?«

»Imelda? Nein, sie hatte Freitag ihren letzten Tag. Ich wäre ja nicht überrascht, wenn sie einen toten Fisch hinter die Tafel stopfen würde oder so. Das wäre typisch für sie. Echt kein großer Verlust.«

»Und wer kriegt jetzt ihre Stelle?«

Majella unterrichtet seit fünf Jahren die zweite Klasse im St. Anthony's im Vorort Santry. Sie ist voll im Stress, weil die Kinder in der zweiten Klasse Erstkommunion haben, aber die Abwechslung gefällt ihr. Es geht hauptsächlich um die Geschichte vom habgierigen Zachäus, garniert mit ein bisschen Mathe, Phonetik und Naturkunde, um das Maß voll zu machen. Ich wäre selbst fast Lehrerin geworden – die Voraussetzungen dafür habe ich –, und manchmal bereue ich, dass ich es nicht gemacht habe. Majella und ihre Mitbewohnerinnen Mairead und Fionnuala lassen sich immer an einem Mittwochnachmittag um vier Uhr die Haare schneiden und fliegen in den Schulferien auf die Kanaren. Vielleicht sollte ich mich mal erkundigen, wie ich mich weiterqualifizieren kann. Ich bin sehr geduldig, und ein bisschen Disziplin gefällt mir auch.

»Keine Ahnung. Es kommen ohne Ende Bewerbungen rein. Alle wollen eine feste Stelle als Lehrerin, deswegen werden sie kein Problem haben, einen Ersatz für sie zu finden.«

»Hast du mal daran gedacht, dich zu bewerben?«

Maj sieht mich mit gerunzelter Stirn an. »Der Gedanke ist mir gar nicht gekommen«, sagt sie. »Glaubst du, ich könnte das? Die stellvertretende Schulleitung muss die fünfte Klasse unterrichten und sich um die Verwaltung und all so was kümmern. Mir würde es fehlen, in der Kirche rumzuhängen, und der ganze Zauber der Kommunion auch.«

Die Eltern von St. Anthony's meinen es ernst. Letztes Jahr kam eine Familie in einer Limousine zur Kirche. Und eine Achtjährige wurde zu Toni & Guy zum Haareschneiden geschickt und war verdächtig gebräunt, damit das weiße Kleid besser zur Geltung kam. Es herrscht harte Konkurrenz, aber Majella macht sich gerne dafür zurecht, weil ihre Anwesenheit auf den Fotos stark gefragt ist. Sie sagt, sie fühle sich dann wie ein Promi, was verständlich ist.

»Natürlich könntest du das, Maj«, sage ich ermutigend. »Und du würdest bestimmt auch eine schöne Gehaltserhöhung bekommen. Dann könntest du vielleicht mit den anderen eine neue Wohnung mit einem zweiten Bad finden? Und ihr müsstet nicht mehr so oft wegen dem Weichspüler streiten.«

Was die Haushaltskasse angeht, ist Mairead notorisch geizig, und Maj und Fionnuala haben den Verdacht, dass sie noch nie einen Tropfen Weichspüler gekauft hat, seit sie vor drei Jahren eingezogen ist. Mairead und Fionnuala sind nett, aber sie haben den Laden fest im Griff. Ich bin noch nie so weit gegangen, meinen Namen auf mein Shampoo und meine Spülung zu schreiben, aber Majellas Mitbewohnerinnen haben ihre speziellen wasserfesten Marker.

»Tatsächlich hatte ich letztes Wochenende, als ich zu Hause war, eine ziemlich verrückte Idee«, sagt Majella verlegen.

»Na?«, sage ich und schalte zum ersten Mal in den vierten

Gang. So einen Verkehr habe ich noch nie erlebt. Das ist ja wie in den Zeiten, bevor sie meine geliebte Newlands-Cross-Überführung gebaut haben. »Raus damit.«

»Ich habe überlegt, wieder nach Hause zu ziehen. Also dauerhaft. Mein Zimmer in Phibsboro aufzugeben und mit Timoneys Bus zur Arbeit zu fahren. Ich würde Geld sparen und obendrein Pablo öfter sehen. In ein paar Jahren hätten wir was angespart.«

Ich bin völlig baff. Majella? Will wieder nach Hause ziehen? Majella liebt Ballygobbard genauso wie ich – liebt den Krautsalat bei Filan's, liebt die Abende im Maguire's, liebt die Hurling-Spiele –, aber ich habe immer gedacht, dass sie das Coppers an einem Donnerstagabend mehr liebt als das alles zusammen. Ich bin echt erschüttert, ehrlich gesagt.

»Das halbe Land macht es so, Ais. Die Mieten sind so eine Belastung. Unsere Dusche ist kaputt, aber wir haben Angst, den Vermieter auf uns aufmerksam zu machen, weil er sonst die Miete erhöht. Also nehmen wir es einfach hin. Man muss sie irgendwie so über sich halten und sich dann mit einer Hand waschen. Es ist unwürdig. Neulich bin ich fast rausgefallen. Versprich mir, dass du mir eine anständige Unterhose anziehst, bevor die Sanitäter kommen, falls die Dusche mich irgendwann umbringt. Und sorg dafür, dass sie eins meiner letzten drei Profilbilder bei Facebook für die Nachrichten nehmen.«

»Ich verspreche es«, sage ich feierlich.

»Wäre das verrückt, Ais? Alles für einen Mann aufzugeben?«, fragt sie mich leise.

Ich weiß, dass man das unter keinen Umständen tun soll, aber wir fahren nur etwa 40 Kilometer die Stunde, also wende ich für den Bruchteil einer Sekunde den Blick von der Straße ab und sehe sie direkt an.

»Ganz und gar nicht, mein Mädchen.« Ich strahle. »Du bist verliebt.«

Sie lächelt zurück. »Das bin ich. Ihn nur am Wochenende zu sehen, reicht mir einfach nicht, und er kann es sich nicht leisten, in Dublin zu wohnen, nicht in einer Million Jahren, so teuer, wie das ist.« Sie holt Luft. »Bist du sicher, dass ich nicht eine totale Idiotin bin?«

»Na ja, das schon ...« Ich ducke mich, als sie ein grünes Weingummi - das sind die schlimmsten - nach mir wirft.

»Wie geht es dir mit der Arbeitslosigkeit?«

»Ich kann es immer noch nicht so richtig fassen, Maj. Du? Entlassen zu werden, so kurz vor Weihnachten. Furchtbar.«

»Du wirst ein super Zeugnis bekommen«, sagt sie voller Überzeugung. »Und ganz schnell was Neues finden. Mit all den Arbeitsschutzbescheinigungen, die du angesammelt hast, bist du doch bestens vermittelbar.«

Das muss ich Majella lassen. Obwohl sie in neunundneunzig Prozent der Zeit völlig konfus ist, kann sie sehr pragmatisch sein, wenn ihr danach ist. Das macht wohl der Alltag als Lehrerin.

»Es ist nur ein Job. Da draußen gibt's noch viel mehr. Es ist Weihnachtszeit - ich schätze mal, du hast schon bereits seit Oktober alle Geschenke gekauft und fertig eingepackt?«

Da hat sie recht. »Du hast natürlich recht.« Eigentlich habe ich sogar schon Anfang des Jahres beim Winterschlussverkauf damit angefangen, aber das muss ich jetzt nicht erwähnen. Es ist nicht der richtige Zeitpunkt, um sich damit zu brüsten.

»Es ist eigentlich ein perfektes Timing. In den kommenden zwei Wochen arbeitet sowieso kein Mensch, also haben wir viel Zeit, uns was zu überlegen. Und denk dran, wahrscheinlich bekommst du noch einen Haufen Geld.«

Da hat sie schon wieder recht.

»Wenn du dir Sorgen wegen der Miete machst, könntest du doch auch einfach wieder nach Hause ziehen. Bei John kannst du übernachten, wenn du mal eine Pause von deiner Mutter brauchst. Und früher oder später werdet ihr beiden sowieso zusammenziehen.«

Das kommt ihr so leicht über die Lippen, und ich bringe es nicht übers Herz, ihr zu sagen, dass er und ich noch nicht einmal darüber gesprochen haben. Wie soll ich ihr erklären, dass ich Angst habe, John und ich könnten uns nach all dieser Zeit nichts mehr zu sagen haben? Ich verstehe es ja nicht mal selbst.

Stattdessen greife ich ihre andere Idee auf: »Ja, Sadhbh hat das auch schon vorgeschlagen. Nach der Hochzeit müssen wir sowieso aus dem Chez SEA ausziehen. Und Mammy ist einsam. Es wäre doch nett, eine Zeit lang aufeinander aufzupassen. Und wenn du auch da bist, umso besser. Vielleicht wird es sogar ganz lustig.«

»Willst du richtig wieder bei ihr einziehen? Nicht bei John?« Majella klingt überrascht und schneidet eine Grimasse, als sie sich ein grünes Weingummi in den Mund steckt.

»Ich weiß es nicht, Majella, ich weiß es nicht.«

Mein Bruder Paul ist seit Daddys Tod wieder zu Hause, aber ich weiß, dass er unbedingt nach Australien zurückwill. Seine Freunde sind ohne ihn durchs Land getingelt, um Obst zu pflücken, und inzwischen sind sie in Melbourne und reden davon, sich richtige Jobs zu besorgen und eine richtige Wohnung mit Zimmern und Betten und nicht einfach auf einem Haufen Mäntel zu schlafen oder was auch immer, wie sie das am Strand von County Coogee gemacht haben. Es ist eine Gelegenheit, echtes Geld zu verdienen. Ich habe ihm gesagt, es sei seine Entscheidung – ich werde ihn nicht aufhalten. Gleichzeitig habe ich aber ein bisschen Angst davor, mich allein um Mammy zu kümmern. Das wäre wohl einfacher, wenn ich wieder zu Hause wohnen würde. Tante Sheila ist natürlich auch noch da, und die Nachbarn waren fantastisch, aber ich fühle mich irgendwie, ich weiß nicht, verantwortlich. Das ist eine Menge, sogar für mich.

»Gott, Ais, stell dir vor, wir beide wieder zu Hause!«

Da ist was dran. Maj und ich, wir stehen alles durch, solange wir zusammen sind. Das erste Jahr, als wir in die Gaeltacht gefahren sind, hat das bewiesen. Sie sprach kein einziges Wort Irisch und wäre nach Hause geschickt worden, hätte ich ihr nicht Verben und Floskeln über das Wetter zugezischt. Jeden Abend schlossen wir uns auf dem Klo ein und erzählten uns hektisch auf Englisch, was wir zu Abend gegessen hatten. Wie sie jetzt Kindern Irisch beibringen kann, ist mir unbegreiflich.

»Aber Mammy und ich bringen uns vielleicht gegenseitig um.« Ohne Daddy als Vermittler wäre das gut möglich. Allerdings bin ich in den letzten Monaten wirklich erwachsen geworden. Also, erwachsen war ich natürlich schon, aber das ging noch nicht über allein auf der Autobahn zu fahren und eine Krankenversicherung zu haben hinaus. (Man weiß ja nie, wann man sich mit Nierensteinen auf einem afrikanischen Berg wiederfindet oder in welche Szenarien man sonst noch gerät, mit denen die Werbung einem Angst macht.) Und eigentlich streiten Mammy und ich gar nicht mehr. Wir müssen aufeinander aufpassen. Unsere Beziehung ist eindeutig besser geworden – wir reden öfter miteinander, nehmen uns öfter in den Arm –, aber ich habe Angst, dass das nicht anhält, wenn sie wieder anfängt, meine weiße Wäsche mitzuwaschen, und meine Zeit morgens beim Duschen zu stoppen – und das ist sehr wahrscheinlich. Was heißes Wasser angeht, ist sie extrem sparsam. Schweigend und tief in Gedanken versunken lassen Majella und ich den schlimmsten Verkehr hinter uns und rasen die Autobahn entlang Richtung BGB.

Nachdem sie die Pros (jeden Freitag frische Bettwäsche und Apfelkuchen ohne Ende) und Contras (Mammys langjährige Liebe zur Sitcom *Mrs Brown's Boys*) abgewogen hat, sagt Majella schließlich nachdenklich: »Ich glaube, Marian und du werdet bestens zurechtkommen.« Dann öffnet sie die Pringles und reicht mir einen kleinen Stapel rüber. »Wenigstens habt ihr echt viel Platz. Bei Mammy und Daddy wird es ganz schön eng, obwohl ich ihnen natürlich ein bisschen Miete zahlen werde. Darüber werden sie sich freuen, jetzt, wo Daddy nicht so viel arbeitet.« Solange ich zurückdenken kann, hat Shem Moran, Majellas Vater, mal gearbeitet, mal nicht. Hier einen Heizkessel gewartet, dort gestrichen und renoviert. Mrs Moran ist Lehrerin, wie Majella, und macht auch den Haushalt. Obendrein backt sie noch Scones für Filan's. »Wenigstens werden Daddy und Pablo sich was zu sagen haben, jetzt wo Pablo angefangen hat, bei den Rangers zu trainieren«, meldet sich Majella wieder zu Wort.

»Wie bitte?«, sage ich und neige den Kopf in ihre Richtung, während ich endlich in die Hauptstraße von BGB einbiege, wo man in der Ferne den riesigen Weihnachtsbaum funkeln sieht. Vor diesem Augenblick hatte ich Angst, und natürlich habe ich einen dicken Kloß im Hals. Weihnachten. Ohne Daddy. Unser erstes Weihnachtsfest ohne Daddy.

Ich halte die Tränen zurück, während wir geduldig hinter einem Auto warten, das an einem kleinen Verkaufsstand Kränze auslädt, und mir fällt auf, dass mehr Leute als sonst unterwegs sind. Einige machen einen Abstecher in Geraldines Boutique auf der Suche nach ein paar Geschenkideen in letzter Minute – sie hat so fließende Tücher im Sortiment, immer ein grundsolides Mammy-Geschenk. Manche gehen auch in den karitativen Secondhandladen, bestimmt wegen der Geschenkanhänger, die die Grundschulkinder gebastelt haben. Das ist eine Tradition in BGB, obwohl ein Affe mit einem Pinsel das bestimmt besser hinkriegen würde. An der Ecke sehe ich, dass sich eine Schlange vor der Metzgerei Boland's bildet: Die Leute holen ihre Truthähne ab, die sie im Oktober bestellt haben, und nehmen noch ein paar von Marty Bolands berühmten Würstchen mit. Es hängen mehr Schilder und Werbetafeln für diese Würstchen an der rot-weiß gefliesten Außenfassade, als ich es für möglich gehalten hätte. »Die besten Würstchen ›weit und breit‹. Gegessen habt Ihr bisher ›Reste‹, jetzt probiert bei mir ›das Beste‹!« Er ist sehr stolz auf sie, aber etwas Zurückhaltung bei den Anführungszeichen könnte nicht schaden. Im Schaufenster der Scissor Sisters neben Boland's hängt ein »Vermietet«-Schild. Róisín wird uns sehr fehlen. Seit meinem Debütantenball bin ich eine treue Anhängerin der Scissor Sisters, aber sie musste das Geschäft aufgeben, als sie zum dritten Mal schwanger wurde und sich herausstellte, dass es Zwillinge werden. Vier Kinder unter vier Jahren – da wird sie alle Hände voll zu tun haben. Ein paar Leute gehen auch bei Filan's ein und aus. Das freut mich. Der Aldi außerhalb von Knock setzt den örtlichen Läden ganz schön zu, obwohl sie ihr Bestes tun, sich anzupassen, indem sie zum Beispiel vegetarische Hähnchen-Nuggets oder eine dritte Kasse eingeführt haben.

Majella spricht immer noch und holt mich aus meinen Gedanken. »Ich meine nur, dass Daddy und Pablo jetzt ein Gesprächsthema haben«, sagt sie. »Das wird es einfacher machen, wenn er bei uns einzieht.«

Ohne nachzudenken, trete ich auf die Bremse, und das Auto kommt quietschend genau vor der Metzgerei zum Stehen.

Marty Boland, der gerade bis zu den Ellbogen in seiner festlichen Schinken-Auslage abgetaucht ist, schaut überrascht auf. Ich stehe dermaßen unter Schock, dass er noch nicht mal eine lautlose Entschuldigung von mir bekommt.

Entgeistert wende ich mich an Majella.

»Du willst *Pablo* fragen? Ob er *einzieht?* Bei deinen *Eltern?*«

Nach dieser Nachricht kann mich nichts mehr umhauen.

KAPITEL 6

»Hallo, Mammy.«

Wenn ich nach Hause komme, ist sie meistens auch da. »Wo soll ich denn auch hin?«, sagt sie dann mit einem traurigen Seufzer in der Stimme, der mir das Herz bricht. Ich gebe mir aber Mühe, die Stimmung nicht zu traurig werden zu lassen, weil ich Angst habe, dass ich dann anfange zu weinen und nicht mehr aufhören kann. Das W-Wort haben wir nicht ein einziges Mal erwähnt, obwohl es in ein paar Tagen so weit ist. Unser erstes Weihnachtsfest ohne Daddy. Bei dem Gedanken wird mir schlecht. Wer wird jetzt losziehen, um den Baum zu kaufen und sich dabei mit dem Verkäufer vor dem Gartencenter in Knocknamanagh anzufreunden – falls es überhaupt noch welche gibt? Wer wird die große Esche vor unserem Haus mit der Lichterkette schmücken? Mammy liebt diesen Baum mit Weihnachtsschmuck, unter anderem, weil Una Hatton vor zwei Jahren gesagt hat, das sähe kitschig aus. Na ja, sie hat eigentlich gesagt »hübsch und kitschig«, aber Mammy war klar, was gemeint war. Die Hattons sind Protestanten und haben immer sehr geschmackvolle, farblich abgestimmte Kränze an Tor und Haustür und nur einfarbige Lichter an ihrem Baum, der durch das Erkerfenster funkelt. Letztes Jahr ist Mammy losgezogen und hat noch eine zusätzliche bunte Lichterkette gekauft, und ihr selbst war sicher gar nicht bewusst, dass sie das Wort »kitschig« vor sich hin murmelte, während Daddy pflichtbewusst die Leiter neben den Baum stellte, um sie aufzuhängen. Vielleicht könnte Paul das dieses

Jahr in einem letzten, verzweifelten Versuch machen? Obwohl, wollen wir sie überhaupt aufhängen? Ehrlich gesagt würde ich das Ganze am liebsten ausfallen lassen.

»Was gibt's Neues?« Mammy lächelt verhalten. Sie sieht derzeit müde aus und älter als dreiundsechzig. Eigentlich hatte ich vor, ihr erst später von der Entlassung zu erzählen, aber sobald ich sie sehe, will ich ihr mein Herz ausschütten. Ich lasse mich im Katzensessel, der in einer Ecke der Küche steht, nieder. Nachher werde ich von Kopf bis Fuß voller Haare sein, aber scheiß drauf.

»Ich habe am Freitag leider schlechte Nachrichten bekommen. Unser Mutterkonzern schließt die Niederlassung in Dublin und …« Ich halte inne. »Wir werden alle entlassen.« Meine Stimme zittert ein wenig.

Mammy bleibt abrupt stehen und schlägt sich die Hand vor den Mund. »Was? O nein, Aisling. Was sind das für Lumpen! Und dabei hast du so viel für sie getan. Was wirst du jetzt machen?«

Mir war klar, dass sie die Nachricht schwer treffen würde, deswegen habe ich mich gut vorbereitet.

»Alles wird gut, Mammy. Ich bin mir sicher, dass ich eine gute Abfindung bekommen werde. Nachdem ich so lange dort gearbeitet habe, wird es in meinem Fall bestimmt ein ordentlicher Batzen.«

Sie guckt noch immer so, als hätte sie gerade eine Kugel getroffen, deshalb ergänze ich schnell: »Ich habe mich schon auf den einschlägigen Websites angemeldet, damit ich sofort über alle Jobs, die infrage kommen, informiert werde.« Als Allererstes habe ich heute Morgen gleich den Computer hochgefahren und bin die Angebote durchgegangen. Falls es Würmer zu fangen gibt, werde ich der frühe Vogel sein.

»Was ist mit dem TÜV?«

Seit Daddys Tod ist Mammy besessen davon, dass wir die Autos gut in Schuss halten müssen. Jetzt, da er nicht mehr da ist, um den Ölstand zu prüfen und gegen die Reifen zu treten, ist sie überzeugt davon, dass wir alle über die Klippe rasen werden, weil die Bremsen nicht gewartet wurden.

»Ich bin durchgekommen - darüber müssen wir uns keine Sorgen mehr machen.« Ich möchte dieses Gespräch schnell beenden.

Mammy kommt auf mich zu und legt mir den Arm um die Schultern. »Du armes Schätzchen. Ich setze mal Teewasser auf.«

* *

Kurz entschlossen hole ich den Weihnachtsschmuck aus der Garage. Aufs Ganze gehen will ich nicht, deshalb lasse ich das aufblasbare Rentier liegen - Daddy war bei jedem Aldi-Sonderangebot dabei -, aber mit ein paar Plüschweihnachtsmännern sieht das Haus vielleicht fröhlicher aus. Auf der Küchenkommode liegt ein Stapel ungeöffneter Briefumschläge - Weihnachtspost natürlich -, und eine neue Welle der Trauer steigt in mir auf. Von uns gibt es dieses Jahr keine Weihnachtskarten. Das gehört sich einfach nicht.

Ich habe Majella auf ein Glas Pinot Gris eingeladen, um mit ihr über die Pablo-Bombe, die sie hat platzen lassen, zu sprechen. Als sie mit einer Flasche in jeder Hand vor der Hintertür steht, habe ich ein bisschen Tannengrün aufgehängt und die Krippe auf den Tisch im Flur gestellt. Morgen hole ich noch ein bisschen Stroh dafür aus der Scheune. Mammy besteht darauf, dass die Krippe echt aussehen muss, obwohl ein bedauerlicher Vorfall in den späten Neunzigern dazu geführt hat, dass einer der drei Könige jetzt aus Lego ist, aber inzwischen gehört er einfach dazu. Wir haben noch immer keinen Baum, aber vielleicht lassen wir das auch einfach.

»Und, hast du es ihnen gesagt?«

»Noch nicht, nein. Ich muss mir noch etwas Mut antrinken.«

Majellas Eltern sind sehr weltoffen – sie wissen zum Beispiel, dass ihr Bruder Shane jeden Abend in der Garage kifft, während er seinen Subaru poliert, und sagen nichts –, aber ich glaube, sogar den Morans wäre es zu viel, wenn ihre Tochter unter ihrem Dach in wilder Ehe leben würde. Ich weiß, dass es Mammy bei mir und John auch nicht so recht gefallen würden, wenn kein Ring im Spiel wäre. Und von Johns Mutter will ich gar nicht erst anfangen. Ich habe eine Heidenangst vor Johns Eltern, und das war auch schon immer so. Die beiden sind echt irre Katholiken. Fran ist Krankenschwester, aber wenn sie könnte, wäre sie rund um die Uhr im Gottesdienst, und sie setzen sich immer in die erste Reihe, um zu demonstrieren, wie pünktlich sie sind. Sie hat bereits zweimal die Handschuhe des heiligen Padre Pio ausgestellt, ist sehr ehrgeizig, was ihre schwarze Johannisbeermarmelade betrifft, und zudem Schriftführerin des irischen Landfrauenverbands. Johns Vater ist auch nicht viel besser, aber wenigstens lässt er sich ab und zu im Maguire's mal ein bisschen gehen. O, beide sind natürlich sehr nett zu mir – ich komme aus einer anständigen Familie –, aber ich möchte keinem von beiden in die Quere kommen. Ich weiß, dass Johns Mutter seit Jahren hin- und hergerissen ist, weil sie einerseits will, dass John und ich heiraten, um jegliche Sünde zu tilgen, die zwischen uns entstanden sein mag, und weil sie andererseits ihren schnuckeligen kleinen Ministranten so lange wie möglich für sich behalten möchte.

Majella geht kurz ins Wohnzimmer, um Mammy zu begrüßen, während ich den Wein einschenke und etwas zu knabbern suche. Nichts zu finden. Mammy hat noch nicht einmal eine Fernsehzeitung für die Feiertage gekauft. Wie soll ich dann wissen, wann die guten Filme laufen? Ich muss in den nächsten Tagen mit ihr einen Großeinkauf machen. Die Nachbarn werden vorbeikommen, und wir müssen ihnen was anbieten können, vor allem den Hattons. Die wollen wahrscheinlich Marmelade zu ihrem Käse und anderen protestantischen Unsinn.

»Sie ist sehr still, nicht wahr?«, bemerkt Majella, schließt die Küchentür hinter sich und setzt sich an Mammys neuen geschmackvollen Küchentisch, den sie letztes Jahr extra gekauft hat, um Sadhbh und Elaine auf ihrer Jungfernfahrt nach BGB zu beeindrucken. Nicht, dass sie dies je zugeben würde, natürlich.

»Es ist schwer.« Ich seufze und schiebe Majella ein Glas rüber. »Aber wir schaffen das schon. Wir müssen da einfach durch. Tante Sheila hat uns zum Weihnachtsessen eingeladen, dann kommen wir mal raus. Sie kocht wunderbar – mit Wurstbrät in der Füllung und allem Pipapo.«

»Du bist eine tolle Frau, Aisling«, sagt Maj, und ich zucke einfach mit den Achseln. Ehrlich gesagt halte ich mich nur mit Mühe aufrecht. Aber ich muss ja.

»Also ...«, sage ich, erpicht darauf, das Thema zu wechseln. »Pablo, deine Eltern und Shane – alle zusammen im trauten Heim. Bist du verrückt geworden, oder was? Willy wird das nicht gefallen.«

Der Jack-Russell-Terrier der Familie Moran ist bekannt für sein Revierverhalten; als Derey Hayes Majella zum Ball des irischen Sportverbands abgeholt hat, hat Willy ein Loch in die Küchentür gekaut. Maj lacht einfach und trinkt einen großen Schluck Wein.

»Ich weiß, es ist verrückt«, sagt sie. »Aber wir haben keine andere Möglichkeit. Pablo arbeitet zwei Tage die Woche in Filan's Autowerkstatt und drei Abende die Woche im High King Hotel. Er wohnt zusammen mit drei Brasilianern über dem Secondhandladen – wie in einer Sardinenbüchse. Zwei in jedem Zimmer. Er besitzt keinen Penny, und alles, was er hat, gibt er für Geschenke für mich aus. Wenn er sonst keine Arbeit findet, will er vielleicht zurück nach Teneriffa.«

Puh, wenn sie es so ausdrückt, gibt es wohl wirklich keine andere Möglichkeit. »Werden sie euch ... also, dürft ihr zusammen in einem Zimmer schlafen?« Das muss ich einfach fragen.

»Ais, ich werde nächstes Jahr dreißig!«, quietscht Maj und füllt die Gläser nach. »Aber ja, nein, ich weiß es nicht. Ich hoffe, sie freuen sich so, mich wieder zu Hause zu haben, dass sie Pablo einfach übersehen. Er ist ja auch nicht sehr groß. Wir könnten versuchen, die Garage zu einem vierten Schlafzimmer umzubauen, aber da hat Shane seine Playstation, sein Computerzeugs und seinen Autokram, also haben wir keine Wahl. Gott, trotzdem habe ich solche Angst, sie zu fragen. Ich mache es jetzt. Was meinst du?«

»Ja, warum nicht«, räume ich ein und schenke ihr noch mal nach. Falls sie Nein sagen, betäubt das wenigstens den Schmerz.

Ich kann sowieso kaum glauben, dass Majella sich von Pablo losreißen konnte. Aber er muss heute arbeiten, eine Hochzeit im High King Hotel. Er mixt Drinks und begrüßt alle mit »Olé, Kumpel«. Inzwischen gehört er richtig dazu.

»Wer heiratet denn heute im High King?« Normalerweise wüsste ich genau Bescheid, aber ich war in letzter Zeit furchtbar abgelenkt. Majella wird jedoch alles wissen. Der örtliche Klatsch ist ihr Lebenselixier: Gemunkel, Geschwätz – geh zu Majella.

»Triona Kinsella und Donie McDonnell, das war ja klar.«

Allerdings. Obwohl vier der acht Hochzeiten, auf denen ich letztes Jahr war, an einem Freitag stattfanden, gilt eigentlich immer noch nur der Samstag in BGB nicht als billig. Donie McDonnell dreht jeden Penny dreimal um, deswegen ist es kein Wunder, dass er das High King an einem Sonntag gebucht hat, und noch dazu am Sonntag vor Weihnachten. Obwohl, letztes Jahr war ich auf einer Hochzeit, die an einem Dienstag stattfand, und ich habe es fast nicht über mich gebracht, zum Geldgeschenk beizutragen. An einem Dienstag! Ich glaube, noch nicht einmal Donie wäre so schamlos.

»Ich habe Triona Kinsella ewig nicht gesehen. Was macht sie denn?«

»Sie schneidet noch immer Haare im Pony & Clyde in Knock. Aber Donie hat mir erzählt, dass sie einen neuen Schönheitssalon eröffnen, da, wo früher Scissor Sisters war, und dort hat sie sich beworben. So wird sie monatlich zwei Euro für Benzin sparen, er wird entzückt sein.« Das haben sie also mit Róisíns altem Friseurladen vor.

»Gott, das ist ja aufregend. Obwohl wir Róisín ganz schön vermissen werden. Niemand konnte einen französischen Zopf fester flechten als sie.«

»Ich weiß! Dann sind wir wieder mit Knock gleichauf, und das wurde auch Zeit«, quietscht Majella.

Die Rivalität zwischen Ballygobbard und Knocknamanagh kennt keine Grenzen. Beides sind typische irische Dörfer, getrennt durch ein Gewirr von schmalen Landstraßen. Zusammen genommen würden sie eigentlich eine anständige Kleinstadt bilden: eine Bank (die), ein Chinese (wir), eine Pommesbude (die), die Pfadfinder (wir), eine Bücherei (die) und eine ganze Menge Pubs sowie die erforderlichen Schulen. Jedes Dorf für sich genommen hat aber bedauerlicherweise nur ein paar dieser Annehmlichkeiten. Meiner Meinung nach ist Knock ein bisschen glamouröser wegen der lebendigen brasilianischen Gemeinschaft, die vor einigen Jahren hier ansässig wurde. Aber das würde ich nie zugeben. Die beiden Hurling-Mannschaften, die Rovers und die Rangers, landen jedes Jahr unweigerlich im Endspiel der Regionalmeisterschaften, und das kann sehr dramatisch werden. In der Vergangenheit flogen sogar während und nach dem Spiel die Fäuste. Da Daddy früher selbst mal Mittelstürmer war, hat er das Drama in vollen Zügen genossen.

»Ich habe gehört, dass sie Nailart anbieten werden und alles Mögliche.«

»In Ballygobbard?«, frage ich etwas ungläubig.

»Ja, stell dir vor, im verfluchten Ballygobbard, Ais! Ihr könnt uns mal, Knock!« Und darauf stoßen wir an.

Dann steht Majella auf und trinkt ihren Wein aus. Ich nehme ihr das Glas ab, und weg ist sie, durch die Hintertür in die Nacht hinaus. Ich schließe hinter ihr ab, lege den Schlüssel für Paul unter den Abfalleimer und gehe nach oben, um Mammys Heizdecke einzuschalten.

KAPITEL 7

Wir begnügen uns mit einem kleinen Baum, den Paul bei Filan's besorgt hat. Es ist eher ein Strauch, aber Eamon Filan hat ein bisschen künstlichen Schnee draufgesprüht und den Preis um zehn Euro erhöht, insofern ist er festlich genug für uns. Und in der Not frisst der Teufel Fliegen, vor allem am Morgen des Vierundzwanzigsten. Den Gedanken, gar keinen Weihnachtsbaum zu haben, konnte ich dann doch nicht ertragen, und Mammys Vorschlag, die Geschenke um die Topfpflanze auf dem Tisch im Flur zu legen, war inakzeptabel. Was für ein seltsamer Morgen – Aufregung liegt in der Luft wie immer an Heiligabend, und die kann man nicht ausblenden. Aber sie wird überschattet davon, wie wir drei schniefend und seufzend durchs Haus geistern und uns gegenseitig aus dem Weg gehen, weil das alles zu traurig ist. Ich habe Paul dabei erwischt, wie er sich die Bilder auf dem Kaminsims angeschaut und sich die Augen gerieben hat. Wir vier auf der Fähre nach Wales – unser erster Urlaub im Ausland und unvergessen, weil Daddy nicht daran gedacht hatte, die Heringe für das Zelt einzupacken, und auf dem Campingplatz die Runde machen musste, um bei jeder Familie einen zu erbetteln. Er hat sich gut mit einem Mann aus Yorkshire angefreundet, der noch immer jedes Jahr eine Weihnachtskarte mit einem Witz über Heringe schickt. Die von diesem Jahr liegt bestimmt noch ungeöffnet in dem Poststapel.

»Sollen wir los, Mammy?« Wir haben uns darauf geeinigt, dass wir in jedem Fall noch einen Großeinkauf machen. Solange ich zurückdenken kann, haben wir das am Vierundzwanzigsten zusammen gemacht und Cocktailwürstchen sowie Füllung aus der Tüte und Pâté für die Hattons in den Einkaufswagen geworfen. Dieses Jahr hat keiner von uns das Thema angesprochen, bis Paul gestern Abend an den Gute-Sachen-Schrank ging und rief, dass wir noch nicht mal mehr Pringles im Haus hätten. »Wir können Weihnachten doch nicht ohne Pringles feiern«, sagte er leise. Recht hat er. Wir sind doch keine Tiere. Normalerweise würden jetzt mindestens zwei Kartons Knabberzeug unter dem (großen) Baum stehen, mehrere Packungen grüne Pringles im Schrank, zwei Packungen Mince Pies oben auf dem Brotkasten und drei weitere im Gefrierfach sowie genug Mineralwasser im Schuppen, um ein Feuer zu löschen. Ganz zu schweigen von dem Chichi-Kram, den ich sonst noch in Dublin bei Marks and Sparks hole. Das ist das einzige Mal im Jahr, dass ich dort groß einkaufen gehe. An drei Filoteigtaschen mit Hähnchenfleisch und Cranberrys zum Preis von zweien kann man schließlich nicht einfach vorbeigehen. Und wann, bitte, wenn nicht an Weihnachten, isst man Chips mit Proseccogeschmack? Ich packe meine Weihnachtsleckerbissen bei Marks and Sparks übrigens bis zum Rand in einen Korb. Einen Einkaufswagen habe ich da noch nie genommen – ich bin schließlich nicht vollkommen verrückt. Gibt es überhaupt Einkaufswagen bei M&S? Was würden die Leute denn da reintun? Kekse so groß wie ein Kopf, ganze Truthähne und mit Blattgold belegte Sandwiches?

Jedenfalls, dieses Jahr bin ich nicht zu M&S gepilgert. Ich habe es nicht übers Herz gebracht. Aber als wir gestern Abend zusammensaßen, ohne auch nur eine Schokoladen-Orange auf dem Küchentisch in Stücke zu brechen (3 Punkte pro Orangenschnitz) oder um ein Curly Wurly (3 Punkte, aber wer zählt schon an Weihnachten) zu streiten, verkündete ich, dass wir heute nach Knock zu Aldi fahren würden. Zum »neuen« Aldi, wie alle sagen. Es gibt ihn zwar schon seit zwei Jahren, aber die Begeisterung über seine Eröffnung war so groß, dass sie sich immer noch nicht gelegt hat. Wenn wöchentlich der neue Prospekt rauskommt, ist das noch immer Dorfgespräch. Es gibt Familien in BGB, die höchstens einmal im Jahr vor Beginn der Fastenzeit Pfannkuchen essen und deren einzige Berührung mit der asiatischen Küche das Hühnchencurry vom China-Imbiss in BGB ist, die aber nun stolze Besitzer eines Waffeleisens und eines Bambusdämpfers sind, dank dem neuen Aldi.

»Hast du den Chip für den Einkaufswagen, Mammy?« Sie mag vor Trauer völlig neben sich stehen, aber Mammy würde nie im Leben ohne einen Chip für den Einkaufswagen in den Supermarkt gehen. Und sie tut vollkommen recht daran – vielleicht hat man keinen Euro dabei, und in manche Einkaufswagen kann man jetzt nur Zweieuromünzen stecken. Es ist wie russisches Roulette. Ich habe Sadhbh und Elaine mehr Chips für den Einkaufswagen geschenkt, als ich zugeben will, und trotzdem erwische ich sie immer noch dabei, wie sie aus dem Supermarkt kommen und die Grünkern- und Quinoa-Packungen kaum im Arm halten können. Die beiden werden mir trotzdem fehlen.

Aldi ist nicht so voll, wie ich befürchtet habe, und wir müssen nur dreimal im Kreis fahren, bevor wir einen Parkplatz finden. Constance Swinford war direkt vor uns, und während wir einparken, sehe ich sie aus ihrem Range Rover klettern, als würde sie sich von den Cliffs of Moher abseilen. Daddy hat natürlich auch einen Jeep für den Hof, aber was will man mit so einem Riesengefährt bei Aldi? Die Parkplätze sind bekanntermaßen schmal. Tessie Daly, die mit Mammy im Secondhandladen arbeitet, hat mal an den Gemeinderat geschrieben, nachdem sie beim Aussteigen zwischen ihrem Ford Focus und einem Renault Megane stecken geblieben ist. Sie mussten den Fahrer des Megane im Laden ausrufen lassen.

»Angeberin«, sagt Mammy, als könnte sie meine Gedanken lesen, während ich Constance anstarre. Sind eigentlich all ihre Kleider in verschiedenen Brauntönen? Reiche Leute stehen irgendwie total auf braune Kleidung. Sie ist wirklich so was von schnieke und scheint nicht viel zu machen, außer zu reiten und ab und zu ein Benefiz-Dinner auf dem Garbally-Gestüt zu veranstalten. Außerdem ist sie sehr engagiert bei »Unser Dorf soll schöner werden«, wohl um zu verhindern, dass ihre schicken Freunde wegen des Zustands der Blumenampeln oder des Blumenbeets zu Ehren der Jugendspiele von 1996 ein Trauma erleiden, wenn sie durch den Ort fahren. Nach jedem Treffen des Ortsverbands tauschen sich Mammy und Tessie Daly am Telefon über sie aus. Die Art, wie sie »Mulch« ausspricht, ist ein häufiges Gesprächsthema. Mammy kann sie sehr gut nachahmen: »Mmmmmaaaalch.«

Drinnen im Aldi ist es auch nicht allzu schlimm, Gott sei Dank. Wir haben eine Einkaufsliste und können auf dem Rückweg immer noch wegen irgendwelcher Extras bei Filan's halten. Wegen grüner Pringles zum Beispiel – die Aldi-Chips gehen zu Weihnachten einfach nicht. Paul ist nicht mitgekommen, sondern staubsaugt das ganze Haus. Bevor wir losgefahren sind, habe ich ihn noch mal ermahnt. Das Haus ist zu Weihnachten immer makellos, und ich will nicht, dass Mammy wegen dem Zustand der Fußböden traurig wird. Wenn wir die nächsten Tage mit so wenig Stress wie möglich durchstehen, werde ich verdammt froh sein, wenn alles vorbei ist. Aber jetzt brauchen wir Rosenkohl und mindestens drei Packungen Kräcker für den Notfall und alles andere auch. Ich glaube nicht, dass dieses Jahr unter den gegebenen Umständen viele Nachbarn vorbeikommen werden, aber man weiß ja nie. Und wir werden Una Hatton nicht mit einer kümmerlichen Kräcker-Platte beleidigen, nicht mit mir. Paul hat einen Würgelaut von sich gegeben, als ich vorgeschlagen habe, auf den Truthahn zu verzichten. Mammy hat keinen bei Boland's bestellt, und obwohl es bei Aldi tonnenweise Vögel gibt, brauchen wir keinen. Am ersten Feiertag gehen wir zu Tante Sheila und am zweiten Feiertag wollen wir vier ... wir drei wollen unter uns bleiben, haben wir beschlossen. Also reicht auch ein Huhn. Oder zumindest eins von diesen entbeinten, gerollten Teilen.

Gerade biegen wir in den Brot-Gang ein, um Biskuit für den Trifle zu holen – Mammy hat nicht vor, dieses Jahr einen zu machen, aber ohne Biskuit im Schrank ist einfach nicht Weihnachten –, als wir direkt in Constance Swinford reinlaufen.

»Marian«, haucht sie und greift nach Mammys Ärmel. »Wie. Geht. Es. Dir?« Jedes Wort kommt einzeln heraus, wie die Töne aus einer Tuba, und dabei wackelt ihre Camilla-Parker-Bowles-Frisur unter dem Crocodile-Dundee-Hut. Warum trägt sie überhaupt einen Hut? Wir sind drinnen!

»Ach ja. Es ist ... nicht einfach.« »Unser Dorf soll schöner werden« ist in der Winterpause, deshalb ist das wohl das erste Mal seit der Beerdigung, dass Mammy Constance trifft. Mammys Stimme zittert, und mit festem Griff legt sie ihre Hand auf Constances, so wie Frauen in einem bestimmten Alter sich aneinanderfesthalten. Ich trete von einem Fuß auf den anderen, beiße mir auf die Lippe und blinzele wie verrückt, um die beißenden Tränen loszuwerden.

»Natürlich, natürlich.« Constance schaut Mammy direkt an und nickt. Ihr Mann ist vor fünfzehn Jahren gestorben, also weiß sie wohl, was das bedeutet. Mein Blick schnellt über ihren Einkaufswagen. Etwa zwanzig Packungen Räucherlachs und eine Packung Weetybix. Sogar Constance Swinford ist sich anscheinend nicht zu fein für Nachahmerprodukte. »Marian«, sagt sie noch einmal, »du hast doch meine Nummer, nicht wahr? Ruf mich an. Ich würde dich sehr gerne zum Tee einladen. Wir Witwen müssen zusammenhalten.«

Mammy ringt kurz nach Atem. Es ist wohl das erste Mal, dass jemand vor ihr das W-Wort ausgesprochen hat, und es ist ein ziemlicher Schock, es zu hören. Aber sie reißt sich zusammen und drückt Constance' Hand ein weiteres Mal.

»Das werde ich machen. Ich freue mich darauf. Ich freue mich.«

»Und, hast du schon gehört?« Constance wechselt schnell das Thema. »Sie machen endlich was mit dem Gebäude da bei mir um die Ecke.«

Auf dem Höhepunkt des Aufschwungs hat irgendeine Dubliner Baufirma angefangen, kleine Apartmenthäuser am Rand von BGB zu bauen, aber sie wurden nie ordentlich fertiggestellt. Offenbar hatten sie gehofft, arme Touristen mit »Luxuswohnungen« an dem kleinen See bei Garbally anzulocken und mit »echtem irischem Guinness« im Maguire's. Schon eher mit echten irischen Guinness-Pupsern. Die Baustelle liegt aber schon seit Jahren brach und ist regelmäßig Thema in der Zusammenfassung der Gemeinderatssitzungen im Pfarrblatt.

»Ach?«

»Ja, irgendwas passiert da.« Constances Stimme dröhnt über das Zitronat und Orangeat hinweg. »In den letzten Tagen wurde da gearbeitet, und es heißt, dass sie sogar die Blumenbeete vorne richtig anlegen. Sie haben sich mit mir in Verbindung gesetzt, weil sie was von meinem Mmmmaaalch haben wollen.«

Irgendwie schaffen Mammy und ich es, noch so lange zu warten, bis Constance weit genug entfernt bei den Kassen steht, bevor wir losprusten. »Mmmaaalch«, habe ich ihr zugeflüstert, als wir uns verabschiedet, uns Frohe Weihnachten gewünscht und uns Richtung Rouladen aufgemacht haben.

»Psst«, hat Mammy wütend erwidert, aber sie hat am ganzen Körper gezittert.

* *

»Glaubst du, wir haben alles?«, fragt Mammy, als wir unsere Einkäufe auf den Küchentisch packen. Paul wühlt in den Einkaufstüten und stößt zufriedene Laute aus, wenn er eine Dose Cadbury-Schokoladenrosen oder einen tiefgekühlten Baiserkuchen herausholt. »Alles gut, Mammy«, versichere ich ihr. Außerdem, wenn was fehlt, kann man immer noch am Weihnachtsmorgen zu Filan's gehen, dort an die Tür klopfen, und dann bekommst du deine Batterien oder deinen Speck oder was immer du brauchst, wenn sie noch was dahaben. Mammy hat einmal sogar noch einen ganzen Schinken bekommen, in dem Jahr, als die blöde Katze ein Viertel von dem gefressen hat, den sie vorbereitet hatte. Nach drei Festtags-Brandys im Maguire's war Daddy etwas zu nachgiebig und hat sie in die Küche gelassen (die Katze, nicht Mammy) und vergessen, sie wieder rauszuscheuchen. Am nächsten Morgen entdeckten wir sie, ihr Bauch sah aus wie eine riesige Steckrübe und der Schinken wie etwas aus einem Kriegsfilm.

»Mammy?«, frage ich vorsichtig, während ich den Speck in den Kühlschrank packe. »Wollen wir ... wollen wir dieses Jahr in den Gottesdienst gehen?« Pauls Kopf schießt nach oben, und er sieht erst mich und dann Mammy an.

In der Weihnachtsnacht gehen wir traditionsgemäß um acht Uhr in die Christmette und danach auf ein paar Drinks ins Maguire's. Um halb zwölf werden dann alle rausgescheucht, während Mikey Maguire ruft, dass er noch ein Barbie-Haus aufzubauen hat. Letztes Jahr hat der verrückte Tom versucht, den riesigen Plastikesel von Maguires legendärer lebensgroßer Krippe mitgehen zu lassen. Er ist an Mikey Maguire vorbeigeschlichen, den Esel beziehungsweise etwa ein halbes Ohr des Esels, unter seiner Jacke versteckt, während der Rest hinter ihm herschleifte und die Hufe den Leuten gegen die Beine schlugen. Mikey hat wirklich eine Engelsgeduld.

Der Gedanke an die Christmette macht mir Angst. Ich werde ganz sicher weinen, wenn der BGB-Chor »The Little Drummer Boy« anstimmt. Daddys Lieblingslied.

»Ich nicht, Aisling. Aber geh du ruhig hin, Schätzchen.«

Meine Erleichterung ist riesengroß, und ich spüre, dass es Paul genauso geht. Allein hätten wir Mammy nicht in die Kirche gehen lassen.

»Wir zünden Daddys Kerze für ihn an und stellen sie ins Fenster, und dann können wir uns den Weihnachtsmann in den Nachrichten angucken«, fährt sie fort.

Daddy hat am Weihnachtsabend immer eine Kerze ins Fenster gestellt, um »die verlorenen Seelen nach Hause zu leiten«. Der Gedanke daran ist zu viel für mich. Ich eile aus der Küche und stammele dabei etwas von Geschenken, die ich noch einpacken muss.

* *

»Klopf, klopf?«

Ich habe gar nicht gehört, dass John zur Hintertür hereingekommen ist. Und auch nicht, dass Mammy nach mir gerufen hat, um mir zu sagen, dass er da ist. Ich muss wohl auf meinem Bett eingeschlafen sein, während ich auf meinem Handy die Stellenanzeigen durchgegangen bin.

»Komm rein«, rufe ich, setze mich auf und fahre mir mit den Händen durchs Haar.

Sein dunkler Schopf erscheint im Türrahmen, und er winkt mir mit einem kleinen Geschenkkarton zu. »Hohoho«, sagt er sanft und ich rücke auf dem Bett ein Stück zur Seite und bedeute ihm mit einem Nicken, dass er sich hinsetzen kann. Wir tauschen immer schon am Weihnachtsabend Geschenke aus. Heiligabend und den ersten Weihnachtstag verbringt John in Knock, und am zweiten Weihnachtstag treffen wir uns dann alle im Pub. Johns Geschenk habe ich vor einem Monat im Internet bestellt und gegen meinen eigenen Grundsatz verstoßen und es zur Arbeit liefern lassen, um sicherzugehen, dass es ankommt. Manche Leute bekommen jeden zweiten Tag was geliefert, und ich will gar nicht daran denken, wie viel Zeit dabei verloren geht. Wie viel Zeit allein beim Bestellen draufgegangen sein muss, anstatt Anrufe und was weiß ich entgegenzunehmen. Nicht, dass das jetzt noch eine Rolle spielt.

In den letzten Jahren haben John und ich uns angewöhnt, uns immer die gleichen Sachen zu schenken: Schmuck oder Parfum für mich und eine Uhr oder einen Kalender für ihn. Irgendwann gehen einem die Ideen aus, nicht wahr? Aber nachdem wir wieder zueinandergefunden hatten, wollte ich mir Mühe geben und ihm was Besonderes schenken. Etwas von Bedeutung. Ich wühle in der Tüte mit den Geschenken rum, die am Fußende des Bettes steht und hole eine rechteckige Schachtel heraus. Schüchtern reiche ich sie ihm: »Du zuerst.«

Er grinst und liest pflichtbewusst zuerst die Karte, bevor er das Geschenkpapier von dem schlichten braunen Karton reißt.

»Oho, was das wohl ist?«, neckt er mich. Als er den Deckel

abhebt, verschlägt es ihm den Atem. »Ach, Ais! Ist das die Möglichkeit?«

Er nimmt das Geschenk heraus. Einen wunderschönen Flachmann, aus Metall und Leder, und vorne ist die Zahl 17 eingraviert. Er wendet ihn in seinen großen weichen Händen. Hinten ist in kleinerer Schrift »Alles Liebe, A« eingraviert.

»Für siebzehn Küsse«, erkläre ich, obwohl er das schon weiß. Immer, wenn wir die Zahl siebzehn irgendwo sehen, stupsen wir uns an. Das ist unser besonderes Ding.

»Toll, danke!«, ruft er, legt mir den Arm um die Taille und küsst mich auf den Mund.

Als er mir den kleinen Karton gibt, lächelt er nicht mehr so. Ich halte das Geschenk in der Hand, prüfe das Gewicht und versuche zu raten, was drin sein mag. Es geht doch nichts über die Vorfreude. Als ich das Papier abreiße, sehe ich eine wohlbekannte Marke.

»Ooooh, Pandora!« Unwillkürlich bin ich ein wenig enttäuscht. Das ist nicht das erste Pandora-Armband, das ich von ihm bekomme. Trotzdem, es ist bestimmt hübsch.

Als ich den Karton öffne und das Seidenpapier zur Seite schiebe, rutscht mir das Herz in die Hose. »O, wie schön.«

Er beißt sich auf die Lippe. »Gefällt es dir nicht?«

»Nein, nein, es ist sehr hübsch, aber ...«

Ich strecke meinen Arm aus und ziehe den Ärmel meines Weihnachtspullis hoch. John schaut von meinem Handgelenk zum Karton und zurück.

»Das ist doch nicht etwa ... genau das gleiche?«, stottert er.

Doch, ist es. Es ist genau das gleiche. Zwei Weihnachten hintereinander.

»Ich habe den Beleg noch«, brabbelt er. »Ich kaufe dir etwas anderes. Ich bringe es zurück.«

»Alles gut, Schatz. Alles gut. Das kann ich schon machen.«

Ich lache, um die Spannung aufzulösen, aber ich merke, wie wütend er auf sich ist. »Wirklich, John, alles gut. Der Gedanke zählt. Es ist wunderschön. Auch dieses Mal.«

»Ach, Ais, tut mir leid. Ich hätte mir mehr Mühe geben sollen. Du hast dir so viele Umstände gemacht, und ich ...«

Ich habe das Gefühl, so wie ich immer die Hausschuhe für Johns Mutter besorge, kauft sie mir die Pandora-Armbänder. Plötzlich sieht er traurig aus, und ich schlinge die Arme um ihn und flüstere: »Frohe Weihnachten.« Er umarmt mich ganz fest, und so sitzen wir eine Weile da.

Schließlich löst er sich von mir und streckt sich. »Ich mache mich besser auf den Weg. Fran macht vor dem Gottesdienst noch Suppe, und sie bringt mich um, wenn ich mich verspäte.«

Er steht auf, breitet noch mal die Arme aus, und ich schmiege mich an ihn.

»Frohe Weihnachten, mein Schatz.«

Ich sage nichts, lege nur meinen Kopf auf seine Schulter, drücke mein Gesicht an seine Brust und atme tief ein. Schließlich ist es nur ein Armband, stimmt's?

* *

Es ist ein seltsamer Weihnachtsabend. Die traditionellen Würstchen mit Kartoffelbrei zum Abendessen lassen wir ausfallen und essen stattdessen Sandwiches. Wie üblich gucken wir die Sechsuhrnachrichten und schauen zu, wie der Weihnachtsmann vom Nordpol abhebt – er klingt immer so, als stamme er aus Roscommon oder Wexford; wirklich sehr irisch, dieser Weihnachtsmann –, aber statt uns dann schnell für den Gottesdienst und den Pubbesuch danach anzuziehen, machen wir es uns im Wohnzimmer gemütlich, eine Dose Süßigkeiten in Griffnähe, und gucken *Die Geister, die ich rief* im Fernsehen. Keiner von uns hat in den letzten fünfzehn Minuten etwas gesagt, wir sind alle in unsere Gedanken versunken, als Mammy plötzlich aufsteht und schnell das Zimmer verlässt. »Was war das denn?«, fragt Paul und nimmt sich eine Praline mit Erdbeerfüllung, der Banause. Mir schmecken die mit Nüssen am besten. Besonders die im lila Papier.

»Ich weiß nicht, vielleicht holt sie ihr Handy?« Mammy hegt noch immer tiefes Misstrauen ihrem Handy gegenüber, und sie versteckt es oft in ihrem Schlafzimmer, damit es sie nicht zwingen kann, etwas zu tun, das sie nicht versteht. Im Fernsehen hat sie etwas über Telefonschwindel gesehen, und seitdem sind alle verdächtig, sogar Tante Sheila. Doch als sie zurückkommt, hat sie nicht ihr Handy, sondern zwei Briefumschläge in der Hand.

»Die sind für euch, zu Weihnachten.« Sie gibt jedem von uns einen Umschlag. Als ich die Handschrift erkenne, schnürt sich mir die Kehle zu.

»Sie sind von Daddy.«

KAPITEL 8

Der Briefumschlag steckt in meiner Tasche, als es an der Tür klingelt. Ich fahre mit meinen Fingern den Rand entlang, während Una Hatton ihr Glas hochhält, um sich Baileys nachschenken zu lassen. Es war nicht zu erwarten, dass der übliche Pulk am Weihnachtsmorgen nach dem Gottesdienst bei uns vorbeischauen würde, aber mit Majella und den Hattons haben wir fest gerechnet. Und mit Tessie Daly vom Secondhandladen. Dort treten sie sich gerade gegenseitig auf die Füße. Mammy geht schon wieder ein paarmal die Woche morgens hin, und Tessie ist furchtbar nett zu ihr und lässt sie hinten die Kleider sortieren, wenn wohlmeinende Kunden ihr zu viel werden.

Niamh Hatton unterhält sich gerade mit Paul und zwirbelt an den Holzkugeln ihrer Kette, während ich nach der Postkarte in meiner Rocktasche taste (den Rock habe ich im Ausverkauf vor Weihnachten erstanden – ein schönes rotes Karomuster –, dazu einen passenden Pulli). Ich wette, sogar das Holz von Niamhs Kette ist recycelt. Falls Holz überhaupt recycelt werden kann. Doch, bestimmt. Wenn man Klopapier recyceln kann, kann man alles recyceln. Niamh trinkt Wasser, nachdem sie zunächst den Baileys, den Paul ihr anbot, abgelehnt hat und anschließend die Wensleydale-Käsewürfel, die Majella ihr unter die Nase hielt. »Tut mir leid, ich bin Veganerin«, hat sie gesagt, und: »O nein, Schätzchen, ich kann nicht, ich bin doch Veganerin.«

»Wusstest du eigentlich, dass sie Veganerin ist?«, flüstert

mir Maj sarkastisch zu, als sie auf dem Weg in die Küche an mir vorbeigeht. Majella und Niamh können sich nicht riechen - damals in der Schule hat Niamh sich geweigert, ein Hasenherz zu sezieren, und Majella hat ihr immer die Schuld für ihre schlechte Bionote gegeben. Nach drei Wodkas erklärt sie jedes Mal, der ganze Kurs wäre durchgefallen. Das stimmt nicht, ich habe eine anständige Note bekommen, aber ich lasse sie dann einfach wüten. Und Niamh behauptet, Neil Ferrissy hätte sie wegen Majella verlassen, aber niemand konnte je beweisen, dass die beiden überhaupt eine Affäre miteinander hatten, und Maj gehört nicht zu denen, die Intimes ausplaudern, also wer weiß.

»Niamh von gegenüber sieht gut aus.« Paul schiebt sich pfeifend an mir vorbei und setzt sich aufs Sofa. Mein ganzes Leben lang wohnt Niamh schon gegenüber. Nachdem sie bereits zu Schulzeiten das jährliche Amnesty-International-Quiz veranstaltet hat, ist sie inzwischen zu einem Leben in New York aufgestiegen, wo sie was mit recycelten Turnschuhen und Yoga macht und auf Facebook Bilder von winzigen Tassen Kaffee und kunstvoll arrangierten Tellern voller Blätter postet, mit Überschriften wie »Dieses vegane Leben« oder einfach »Brunch!«. Wie oft kann ein Mensch bitte in der Woche brunchen? Seit ich nach Dublin gezogen bin, habe ich selbst eine Vorliebe dafür entwickelt. Das habe ich Elaine und Sadhbh zu verdanken und ihrem Beharren darauf, dass nur Tiere am Wochenende frühstücken oder zu Mittag essen. Aber bestimmt würden sogar sie sagen, dass Niamh es mit den Açaí-Bowls etwas übertreibt. Selbst ihre Kleider sind alle weizenfarben, und ich bezweifle, dass sie je unter einer rutschenden Penneys-Strumpfhose zu leiden hatte.

Ich nutze die Gelegenheit, dass keiner sich mit mir unterhält, um ins Bad zu flüchten. Nachdem ich die Tür hinter mir abgeschlossen habe, lasse ich mich auf den Badewannenrand sinken und ziehe den Umschlag aus meiner Tasche. Die Ecken sind schon ganz verknickt. Ich werde ihn zwischen die Seiten eines dicken Buchs legen, damit er heil bleibt. Vielleicht in meinen Maeve-Binchy-Sammelband oder in das Make-up-Handbuch von Colette Green, das Majella mir zum letzten Geburtstag geschenkt hat. Wer hätte gedacht, dass man sich sechzehn Seiten lang mit Augenbrauen beschäftigen kann? »Aisling« steht in Daddys unverkennbarer Handschrift auf dem kleinen Umschlag. Ich ziehe die Karte heraus, auf der ein Weihnachtspinguin mit einem Schal um den Hals abgebildet ist. Eine aus dem Postkartenset, das Mammy letztes Jahr aus dem Laden mit nach Hause gebracht hat, und von denen jedes das Fünfzigstel eines Brunnens in Afrika finanziert oder so. Mindestens zehnmal habe ich die Karte in den letzten zwölf Stunden aufgeklappt.

»Frohe Weihnachten, mein Schatz. Kauf dir was Schönes. Alles Liebe, Daddy.«

Allein der Anblick seiner Handschrift schnürt mir die Kehle zu. Das geschwungene Ypsilon, das hervorstechende I – alles so vertraut, dass es mir den Atem raubt und ich mich am Rand der Badewanne festhalten muss. Ein zusammengefalteter druckfrischer Fünfzigeuroschein ist mit einer Büroklammer an der Karte befestigt. Wäre die Karte mit der Post verschickt worden, wäre die Büroklammer allerdings nicht mit drin. Betrüger könnten sie ertasten und wüssten dann, dass sich Geld im Briefumschlag befindet. Wir kennen alle Tricks.

Er hat Mammy die Karten vor Monaten gegeben. Als er fast noch bei sich war, aber nicht mehr ganz. Und sich schon Sorgen machte wegen Weihnachtsgeschenken, die er nicht mehr würde überreichen können. Ich fahre mit dem Finger über »Alles Liebe, Daddy« und stoße einen tiefen, zitternden Seufzer aus. Dann schiebe ich die Karte wieder in den Umschlag und achte darauf, dass die Büroklammer nicht hängen bleibt. Und zurück in meine Tasche damit. Zurück zu dem Baileys und dem leisen Summen der Gespräche, Mammy, die Tessie erzählt, was Constance Swinford ihr über die Baustelle an der Garbally Road gesagt hat, und Paul, der Don Hatton berichtet, wie die Kerrygold-Butter-Lage in Australien ist.

»Ich ziehe tatsächlich wieder zurück nach Hause«, sagt Majella gerade ganz nüchtern zu Niamh, als ich ins Wohnzimmer komme. »Und Ais vielleicht auch«, sagt sie, wendet sich mir zu und sagt währenddessen lautlos: »Na, endlich!«

»Ach, du ziehst auch wieder nach Hause?«, fragt Niamh und legt den Kopf schief.

»Nun, nein. Ich habe mich noch nicht entschieden, wie es weitergehen soll. Man hat mir eine Kündigung gegen Abfindung angeboten, und ich werde darauf eingehen. Also ...« Das klingt nicht ganz so schlimm wie »Mir wurde gekündigt«.

»Da wird sich deine Mutter sicher freuen.« Niamh lächelt. So schlimm ist sie eigentlich gar nicht, muss man fairerweise sagen. Aber ich wende mich wieder Majella zu, um das Thema zu wechseln. Noch habe ich gar nicht mit Mammy darüber gesprochen, und jetzt ist auch nicht der richtige Zeitpunkt.

»BGB wird Hören und Sehen vergehen, wenn Maj wieder zurück ist.« Ich stupse sie in die Seite und lächele, während Niamhs Miene ganz besorgt wird.

»Grundschullehrerin zu sein, war dann am Ende doch ein bisschen viel, oder ...?«

Majella beißt die Zähne zusammen. »Ich ziehe wieder nach Hause, um Geld zu sparen. Geld für ein Haus mit meinem ...« Sie macht eine Kunstpause und kommt dann zum dramatischen Finale: »Freund.«

Ich glaube, ich habe Niamh noch nie verstimmt erlebt, aber

so sah sie aus, als sie zu ihrem Nussbraten nach Hause zurückgekehrt ist. Majella hat ihr fröhlich von Pablo erzählt und dass er aus Teneriffa ist und wie braun er in der Sonne wird, und mir wird klar, dass ich nicht mal gefragt habe, wie das Gespräch mit Shem und Liz gelaufen ist. Sobald Niamh weg ist, stürze ich mich auf Maj.

»Und? Was haben sie dazu gesagt, dass Pablo einzieht?«

»O, Ais, du hättest Daddys Gesicht sehen sollen.« Ich würde alles dafür geben, um Shem Morans Gesicht zu sehen, während er darüber sinniert, dass ein Spanier bei ihm einziehen wird. Ich würde mal sagen, es war puterrot.

»Mammy hat die Idee ganz gut gefallen. Sie mag Pablo. Er macht ihr immer Komplimente und sagt, dass er noch nie so viele verschiedene Zubereitungsarten für Kartoffeln gesehen hat. Er hat ihr auch gesagt, wie sehr ihm ihre ›Blumenwampeln‹ gefallen, und sie war entzückt. Daddy war nicht so überzeugt. Also habe ich gesagt: ›Shem.‹« Wenn Majella ihren Vater wegen irgendetwas piesackt, nennt sie ihn immer Shem. Das nervt ihn nur noch mehr. »Ich sage: ›Shem, entweder er zieht hier ein oder du verbringst das nächste Jahr damit, mich ständig zum High King Hotel oder sonst wohin zu fahren.‹ Da war er dann still.«

»Also zieht Pablo ein?«

»Er zieht ein«, bestätigt sie strahlend und mit einem zufriedenen Nicken. »Genau genommen ist er gerade bei uns zu Hause und versucht, Mammy davon zu überzeugen, den Truthahn mit scharfer Mojosauce statt mit Bratensauce zu servieren.« Shem und Pablo, die sich ein Badezimmer und eine Fernbedienung teilen. Das dürfte interessant werden.

* *

Der Rest des ersten Feiertags rauscht irgendwie vorbei. Es ist seltsam, zum Abendessen zu Tante Sheila zu gehen, aber sie hat darauf bestanden. Zum ersten Mal essen wir den Truthahn nicht bei uns zu Hause, und der Gedanke an den leeren Tisch dort macht mich traurig. Außerdem hat meine Cousine Doireann die Servietten in der Mitte gefaltet und sie neben die Gedecke gelegt. Dem Tisch fehlte eindeutig der Schwung meiner traditionellen und unverkennbaren Ausgeschüttelte-Serviette-in-einem-Glas-Deko. Sehr elegant.

Als wir auf dem Weg nach Hause sind, ruft John an und fragt, ob er vorbeikommen solle. Aber am Abend des ersten Weihnachtsfeiertags zu jemand anderem nach Hause zu gehen, ist praktisch gegen das Gesetz. Man soll niemanden außer der eigenen Familie sehen. Außerdem treffen wir uns morgen sowieso.

Elaine schickt eine Nachricht, und Sadhbh ruft auch an. Sie drückt sich vor einem Familienstreit beim Monopoly und der Frage, ob ihr Bruder seine Position als Banker missbraucht hat oder nicht. Sie ist ganz aufgedreht vom Prosecco, weil sie schon seit mittags trinkt. Dass sie überhaupt noch stehen kann, ist ein Wunder. Majella ist vorhin zu Sekt mit Orangensaft nach Hause gegangen. Inzwischen hat Shem Pablo doch bestimmt im Schwitzkasten. Sadhbh dankt mir dafür, dass ich eine gute Freundin sei und eine noch bessere Mitbewohnerin, und sagt völlig betrunken, dass sie meine Belehrungen über den Unterschied zwischen einem Händehandtuch und einem Geschirrtuch vermissen wird. Ich habe das Gefühl, dass sie gleich anfängt zu weinen, deswegen erinnere ich sie sanft daran, dass wir uns in ein paar Tagen bei der Hochzeit sehen werden. Sie beendet den Anruf ganz plötzlich, weil sie auf einem Hotel gelandet ist, verabschiedet sich und legt fluchend auf. Ich stecke meinen Kopf durch die Wohnzimmertür und verkünde, dass ich jetzt ins Bett gehe. Es ist erst halb zehn, aber ich bin froh, dass dieser Tag vorbei ist. Paul klebt vor dem Fernseher, wo James Bond gerade in Unterhosen auf einem Rennboot steht, und Mammy döst auf dem Sofa. Ich ziehe meinen neuen Schlafanzug an (danke, Mammy), schlinge mir meinen neuen Colette-Green-Turban um den Kopf, um mein Gesicht zu reinigen (danke, Majella), und hole den kleinen Umschlag aus meinem Rock, der auf dem Stuhl in der Ecke liegt. Vorsichtig ziehe ich den gefalteten Fünfzigeuroschein und die Büroklammer von der Karte, nehme mein Portemonnaie aus der Handtasche und stecke den Schein in das hintere Fach zu Daddys Trauerbildchen. Wer weiß, wann ich das Geld brauchen werde.

KAPITEL 9

Sosehr ich mich auch in den letzten Monaten vor Weihnachten gefürchtet hatte, würde ich nie ein schlechtes Wort über den zweiten Weihnachtsfeiertag verlieren. Ich übertreibe nicht, wenn ich sage, dass dieser Tag einer der Höhepunkte meines Soziallebens ist – in jedem Pub in BGB und Knock steppt ab mittags der Bär, weil die Leute darauf brennen, mit ihren Weihnachtsgeschenken anzugeben und von ihren Familien wegzukommen. Und danach geht es immer weiter ins Vortex bis spät in die Nacht, das heißt, bis zwei Uhr früh.

Man könnte ja meinen, wir hätten das Vortex inzwischen satt. Schließlich gehen wir dorthin, seit wir siebzehn sind. Aber es hat eben Tradition, und außerdem komme ich mit John immer umsonst rein, da seine Mittelstürmerposition bei den Rangers ihm eine gewisse Bedeutung verleiht. Wenigstens ist es in der Nähe, genau zwischen BGB und Knock, und klebt an einer Seite des Mountrath Hotels. Ich sollte hinzufügen, dass die Inneneinrichtung noch aus einer Zeit stammt, bevor wir da überhaupt hingegangen sind – die gelbe Farbe blättert von der Decke, die Tapeten sind aus den Siebzigern, und der klebrige Teppichboden erstreckt sich nicht nur bis in die Toilettenkabinen, sondern auch halb die Wände hinauf. Man darf auch seinen Drink auf die Tanzfläche mitnehmen. Es gibt einen Türsteher – Jamesie Kellie –, der für das gesamte Hotel verantwortlich ist, deswegen sind überschäumende Biergläser zum Takt von »I Gotta Feeling« oder »Sex on Fire« sein geringstes Problem, besonders seit es so beliebt geworden ist, Junggesellenabschiede in billigen Absteigen außerhalb Dublins zu feiern. Die meiste Zeit verbringt er damit, freilaufende Banden von verkleideten Priestern und Wo-ist-Walters in Schach zu halten, der Gute. Und das mit einer Krücke.

»Es ist sicher gut, Terry Crowley früh zu buchen, Schätzchen«, sagt Mammy, als sie ins Bad kommt, wo ich mich gerade schminke. Mit ihren ganzen Produkten von Colette Green fährt Majella inzwischen das volle Make-up-Programm, aber ich bleibe meiner getönten Hautcreme, der braunen Wimperntusche und dem rosa Lippenstift treu. Sie hat mal versucht, mich zu konturieren, und wir waren noch nie so kurz davor, uns totzulachen. Ich sah aus wie ein kandierter Apfel aus dem Mixer. Und außerdem sind Sommersprossen schön. Man will sie doch gar nicht abdecken. Sadhbh hat mir das eine oder andere Mal flüssigen Eyeliner aufgetragen, aber meine Hand zittert immer, und ich traue mich nicht, das selbst zu versuchen, falls ich nicht aufhören kann und immer wieder nachmalen muss, wie damals, als ich meiner Barbie die Haare geschnitten habe: Ich habe nie nur die Spitzen abgeschnitten.

Wieder ein neuer Tag, der mich daran erinnert, dass Daddy nicht mehr da ist. »Daddys Taxi« – er hatte den passenden Aufkleber dazu. In der Nacht vom zweiten Weihnachtsfeiertag war er immer nur eine Nachricht entfernt, ist extra aufgeblieben mit einem Auge auf der Zusammenfassung der Rennsportergebnisse, mit dem anderen auf seinem Handy. Aber jetzt muss ich Terry Crowley buchen, damit wir später alle wieder nach Hause kommen. Ich könnte mich natürlich auch um halb zwei vor das Mountrath stellen und auf das Beste hoffen, aber so bin ich nicht gestrickt, und ich bin mir ziemlich sicher, dass von den anderen keiner daran denken wird, ihn zu buchen.

Egal, wie das Wetter ist, Terry hat immer sein Fenster runtergekurbelt und den Ellbogen rausgestreckt. So kann er auch besser »Idiot« oder »Achtung!« brüllen, wenn er die jeweiligen Hauptstraßen von BGB oder Knock runterbrettert. Er hat einen Siebensitzer, und nach einer Hochzeit oder einem einundzwanzigsten Geburtstag haben auch schon mal elf von uns da reingepasst. Dann ging es ab durch die pechschwarze Nacht über Landstraßen und Wege voller Schlaglöcher, und er hat einen nach dem anderen rausgeschmissen und seinen Zehner kassiert. Wenn ich es nicht besser wüsste, würde ich denken, dass er in staatlichen Verhörmethoden geschult wurde, so aufdringlich können seine Fragen manchmal sein. Einmal hat Daddy einen Antrag für einen neuen Abkalbestall gestellt, und Terry war kurz davor, mir mit einer grellen Lampe ins Gesicht zu leuchten, um auch ja jedes Detail zu erfahren. Wenn man allerdings wissen will, wer gerade fünf Morgen Land zu verkaufen hat oder ob jemand im Bestattungsinstitut liegt, ist er genau der Richtige.

»Das mache ich, Mammy.« Ich schenke ihr ein schwaches Lächeln. Tante Sheila kommt wohl später noch vorbei, aber sonst bleibt sie ganz allein zu Hause, nachdem sie mehrere Einladungen zum Kartenspielen und auf ein Glas Sherry abgelehnt hat. Außer Paul verzichtet auf seinen Abend und bleibt bei ihr, aber da er nächste Woche nach Australien zurückfährt, ist das sehr unwahrscheinlich. Ich glaube, er merkt gar nicht, wie schlecht es Mammy geht. Sie versteckt noch nicht mal mehr die guten Kekse. Das ist überhaupt nicht ihre Art. Überhaupt nicht.

Gerade, als ich auf meinem Handy nach der Uhrzeit schaue, 15 Uhr 30, schickt mir Majella eine Nachricht.

»Maguire's um vier?«

Ich habe fürchterliche Schuldgefühle deswegen, aber ich

freue mich unheimlich, mal aus dem Haus zu kommen. Es ist so schwer, sich nichts anmerken zu lassen, gedankenlos Weihnachtssüßigkeiten in sich reinzustopfen und Mineralwasser zu trinken und dabei so zu tun, als wären wir nicht gerade mitten in einem Albtraum. Ich kann es kaum erwarten, in den Pub zu gehen, zu reden und zu lachen und für ein paar Stunden ein ganz normaler Mensch zu sein.

In Zeitschriften machen sie immer viel Wind darum, was man an Weihnachten anziehen soll – einen gemütlichen, aber sexy Pullover – oder an Neujahr – etwas, in dem man frieren wird –, aber nie wird irgendwo der zweite Weihnachtsfeiertag erwähnt. Das verstehe ich einfach nicht. Es ist schwer, das richtig hinzukriegen, denn ich gehe früh los, aber im Grunde mache ich einen drauf: Ich kann voraussehen, dass es starken Alkohol geben wird und wir zu »Country Roads« tanzen werden. Nach reiflicher Überlegung entscheide ich mich für Jeans und ein nettes Top mit meinen guten Clarks-Stiefeln. Damit kann man nichts falsch machen.

Es ist Punkt vier, als Paul mich vorm Maguire's absetzt, aber Majella und Pablo haben bereits einen Ecktisch beschlagnahmt, die Arme umeinandergeschlungen.

»Ais, ich habe schon Bier bestellt«, brüllt Majella, als sie mich sieht, und ich habe kaum Mantel und Schal abgelegt, als Pablo mich auf beide Wangen küsst. Ich werde natürlich rot, weil, also, normal ist das nicht.

»Und, was hast du bekommen?«, fragt Maj mich, aber bevor ich ihr auftischen kann, was für ein Knaller es ist, dass John mir zwei Weihnachten hintereinander das Gleiche geschenkt hat, zieht sie ihren Glitzerpulli hoch, um ihre Brust zu enthüllen, und ich sehe mich Auge in Auge mit ... Pablo. Mit Pablos grinsendem Gesicht auf einem T-Shirt, umringt von lauter aufgesetzten Herzen.

»Ist er nicht der Knaller?«, Maj lacht und drückt Pablos Knie. Sie rückt näher an mich heran. »Es gab auch Unterhosen. Und eine Kette. Und ein Stück Teppich vom High King Hotel in einem Rahmen. Dort haben wir uns das erste Mal geküsst.«

»Mein Gott, der hat sich ja richtig ins Zeug gelegt!« Als ich mich hinsetze, sehe ich John in den Pub kommen, und winke und rufe ihm zu, froh über die Ablenkung. Er trägt ein neues kariertes Hemd, das ihm seine Mutter zu Weihnachten gekauft hat, und seine guten Levi's. Zusammen mit ihm kommen Liam Kelly, der auch bei den Rangers spielt, und seine neue Frau Denise. John gibt mir einen flüchtigen Kuss auf die Wange (da er mein Freund ist, ist das erlaubt – anders als die Knutscher von Pablo), während Liam viel Wind darum macht, Denise einen Stuhl rauszuziehen und ihr quasi reinzuhelfen. Mir fällt auf, dass sie eine große, neue Michael-Kors-Handtasche am Arm hat. Das hat er gut gemacht.

»Bier, Leute?«, fragt John und macht das internationale Handzeichen für »Bier, Leute?«.

»Wir haben schon«, sage ich mit einem Lächeln und wende mich von Maj und Pablo ab, die sich wie zwei liebestrunkene Schafsnasen in die Augen schauen.

»Für mich nur ein Mineralwasser mit Zitrone, danke, John«, sagt Denise leise, und Maj und ich schnellen sofort herum und starren einander an.

Da hat es wohl die Nächste erwischt. Das ist jetzt schon die dritte schwangere Spielerfrau in den letzten sechs Monaten, und es gab schon Überlegungen für eine gemeinsame Babyparty. Da ich diejenige bin, die in dieser Gruppe – na ja, in jeder Gruppe – alles organisiert, wäre ich eigentlich Feuer und Flamme, würde bereits den Veranstaltungsort buchen und die Aufgaben verteilen. Aber ich tue mich schwer mit diesen amerikanischen Trends, die gerade der letzte Schrei sind. Was kommt als Nächstes, trägt man bald kleine rosafarbene Pistolen in der Handtasche mit sich rum? Suzanne von der Arbeit hat, als sie mit Chloe schwanger war, eine Gender-Reveal-Party gefeiert, und ich bin fast an meinem Babybel light (1 Punkt) erstickt, als sie mir erklärte, was es damit auf sich hat. Das läuft wohl so, dass, wer immer den Ultraschall macht, das Geschlecht des Babys auf ein Stück Papier schreibt und es in einen verschlossenen Umschlag steckt. Den hat Suzannes Schwester dann zu einer Bäckerei gebracht und sie gebeten, abhängig vom Inhalt einen blauen oder rosafarbenen Kuchen zu backen und ihn mit weißer Glasur zu überziehen. Dann haben sie die Party gefeiert, und als Suzanne den Kuchen aufgeschnitten hat, sind alle ausgerastet, weil es rosa für ein Mädchen war.

Ich weiß nicht, warum, und ich hasse mich dafür, aber mein nackter Ringfinger ist mir gerade überaus bewusst. Das ist wohl mein Konkurrenzdenken – ich kann einfach nicht anders. Ich werfe John einen Blick zu und muss an all die anderen zweiten Weihnachtsfeiertage denken, die wir hier verbracht haben, aber diesmal ist es irgendwie … nicht wie sonst. Irgendetwas fehlt. Zwischen uns herrscht eine Befangenheit, die einfach nicht verschwinden will. Und ich weiß nicht, wann das angefangen hat. Alles war so perfekt, so *einfach*, als wir wieder zusammengekommen sind. Aber irgendetwas ist seitdem verloren gegangen.

»Trinkst du heute Abend nichts, Denise?«, frage ich beiläufig. Ich kann sehen, wie sie nur darauf wartet, dass es endlich jemand bemerkt, und das ist völlig in Ordnung. Das wäre bei mir nicht anders.

»Ich kann nicht, Ais, ich nehme gerade Antibiotika«, antwortet sie mit einem kleinen Lächeln und weicht meinem

Blick aus. Der typische Eiertanz von Frauen in meinem Alter, und inzwischen bin ich daran gewöhnt.

»Ist es, äh, die Brust?«, fragt Pablo und macht eine vage Handbewegung in Richtung ihres Busens. Denise wird rot und blickt zu Liam rüber.

»Gott, Pablo!«, kreischt Majella und entzieht sich seiner Umarmung. »Was hast du mit ihrer Brust?«

»So wie das, was ich vorhin meinte«, sagt Pablo und fuchtelt wie verrückt mit den Händen. »So wie bei Eamon Filan, mit der Brustentzündung.«

»Lungenentzündung«, sage ich nachdrücklich, greife nach meinem Glas Leichtbier und trinke einen Schluck. »Eamon Filan hat eine Lungenentzündung. Mutter Gottes!«

Zum Glück kommt John gerade mit den Getränken an den Tisch zurück, bevor Pablo noch einmal Denises Brust erwähnen kann.

»Wo sind denn die anderen?«, fragt er und macht eine Dose auf. »Es ist fast halb fünf.«

»Maeve Hennessey, Sinéad McGrath and Deirdre Ruane sind im Dick's in Knock, aber Dee hat mir gerade geschrieben, dass sie gleich losfahren«, antwortet Majella. »Vor dem Pub hat sich wohl ein kleines Drama abgespielt – ein Hund hat den verrückten Tom gebissen, und er hat zurückgebissen. Der Tierarzt ist auf dem Weg.«

Dick's ist das Maguire's von Knock. Und beide sind nicht nur Pubs, sondern verkaufen auch einige notwendige Lebensmittel und verschiedene Haushaltswaren. Glühbirnen, Angelzeug, so in der Art. Der Ladenteil des Maguire's wurde vor Kurzem renoviert, deswegen haben wir in dieser Hinsicht die Nase vorn – sie akzeptieren sogar EC-Karten und so. Seit die örtliche Polizeiwache geschlossen wurde, hält sich keiner der beiden Pubs mehr besonders genau an die Sperrstunde, allerdings bleibt das Maguire's meistens länger auf, und deswegen kommt die Spätschicht hierher. Dick Shea hat einfach nicht mehr das Durchhaltevermögen.

»Meine Cousine kommt heute Abend auch«, meldet Denise sich zu Wort. »Sie zieht in ein paar Wochen sogar nach Ballygobbard. Deswegen habe ich ihr gesagt, dass heute eine gute Gelegenheit wäre, alle kennenzulernen. Sie kommt aber erst später, weil sie aus Waterford herfährt.«

»Nichts für ungut, aber warum zum Teufel zieht sie ausgerechnet hierher?«

Majella nimmt kein Blatt vor den Mund. Ich würde ja BGB bis zum letzten Atemzug verteidigen, vor allem wenn jemand von Knock uns ans Bein pinkelt, aber ich muss doch zugeben, dass hier im Vergleich zu der geschäftigen Metropole Waterford nicht gerade viel los ist.

»Sie eröffnet den neuen Schönheitssalon neben Boland's«, erklärt Denise, und mir fällt auf, dass John und Liam Richtung Fernseher abwandern, wo es gerade auf der Pferderennbahn in Leopardstown zur Sache geht. Pablo klebt weiterhin an Majellas Seite, hört Denise zu und hält Majellas Hand in seinen zwei kleinen braunen Pfoten. Die beiden sind verdammt süß. Dieser Rausch am Anfang einer Beziehung – plötzlich habe ich Sehnsucht danach. Es ist unschlagbar.

Denise redet weiter: »Sie macht Nägel, Haare, Massagen, alles. Das wird superpraktisch mit den ganzen Hochzeiten im High King Hotel, und sie denkt sogar darüber nach, einen motorisierten Kundendienst anzubieten, sobald sie genug Mitarbeiterinnen hat. Dann kommt sie zu dir nach Hause und föhnt dir die Haare in deiner Küche.«

Die Tür geht auf, und Maeve, Sinéad und Deirdre kommen rein, gefolgt von einer Auswahl von Ranger-Jungs in ihrer »Wir-machen-einen-drauf«-Uniform. Ein paar aus dem BGB

Rovers-Team stehen an der Bar, aber bis das Training zur neuen Saison beginnt, herrscht vorübergehend Waffenstillstand.

Das heißt, man klopft sich auf die Schulter, zupft sich am Bart und tauscht sich über Truthahn-Sandwiches aus, während Felipe Pints, Dosenbier und vorsorglich auch Chipstüten austeilt, damit wir uns alle eine Grundlage schaffen.

»Na, Leute«, sagt Sinéad und setzt sich mit einer Dose Budweiser in der Hand mir gegenüber. »Habt ihr es überlebt?« Sie wirft einen Blick in die Runde und verweilt am längsten bei mir.

»Ach, es war gut«, antworte ich und versuche, fröhlich zu klingen. »Anders, aber gut. Was war in Knock los?«

»Billy Foran war sturzbetrunken«, sagt Deirdre und quetscht sich neben Sinéad. »Er hat jedem erzählt, dass ein Drogenboss diesen Schandfleck, dieses halb fertige Gebäude an der Garbally Road, kaufen will. Er ist überzeugt davon, dass das Dorf bald ein Dreh- und Angelpunkt des organisierten Verbrechens wird.«

Na, jetzt kann mich nichts mehr überraschen. Aber wer immer in dieser Gegend Waffen schmuggeln oder Geld waschen will, dem wünsche ich viel Glück dabei. Die Nachbarschaftswache würde sich innerhalb von zehn Sekunden darauf stürzen, jetzt wo sie ihre Messenger-Gruppe eingerichtet haben. Jedes Mal, wenn ein weißer Kleintransporter durch das Dorf fährt, vibriert Mammys Handy ununterbrochen. Nach Aussage von Una Hatton sind weiße Kleintransporter immer verdächtig.

»Aber da draußen passiert tatsächlich was«, melde ich mich zu Wort. »Constance Swinford hat das Mammy neulich im Aldi erzählt. Und sie muss es wissen – das ist ja gleich bei ihr um die Ecke.«

»Hat sie ihren Mmmmmalch erwähnt, Ais?«, fragt Majella und muss tief Luft holen. Dann fallen zwei Biergläser vom Tisch, weil wir so lachen müssen.

* *

Als Terry Crowley vor dem Vortex vorfährt, ist es kurz vor elf. Die Schlange ist so lang, dass sie um die Ecke und fast bis zum Haupteingang des Mountrath Hotels reicht. Ich habe mich geopfert und vorne auf den Beifahrersitz gesetzt, bereit, die unvermeidlichen Fragen abzuwehren, aber er hat mich verschont, abgesehen von ein paar vorsichtigen Nachfragen, was wir zu Weihnachten gegessen haben, ob sich schon die ersten Lämmer ankündigen und wie Mammy zurechtkommt, so insgesamt?

»Du weißt ja selbst, wie es ist«, war alles, was ich rausbekam, und er hat einfach genickt. Vor ein paar Jahren hat er seine Schwester an Krebs verloren. Wer ist gegenwärtig nicht davon betroffen?

Nachdem alle aus dem Auto geströmt sind – John, Maj, Pablo und die drei Mädels, alle ziemlich zugedröhnt, die Biergläser und Dosen aus dem Maguire's noch in der Hand –, zieht die ganze Truppe zum Kopf der Schlange, wo Jamesie John die Hand gibt und uns mit seiner Krücke hereinführt zum Auftakt von »Mambo No. 5« – einem waschechten Vortex-Klassiker.

Denise ist noch mit dabei, Respekt! Sie ist schon vor uns zum Mountrath gefahren und hat unseren üblichen Tisch neben der hinteren Bar belegt. Nach jahrelanger Abwägung haben wir 2012 entschieden, dass das der Platz überhaupt ist – genau zwischen Bar und Toiletten gelegen, mit genug Platz für unsere Mäntel und dunkel genug, um unbemerkt aus einem Flachmann zu trinken, falls man neunzehn und total pleite ist und trotzdem mit einem Zehneuroschein den Abend genießen will.

Neben Denise sitzt eine, die ich nicht kenne, die nicht aus BGB ist und aus Knock auch nicht. Sie ist sehr braun und sehr groß (so groß wie Baby Chef Gitton, allerdings sitzt sie, also vielleicht täuscht es auch – ich bin auch ein Sitzriese), mit langen weißblonden Haaren. Baby Chef, Philip Johnsie, Titch Maguire, der Laster und Eoin Ó Súilleabháin, auch bekannt als Zyklop, hocken am Nebentisch und stupsen sich gegenseitig an, als könnten sie es nicht fassen, neben so einer heißen Braut zu sitzen.

»Wer ist das denn?«, zischt Majella, bevor sie mir einen Wodka und eine Cola light in die Hand drückt. »Ihre Augenbrauen sind der Hammer.«

Augenbrauen sind nichts, was mich Tag und Nacht beschäftigt, aber ich habe das Gefühl, dass alle um mich herum sich dauernd darüber auslassen. Natürlich halte ich meine auch in Schach und zupfe sie mir alle zwei Wochen mit so einer praktischen Pinzette, die ich mal an einem Kosmetikstand im Supermarkt gekauft habe (sie hat ein LED-Spotlight und ein Etui), aber Sadhbh und Elaine lassen ihre Augenbrauen professionell pflegen, und jetzt hat Majella auch damit angefangen: 3-D-Augenbrauen, Microblading, Augenbrauen-Tattoo – sie könnten ebenso gut eine andere Sprache sprechen, was mich angeht.

»Ja, sie sind sehr … geformt«, versuche ich es mal und hoffe, es klingt so, als wüsste ich, wovon ich spreche. Ich muss mal auf die Toilette gehen und mir die Haare glatt streichen und gucken, ob ich überhaupt noch Lippenstift drauf habe.

Pablo erscheint plötzlich hinter Majella, und da fällt mir auf, dass wir alle drei in einer Reihe stehen und die arme Frau anstarren.

»Leute, hier sind noch Plätze frei«, ruft Denise uns zu, und wir erwachen aus unserer Trance.

Ich komme als Erste mit ausgestreckter Hand an den Tisch. »Hallo, ich bin Aisling«, sage ich zu der Glamourgöttin, und dann sehe ich, dass sie ein bauchfreies Top trägt. Im Vortex. Dass wir das noch erleben dürfen! »Und das ist Majella.« Majella winkt aus sicherer Entfernung, Pablo auch, dann stellen sie ihre Drinks ab und gehen auf die Tanzfläche. Was Tanzen angeht, ist Pablo nicht wie die anderen Männer. John braucht mindestens acht Bier, bevor er loslegen kann, und auch nur dann, wenn der DJ entweder The Killers, die Kings of Leon oder sein geliebtes »Mr Jones« auflegt. Rhythmusgefühl hat er nicht so wirklich, aber das macht er durch Begeisterung wett, stampft mit den Füßen, schlenkert mit den Armen und singt gedankenverloren mit. Pablo hingegen schwingt das Tanzbein wie kein anderer und nutzt jede Gelegenheit. Neulich habe ich ihn bei Filan's Autowerkstatt erwischt – ich war da, um mir einen Ölwechsel unter der Hand machen zu lassen –, wie er mit dem Ölstab in der Hand herumtanzte; ich wusste gar nicht, wo ich hinschauen sollte.

»Aisling, das ist meine Cousine Sharon, von der ich dir vorhin erzählt habe«, sagt Denise und gibt mir mit einer Handbewegung zu verstehen, dass ich mich neben Sharon setzen soll, gegenüber von John und Liam. »Sie eröffnet den neuen Schönheitssalon. Das wird noch viel besser als die Scissor Sisters, stimmt's, Sharon?«

Sharon nickt nachdrücklich. Ich mochte die Scissor Sisters – Róisín hat einen immer so gut für die Hochzeiten frisiert, schön und ordentlich, so wie ich es gerne habe –, deswegen lasse ich mich von Denise nicht ködern. Man muss sich loyal verhalten, finde ich jedenfalls.

»Nun, dann willkommen in Ballygobbard, Sharon!«, sage

ich diplomatisch. »Wie gefällt es dir bisher? Im Vergleich zu Waterford ist es hier ja ziemlich ruhig.«

»Tausend Dank, Aisling«, entgegnet sie und kippt ihren Drink, während die ersten Klänge von »Mi Chico Latino« aus den uralten Lautsprechern dröhnen. Das hat ohne Zweifel Majella angezettelt. Pablo zappelt bestimmt wie wild über die Tanzfläche. »Ja, es ist wirklich ziemlich ruhig hier, aber echt süß, und die Miete ist viel niedriger. Das ist der Horror in Waterford, und es wird immer schlimmer. Ich ... ich wollte da eh weg.« Sie wirft Denise einen kurzen Blick zu, wendet sich dann wieder mir zu und setzt ein Lächeln auf. »Ich freue mich schon so darauf, mich hier niederzulassen. Du musst unbedingt zur Maniküre kommen, wenn ich eröffnet habe.«

»Ja, das mache ich«, sage ich und meine es auch so. Ich liebe French Manicure. So kultiviert. Mammy hat mir letztes Jahr zu Weihnachten ein DIY-Kit geschenkt, aber mit diesen Schablonen zum Aufkleben bin ich nie wirklich zurechtgekommen.

»Und was machst du, Aisling?«

Einen Moment weiß ich nicht, was ich antworten soll. Ja, was mache ich? »Es ist gerade ein bisschen kompliziert«, sage ich, trinke einen großen Schluck und erkläre ihr dann die ganze Sache mit den Entlassungen.

»Dann bekommst du ja Geld.« Sharon lächelt und stößt vorsichtig mit mir an. »Willst du dir eine Auszeit nehmen oder dir gleich einen neuen Job suchen?«

»Ich weiß es ehrlich gesagt noch nicht so genau«, gebe ich zu. Sie hat eine sanfte Art und ist eine gute Zuhörerin, aber ich will ihr nicht die ganze Geschichte von Daddy und meiner Verantwortung für Mammy und den Hof erklären. Trotzdem rede ich weiter.

»Ich sitze gerade an meinem Lebenslauf, aber ich habe

keine Ahnung, was ich bei Hobbys schreiben soll, und ich will auch nichts erfinden. Ich weiß einfach noch nicht, was ich mit dem Rest meines Leben anfangen soll. Wahrscheinlich bin ich gerade an einem Wendepunkt.«

Sharon drückt sich einen Moment nachdenklich das Glas an die Lippe. »Nun, was machst du denn gern? Was kannst du gut?«

Gott, solche Fragen hatte ich heute Abend nicht erwartet. Ist das schwer! Das habe ich mich ja noch nicht einmal selbst gefragt. Was mache ich gern? Was kann ich gut? Ich kenne mich nur mit Verwaltung aus, und das macht mir Spaß, egal, wie langweilig es klingen mag.

»Ich mag Zahlen«, sage ich schließlich. »Und ich organisiere gern. Plane. Alles, was mit Tabellen zu tun hat, und so.«

»Dann sind wir uns ähnlich, Schatzi«, sagt sie, und ich weiß nicht, ob sie das ernst meint. Wir sehen auf jeden Fall komplett verschieden aus. Obwohl ich ein Paar flache Schuhe in ihrer Handtasche gesehen habe. Manchmal trügt der Schein auch.

»Es gibt Kurze! Kurze, Kurze, Kurze!«

Gerade will ich Sharon fragen, was sie gemacht hat, bevor sie beschlossen hat, den Schönheitssalon zu eröffnen, als ein paar Mädchen um die Ecke stolpern, in der Hand ein Tablett mit dreißig Baby Guinness – Kaffeelikör mit Baileys aufgefüllt. Eigentlich sind wir alle zu alt dafür, aber es gibt ein ungeschriebenes Gesetz, dass man das Vortex nicht verlassen darf, ohne mindestens drei Kurze getrunken zu haben. Ich bin einfach froh, dass wir die Tequilas hinter uns gelassen haben. Für meine Magenschleimhaut waren das harte Zeiten.

Wie die Motten zum Licht kommen Majella und Pablo verschwitzt, lächelnd und Hand in Hand zurück an den Tisch. John steht mit einem Haufen Typen zusammen, und Deirdre ist nirgends zu sehen. Sie ist wohl das erste Opfer des Abends. Die Ruanes sind bekannt dafür, nichts abzukönnen. Als ich mich umsehe, wird mir klar, dass wir das letzte Mal alle bei Daddys Beerdigung zusammen waren.

»Worauf trinken wir?«, ruft der Laster und nimmt sich ein Glas, während alle anderen aufstehen. Er heißt so, weil er genau so aussieht; kein Wunder, dass er in der letzten Saison für die Rangers insgesamt nur vier Tore kassiert hat.

»Wir wäre es mit Neuanfängen?« Denise hebt ihr Wasserglas und schaut Sharon mit geneigtem Kopf an, die einen Freudenschrei ausstößt und auch ihr Glas hebt. Sie ist etwas wackelig auf ihren turmhohen Absätzen. Ich aber auch, muss ich sagen.

»Neuanfänge«, sagt John und schaut auf mich runter. »Neuanfänge«, entgegne ich leise. Ich hebe mein Glas Richtung Majella, die das Wort lautlos wiederholt, bevor sie den Kurzen kippt. Auf ex. Respekt.

KAPITEL 10

»Hast du Lust, was zu unternehmen, Aisling? Wir könnten uns in dem neuen Café im Knock Gartencenter Tee und Torte gönnen. Warte mal, bis du die Einrichtung siehst.«

Mammy wuselt durchs Haus, geht von Zimmer zu Zimmer und prüft, ob die Heizkörper warm sind. Der Wetterbericht hat Schnee angesagt, und Paul und Paddy Reilly, nur einen Anruf entfernt, haben vorsorglich schon die Schafe von der abgelegensten Weide reingebracht. Wir waren beide heute noch nicht draußen, aber in ein paar Stunden wird es dunkel, und mit der Schneeprognose wäre es nicht klug, im Dunkeln zu fahren, also sollten wir besser mal los. Warum fühlen sich die Tage zwischen Weihnachten und Neujahr so unendlich lang an? Man kann nichts machen und nirgendwo hingehen, und das gefällt mir ehrlich gesagt gar nicht. Majella nennt sie die Sudeltage. John hat mich gefragt, ob ich zu ihm kommen will, doch ich habe einfach keine Lust. Ich will nicht zu Hause sein, aber raus will ich auch nicht. Wahrscheinlich will ich einfach in Mammys Nähe sein. Das Haus ist blitzblank, und alles ist gebügelt; ich habe sogar kurz daran gedacht, Daddys Sachen auszusortieren, aber nein, das ist noch zu früh. Viel zu früh. Wenn ich nur genau wüsste, wo ich finanziell stehe, dann könnte ich mich entspannen und die freie Zeit genießen, aber so hänge ich in der Luft.

Ich habe schon entschieden, bis zum neuen Jahr keine Punkte mehr zu zählen, deswegen ist ein Stück Torte jetzt genau das Richtige. Vielleicht finde ich ja noch was im Schlussverkauf – das Knock Gartencenter führt neuerdings Designergummistiefel, Duftkerzen und Whirlpools und nennt sich jetzt »Lifestyle Destination«. Nächstes Jahr wollen sie für Halloween offenbar ein Kürbisfeld anlegen. Außer Constance Swinford, die beim Kauf einer Wachsjacke gesehen wurde, fällt keiner der Einheimischen darauf rein, aber nach allem, was man hört, kommen die Leute scharenweise aus Dublin. Der Aufschwung ist wirklich zurück.

»Gute Idee, Mammy. Ich ziehe mir nur eben die Schuhe an.«

Es ist eiskalt, und erst nach zehn Minuten ist es im Auto endlich warm, und die Scheiben sind nicht mehr beschlagen. Ich schleiche die Knock Road entlang und mache Stielaugen, um auch nicht das kleinste bisschen Glatteis zu übersehen. Natürlich habe ich mein Warndreieck, die Warnschutzweste und die ganze Ausrüstung im Kofferraum – gemäß den Richtlinien des Automobilclubs –, aber ich will trotzdem kein Risiko eingehen.

»Hat er wirklich gesagt, dass es überall schneien soll, Aisling? Nicht nur in den höheren Lagen?«

»Ganz sicher, Mammy.« Ich seufze. »Glaubst du, ich erfinde das einfach? Er hat gesagt, es soll überall schneien, und er hat Raquel in Westmeath zum Geburtstag gratuliert. Martin King weiß schon, wovon er spricht.«

»Aber für Schnee ist es doch eigentlich zu kalt, Schatz.«

Sie hat natürlich recht. Zu behaupten, es wäre zu kalt für Schnee, ist meine Lieblingsbeschäftigung. Frost und Schnee gleichzeitig geht einfach nicht, das weiß doch jeder. Ich suche den Himmel nach Flocken ab – nichts. Aber die Wolken hängen wirklich sehr tief und sehen aus, als wollten sie gleich runterkommen. Wenn ich es nicht besser wüsste ...

* *

Wir brauchen fast zehn Minuten, um einen Parkplatz zu finden, so viele Wagen mit Dubliner Kennzeichen stehen vor dem Gartencenter. Aber ich sehe erleichtert, dass das Café einen eigenen Eingang hat. Ich hatte schon befürchtet, dass ich mit Mammy durch die Pflanzenabteilung gehen und jede Geranie, Hortensie und Blattfahne bewundern müsste.

Sobald wir das Café betreten haben, verstehe ich, was der ganze Wirbel soll. Muttergottes, Kuchen, so weit das Auge reicht! Teilchen, Gebäck, frische Sahnetorten – himmlisch! Ich suche uns einen Tisch, und kaum habe ich Mammy aus den Augen gelassen, schon ist sie ins Gespräch vertieft, und zwar mit Una Hatton. War ja klar, dass sie hier ist, als Protestantin. Sie lässt einen das immer spüren.

»Ach, da bist du, Aisling«, trillert sie und streichelt Mammys Arm. »Du bist ja ein Herzchen, dass du deine Mutti zum Tee ausführst.«

Mutti! Also wirklich. Tja, Niamh, der Apfel fällt nicht weit vom Stamm.

»Hallo, Una, willst du dich zu uns setzen?«, frage ich pflichtbewusst. »Wir wollten gerade bestellen.«

»Danke, nein, Schätzchen. Don lädt schon die Sachen ins Auto. Wie geht es euch Mädels denn? Kann ich irgendwas für euch tun, auf dem Hof? Ihr könnt mich jederzeit fragen. Wir wohnen ja gleich gegenüber.«

Mammy findet den Fußboden plötzlich sehr interessant. »Danke, Una, aber wir ... kommen gut zurecht.« Dann blickt sie auf. »Wir gewöhnen uns nur an das neue Leben, nicht wahr, Aisling?«

»Das tun wir«, antworte ich und lächele sie an.

»Ach, was seid ihr beide wunderbar, einfach wunderbar.« Una nimmt uns beide kurz in den Arm. »Und vergesst nicht, jeder Bissen setzt an. Reines Hüftgold, hahaha!«

Mammy und ich verdrehen zeitgleich die Augen und steuern dann auf einen Ecktisch zu, wo Deirdre Ruanes kleine Schwester – die in der Hurling-Jugendmannschaft spielt – unsere Bestellung von einer Kanne Tee und zwei Schokoladen-Eclairs entgegennimmt.

Mammy seufzt. »Was soll ich Cillian bloß zum Geburtstag schenken, Aisling? Sheila sagt, ich soll ihm einfach Geld geben, aber ich kann doch nicht ohne was zum Auspacken ankommen. Schließlich bin ich seine Patentante.«

Verglichen mit anderen Cousins stehe ich Cillian ziemlich nahe, besonders seit er und John zusammen in Drumcondra wohnen. Aber Tante Sheila behandelt ihn echt noch wie ein Kind. Bis er dreizehn war, hat sie ihm immer noch die Ecken von seinen Eislollis abgeschnitten, damit er sich seinen kleinen Mund nicht verletzt. Sie besteht darauf, dass er jeden Freitag seine dreckige Wäsche in einem Plastiksack nach Hause mitbringt. Und jetzt schmeißt sie ihm zum Dreißigsten im Januar auch noch eine große Geburtstagsparty. Sie soll im Mountrath stattfinden und dann im Vortex enden. Das Motto der Party lautet Mexiko, um seine neue Leidenschaft für Burritos zu feiern. Sadhbh kommt extra dafür angereist, insofern wird es bestimmt lustig. Sie war seit dem Sommer nicht mehr in BGB, und ich hoffe, ihr Besuch wird diesmal weniger dramatisch. Mammy hat die Anweisung, sich sämtliche Sombreros unter den Nagel zu reißen, die in der nächsten Woche im Secondhandladen landen.

»Gott, ich habe keine Ahnung, Mammy. Vielleicht ein kariertes Hemd? Wenn du willst, kann ich ja mal John fragen, ob er eine Idee hat.«

»Danke, Schatz. Das wäre nett. Hast du eigentlich noch irgendwas über die Baustelle an der Garbally Road gehört, Aisling?«

Eigentlich hatte ich vor, da mal vorbeizufahren und mir das anzugucken. Vielleicht mache ich das morgen. Die Garbally Road führt bei Filan's und am Maguire's vorbei bis ans Ende von BGB, und dahinter kommen nur noch ein paar Bungalows, wogende Felder und der kleine See in der Ferne. Das Grundstück selbst liegt etwa zwei Kilometer die Straße runter. Kurz davor, hinter einem großen braunen Tor mit der Abbildung eines Pferdes auf einer verwitterten alten Tafel, befindet sich die lang gestreckte Zufahrt zu Constance Swinfords Anwesen. Seit meiner Kindheit züchten die Swinfords Pferde. Man konnte dort samstagmorgens auch Reitstunden nehmen, aber Mammy hielt das für vornehmes Getue.

»Nicht wirklich, Mammy. Also, irgendwas passiert da, aber keiner weiß genau, was.«

»Tessie hat gehört, dass sie es abreißen wollen, um einen Lidl zu bauen. Und Paddy Reilly meinte, ein Promi will es kaufen – Donny Osmond oder Rod Stewart oder jemand, der eine Kapitalanlage sucht und dabei noch ein bisschen frische irische Luft schnuppern will.«

»Ich glaube kaum, dass Rod Stewart nach BGB kommt, Mammy.«

Sie zuckt mit den Schultern. »Das ist nur, was ich gehört habe. Und jetzt, wo man bei Filan's glutenfreies Brot kaufen kann, sind wir schon ganz schön schick.«

Irgendwie hat sie recht. In BGB ist auf jeden Fall mehr los als je zuvor, und in Knock ist es genauso.

»Ich habe es mir gestern auf Google Earth angeguckt«, sagt sie beiläufig, und ich muss gestehen, ich bin verblüfft. Ich wusste gar nicht, dass sie Google Earth überhaupt kennt. Obwohl mir schon aufgefallen ist, dass sie inzwischen die Todesanzeigen ohne Hilfe auf ihr Handy laden kann. »Es ist ziemlich groß, mit einem herrlichen Grundstück. Jemand sollte etwas

Schönes daraus machen.« Sie hält inne. »Allerdings bringen neue Leute immer auch neuen Ärger.«

Ich weiß nicht genau, was sie damit sagen will, aber ich bringe sie zum Schweigen, weil in diesem Moment Deirdre Ruanes kleine Schwester mit zwei Kuchentellern ankommt, auf denen die Sahnehäubchen so groß sind wie unsere Köpfe.

»Was meinst du damit, Mammy?«, frage ich sie, als die Bedienung uns noch Besteck holen geht.

»Nun, ich will nur sagen, dass sie letzten Monat diese neuen Ferienwohnungen am Rande von Knock in Betrieb genommen haben, und seitdem wurden aus Tessie Dalys Garage drei Bündel Briketts gestohlen und aus Breege Gormans Auto das Portemonnaie.«

»Mammy! Psst!« Die junge Ruane ist wieder auf dem Weg zu uns, und ich will nicht, dass es heißt, Mammy sei eine intolerante alte Hexe, die gegen Zugezogene hetzt.

Wir verschlingen unsere Eclairs, und ein paar Minuten lang ist es still. »Ich weiß nicht so recht, Mammy. Denk doch mal dran, wie misstrauisch alle waren, als die Zhus ihren China-Imbiss eröffnet haben, und Billy Foran Stein und Bein schwor, dass er sein Lebtag nicht dort essen würde? Und jetzt sind sie die Hauptinitiatoren der Nachbarschaftswache, und Feilim Zhu ist offenbar eine Granate im U12-Hurling-Team.« Billy Foran hatte nicht mit der »Spice Bag« gerechnet – Take-away mit würzigem Huhn, Pommes und Gemüse –, die die Zhus eingeführt haben, und musste alles zurücknehmen. Inzwischen ist er einer ihrer besten Kunden.

Mammy meldet sich noch mal zu Wort: »Ich will bloß nicht, dass plötzlich lauter Fremde meine Auffahrt heraufkommen. Das ist alles.« Dann kapiere ich es plötzlich. Sie hat Angst. Sie hat Angst um das Haus und um sich selbst. In den wenigen Nächten, die sie seit Daddys Tod allein zu Hause war – als ich in Dublin war und Paul auf einem Junggesellenabschied in Athlone –, hat sie kein Auge zugetan. Ich sollte öfter da sein, und beschließe, ihr das zu sagen.

»Ich glaube, ich werde für eine Weile nach Hause ziehen«, verkünde ich und lecke mir die Schokolade von den Fingern. Ohne ihre Reaktion abzuwarten, fahre ich fort: »Das ist genau der richtige Zeitpunkt. Und wie du schon gesagt hast, wird BGB gerade sehr schick und kosmopolitisch. Ich werde Dublin also gar nicht vermissen.«

»Ach, Aisling, das wäre ja toll!« Mammy sieht von den Überresten ihres riesigen Eclairs auf. »Besonders, wenn Paul dann wieder in Australien ist. Wird das schön!«

Das war's dann wohl. Jetzt gibt es kein Zurück mehr.

»Komm, lass uns fahren, bevor es zu dunkel und kalt wird«, sage ich mit einem Blick aus dem Fenster.

Als wir Richtung BGB auf die Knock Road einbiegen, fallen schon die ersten dicken Flocken.

KAPITEL 11

»Kommst du jetzt endlich! Paddy Reilly hat gesagt, dass sie gestern vier Stunden für knapp zehn Kilometer gebraucht haben. Und wir müssen bis nach Dublin!« Es hat sich herausgestellt, dass es doch nicht zu kalt für Schnee war – es hatte genau die richtige Temperatur und hat drei Tage am Stück durchgeschneit. Und dann wurde es noch kälter, und der Schnee ist gefroren, sodass alle Straßen im östlichen Teil des Landes vollkommen vereist sind. Der Wetterdienst hat die Warnstufe Orange ausgegeben, Doktor Maher ist mit verstauchten Handgelenken und verrenkten Knöcheln vollauf beschäftigt, und Filan's ist das Streusalz ausgegangen. Nach Aussage von Paul standen gestern Abend Traktoren im Wert von etwa zwei Millionen Euro vor dem Maguire's, da die Bauern nicht bereit waren, auf ihr Guinness zu verzichten. Der verrückte Tom hatte seinen großen Tag, weil er die Führerhäuschen alle mit Schnee gefüllt hat, und zur Sperrstunde war dann der Teufel los. Die Leute rutschen und schlittern zu Filan's, um das Nötigste zu besorgen, aber gestern Abend ist im Dorf Panik ausgebrochen, weil angeblich das Brot ausging. Mammy hat Paul losgeschickt, um Notfallrationen zu holen, und zwei Stunden später kam er mit einem glutenfreien Körnerbrot und vier Hotdogbrötchen zurück. Mammy wird sie an die Vögel verfüttern. Die Straßen sind noch immer in einem miserablen Zustand, deswegen wird es noch stressiger als sowieso schon, nach Dublin zu kommen. Sobald wir auf der Hauptstraße sind, wird es wohl kein Problem sein, aber erst müssen wir es von unserem Haus nach BGB und dann auf die Straße nach Dublin schaffen.

Heute ist Silvester und Elaines und Rubys Hochzeitstag. Na ja, ich sage »Tag«, aber eigentlich heiraten sie erst um 19 Uhr. Ich habe noch zweimal nachgesehen, ob die Zeit auch wirklich stimmt, aber in der E-Mail stand, dass es nur eine kurze Zeremonie geben wird und kein Bankett. Also mussten wir vor der Abfahrt noch was essen. Auf der Party danach wird dann veganer Schnickschnack rumgereicht, wie beim Junggesellinnenabschied. Das kann man kaum eine Hochzeit nennen, aber ich werde mich hüten, was zu sagen, und sie machen lassen. Falls ich Flipflops in die Toiletten schmuggeln kann, werde ich das tun. Mammy ist auch eingeladen. Ihr war es aber zu viel, und sie ist auch nicht in der Stimmung, deswegen hat sie beschlossen, zu Hause zu bleiben und mit Tante Sheila Silvester zu feiern. Eine Hochzeit, die um 19 Uhr anfängt, ohne RindOderLachs und dreifachen Nachtisch, ohne eine Rede des Trauzeugen (oder in diesem Fall wohl eher der Trauzeugin) darüber, wie er nach dem Junggesellenabschied im Kinderbettchen eines Amsterdamer Hotelzimmers aufgewacht ist? Eine schöne, neue Welt, so viel ist sicher. Mammy mag Elaine sehr gern und hat die Hochzeitseinladung am Kühlschrank hängen. Aber sich von Paul zu verabschieden, ist genug Aufregung für einen Tag, finde ich.

Sein Flug nach Australien geht erst morgen, aber er fährt jetzt schon mit John und mir mit, falls er es bei dem Schnee morgen nicht nach Dublin schaffen würde. Tony Timoney hat darauf beharrt, dass sein Bus wie üblich aus BGB losfahren wird und er Paul am Flughafen absetzt. Aber als es das letzte Mal geschneit hat, ist er noch nicht einmal aus seiner Ausfahrt rausgekommen und musste mit Herzrasen ins Krankenhaus, insofern ist es für Paul besser, mit uns zu fahren. Es ist erst elf, aber ich habe solche Angst, dass wir zu spät kommen – vor allem, weil ich ja Brautjungfer bin –, dass ich versuche, ihn aus der Tür zu scheuchen. Elaine hat darauf bestanden, dass sie weder mich noch Sadhbh braucht, um sich fertig zu machen. Ich war außer mir. Wer sollte denn dann für die Fotos so tun, als würde sie Elaine den Schleier aufsetzen und ihr die Schuhe anziehen? Jeder weiß doch, dass die Braut an ihrem Hochzeitstag nichts selbst machen darf. Sie ist vollkommen hilflos. Aber Elaine hat mir versichert, dass sie einen weißen Hosenanzug tragen wird und sie und Ruby einfach ein paar Selfies machen. Also werde ich mich meinen reduzierten Pflichten als Brautjungfer widmen und bloß die Lesungen ausdrucken und dafür sorgen, dass Elaines Oma immer einen Brandy in der Hand hat.

»Kommst du jetzt endlich, Paul!«

Ich hatte Horror vor diesem Abschied. Paul ist jetzt schon so lange wieder zu Hause, dass wir in unsere alten Gewohnheiten zurückgefallen sind – uns ständig gegenseitig ans Bein zu pinkeln und periodische Scharmützel auszufechten. Ich bin auch wieder dazu übergegangen, ihm sein dreckiges Geschirr aufs Kissen zu legen, wenn er sich weigert, es in die Spülmaschine zu räumen. Das hat am zweiten Weihnachtsfeiertag zu dem unvergesslichen Vorfall geführt, dass er sich völlig besoffen mit zwei Schüsseln Crunchy-Nut-Cornflakes-Resten und einem umgedrehten Teller Kräckerkrümel ins Bett gelegt hat. Als er am nächsten Morgen runterkam, sagte er, dass ihn irgendwas die ganze Nacht gebissen hätte, und seine Haare waren verklebt. »Aisling! Du blöde Zicke!«, brüllte er, während ich an der Spüle stand, mich kaum halten konnte vor Lachen und ihm erklärte, worin er sich gewälzt hatte. Mammy musste dazwischengehen, als er versuchte, mir mit dem Fellpflegehandschuh der blöden Katze durchs Haar zu fahren. In letzter

Zeit bürstet Mammy die Katze andauernd. Bald trägt das Tier eine Krawatte.

Ich werde Paul trotzdem vermissen. Wir haben nur einmal darüber gesprochen, wie es sein wird, wenn er nicht mehr da ist.

»Glaubst du, sie kommt klar?«, hat er mich gefragt, als wir eines Abends zusammen Kartoffeln fürs Abendessen schälten. Mammy war kurz davor, sich Riechsalz zu holen, als sie uns sah, aber wir haben sie ins Wohnzimmer gescheucht und das Weihnachtsspecial mit Graham Norton eingeschaltet. Er ist einer ihrer Lieblingsmoderatoren, weil er so irisch ist und weil er mit Tom Cruise und solchen Leuten zu tun hat.

»Ihr wird es gut gehen. Ich passe auf sie auf«, habe ich gesagt.

»Das weiß ich. Aber ich habe irgendwie ein schlechtes Gewissen, weil ich dich damit allein lasse.«

»Es macht mir nichts aus, für eine Weile wieder nach Hause zu ziehen. Dann kann ich alles im Auge behalten.«

»Alle Achtung, Aisling. Ich glaube, ich würde verrückt werden. Ich kann es kaum erwarten, zurückzufahren.«

»Na, irgendjemand muss es ja tun. Und schau dich an, du schälst sogar Kartoffeln. Dafür hast du dir mindestens zwei weitere Jahre in Australien verdient.«

Da hat er mir ein langes Stück Schale ins Gesicht geschnippt, und ich bin mit dem Geschirrtuch auf ihn losgegangen, und damit war unsere Aussprache beendet. Es war seltsam, so erwachsen miteinander zu sprechen. Als wäre Mammy das Kind, und wir müssten sie versorgen.

Wir haben Paul das Versprechen abgenommen, wieder wöchentlich über Skype anzurufen. Das war während seiner Abwesenheit ein richtiges Highlight. Daddy hat ihn immer gepiesackt wegen seiner Sonnenbräune und seines australischen

Akzents oder wenn eine Sheila oder Kylie auf seiner Facebookseite aufgetaucht war. Daddy kannte sich mit dem Jargon gut aus, weil er jahrzehntelang mit Hingabe zur Mittagszeit seine australische Seifenoper *Home and Away* geguckt hat - zeitlich perfekt abgestimmt auf seinen Mittagsschmaus. Sadhbh und Elaine kriegten immer zu viel, wenn ich aus Versehen Mittagsschmaus statt Mittagessen gesagt habe. Aber Daddy hat immer um halb eins mit seinem Teller Koteletts und Gemüse vor *Home and Away* gesessen. Er war ja schon früh auf den Beinen. Ehrlich gesagt mache ich mir ein bisschen Sorgen um den Hof, wenn Paul jetzt weg ist. Paddy Reilly hat fleißig vor sich hin gearbeitet, und ich habe auch getan, was ich konnte, aber langfristig braucht Mammy jemanden, der sie unterstützt, wenn wir weitermachen wollen.

Paul schleift endlich seinen größten BGB-Rovers-Seesack die Treppe runter, durch den Schnee und in den Kofferraum. Mein Brautjungfernkleid habe ich sorgsam an einen Haken über dem Rücksitz gehängt, und ich habe ihm schon aufgetragen, sich so weit weg wie möglich auf die andere Seite zu setzen. John trägt bereits seinen Hochzeitsanzug. Vor ein paar Monaten hat er sich einen neuen mit schmalem Bein gekauft, und das hat sich gelohnt, obwohl ich glaube, dass der Anzug bei der letzten Wäsche etwas eingegangen ist. Ich bin mir nicht sicher, ob wir beide damit umgehen können, dass man die Umrisse seines Dings im Schritt sehen kann. Ich weiß, dass das jetzt Mode ist, aber ich habe das Gefühl, ich könnte inzwischen sogar den Martial-Arts-Kämpfer Conor McGregor nur anhand seines Dings erkennen.

Mit einem Rollkoffer wäre Paul natürlich besser dran, besonders wenn man bedenkt, wie viele Würstchen und Blutwurst Mammy in all seinen Schuhen versteckt hat, aber man kann eben nicht ohne einen Team-Seesack nach Australien reisen und auch nicht ohne Trikot. Dann würden sie dich in Sydney gar nicht einreisen lassen. Mammy steht an der Tür, in der Hand den Schal, den sie Paul zu Weihnachten geschenkt hat. Er hat versucht, ihn hierzulassen, da er ja direkt in den australischen Sommer fährt. In den letzten Tagen hat er über fast nichts anderes gesprochen als das Schwitzen und den Streit um den einen Ventilator, den sie in der Wohnung haben. Für mich wäre das ja gar nichts. Alles über zwanzig Grad macht mich schon ganz wuschig, und ich muss ständig ins Bad rennen und mir kaltes Wasser über die Handgelenke laufen lassen. Das habe ich in einer Folge der Sendung *Xposé – Unterhaltung, Mode, Schönheit!* gesehen. Da waren sie gerade in Marbella und haben einen Beitrag über Schwitzen unter der Bräunungscreme gedreht. Glenda hat moderiert, und oft schalte ich dann aus, weil ich sie ziemlich unterkühlt finde, aber sogar Glenda ist in der spanischen Sonne ein bisschen aufgetaut.

»Nimm ihn einfach!«, zische ich Paul zu. Man muss es ja nicht noch schwerer machen, als es schon ist. John sitzt schon im Auto. Szenen sind nicht sein Ding. Paul nimmt Mammy den Schal ab, und sie greift seinen Arm und zieht ihn an sich.

»Pass gut auf dich auf da draußen«, schluchzt sie an seiner Schulter. »Und dass dir keiner Drogen in die Tasche steckt oder Schlangenbabys in den Rucksack.« Mammy guckt in letzter Zeit oft *Border Force – Einsatz an der Grenze.*

»Mach ich.« Paul drückt sie ganz fest, dann löst er sich grinsend von ihr. »Und was ist mit dem Koks in meinem Portemonnaie?« Sie kreischt und ruft, dass er ab ins Auto soll, und als er einsteigt, sehe ich, wie er sich mit dem Handrücken übers Gesicht fährt.

»Tschüs, Mammy.« Ich lasse mich auch umarmen. Umarmungen sind in den letzten Monaten ein wichtiger Bestandteil meines Lebens geworden. Bisher war das nicht so meins – es greift zu sehr in die Privatsphäre ein –, aber die Mädels in Dublin sind verrückt danach und Mammy dieser Tage anscheinend auch.

»Na los«, sagt sie und rückt ihr Gesicht mit eiserner Entschlossenheit zurecht. »Mach dir keine Sorgen. Tante Sheila kommt nachher mit einer Flasche Baileys vorbei.« Jesus, Maria und Joseph. Um Mitternacht werden sie an den Lampenschirmen schwingen.

KAPITEL 12

Das Einzige, was die Stimmung im Auto bisweilen auflockert, ist der Geruch nach verbrannter Kupplung. Die letzten fünf Stunden waren angespannt, und wir sind noch nicht mal in der Nähe von Dublin. Ich versuche, nicht jedes Mal, wenn John ins Schleudern kommt oder zu nah an das Auto vor uns auffährt, erschrocken nach Luft zu schnappen. Wir kriechen über die Autobahn. Es ist halb fünf, und mit jeder Sekunde, die verstreicht, kann ich mein Brautjungfernkleid rufen hören: »Du bist spät, du bist spät, du bist spät dran!« Ich verfluche innerlich jedes weitere Auto auf der Straße, und Pauls laufender Kommentar hilft auch nicht gerade. »Ja, ich weiß, dass das in Sydney nicht passieren könnte«, schnauze ich ihn irgendwo zwischen Kildare und Dublin an.

Solchen Schnee habe ich schon lange nicht mehr erlebt. Nicht seit dem Winter vor ein paar Jahren, als das ganze Land stillstand und sogar RentenPlus ein paar Tage schließen musste. Wie der Kühlschrank aussah, als wir dann schließlich wieder zur Arbeit gehen konnten – ich musste noch ein paar Zettel mehr aufhängen, um alles wieder ins Lot zu bringen. Unzählige herrenlose Tupperdosen. Beim Gedanken an die Arbeit bekomme ich Bauchschmerzen, bis mir einfällt, dass ich ja gar nicht wieder zur Arbeit gehen werde. Nicht wirklich. Wir haben nur noch diese Betriebsversammlung, und dann werde ich wohl erfahren, was aus mir wird. Mit meinem Lebenslauf bin ich noch nicht fertig, aber ich habe trotzdem im Internet die Stellenanzeigen im Auge behalten – es gab einen guten Job bei einer anderen Rentenkasse, einen bei einer Versicherung und einen bei Facebook. Der letzte ist wohl ziemlich aussichtslos, aber ich verbringe schließlich viel Zeit damit, mir gewissenhaft alle Hochzeitsalben anzugucken und pflichtbewusst Urlaubsfotos von Cocktails zu liken. Wäre es nicht toll, wenn man dafür bezahlt würde? John hat gesagt, ich solle mich entspannen und die freie Zeit genießen, aber damit geht er mir nur auf die Nerven. Er glaubt doch wohl nicht, dass ich einfach so meine Karriere bei der Rentenkasse wegwerfe - ich habe schließlich ein ziemlich gutes Abschlusszeugnis!

Jetzt ist es fast fünf, und wir müssen Paul noch bei John absetzen, und ich muss mich umziehen und schminken und noch ein paar Lagen Haarspray aufsprühen. Mir bricht kalter Schweiß aus. Es ist undenkbar, dass ich zu spät komme. Als Brautjungfer! Das würde mir ewig nachhängen. Ich wünschte, ich hätte auf Majella gehört und wäre gestern schon mit ihr und Pablo gefahren, aber ich wollte noch einen Tag zu Hause haben.

»Wir schaffen es nie rechtzeitig«, wimmere ich, voll in Panik.

»Jetzt hör doch auf, Aisling! Ich will nicht im Graben landen.« John spricht leise, aber ich merke, dass er mit den Zähnen knirscht.

»Ihr seid das jüngste alte Ehepaar, das ich kenne«, witzelt Paul vom Rücksitz aus. Ich gucke in den Rückspiegel, um ihm einen bösen Blick zuzuwerfen, begegne aber stattdessen Johns Blick, der jedoch gleich wegschaut. Ich will heute wirklich nicht streiten. Schließlich habe ich genug andere Sorgen.

»Wir müssen dich in der Stadt rauslassen, Chef«, sagt John und sieht Paul an. »Wir haben keine Zeit, noch bis nach Drumcondra zu fahren und dann wieder zurück zur Southside.«

Also halten wir um halb sieben nur ganz kurz an, um Paul im Stadtzentrum rauszuschmeißen. Er muss uns hinterherrufen, damit er noch seine Tasche aus dem Kofferraum holen kann. »Wir sehen uns morgen, bevor du fliegst«, brülle ich ihm zu, dann fahren wir mit quietschenden Reifen davon. »Los, los, los!«, rufe ich John zu. Er hat die Schultern bis zu den Ohren hochgezogen, so sehr konzentriert er sich. Zum Glück sind die Straßen hier in der Stadt fast frei von Schnee – ein Gottesgeschenk nach so vielen Stunden Schneematsch und Eis. Es ist neun Minuten vor sieben, als wir auf den Parkplatz von The Grainstore fahren, einem Lagerhaus in Ringsend. Die Leute stellen schon ihre Autos ab und gehen auf den Haupteingang zu.

»Wie soll ich das bloß machen?«, stöhne ich, springe vom Beifahrersitz und öffne die hintere Tür.

»Steig ein, und ich pass auf, dass dich keiner sieht.« John streckt die Arme auseinander und breitet seine Jacke so weit wie möglich aus. Ich klettere auf den Rücksitz und öffne den Kleidersack. Als ich nach dem Kleid greife, kann mich die ganze Welt in BH und meiner Bauch-weg-Unterhose sehen. Fast geschafft. Geschminkt habe ich mich schon auf der Fahrt – mit meinen üblichen Lieblingsprodukten: erst die getönte BB-Creme, dann ein bisschen braune Wimperntusche und einen Hauch Rouge von Clinique, das ich mal als Beigabe geschenkt bekommen habe. Mammy hat mir zu Weihnachten ein neues Lidschatten-Trio geschenkt, also habe ich das auch benutzt und diesen Smokey-Eyes-Look ausprobiert, der gerade so beliebt ist. Ich habe das schon mal versucht, und meistens sehe ich dann so aus, als hätte ich mich geprügelt, aber unter den gegebenen Umständen habe ich es ganz gut hingekriegt. So. Kleid, hautfarbene Strumpfhose, Sandalen, noch eine Lage Haarspray, und dann kann es losgehen. Ich knie mich auf den Rücksitz und laviere mir das Kleid so über den Kopf, dass ich meine Frisur nicht zerstöre. Dann zerre ich den Reißverschluss hoch und gucke in den Rückspiegel – alles sitzt tipptopp. Es hat sich echt gelohnt, diese riesige Dose Haarspray zu kaufen.

* *

Ich wusste nicht so recht, was ich von einer lesbischen Hochzeit zu erwarten hatte; außer, dass ein Priester nicht dazugehört. Kein großer Verlust, wenn ihr mich fragt. Mit denen kann man voll danebenliegen. Die Zeremonie war wunderschön, und irgendwann habe ich Johns Blick aufgefangen. Die Anzahl der Hochzeiten, auf denen wir beide im Laufe der Jahre waren, muss inzwischen im zweistelligen Bereich liegen. Und dennoch ... hier sind wir, wir zwei, und es ist genau wie mit einundzwanzig. Eins habe ich inzwischen begriffen: Wenn wir je heiraten würden, hätten wir es längst getan. Und ich glaube, er weiß das auch.

Meine sogenannte Lesung ist eigentlich der Text eines Songs von Tegan and Sara, aber da kommt keiner drauf – es hängt immer davon ab, wie man etwas vorträgt. Am Ende habe ich sogar aus Versehen gesagt: »Das ist das Wort Gottes.« Aber eines der Rubgy-Mädels rief: »Gott sei gedankt«, und dann haben alle gelacht, also habe ich es wohl gut hingekriegt. Ich habe mehr als genug Lesungen auf Hochzeiten hinter mich gebracht, also weiß ich meistens, wenn es nicht gut angekommen ist.

Warum die beiden aber darauf bestanden haben, dass alles so selbst gestrickt daherkommt, verstehe ich einfach nicht. Besonders, da wir ja alle wissen, dass Elaine sich eine ganz andere Hochzeit hätte leisten können. Nicht der Hauch eines

Gästebuchs, einer weißen Tischdecke, einer Stuhlhusse. Und die Blumen standen alle in Marmeladengläsern. Wenn man sie überhaupt Blumen nennen kann – das war ganz eindeutig Unkraut. Kerzen, so weit das Auge reichte, aber ich hatte den Fluchtweg innerhalb von Minuten auf dem Schirm. Einmal Arbeitsschutzbeauftragte, immer Arbeitsschutzbeauftragte. Und natürlich ist das alles egal, solange die Braut und die Braut glücklich sind, und das war nicht zu übersehen. Sie haben regelrecht geglüht, trotz der eisigen Temperaturen draußen. Und die Reden! Die Eltern haben nicht ein Wort gesagt, und es ging auch kein Bierglas rum, um den üblichen Fünfeuroschein reinzuwerfen. Aber Elaine und Ruby selbst haben die schönsten Sachen übereinander gesagt, über ihre Hoffnungen und Pläne für die Zukunft. Ich habe Mammy geschrieben, dass sie doch hätte kommen sollen, und das habe ich auch so gemeint; sie hätte für Monate genug Gesprächsstoff gehabt.

Während Elaine und Ruby ihren ersten Tanz zu »Cheek to cheek« – offenbar gesungen von Lady Gaga – tanzten, fragte John mich aus heiterem Himmel, ob ich schon weiter darüber nachgedacht hätte, wo ich im neuen Jahr wohnen will.

»Ich werde wieder nach Hause ziehen«, habe ich gesagt, und anstatt ihm in die Augen zu blicken, habe ich in mein Weinglas gestarrt.

»Na, dann. Gut, dass du eine Entscheidung getroffen hast.« Er klang erleichtert. Und als ich ihn angeschaut habe, sah er auch erleichtert aus. »Majella und du werdet wie Pech und Schwefel die Hauptstraße von BGB unsicher machen.«

Dass es jetzt ausgesprochen ist, macht es plötzlich so real. Mit Anfang zwanzig war ich ziemlich besessen davon, wieder nach BGB zu ziehen. Ich wollte einen kleinen Job. Ein kleines Auto. Eine große Hochzeit. Ein großes Haus. Ich habe alles von John abhängig gemacht. Ich wollte unbedingt, dass er mir einen Heiratsantrag macht – jedes Mal, wenn wir auch nur über ein Wochenende weggefahren sind, habe ich mir die Nägel machen lassen –, aber es ist nie passiert. Und irgendwann habe ich begriffen, dass mir das eigentlich alles gar nicht wichtig ist, nicht, wenn ich wirklich darüber nachdenke. Schon verrückt, dass ich jetzt ohne ihn wieder nach Hause ziehen werde.

Um zehn vor zwölf bekamen wir alle unsere Mäntel und ein Glas Sekt in die Hand gedrückt und wurden nach draußen gescheucht für den großen Countdown. Es war märchenhaft mit dem ganzen Schnee, obwohl mir fast der linke Zeh abgefroren ist. Als es Mitternacht schlug, habe ich John angesehen, und er hat mich angesehen, und dann haben wir uns geküsst, weil, was soll man auch sonst tun um Mitternacht, an Silvester, wenn man seit acht Jahren zusammen ist? Aber zwischen uns war nichts – Zuneigung, sicher, natürlich, aber keine … Leidenschaft. Und ganz sicher nichts von dem, was am anderen Ende des Hofes zwischen Pablo und Majella ablief. Es war, als würde ich einen Freund küssen, und ich war froh, als das Feuerwerk losging und Elaines Großmutter »Auld Lang Syne« zu schmettern anfing.

* *

Als mich der Krach von unten weckt, fühlt es sich an, als hätte ich nur zehn Minuten geschlafen. Ich greife nach meinem Handy – 6 Uhr 42. Es war nach vier, als wir nach Hause kamen und John wirres Zeug von sich gab, dass er jetzt Fleisch bräuchte, und ich den Brautstrauß in der Hand hielt, den ich wirklich nicht fangen wollte. Er ist nur irgendwie … in meinem Schoß gelandet, obwohl Majella quasi einen Hechtsprung gemacht hat, um ihn zu erwischen. Ich habe ihn ihr dann angeboten, aber sie ist von dannen gehinkt, zu stolz, ihn anzunehmen. Pablo hat den ganzen Abend an ihrer Seite geklebt, und ich weiß nicht, ob ich mir das eingebildet habe, aber ich habe ihn ein-, zweimal dabei erwischt, wie er Sadhbh mit zusammengekniffenen Augen angesehen hat. Nicht wie ein normaler Mensch, sondern als würde sie etwas tragen, das ihm gehört. Sehr seltsam.

Pauls Flug geht um zwölf, aber er wird natürlich vier Stunden vorher da sein wollen, deswegen ist es wohl an der Zeit, endgültig Abschied zu nehmen. Ich beschließe, ihm noch ein paar Brote zu schmieren, und wickele mich fest in meinen flauschigen Bademantel – zehn Euro bei Penneys. Warum die überhöhten Flughafenpreise bezahlen, wenn wir ein völlig einwandfreies geschnittenes Kastenbrot und eine Packung – na ja, eine halbe Packung – Schinken in der Küche haben.

»Kannst du mal ein bisschen leiser sein?«, flüstere ich im Halbdunkeln, und Paul zuckt zusammen. Er stopft gerade sein Übernachtungszeug in die riesige Tasche, und ich sehe, dass Mammy ihn mit einigen großen Flaschen Head & Shoulders ausgestattet hat. Er war immer schon ihr Liebling. Angesichts des Gewichts seiner Tasche spüre ich Panik in mir aufsteigen, aber ich schiebe sie weg. Ich werde nicht immer da sein können, um auf ihn aufzupassen. Er muss das jetzt selbst auf die Reihe kriegen. »Hast du dein Ladegerät?«

»Ja«, sagt er und klopft auf die Tasche, die aus allen Nähten platzt. Ein paar Sekunden lang stehen wir einfach nur da, in stillschweigendem Einvernehmen. Dass Paul wieder nach Australien zurückfährt, leitet die nächste Phase unserer Trauer ein: den Versuch, unser Leben weiterzuführen. Keiner von uns ist bereit dazu. Ist man das überhaupt je?

»Ich frage mich jetzt, ob ich wirklich fahren soll.«

»Musst du nicht«, sage ich nach einer Pause. »Ich bin da, um auf sie aufzupassen. Ich bin doch immer da.«

Er nickt einfach.

»Tee?«

KAPITEL 13

Über die Weihnachtstage konnte ich es ausblenden, aber am 3. Januar fühle ich mich arbeitsloser, als ich es je für möglich gehalten hätte. Alle sind wieder zurück bei der Arbeit. Alle! Sogar Sadhbh, die einen Job in der Personalabteilung einer Plattenfirma angeboten bekommen hat, unbesehen, dank der Empfehlung eines Bekannten. Flatlay Records. Ich war erst ganz aufgeregt, weil ich dachte, es wäre Flatley Records und wir würden Freikarten für *Riverdance* bekommen, aber sie heißen Flatlay. Also Indie und Techno statt traditionellem irischem Stepptanz und keltischer Musik. Ich war in Berlin. Da habe ich genug Techno für den Rest meines Lebens abbekommen, vielen Dank auch. Sadhbh ist natürlich total aufgeregt, besonders da es keine Kleiderordnung gibt. Sie wird ihren ganzen verrückten Schmuck tragen können, und bestimmt stecken sie da alle von Kopf bis Fuß in heu- und steinfarbenen Klamotten. Ihre Outfits bei RentenPlus waren ja schon »richtungsweisend«, aber nichts im Vergleich zu dem, was sie heute Morgen anhatte. Durchsichtige Vinylstiefel – mehr muss ich nicht sagen. Ich hätte ja gar keine Ahnung, was ich anziehen soll, wenn nicht legere Geschäftskleidung vorgeschrieben wäre. Ich habe noch einen Hoodie aus meinen Hurling-Zeiten und ein Paar schlabbrige Cargohosen aus dem Sommer, als Majella beschlossen hat, dass wir jetzt völlig auf die Band Blink-182 abfahren sollten. Beides steht mir eigentlich sehr gut. Muss ich mal wieder rauskramen.

Ruby und Elaine spüren gerade vom Aussterben bedrohten

Gorillas nach oder schwingen in Uganda an Lianen, also bin ich ganz allein im Chez SEA und konfrontiert mit der Tatsache, dass ich jetzt packen muss.

Ich habe Mammy immer wieder beruhigt und ihr gesagt, dass sich alles klären wird. Ich weiß, dass es nichts gibt, was Mammy – und Daddy, wenn er noch hier wäre – so sehr ängstigt, wie langfristig arbeitslos zu sein. Aber ich habe ihr gesagt, dass alles gut wird, ich eine hohe Abfindung bekommen und ruckzuck einen neuen Job finden werde.

Außerdem könnte alles noch viel schlimmer sein: Wenigstens weiß ich, wo ich wohnen werde. Gestern Abend hat Sadhbh eingestanden, dass sie die üblichen Immobilienseiten durchgekämmt hat, aber jedes Mal, wenn sie ein Zimmer in ihrer Preisklasse findet, ist es schon weg, wenn sie anruft. Das tut mir so leid für sie, obwohl das Mädchen etwa hundert Euro im Monat für Bioavocados, Craft Gin und per Hand aufgezogene Kaffeebohnen ausgibt. Ich habe auch schon miterlebt, wie sie Ein- oder Zweicentmünzen einfach aufgesaugt hat, statt sich zu bücken und sie aufzuheben. Aber ich weiß, dass man in der Personalabteilung anständig verdient, und ich bin empört. Was ist das für ein absurder Zustand, dass eine junge Berufstätige wie sie sich in der Stadt keine Wohnung leisten kann? Zumal sie mit ihren Kleiderkäufen so viel für die Konjunktur getan hat. Die gute Nachricht ist, dass sie nicht sofort ausziehen muss, da die Frischvermählten noch ein paar Wochen weg sein werden.

Beep! Beep! Blieppp! Beep!

Gott, mein Wecker. Zeit, sich auf den Weg zu dieser verdammten Betriebsversammlung zu machen, die RentenPlus wegen der Entlassungen abhält. Ich würde lieber einfach zur Arbeit gehen. In ein paar Stunden werde ich mein Schicksal kennen und Sadhbh auch. Sie kann jetzt natürlich nicht kommen, aber ich habe versprochen, sie auf dem Laufenden zu halten. Suzanne hat mir vorhin eine wirre Nachricht geschrieben. Ich glaube, sie wollte sagen, dass sie auch da sein wird. Wahrscheinlich hat eins der Kinder ihr Handy in die Finger bekommen und irgendeinen Unsinn getippt.

Der Bus Richtung Flughafen ist rappelvoll, aber mir gelingt es, mich zwischen das Bordpersonal von zwei Air-Lingus-Flügen auf das untere Deck zu quetschen. Wie glamourös muss es sein, bei seiner Arbeit um die Welt zu jetten, den Leuten zu sagen, dass sie ihre Tische hochklappen müssen, und darüber entscheiden zu können, wer zwei kleine Dosen Cola light bekommt oder nur eine armselige einzelne. Sie duften auch immer so gut, wahrscheinlich weil sie im Duty-free-Shop einkaufen können. Wenn man zum Bordpersonal gehört, muss man eben nicht die üblichen Preise bezahlen. Vielleicht sollte ich die Rentenkassen vergessen und etwas ganz Neues versuchen? Ich werde nachher mal mein Horoskop lesen.

Durchs Fenster kann ich schon das Travelodge Hotel sehen, und als der Bus dann anhält, kämpfe ich mich nach vorne, obwohl der Fahrer extra die hintere Tür öffnet, als er mich sieht. Aber ich kann mich doch nicht einfach rausschleichen, ohne danke zu rufen, erst recht nicht mit so vielen Touristen an Bord. Die denken doch sonst, wir Iren wären schlecht erzogen. Nein, ich mache es mir immer zur Aufgabe, für unsere ausländischen Besucher mein Bestes zu geben. Sehr gerne schleiche ich auch um die O'Connell Bridge und im Temple-Bar-Viertel herum, für den Fall, dass ich jemanden mit einer Straßenkarte treffe, der so aussieht, als brauche er oder sie Hilfe. Das gehört meiner Meinung nach einfach zum guten Ton.

Ein Schild in der Hotellobby informiert mich, dass die Betriebsversammlung in der Anna-Livia-Suite stattfindet. Ich gehe den scheinbar endlosen Flur entlang, bis ich eine Art leises Grollen bemerke, das mit jedem Schritt lauter wird. Ich schaue auf mein Handy – ich bin spät dran! Ganz untypisch für mich, aber dieses Hotel ist so groß wie das Croke-Park-Stadion, und mit zwei Kilometern Fußweg habe ich einfach nicht gerechnet. Na ja, ich will mich nicht beschweren, so kann ich wenigstens meine Schritte für heute abarbeiten. Denk an die FitPoints, Aisling.

Mein Handy piept: Drei Fragezeichen von Sadhbh, aber noch habe ich nichts zu berichten. Als ich um die Ecke biege, wird klar, dass das Grollen weder von einer Boeing 747 kommt noch von einem Hubschrauber, der gerade einen Scheich oder Promi absetzt, der ein paar Sachen im Schlussverkauf besorgen will. Es sind dreihundert wütende Menschen, die ein Gremium von Männern – und einer Frau – anbrüllen, die mit versteinerten Gesichtern auf einer Bühne sitzen. Ich habe die Betriebsversammlung gefunden, und es sieht nicht gut aus.

Angestrengt blicke ich mich nach einem bekannten Gesicht um, aber wenn man bedenkt, dass unser Mutterkonzern PPH etwa zwölf Firmen unter seinem Dach hatte, wird es schwierig sein, jemanden zu finden. Plötzlich bin ich mir nicht mehr so sicher, dass ich eine anständige Abfindung bekommen werde. Ich bin eindeutig nicht die Einzige, und keiner hier sieht besonders glücklich aus.

Ich schleiche am Rand des Raums entlang und lasse mich auf einem leeren Stuhl nieder. Kevin Shermer steht mitten auf dem Podium und versucht die Menge zu beruhigen, aber die Leute brüllen ihn immer weiter an. Die Ausdrücke, die zu hören sind, muss man geradezu unflätig nennen. Und das sage ich, die ich 2011 am Spielfeldrand stand, als die Rangers BGB im Finale mit nur einem Punkt Vorsprung geschlagen haben.

»Bitte, hört doch mal her! Lasst mich nur kurz etwas sagen«, zischt Shermer ins Mikrofon, und es wird etwas leiser, sodass man hören kann, wie jemand »Geißel Gottes!« ruft. Des von der Wertsicherungsabteilung! Er ist ganz schön aufgebracht, aber wer will ihm das vorwerfen? In der ersten Reihe entdecke ich Suzanne.

»Wie ich bereits erwähnt habe, bevor ihr losgebrüllt habt, wird das hier nur ein paar Minuten dauern. Könnt ihr bitte mal leise sein, damit ich alle informieren kann? Kommt, Leute, ich will doch auch nicht hier sein.« Er schwitzt jetzt, wischt sich mit einem zerknüllten Taschentuch über die Stirn, und er tut mir leid. Die Gruppe von Arschlöchern hinter ihm macht überhaupt keine Anstalten, ihm zu helfen, und das wundert mich nicht. Wer zu einer Feier zusagt und dann nicht auftaucht, na, vor so jemandem habe ich absolut keinen Respekt.

»Es gibt gute Nachrichten«, fährt Shermer fort. »Sehr gute Nachrichten sogar. PPH gibt das Irlandgeschäft endgültig auf, aber ...« Er macht eine Pause, als wolle er gleich verkünden, wer der Gewinner bei *Das Supertalent* ist. »... alle, die Anspruch auf eine Abfindung haben, bekommen eine ...« Er spricht weiter, aber das Jubeln der Menge, ich mitinbegriffen, übertönt ihn. Ich merke, wie eine Last von mir abfällt. Fast hatte ich schon befürchtet, dass sie uns sagen, wir kriegen nichts, obwohl wir natürlich einen gesetzlichen Anspruch haben. Sadbhb hat das bis zum Gehtnichtmehr wiederholt.

Ich hole mein Handy raus, um ihr die gute Nachricht zu schicken, während hinter mir »Olé, Olé, Olé«-Rufe zu hören sind. Ich habe eine SMS von Suzanne.

»Ach, scheiß drauf. Und ich habe den Kindern versprochen, dass wir nach Disneyland fahren.«

Was hat sie denn? Wir bekommen eine Abfindung – Shermer hat es doch gerade gesagt. Mein Handy vibriert in meiner Hand. Wieder Suzanne.

»Vielleicht reicht es für ein Trampolin. Ein kleines.«

»Hast du nicht zugehört? Wir bekommen die Abfindung!«, schieße ich zurück.

Shermer steht noch immer auf der Bühne und spricht, und ich kann ihn kaum verstehen, aber er zeigt auf eine Reihe Tische am Rande des Raums, bewacht von ein paar Typen in Anzügen. So, wie die aussehen, müssen das Steuerberater sein. Vor ihnen stehen Kisten mit Briefumschlägen, und sie winken die Leute zu sich.

Ich stehe auf und reihe mich automatisch in die nächste Schlange ein. Das ist bei mir ganz instinktiv – sehe ich eine Schlange, reihe ich mich ein. Vielleicht kriegt man einen Gratis-Joghurt oder so. Auf Zehenspitzen suche ich den Raum ab und sehe Suzanne in der Ferne, die sich mit Eilish vom Empfang unterhält, aber zwischen uns stehen ungefähr hundert Leute, und ich will meinen Platz nicht verlieren. Es geht unheimlich schnell voran, und das passiert nicht alle Tage.

»Ich kann von Glück sagen, wenn ich irgendwas zwischen ein- und zweitausend bekomme.«

Ich will ja nicht lauschen, aber der junge Mann hinter mir brüllt geradezu in sein Handy. Er ist sehr groß, aber höchstens einundzwanzig oder zweiundzwanzig.

»Was für eine verfickte Scheiße, so eine Zeitverschwendung, Mum«, kreischt er. »Ich wollte sowieso nie für die Rentenkasse arbeiten, und ich habe es verdammt noch mal gehasst, und jetzt habe ich nichts anderes vorzuweisen.«

Mammy würde es mir nie durchgehen lassen, dass ich vor ihr solche Ausdrücke verwende, auch nicht in meinem Alter. Scheiße wäre das schlimmste Schimpfwort, was ich in den Mund nehmen könnte, außer es ginge um Leben und Tod. Bei den Morans ist das ganz anders. Als Majella und Shane klein waren, haben sie sich immer heftig gestritten und dabei mit allen Schimpfwörtern beworfen, die ihnen einfielen. Majella hat sogar mal zu Shem gesagt, er solle sich ins Knie ficken, als er sich beschwert hat, dass sie Wimbledon guckt, anstatt Steine aufzusammeln, um sich ihr Taschengeld zu verdienen. Er ist noch nicht mal zusammengezuckt. Ich dagegen wäre am liebsten im Boden versunken. Was haben wir nicht alles für Lleyton Hewitt getan, so ein toller Tennisspieler.

»Name?«

Ich stehe an der Spitze der Schlange, und die Frau vor mir ist nicht gerade höflich. Da sehe ich ihn - den Umschlag mit meinem Namen, ganz oben auf dem Stapel. Ich zeige stumm darauf, und sie gibt ihn mir und ruft dem Typen hinter mir »Der Nächste« zu. Der sieht aus, als würde er am liebsten jemanden umbringen.

Warum sind bloß alle so sauer, frage ich mich und öffne den Umschlag. Zu meiner Linken sehe ich, dass Suzanne winkend auf mich zukommt, und als ich zurückwinke, gleitet ein Stück Papier aus dem Umschlag und segelt zu Boden.

»Ais! Ais! Warte doch!«, ruft sie, als ich mich bücke, um das Papier aufzuheben. Es ist ein Scheck. Ich drehe ihn um, und der Raum fängt an, sich zu drehen - ich versuche, mich zu konzentrieren - 9499 Euro. 9499 Euro? Wieso bloß 9499 Euro? Ich habe sechs Jahre bei RentenPlus gearbeitet. Da müsste ich doch Anrecht auf mehr haben? Was ist mit Sadhbhs vorsichtiger Schätzung, dass ich zwanzigtausend bekomme?

Suzanne steht plötzlich neben mir, ihren schwarzen Rucksack über der Schulter. »Gesetzlich vorgeschriebene Abfindung.« Sie seufzt dramatisch. »Für jedes Jahr, das ich denen geopfert habe, bekomme ich ein halbes Monatsgehalt. Was für eine Ansammlung von Arschlöchern.«

KAPITEL 14

»Pass auf, dass die sich nicht vor dir reindrängeln«, zische ich Sadhbh zu und lasse das Paar, das sich auffällig am Anfang der Schlange rumdrückt, nicht aus den Augen. Er wirkt selbstgefällig, als hätte er den Mietvertrag bereits unterschrieben und im Kopf den großen Ikea-Einkauf gemacht. Nicht mit mir, Mister. Du kannst die Drögas und die Flöggelwaffeln zurücklegen. *Wir* kriegen diese Wohnung. Nun, Sadhbh kriegt sie. Nächste Woche kommen Elaine und Ruby zurück. Erst tat Sadhbh mir ja leid. Aber als ich sie dann nach ihrer Taktik gefragt habe, hat sich herausgestellt, dass sie – offen gesagt – elendig schlecht vorgegangen ist, um eine neue Wohnung zu finden. Sie ist zu Wohnungsbesichtigungen gegangen, ohne sich vorher ein einziges Empfehlungsschreiben auszudrucken, ohne den Namen des Maklers herauszufinden, damit sie ihn gleich mit »Hallo, Gary, ich bin sehr interessiert, und hier sind meine Schufa-Auskunft und alles andere für Sie« begrüßen kann. Und sie behauptet, es gäbe nicht wirklich was. Ich weiß, es ist schwer, in Dublin eine Wohnung zu finden, aber hat sie sich überhaupt Mühe gegeben? Also habe ich angeboten, ihr zu helfen. Wie ein Jo-Jo bin ich von zu Hause nach Dublin und zurück gefahren, um Mammy auf dem Hof zu helfen und bei allen Top-Rentenkassen meine Bewerbung persönlich abzugeben. Natürlich habe ich mich auch online beworben, aber ich habe im Internet gelesen, dass manche Firmen dich auch persönlich kennenlernen wollen. Das signalisiert wohl Engagement. Auf jeden Fall hilft es mir, meine

Schritte abzuarbeiten. Mit dieser beschissenen Abfindung hat mich die Realität, nämlich dass ich besser früher als später einen neuen Job finden muss, eingeholt. Und ich glaube kaum, dass sich in BGB besonders viele Möglichkeiten ergeben werden. Ich bin auch plötzlich unsicher, ob ich wirklich wieder nach Hause ziehen soll, obwohl Mammy begeistert ist. Es ist irgendwie ein Rückschritt. Deshalb musste ich mich erst mal ein bisschen sortieren und mir sagen, dass ich wirklich Glück habe, überhaupt ein Zuhause zu haben, in das ich ziehen kann. Und ist sich um Mammy zu kümmern, nicht auch schon ein Job an sich? Trotzdem, ich hätte ja nie gedacht, dass ich so was sagen würde, aber der Brunch in Dublin wird mir fehlen. Verrückt, an was man sich alles gewöhnen kann, wenn man dem nur lange genug ausgesetzt ist.

Sadhbh hat sich gut in ihren neuen Job eingefunden, also läuft da wenigstens alles. Jetzt braucht sie nur noch eine neue Bleibe. Trotz ihrer lässig eleganten Erscheinung, ihrem üppigen schwungvollen Haar und ihrer Vorliebe, mit ihrer Kreditkarte mal über ein Wochenende nach Oslo zu fahren, stammt sie nicht aus reichen Verhältnissen und kann von zu Hause auch kaum Unterstützung erwarten. Ihre Mutter wohnt in einer Einzimmerwohnung in Rathfarnham, und von ihrem Vater ist nie die Rede. Als ich sie gerade ein bisschen besser kennengelernt habe, wollte ich sie unbedingt nach ihm ausfragen, aber es wurde schnell klar, dass über ihn nicht gesprochen wird, und meine Neugier hat sich dann gelegt. Sadhbh und ihre Mutter stehen sich sehr nah, und sie hat ihr den Großteil ihrer enttäuschenden Abfindung gegeben, um ihr unter die Arme zu greifen. Aber das heißt, sie kann sich nicht den Luxus erlauben, nach Hause zurückzuziehen, und sie möchte auch nicht bei den Neuvermählten bleiben.

Seit dem College war ich nicht mehr auf Wohnungssuche,

aber wenn man den richtigen E-Mail-Benachrichtigungsdienst abonniert und sich den Makler-Garys und -Deirdres und -Simons in Dublin richtig präsentiert, lässt sich das Ding schon schaukeln. Hier sind wir also, vor einem georgianischen Gebäude in Ranelagh, bereit, Gary/Deirdre/Simon die Hand zu schütteln und zu sagen: »Nehmen wir.« Ich bin allerdings überrascht, hier so viele Leute zu sehen, und alle scheinen sie höchst wichtige Umschläge mit der Kaution in der Hand zu halten – genau wie ich auch. Vor uns in der Schlange stehen zwei Paare und außerdem noch mindestens zehn Leute hinter uns. Es ist zehn nach zehn, und die Besichtigung sollte eigentlich um zehn sein, deshalb fangen alle an, unruhig auf der Stelle zu treten und ungeduldige Schnaufgeräusche von sich zu geben. Um vierzehn Minuten nach geht die Tür auf, und der Makler blafft: »Die ersten drei Parteien können eintreten.« Wir sechs am Kopf der Schlange schieben uns in eine schwach beleuchtete Eingangshalle. Nicht besonders besorgniserregend. Schließlich will Sadhbh ja nicht in der Eingangshalle wohnen, und die Fotos der Wohnung selbst waren wunderschön, hell und weitläufig, mit einer andersfarbigen Akzentwand hinter dem Kamin. Ein klares Zeichen für Eleganz. Der Makler – er heißt Steven, passt schon – führt uns die Treppe hoch, und ich gerate sofort in Alarmbereitschaft. Der »Zugang zu einem herrlichen Garten« hat mich davon ausgehen lassen, dass die Wohnung im Erdgeschoss liegt. Aber vielleicht gibt es ja eine Außentreppe. Alles gut.

Steven bleibt vor Wohnung Nummer vier stehen, deren Tür schon einen Spalt offen steht, und stößt sie ganz auf. »Nur hereinspaziert«, ruft er die Treppe hinunter, auf der wir dicht gedrängt stehen und versuchen, uns nicht gegenseitig brutal den Ellbogen in die Seite zu rammen. Das erste Paar marschiert rein, und wir anderen folgen langsam. »Das Bad ist links«, sagt Steven, als Sadhbh und ich an ihm vorbeigehen. Ich bin gerade zur Tür rein, als das Vater-Tochter-Gespann vor uns abrupt stehen bleibt und ich dem Mann aus Versehen in die Hacken trete. »Tut mir leid, tut mir leid«, wiederhole ich, dabei ist er selbst schuld. Wir müssen schließlich alle rein. Aber als ich an ihm vorbeischaue, sehe ich, was Sache ist. Wir passen gar nicht alle in die Wohnung. Und das ist schon die ganze Wohnung. Was auf den Fotos aussah wie ein abgetrenntes Schlafzimmer, ist nichts als ein Bett, das zusammen mit einem Nachttisch, der gleichzeitig als Beistelltisch fungiert, an die Wand neben das Sofa geschoben wurde. Das Paar, das ganz vorne in der Schlange stand, ist schon in der Küche, und der Hintern des Mannes hängt fast im Spülbecken. Auf den Fotos sah das alles viel größer aus, aber ich fand es schon seltsam, dass die Mikrowelle praktisch außer Reichweite an der Wand befestigt war. Wer immer die Fotos gemacht hat, muss auf den Kühlschrank geklettert sein, um so eine Perspektive hinzubekommen, und gleichzeitig so ein Objektiv benutzt haben wie die, mit denen Kate Middleton in Frankreich nackt fotografiert wurde. Mit Fotografie kenne ich mich ja nicht so aus, aber hier wurde eindeutig getrickst. Wenigstens die Akzentwand hinter dem Kamin ist tatsächlich in einer anderen Farbe gestrichen, allerdings erstreckt sie sich über den ganzen Raum und ist weniger eine Akzentwand als die gesamte Wohnung. Sadhbh geht hinter mir nach links und wirft einen Blick ins Bad, das glücklicherweise ein abgetrennter Raum ist. »O«, quietscht sie, »ein ... Schlauch.« Ich schaue ihr über die Schulter und verstehe, was sie meint. Das erinnert mich an einen Urlaub mit Majella auf den Kanaren, wo die einzige Dusche direkt neben dem Pool lag. Wie soll man sich so, unter den Augen von sieben Deutschen, im Badeanzug die Achselhöhlen waschen? Ich war dazu einfach nicht in der Lage und wurde

Tag für Tag schmuddeliger. Zum Glück ist der Schlauch hier nicht draußen, aber es ist nur ein Schlauch, der an einem Wasserhahn angebracht ist und von einem Haken an der Decke hängt. Kein Wunder, gab es nur Bilder vom Klo. Ich wende mich an Steven, um ihn auszufragen.

»In der Anzeige stand was von einer Zweizimmerwohnung?«

»Zweizimmerwohnung oder Apartment ist doch heutzutage praktisch ein und dasselbe«, leiert er runter, während er mit seinem lächerlich spitzen Schuh ein Stück Kabel unter den Teppich schiebt, und meine Geste Richtung Schlauch nicht im Geringsten beachtet. »Die Leute lieben solche kleinen eleganten Wohnungen.«

»Man kann den Kühlschrank vom Sofa aus aufmachen«, entgegnet Sadhbh. »Und die Küche ist hinter einem Vorhang.«

»Ja, wundervoll, nicht wahr?« Steven hat noch nicht einmal den Anstand, beschämt auszusehen.

»Was ist mit dem Garten?«, bohre ich weiter. »Die Wohnung hat Zugang zum Garten?«

»Ja, man muss wieder runter ins Erdgeschoss und um das Haus herumgehen, unten ist eine Kita, deswegen sind da manchmal ein paar Kinder, aber in diesem Teil von Dublin gibt's Rasen sonst nur gegen Aufpreis, insofern ist es ein fantastisches Ausstattungsmerkmal.«

Sein affektierter Verkaufsjargon überzeugt mich fast. Um Laken aufzuhängen, gibt es nichts Besseres.

»Wunderbar«, schnauzt Sadhbh ihn an, packt mich am Arm und zieht mich in den Flur und die Treppe hinunter. Als wir das Haus verlassen, hören wir noch, wie das erste Paar und der Vater mit ihren Umschlägen rascheln und schreien, dass sie die Miete drei Monate im Voraus bezahlen wollen. Sadhbh rast an den Wartenden vorbei und knurrt dem IKEA-Mann mit zusammengebissenen Zähnen zu: »Lohnt sich nicht.« Ich habe sie noch nie so außer sich erlebt. Sie rast die Straße hinunter, und trotz meiner Skechers kann ich kaum mithalten.

Als sie endlich langsamer wird, hake ich mich bei ihr ein und drücke ihren Arm. »Wir finden was anderes. Die Wohnung war ein Witz. Und Elaine und Ruby werden dich nicht einfach auf die Straße setzen.«

Elaine und Ruby werden Sadhbh nicht auf die Straße setzen, bevor sie etwas gefunden hat, aber für mich ist es Zeit, unseren wunderschönen Portobellopalast zu verlassen. Ich bleibe noch, bis sie aus den Flitterwochen zurückkommen. So können wir einen letzten gemeinsamen Abend verbringen, zusammen Wein trinken und unsere Playlist hören – von ihren unerklärlichen siebenminütigen Mixtracks bis hin zu meinen Lieblingsliedern von den Corrs und Westlife. Ich kann nie genug davon bekommen, wie Elaine und Sadhbh »go-oh-on, leave me breathless« in den Hals der Roséwein-Flasche kreischen. Übertrifft ihr LCD-Soundsystem und Deadmau5 bei Weitem, wenn ihr mich fragt. Zu »So young« müssen wir alle weinen. Wir übernehmen jede die Rolle einer der Corrs-Schwestern. Sadhbh ist natürlich immer Andrea. Wegen der Haare. Elaine ist meistens Sharon, und ich bin Caroline. In der Schule habe ich beim Krippenspiel immer Tamburin gespielt, wofür mich Mrs Irwin stets sehr gelobt hat, und seitdem habe ich das Gefühl, dass an mir eigentlich eine Schlagzeugerin verloren gegangen ist. Ruby erklärt sich großmütig bereit, Jim zu sein, da sie ja nur Ehrenmitglied von Chez SEA ist, obwohl sie inzwischen natürlich Elaines Ehefrau ist.

Aber jetzt, mit einem schlimmen Kater, an dem auch unzählige Cola lights nichts ändern können – man braucht mindestens zwei Dosen: eine zum Trinken und eine, die man sich an die Schläfe drückt –, packe ich meine letzten Sachen in den

Micra und bereite mich auf die endgültige Rückfahrt nach BGB vor für … Gott weiß, wie lange. Majella ist auch schon zurück nach Hause gezogen und hat jeden Tag erfolgreich Timoneys Bus nach Dublin genommen. Er setzt sie auf dem Weg zum Flughafen ab, und dann kann sie zu Fuß zur Schule gehen. Sie ist gerade schwer beschäftigt, weil sie das Basteln für die Erstkommunion planen muss. Wenn sie auch zugeben muss, dass sich Abendmahlkelche aus CDs und geweihte Tauben aus Spitzendeckchen von Jahr zu Jahr nicht grundlegend ändern. Diesmal hat sie allerdings einige schwierige Eltern dabei, vor allem ein Paar, das am großen Tag ein professionelles Kamerateam mitbringen will. Obwohl es also noch Monate hin ist, bringt sie jeden Abend genug Kommunions-Gesprächsstoff mit zu Pablo nach Hause.

Pablo ist glücklich bei den Morans untergebracht. Shems ursprüngliche Forderung, er müsse im Wohnzimmer schlafen, hat sich schon am ersten Abend in Luft aufgelöst, als Majella verkündete, dass wir schließlich im einundzwanzigsten Jahrhundert leben, und beiläufig erwähnte, dass das Hochzeitskleid ihrer Mutter um die Taille doch verdächtig eng gewesen war. Shem wäre sowieso nie damit durchgekommen. Seit dem Tag von Majellas Geburt leidet er darunter, dass er sie nicht bändigen kann. Er sagt immer, wenn es mich nicht gäbe, wäre sie von zu Hause abgehauen, um bei *Riverdance* mitzumachen. Wenn ihr mich fragt, wäre das ein Traum – ein bisschen, wie den Oscar zu gewinnen, weil man Mary Robinson gespielt hat, die ehemalige Präsidentin von Irland, oder so – aber Shem stellt sich vor, dass es dort zugeht wie in Sodom und Gomorrha und sie nicht nur von Kostüm zu Kostüm, sondern auch von Bett zu Bett hüpfen. Wenn Majella und Pablo unter seinem Dach wohnen, kann er sie wenigstens im Auge behalten.

Ich hatte ja gedacht, dass Willy, der Hund der Morans, Pablo lange vor Shem aus dem Haus jagen würde, aber stattdessen scheint er überaus angetan von ihm zu sein. Tatsächlich könnte man sogar so weit gehen, zu behaupten, Willy würde Pablo belästigen, da er bei jeder Gelegenheit sein Bein rammelt. Neulich war ich abends da, und Pablo hat verzweifelt versucht, sich hinter den alten Lehnstuhl neben dem AGA-Herd zu schieben, dabei immer wieder *Dios mío* gerufen und sich den Hintern an den Herdplatten verbrannt, während Majella und ihre Mutter sich wegen der Verteilung der Handtücher in den Haaren lagen. Pablo scheint den Unterschied zwischen einem Händehandtuch und einem Handtuch, mit dem man sich die Füße abtrocknet, nicht zu begreifen, und ihm ist glücklicherweise nicht klar, dass es zu wenig ordentliche Handtücher gibt. Die Nerven liegen bereits blank.

Bei uns geht es etwas ruhiger zu. Seit Paul weg ist, fühlt sich das Haus noch leerer an, obwohl Mammy weiterhin regelmäßig Besuch bekommt. Frauen sind ja wunderbare Gäste, aber ich freue mich schon darauf, John an Cillians dreißigstem Geburtstag zu treffen, um das ganze Östrogen auszugleichen, dem ich ständig ausgesetzt bin. Seit Neujahr haben wir uns kaum gesehen. Wir haben wohl beide viel zu tun. Mammy hat sogar die Neue, Sharon, bei sich gehabt, um sich die Haare machen zu lassen, während sich der Schönheitssalon neben der Metzgerei noch im Umbau befindet. Laut Tessie rüstet Marty Boland sich dafür, Einspruch gegen den Anbau für die Sonnenbänke zu erheben. Tessie glaubt ja, im Grunde kann er einfach nur die Vorstellung nicht ertragen, dass Frauen fünfhundert Meter von ihm entfernt mit Wachs behandelt werden. Aber die Wahrheit ist, er ist einfach ein brutaler Kerl. Tessie hat im Planungsausschuss des Gemeinderats einen Spion sitzen, deswegen ist sie immer auf dem neuesten Stand, was

Krisensituationen angeht. Auf BGB könnte eine Schlacht zukommen, die der großen Auseinandersetzung wegen der Umgehungsstraße von 2009 in nichts nachstehen würde. Damals sollte die zweispurige Fahrbahn in der Nähe von Michael Fennesseys Grund und Boden umgeleitet werden. Er behauptet, dort sei ein Feenring. Das hat den Gemeinderat fast von innen zerrissen. Ich selbst glaube ja nicht an Feen, aber ich würde eher zu Fuß die Autobahn überqueren als einen Feenring. Ich bin schließlich nicht völlig plemplem.

KAPITEL 15

»Das kann nicht dein Ernst sein? Sombreros?«

Weiß Sadhbh denn gar nichts über Mexiko? Typischer geht es doch wohl kaum. Ohne Sombreros kann man keinen mexikanischen Geburtstag feiern. Dasselbe gilt für die Ponchos und die falschen Schnurrbärte, die Tante Sheila und Mammy en gros in dem Kostüm-Depot an der Autobahn gekauft haben. Es wird sogar mit Babybel und Chipstüten gefüllte Piñatas geben, da Cillian keine Süßigkeiten verträgt.

Wir sitzen gerade in Mammys Küche und bereiten uns auf das vor, was bereits jetzt im Dorf als die Party des Jahres angekündigt wird. Alle werden da sein. Alle!

»Aisling, hast du schon mal was von kultureller Aneignung gehört?«, fragt Sadhbh und nimmt ein Glas Merlot entgegen, den wir extra für sie besorgt haben. Mammy behauptet, dass Rotwein Migräne verursacht, und hält Sadhbh für ein medizinisches Wunder, weil sie ihn trinken kann und sich nicht sofort in einem abgedunkelten Raum hinlegen muss, mit einem nassen Waschlappen auf den Augen.

Ich bin beim zweiten Glas Pinot Gris und habe ehrlich gesagt nicht die leiseste Ahnung, was kulturelle Aneignung ist, aber es klingt zu anspruchsvoll, um jetzt darauf einzugehen.

»Hör zu, Sadhbh«, sagt Majella und greift sich eine Handvoll Tortillachips aus den Partyvorräten. »Cillian liebt alles, was mit Mexiko zu tun hat, also werde ich einen Sombrero tragen, du wirst einen Sombrero tragen, und Aisling wird einen Sombrero tragen. Wir werden aussehen wie die »Drei

Amigos«, aber das ist so was von egal. Wir gehen schließlich nur ins Mountrath.«

»Okay, okay.« Sadhbh gibt nach und probiert einen auf. Sie trägt ausgerechnet Latzhosen und silberne Stiefel, und die Spitzen ihrer grauen Haare sind diese Woche türkis gefärbt. Die Sombreros bestimmen eben heute das Outfit, auch wenn ich kaum glauben kann, dass ich das sage. Zu meinem Wickelkleid von Savida passt er auch nicht gerade, aber so ist das Leben. Wenigstens war das Kleid runtergesetzt. Dieser Tage kann ich es mir nicht leisten, mir bei Dunnes was Neues zu kaufen. Nicht, seit es da so schickimicki ist mit all dem verrückten Designerzeugs und der *Peaky-Blinders*-Mode für Männer, und außerdem bin ich arbeitslos. Noch immer. Von meiner Abfindung habe ich bisher kaum was angerührt. Wer weiß, wie lange ich davon leben muss? Aber ich halte mich an meinen Neujahrsvorsatz, positiv zu denken, setze ein Lächeln auf und glaube fest daran, dass sich etwas ergeben wird. Und wenn nicht – im Gartencenter suchen sie Leute.

»Hätte ich gewusst, dass es eine mexikanische Party wird, hätte ich meinen Türkisschmuck angezogen, den ich vor ein paar Jahren aus Tulum mitgebracht habe«, sagt Sadhbh und gießt uns nach. »Ich habe gestern erst ausgepackt, und ich habe Unmengen davon.«

»Also bist du jetzt richtig eingezogen?«, fragt Majella.

Gerade, als Sadhbh auf dem Wohnungsmarkt einfach nicht mehr weiterwusste, ist die perfekte Lösung aufgetaucht. Majellas altes Zimmer! Sie ist ja aus der Wohnung in Phibsboro, die sie mit ihren Lehrerkolleginnen Mairead und Fionnuala geteilt hat, ausgezogen, und die hatten Schwierigkeiten, eine Nachmieterin zu finden. Ganze Familien haben versucht, das Zimmer zu bekommen. Und die E-Mail-Adresse, die sie extra für die Wohnungsanzeige angelegt haben (FionnualaMairead

ZimmerKeinePaare@gmail.com), wurde mit Anfragen überschwemmt, sodass sie die Entscheidung vor sich hergeschoben haben, weil sie die perfekte Mieterin finden wollten. Sadhbh erfüllte fast alle ihre Anforderungen. Na ja, gelogen hat sie in Bezug auf das Rauchen, die späten Nächte, dass sie nie länger als sieben Minuten duscht, keine Joghurtbecher spült und Töpfe nur über Nacht einweicht, wenn es ganz unbedingt nötig ist. Aber abgesehen davon ist sie wirklich das »saubere, ordentliche, nette Mädel (keine Paare)«, das in der Anzeige gesucht wurde. Abgesehen von dem mit den Paaren. Ich dachte ja, sie wäre Single, als ich ihr vorgeschlagen habe, dort einzuziehen, aber inzwischen hat sie fallen lassen, dass sie »gelegentlich« mit einem Typen von der Arbeit ausgeht. Ich bin dahintergekommen, als sie nicht mit zu so einer Gratiswein-Sache mitkommen wollte, die Majella für uns organisiert hat. Die hatte zufällig mitgehört, wie zwei Frauen im Nobelkaufhaus Brown Thomas über den Launch einer neuen Wimperntusche gesprochen haben, als sie dort gerade wie alle zwei Jahre eine Flasche Alien, ihr Lieblingsparfüm, gekauft hat. Manchmal, wenn sie Glück hat, bekommt sie es auch bei TK Maxx. Jedenfalls haben sie über die neue Wimperntusche geredet und den Gratiswein, und ehe sich Majella versah, hatte sie drei Einladungen in der Hand. Sadhbh gehört sonst nicht zu denen, die ein kostenloses Glas Wein verschmähen, von dem Make-up-Aspekt ganz zu schweigen, und deshalb war ich mir sicher, dass sie mitkommen würde. Aber sie schrieb nur irgendwas davon, dass sie keine Zeit hätte. Also rief ich sie an.

»Kannst du wirklich nicht kommen? Gratiswein und Wimperntusche? Majella und ich bleiben bis zur letzten Fahrt von Timoneys Bus. Ich habe das Gefühl, wir haben uns seit Ewigkeiten nicht gesehen.«

»Ja, ich weiß. Aber ich habe was vor. Ich habe ... eine Verabredung.«

Ich war sofort ein bisschen neidisch. Nun, sehr neidisch. Zum einen, weil dieser Typ Zeit mit unserer Sadhbh verbringen kann, und zum anderen, weil ich an Johns und meine ersten Verabredungen denken musste, daran, wie wir uns über unser Bier hinweg angegrinst oder uns bei Hurling-Spielen aneinandergekuschelt haben.

»Und wie heißt er? Kennen wir seinen Vater?«, habe ich gewitzelt. Obwohl, käme sie aus BGB, wäre das sehr wahrscheinlich.

»Nur jemand, mit dem ich ausgehe. Gelegentlich. Ein Typ.«

»Wenn du ›ausgehen‹ sagst, was heißt das genau? Stehst du nicht mehr extra früher auf, damit er dich nicht ungeschminkt sieht?« So was habe ich noch nie gemacht, aber so läuft das doch immer in den romantischen Komödien.

»Aisling, du spinnst. Es sind erst ein paar Wochen. Ich gehe nur mit ihm aus. Ich kenne ihn von der Arbeit. Er ist Musiker. Wenn es ernst wird, erzähle ich es dir. Versprochen.«

Ein Musiker. Wer könnte das sein? »Ist es eine Familien-Band?«

»Ist es was?«

Ich hielt es kaum noch aus. »Hör zu, Sadhbh, du kannst es mir sagen. Ehrlich. Ich nehme es mit ins Grab.«

»Aisling, es ist nichts Ernstes! Und er will es geheim halten.«

»Es ist Jim Corr von den Corrs, stimmt's?«

Sie heulte auf. Das war wohl ein Nein.

»Mickey Joe Harte?«

»Aisling!«

»Ist es Niall Horan?«

Sie lachte.

»Hozier?«

»Aisling, jetzt hast du alle irischen Musiker durch. Und wenn du nicht aufhörst, flippe ich gleich aus.«

Nach dem Anruf war ich ein bisschen ernüchtert. Es kam wohl nicht infrage, noch weiter zu drängeln, obwohl ich ihr schon unzählige Male den Rücken mit Bräunungscreme eingerieben habe - so gut kennen wir uns. Aber schon jetzt habe ich das Gefühl, dass Sadhbh mir entgleitet, dass ich immer weniger von ihr weiß. Es gab eine Zeit, da hätte ich versucht, an mich zu halten, wenn sie ihre Latzhose im Wohnzimmer von Chez SEA aus der Einkaufstüte gezogen hätte, und jetzt weiß ich noch nicht mal mehr, mit wem sie rummacht.

Was das Styling angeht - Majella hat sich diese Woche mal wieder die Haare gefärbt und trägt jetzt einen fragwürdigen Orangeton. Aber ich muss sagen, dass es ihr irgendwie steht. Außerdem werden der Sombrero und die Maracas-Ohrringe sowieso davon ablenken. Sie sieht gut aus. Verliebt zu sein, steht ihr auch gut. Obwohl wir wieder im selben Ort wohnen, gehört sie auch zu denen, die mir entgleiten. Sie muss wohl Platz für Pablo schaffen. Apropos Pablo, der ist schon mit John und ein paar anderen Typen in der Bar im Mountrath. Er ist total aufgeregt, weil das Motto der Party Mexiko ist. Dabei hat Majella ihm mehrfach erklärt, dass er nicht aus dem Spanischen wird dolmetschen müssen, weil keine Mexikaner kommen werden und er selbst auch keiner ist, weil er ja aus Teneriffa stammt. Er überlegt schon, im Maguire's einen Teneriffa-Abend zu organisieren, um BGB seine Heimatinsel näherzubringen. Das würde wahrscheinlich gut ankommen, schließlich war schon das halbe Dorf dort im Urlaub, ich inbegriffen.

»Aisling! Mädels! Terry Crowley ist da.«

Terry wartet mit seinem Siebensitzer, der uns alle sowie

Mammy und die Reserve-Tortillachips zur Party ins Mountrath bringen wird. Ich glaube kaum, dass Mammy später noch zum Tanzen ins Vortex mitgeht, aber zum offiziellen Teil kommt sie auf jeden Fall. Es ist ihr erstes richtiges Familienfest ohne Daddy, und ich habe ein bisschen Angst, dass sie traurig werden könnte, aber Tante Sheila und wir sind ja bei ihr. Mammy und Sadhbh verstehen sich richtig gut, obwohl sie ein seltsames Paar abgeben – Sadhbhs Aufmachung und dann Mammy in ihrem beige melierten Hosenanzug mit dazu passenden Accessoires. Ich muss ihr immer wieder versichern: Ja, das Blau in ihrem Halstuch passt zu dem Garn ihrer Hose. Und: Ja, die roten Ohrringe haben das gleiche Rot wie ihre Handtasche. Ich habe ein Auge für so etwas, und der Apfel fällt nicht weit vom Stamm. Deswegen kann ich auch im Nullkommanichts ein Outfit zusammenstellen. Du willst die schwarze Hose und das nette Top etwas aufpeppen? Ein hellblauer Gürtel und babyblaue Ohrringe bekommen das hin.

Terry Crowley setzt uns vor dem Mountrath ab und steigt sogar aus, um Mammy aus dem Auto zu helfen. Er soll bloß nicht auf dumme Gedanke kommen. Er ist selbst Witwer, und ich habe gesehen, wie er mit den älteren alleinstehenden Damen in BGB schäkert. Mammy kämpft gerade mit ihrem Sombrero und ihren zwei Halstüchern – eins als Oberbekleidung und eins passend zu ihrem Anzug für den Abend. Sie hat den Hosenanzug letzte Woche bei Geraldine's in BGB gekauft. Eigentlich wollte sie nur Gummiband und ein Paar Thermosocken besorgen, aber ehe sie sich versah, hat sie mittellange Röcke und Mieder anprobiert.

Ich war vorhin schon mit Tante Sheila und meiner Cousine Doireann im Mountrath, um die Piñatas und die »Olé-Herzlichen-Glückwunsch«-Spruchbänder aufzuhängen. Aber als ich den Saal jetzt betrete, sieht alles noch viel besser aus, als ich es in Erinnerung habe, nicht zuletzt die rotierende Discokugel an der Decke, die die bunten Partylichter reflektiert. Sofort sehe ich John, Pablo und Co. an der Bar stehen. Und auch Cillian mit glänzenden Wangen, in einem riesigen Poncho und einem Paar steifer Bootcut-Jeans. Er muss geradezu kochen. Aus den Lautsprechern tönt Enrique Iglesias, und Majella tanzt auf Pablo zu und singt dabei: »You can run, you can hide, but you can't escape my love.« Wie wollen sie es schaffen, den ganzen Abend spanisch klingende Songs zu spielen? Na, es gibt ja immer noch »Macarena« und »Feliz Navidad«. Und wenn ihnen gar nichts mehr einfällt, »Spanish Train« von Chris de Burgh.

»Aisling, weißt du, was das sein soll?«, fragt Sadhbh mich, während sie mit einer radioaktiv aussehenden gelben Flüssigkeit in zwei Biergläsern, die mit kleinen Schirmchen dekoriert sind, auf mich zukommt. Das müssen wohl die Margaritas sein, die Jocksy Cullen gemäß Tante Sheilas Anweisungen als Willkommensdrink mixen sollte. Sehr appetitlich sehen sie nicht aus. In Sadhbhs Kielwasser folgt Mammy, ihren Drink fest umklammernd und mit einem Gesichtsausdruck, der deutlich macht, dass Tequila nicht ihr Ding ist. Das hätte ich ihr auch gleich sagen können. Dann muss ich mal dafür sorgen, dass sie einen Baileys bekommt, um den Geschmack zu übertünchen.

»Das soll wohl mexikanisch sein?«, frage ich vorsichtig und trinke einen Schluck. Muttergottes, das zieht mir fast die Beine weg. Da ist bestimmt eine halbe Flasche Tequila drin. Sadhbh sieht meinen Gesichtsausdruck und wirft einen fragenden Blick Richtung Bar.

»Ja, bitte«, sage ich leise und rücke meinen Sombrero zurecht. Ich schwitze jetzt schon am Kopf. »Weinschorle und ein Glas mit Eiswürfeln. Ich suche uns einen Tisch.«

Majella kommt herbeigeschlingert, als gerade »Whenever Wherever« anfängt, und zieht sich einen Hocker ran. Pablo ist ihr dicht auf den Fersen. Er hat eine Nelke zwischen den Zähnen, und seine Hüfte bewegt sich auf eine Art, die man nur als schlangenartig bezeichnen kann. Dabei ist es noch nicht mal zehn!

Ich sage ihr, sie solle auf den Tisch aufpassen, und gehe zu Mammy, die zusammen mit Sumaira Singh vom Altersheim und Tessie Daly in einer Nische sitzt. Die drei teilen sich gerade eine Tüte Chips mit Scampigeschmack. Ganz offensichtlich sind sie nicht scharf auf das mexikanische Essen. Ich will gerade auch in die Tüte greifen, als ich sehe, wie Sadhbh an der Bar mit Niamh von gegenüber spricht. Mein erster Gedanke ist: Was zum Teufel macht Niamh hier? Sie war doch gerade erst an Weihnachten zu Hause. Einen Moment überlege ich, ob Tante Sheila wohl eine Geburtstagseinladung bis nach New York geschickt hat, aber dann bemerke ich das Mädchen mit den langen blonden Haaren neben ihr. Sie kommt mir irgendwie bekannt vor, und plötzlich wird mir klar, wer das ist. Ist sie das wirklich? Kann das sein?

Ich gehe auf sie zu, meine Füße bewegen sich wie von selbst.

»Niamh?«, sage ich, und alle drei drehen sich zu mir um. Dann sehe ich an ihrem Gesichtsausdruck, dass die blonde Frau mich erkennt. Sie ist es. Sie ist es tatsächlich.

»Aisling!«, sagt sie und umarmt mich. »Wie lang ist das her? Fünfzehn Jahre?«

Natasia war eins der Kinder, die die Aktivistin Adi Roche damals von Tschernobyl nach Irland geholt hat, um sie von all der Strahlung wegzubekommen. Schon in der Grundschule war Niamh eine Menschenfreundin, und schließlich haben alle aus BGB und Knock mitgemacht. Wir konnten damals nicht, weil Granny bei uns lebte, Gott hab sie selig, aber ganz viele andere Familien haben Kinder aufgenommen. Bei Filan's einzukaufen, war wie die Hauptstraße von Tschernobyl runterzugehen. Natasia war zerbrechlich und bleich, als sie ankam, und reiste mit fast zehn Kilo mehr und einem Hurlingschläger wieder ab, von Kopf bis Fuß in Levi's gekleidet. Na, für die Hattons war nur das Beste gut genug. Obwohl sie eigentlich Niamhs Tschernobyl-Kind war, wurden Natasia und ich dicke Freundinnen und verbrachten in dem Sommer viele Stunden gemeinsam damit, kleine Fische mit einem Netz zu fangen und Murmeln zu spielen.

»Gott, Natasia, du hast dich überhaupt nicht verändert«, stoße ich hervor, während Niamh sie auch umarmt.

»Du dich auch nicht«, entgegnet sie. »Es ist so schön, wieder in Ballygobbard zu sein. Es hat sich so verändert. Ihr habt ja sogar einen Geldautomaten!«

»Ich weiß«, sage ich und nehme Sadhbh meine Weißweinschorle ab. »Hier ist immer was los. Und du siehst toll aus! Die Landluft muss dir gutgetan haben. Und warum bist du zurück?«

»Ich bin jetzt Pilotin, bei KLM. Mein Hauptsitz ist in London, aber ich verbringe viel Zeit in Dublin, weil mein Freund zurzeit hier arbeitet. Ich habe Niamh gesagt, dass ich im Lande bin, und sie hat geschäftlich auch gerade in Irland zu tun, also sind wir jetzt hier!«

Ich will sie gerade fragen, wie es denn inzwischen in Tschernobyl aussieht und ob die Strahlung noch so hoch ist, als John neben mir auftaucht und mir einen Arm um die Taille legt, in der anderen Hand ein leeres Margarita-Bierglas. Er hat in den vergangenen Wochen unglaublich viel gearbeitet, um dem neuen Mikrochip, den sie entwickeln, den letzten Schliff zu geben. Er ist der leitende Ingenieur bei einem Projekt in seiner

Firma. Diese Zwölfstundentage sind einfach nicht in Ordnung, und wenn er mal ein paar Tage freihat, will er schnell nach Hause. Ich werde heute Abend wohl ein Auge auf ihn haben müssen.

»Was habt ihr denn über die Baustelle an der Garbally Road gehört?«, ruft Niamh über die Musik hinweg. Neben uns schwankt John hin und her.

»Eigentlich gar nichts!«, rufe ich zurück. Sie wird doch wohl kaum mehr wissen als ich, oder?

»Ich kenne den Typen, der es gekauft hat, den Bauunternehmer – er heißt James Matthews.«

Natürlich weiß sie mehr als ich.

»Er war mit Ben auf der Schule«, fährt Niamh fort. »Ich habe ihn gerade zufällig draußen an der Bar getroffen.«

Niamhs älterer Bruder Ben war auf dem Internat, was ihm bei uns den Spitznamen Internats-Ben eingebracht hat. Als wir klein waren, haben wir ihn nicht oft gesehen, und als er plötzlich im Maguire's auftauchte, fiel er mit seinen Khakihosen, Segelschuhen und seinem komischen Akzent auf wie ein bunter Hund. Ich glaube, er lebt jetzt in Hongkong und hat ein Haus mit einer Sauna.

»James hat mir gesagt, dass sie ihm das Grundstück praktisch hinterhergeschmissen haben. Er macht eine hübsche Gewerbefläche draus, und oben kommen Wohneinheiten rein. Für die passenden Inhaber wird das himmlisch.«

Hmm. Vielleicht bekommen wir dann endlich auch ein McDonald's.

John hickst, streichelt mir den Rücken und lächelt träge. Ein sicheres Zeichen dafür, dass er absolut und vollkommen betrunken ist. Ich will ihn gerade nach draußen in die Raucherecke zerren, damit er ein bisschen frische Luft schnappt und einen Burrito isst, als die unverkennbaren ersten Takte von »Livin' la Vida Loca« erklingen. Plötzlich stürmen alle wie wild auf die sowieso schon volle Tanzfläche. Der verrückte Tom hievt sich Cillian auf die Schultern und prescht mit ihm um die tanzenden Leute herum. Cillians Sombrero hängt ihm vom Hals, und wenn er nicht aufpasst, wird die Schnur ihn gleich erdrosseln. Aber er findet es offenbar trotzdem ganz herrlich.

Voller Guinness und tödlicher Margaritas verschwindet John in einem Meer aus karierten Hemden und Wrangler-Jeans, als die Jungs zu einer wogenden Masse von Ricky-Martin-Fans werden. Der Knaller ist, nicht einer von ihnen hat auch nur einen Tropfen spanischen Blutes, aber so wie sie sich auf der Tanzfläche winden, würde man das nie vermuten.

Ich merke, dass ich inzwischen auch ganz schön betrunken bin, und schreie Sadhbh den Text entgegen, die zurückschreit, die Arme in der Luft.

Die Mädels – Sharon, Deirdre und Maeve – tauchen neben uns auf, wir schmeißen unsere Taschen auf den Boden und schütteln alles, was wir von unseren Müttern mitbekommen haben. Es überrascht mich, Natasia twerken zu sehen, aber wie schön, dass sie so beweglich ist. Vor ein paar Jahren hätte sie das nicht gekonnt.

»Her lips are devil red and her skin is the colour mocha!«

Majella und Pablo tanzen eng umschlungen im Takt zu meiner Linken. Genug Platz für Jesus, wie wir das gelernt haben, ist dazwischen nicht mehr.

»She will wear you out, livin' la vida loca!«

Sogar Mammy, Tante Sheila, Sumaira und Tessie winden sich im Takt, Mammy schnippt mit den Fingern, ein klarer Hinweis darauf, dass sie bereits beim dritten Glas ist. Gott, wenn ich nicht aufpasse, werde ich wohl auch auf sie ein Auge haben müssen.

Als der Song fast zu Ende ist, beschließen die Jungs, angeführt vom verrückten Tom, Cillian in die Luft zu werfen. Nachdem Chef Gitton, Vater von Baby Chef Gitton, an seinem sechzigsten Geburtstag bei Dick's an die Decke geknallt ist, sollte man ja meinen, sie hätten inzwischen was dazugelernt, aber nein. Hoch geht's mit ihm, und alle jubeln, während Tante Sheila um sie herumrennt und sagt, dass sie ihm den Rücken brechen werden, dass sie aufhören sollen. Und noch mal und noch höher zu lautem Jubel. Und noch mal und noch mal, höher und höher, bis er beim dreißigsten Mal mit der Nase die Discokugel streift.

»Will jemand was trinken?«, rufe ich in die Menge, aber keiner hört mich. Sie sind alle viel zu aufgedreht, mit glänzenden roten Gesichtern. Ich bücke mich, um meine gute Michael-Kors-Handtasche aufzuheben, und als ich mich aufrichte, teilt sich die Menge vor mir und da, ganz nonchalant an die Bar gelehnt, steht Pjotr und sieht mich direkt an.

KAPITEL 16

Ich habe ihn seit Monaten nicht gesehen. Um genau zu sein, habe ich ihn das letzte Mal am Vorabend von Daddys Beerdigung gesehen. Da stand er in der Küche des Hauses, in dem er mit John und Cillian gewohnt hat, groß wie er ist, mit seinen hohen Wangenknochen und dem zerzausten blonden Haar, und nahm mich in den Arm. Und wir haben uns geküsst, ich in meiner schweigenden Trauer und er in seiner unverkennbaren Geilheit. Dann bin ich geflohen. Ich habe es John nie erzählt - warum auch, schließlich waren wir da gerade getrennt. Pjotr hat es ihm auch nie erzählt, und kurz darauf ist er ausgezogen.

Wenn ich ihn jetzt so an der Bar stehen sehe, könnten wir genauso gut wieder in der Küche sein. Ich höre nur noch so eine Art stilles Rauschen in den Ohren, während ich unmerklich den Arm hebe, als wollte ich ihm zuwinken. Wäre dies ein Film, würde ich leise »Hallo« sagen und sanft lächelnd in seine Richtung schweben. Aber dies ist kein Film, und ich bin so verblüfft, dass ich mich nicht von der Stelle rühren kann, und das stille Rauschen kommt daher, dass sie die Musik ausgemacht haben, um den Kuchen reinzutragen.

Majella legt ihren Arm fest um meine Schultern und holt mich aus meiner Trance. Leute drängen in Richtung Bar und verstellen mir den Blick auf Pjotr.

»Komm, Ais«, ruft Majella mir ins Ohr. »Zeit für den Kuchen.«

Ich lasse mich von ihr auf die andere Seite des Raumes führen, wo stolz der Burrito-Kuchen präsentiert wird. Ich muss sagen, dass Jennifer Ryan wirklich fantastische Kuchen backt. Sie ist auch auf Instagram und packt von Kinderschokolade bis hin zu Schokoriegeln alles auf ihre Torten, egal, ob es für eine Taufe oder einen Geburtstag ist. Angeblich überlegt sie, ihren Job aufzugeben, um nur noch zu backen. Na, kein Wunder, die Leute sind ja auch total verrückt nach diesen Macarons.

»Maj.« Ich ziehe wie wild an ihrem Arm. »Maj, wusstest du, dass Pjotr kommen würde?« Sie versteht erst nicht, was ich sage, und schaut mich verwirrt an. »Peter? Wer ist Pet ... Ach, Pjotr.«

»Pssst«, knurre ich sie an.

Wir sind von Leuten umringt, die sich um den riesigen Schokoladen-Burrito drängeln. Jennifer hat es geschafft, ihn noch mit Ferrero Rocher und M&Ms zu dekorieren. Nicht gerade sehr mexikanisch. Cillian hinkt hinter dem Kuchen her. Er muss sich noch von seinem Sturz auf den Fußboden erholen. Tante Sheila führt die Menge mit einem lärmenden »Happy birthday to you!« an.

Bei der Zeile »Happy birthday, dear Cillian« wird sie aber übertönt von: »You look like a monkey ... and you smell like one too«, und wenn Blicke töten könnten, wäre jetzt jeder junge Mann im Umkreis von zehn Kilometern unter der Erde. Aber ihr Ärger hält nicht lange an, weil Titch Maguire Cillians Gesicht mitten in den riesigen Burrito-Kuchen drückt und ihn einen Moment dort festhält. Als Cillian wieder auftaucht, ringt er zwischen Schokoladenbuttercreme und Ferrero-Pralinen nach Luft. Auf einen Aufschrei folgt sofort zustimmendes Getöse. Gott im Himmel, das gerät hier langsam wirklich außer Kontrolle. Diese Margaritas haben alle an den Rand des Wahnsinns getrieben. Ich ziehe Majella aus der Menge heraus und suche in ihren Augen nach Hilfe und Orientierung, während die Musik wieder loslegt.

»Alles gut«, beruhigt sie mich zum Gesang von Las Ketchup. »Du musst doch gar nicht mit ihm reden, und es weiß ja keiner. Du, ich und Sadhbh, sonst keiner. Und er. Er wird nichts sagen. Alles gut«, behauptet sie noch einmal und presst plötzlich die Beine zusammen. »Ich muss aufs Klo!« Wenn Maj einmal muss, dann muss sie. Sie macht auf dem Absatz kehrt und ruft noch über die Schulter: »Such Sadhbh!«

Sadhbh suchen, Pjotr aus dem Weg gehen. Sollte gleichzeitig ganz einfach und völlig unmöglich sein, in diesem winzigen überfüllten Saal. Vielleicht ist Sadhbh schon mit ein paar anderen ins Vortex rüber, um vor Shakira und J-Lo zu flüchten? Vielleicht ist sie draußen und raucht eine ihrer Selbstgedrehten? Vielleicht ist sie ... *Wummmms.*

»Entschuldigung.« Ich stolpere verwirrt zurück.

»Aisling.« Seine Stimme ist warm und freundlich und ein bisschen verlegen. Seine Hände liegen auf meinen Schultern.

»Pjotr. Hallo. Ich wusste nicht ... ich hab dich nicht ... ich wusste nicht, dass du kommst.«

»Wie geht es dir?« Seine Arme sind so nah an meinem Gesicht, dass ich die goldenen Haare sehen und seinen Duft riechen kann, nicht Rasierwasser oder Deo, sondern einfach seinen Duft.

»Mir geht's gut.« Ich trete einen Schritt zurück und blicke zu Boden. »Bleibst du lange?« Ich will unbedingt hier weg.

»Nein, nicht lange. Cillian hat mich eingeladen, aber ich kenne hier nicht so viele und wollte einfach kurz vorbeikommen und ihm gratulieren.«

Vorbeikommen? Wir sind doch hier nicht im Coppers. Sondern mitten im Nirgendwo, weit entfernt von Dublin.

Jemand zieht an meiner Hand und ich drehe mich um. Es

ist John, der aus der Menge auftaucht, zerzaust und mit glasigem Blick. Sein Gesichtsausdruck verändert sich, als er Pjotr erkennt. Mein Herz bleibt stehen, gefühlt stundenlang, aber er lächelt und brüllt: »Wen haben wir denn da?!«, und umarmt Pjotr stürmisch. »Wie geht's dir, Mann?« Wie wild schüttelt er Pjotrs Hand. »Wir vermissen dich in Nummer siebenundfünfzig.«

Pjotr öffnet den Mund, um zu antworten, und ich werfe ein: »Ich verschwinde mal aufs Klo.« Eigentlich will ich die beiden nicht allein lassen, aber ich halte es auch nicht länger bei ihnen aus. John und ich hatten uns gerade getrennt, als Pjotr und ich uns geküsst haben, und ich stand an jenem Abend komplett neben mir, aber trotzdem: was für eine Scheiße. Sie haben zusammengewohnt. Waren Freunde. Ich bin der schrecklichste Mensch auf der ganzen Welt. Und warum fühlt es sich noch immer so an, als wären Pjotr und ich die einzigen Menschen im Raum? Sollte es sich nicht mit John so anfühlen?

Ich stürze zu den Toiletten und bin so in Eile, dass ich über einen weggeworfenen Sombrero stolpere und mit einem armen Menschen zusammenstoße, der gerade noch sein Bierglas festhalten kann.

»O Gott, tut mir leid«, stottere ich, und meine Hände fliegen an meine Wangen.

Er ist groß, mit dunklen Haaren, die gerade lang genug sind, um sich etwas zu locken. Seine Augen sind dunkelbraun, und seine dunklen Stoppeln sind genau an der Bart-Grenze. Er kommt mir nicht bekannt vor und trägt auch nichts Mexikanisches, also muss er ein Hotelgast sein. Mit so einem Trara in der Bar hat er wohl nicht gerechnet, als er sein Zimmer gebucht hat.

»Hey, alles gut«, sagt er mit weichem englischem Akzent. Er

klingt wie Hugh Grant. »Alles okay? Wo brennt's denn?« Er lacht, und auf seiner linken Wange erscheint ein Grübchen. Ich recke den Hals, um zu sehen, was John und Pjotr hinter ihm treiben, aber da fängt Niamh von gegenüber meinen Blick auf und steuert direkt auf mich zu.

»Ais! Ais, das ist James - der Freund von meinem Bruder Ben«, sagt sie. »James, wir haben eben über dich gesprochen. Aisling hier ist meine Nachbarin - sie wohnt noch immer in Ballygobbard, traurig, aber wahr.«

»Nun, eigentlich bin ich gerade wieder her ...«

Aber Niamh unterbricht mich: »Ich weiß nicht, wie du es hier rund um die Uhr aushältst, Aisling. Es gibt noch nicht einmal ein anständiges Café, um zu brunchen. Ich würde verrückt werden.«

»Mir gefällt es hier«, sagt James freundlich und streckt die Hand aus. »Nett, dich kennenzulernen, Aisling.«

»Hi, James«, sage ich etwas abgelenkt, weil ich noch immer versuche, John und Pjotr in mein Blickfeld zu bekommen. »Ich habe gehört, du bist der Bauunternehmer für das Grundstück am Rand von BGB? Freut mich zu hören.«

»Das bin ich, ja. Und gleichzeitig auch die Baufirma, deswegen werde ich einige Monate hierbleiben.«

Niamh lacht. »Dann hat das Budget wohl nicht fürs High King Hotel gereicht?«

»Bei diesem Projekt wollen wir die Zusatzkosten niedrig halten«, antwortet James lächelnd. Der lächelt ganz schön viel.

»Leute, ich muss los.« Ich mache auf dem Absatz kehrt und gehe in die Toilette, zu Majella. Sie steht am Waschbecken und trägt gerade großzügig Lippenstift auf. Das ist einer dieser Nudetöne, der aber beim irischen Hauttyp eher lila aussieht. Pablo hat auch einen schönen Anteil davon im Gesicht. Ihr

Sombrero liegt schlapp neben ihr. »Ich habe ihn ins Klo fallen lassen«, sagt sie mit einer Handbewegung, als ich auf sie zugehe.

»Pjotr und John sind da draußen. Und sie reden. Miteinander.«

»Aisling.« Sie seufzt und lächelt mich mitfühlend an. »Du regst dich unnötig auf. So was passiert. John weiß es nicht. Pjotr wird es ihm nicht erzählen. Alles wird gut«, sagt sie betrunken und nimmt mich in den Arm. Normalerweise bin ich es, die vernünftige Ratschläge gibt. Und jetzt ist es Maj, die zwar noch immer Sachen ins Klo fallen lässt, aber sich immerhin von Handys zu Hüten weiterentwickelt hat und in einer festen Beziehung lebt, die mich tröstet.

»Ich habe einfach so ein schlechtes Gewissen«, nuschele ich in ihre Schulter. »Und …« Ich überlege, ob ich ihr von den komischen Gefühlen erzählen soll, die Pjotr in mir auslöst, lasse es dann aber. In Bezug auf John habe ich diese komischen Gefühle schon länger nicht mehr, aber das kann ich noch nicht aussprechen.

Majella kommt wieder in Gang und geht zur Tür. Ich folge ihr. »Du und John hattet euch getrennt. Und er war doch mit dieser Ciara zusammen.« Stimmt. John hatte eine Art Affäre mit so einer Hurling spielenden Tussi, die wir im Urlaub kennengelernt haben. Aber es hat nicht lange gehalten, und außerdem hatte ich mich ja von ihm getrennt. Maj spricht weiter, während sie die Tür aufzieht. »Und außerdem ist Pjotr echt heiß, und er steht auf dich. Warum solltest du nicht mit ihm rumknutschen?«

Sie tritt auf den schmalen Flur hinaus und bleibt wie angewurzelt stehen. »John.«

Mir rutscht das Herz in die Hose. Ich schiebe Majella von hinten an, damit sie einen Schritt weitergeht, trete ebenfalls in den Flur hinaus und schaue John an, der bereits die Stirn runzelt. Sadhbh kommt gerade aus dem Saal und ruft: »Ach, hier seid ihr alle …« Sie verstummt, als sie Majella heftig den Kopf schütteln sieht.

John will etwas sagen, klappt den Mund aber wieder zu. Majella hebt an: »John, ich …« Aber er unterbricht sie.

»Wer hat mit Pjotr rumgeknutscht, Majella?« Seine Stimme zittert, aber sie ist eiskalt. Dann sieht er mich wieder an. Sadhbh blickt zu Boden und sagt leise: »Scheiiiiße.«

Es ist still. Wie lange? Zehn Sekunden? Zehn Stunden?

»Hast du mit Pjotr rumgeknutscht, Aisling?«

Mir bleibt der Atem weg. Ich kann sehen, wie John nachdenkt. Ich kann sehen, wie er sich fragt, wo und wann es passiert ist. Ich kann sehen, wie er begreift, warum Pjotr ausgezogen ist. Ich beiße mir auf die Unterlippe. »Ja, aber lass mich …«

»Wann war das, Ais?«, fragt er mit glühendem Blick. »Vor Kurzem? Wann war es?«

»Nein, nein!«, rufe ich. »Es ist ewig her. Wir waren getrennt. Es war vor Ewigkeiten. Es war nichts.«

John schaut mich mit einem Blick an, den ich vorher noch nie an ihm gesehen habe, dann macht er auf dem Absatz kehrt und schiebt Sadhbh beiseite. Wir drei sehen uns einen Moment lang an, dann rennen Sadhbh und Majella hinter ihm her. »Gott, was hat er bloß vor?«, keucht Majella. Ich folge ihnen dicht auf den Fersen.

John drängelt sich bis zur Bar durch, dabei bewegt sich sein Kopf ständig nach rechts und links. Wen sucht er denn? Doch nicht etwa Pjotr? Er schiebt sich an Titch Maguire vorbei, der schwankend mit nacktem Oberkörper an einer Säule lehnt und kaum noch seinen Margarita halten kann. Dann taucht John hinter einer Gruppe Leute auf: Cillian, Baby Chef und – ich recke den Hals, um zu sehen, wer noch dabei ist –

Pjotr. Einen Augenblick steht er da, kochend vor Wut. Majella tritt von hinten an ihn ran und zieht ihn am Ärmel: »John. John. Lass es.« Er schüttelt sie ab und tritt in den Kreis. Gerade, als er die Hand hebt, um Pjotr zu schubsen, komme ich dazu. Ich packe ihn am Arm und ziehe ihn so fest ich kann aus der Gruppe und zu mir.

»John. Was machst du da?« Ich hätte nie gedacht, dass er zu so etwas fähig wäre. Auf dem Spielfeld ist er natürlich grob, das sind sie alle. Aber er ist kein Schlägertyp.

John schüttelt ungläubig den Kopf. Aus den Augenwinkeln sehe ich, dass sie uns anstarren, Cillian, Baby Chef und Pjotr. Sadhbh kommt auf mich zu und sagt sanft: »Vielleicht solltet ihr rausgehen und reden?«

»Nein!«, zischt John. OmeinGottomeinGott. Das kann doch nicht wahr sein.

»John«, bettele ich und greife wieder nach seinem Arm. »Es war nichts. Ich war traurig wegen Daddy, und es war nur eine Sekunde, und sonst ist nichts passiert ...«

Er macht sich los und will weggehen, aber dann dreht er sich noch mal um und blickt mir direkt ins Gesicht. In seinen Augen stehen Tränen, doch er schürzt verächtlich die Lippen und ruft: »Macht dich trotzdem zur Schlam ...«

Majella keucht und stürzt sich auf John, bevor er weitersprechen kann, und Pjotr macht dieselbe Bewegung, springt mit ausgestreckten Armen auf John zu. Beide sehen aus, als wollten sie ihn umbringen. Majella und Pjotr prallen jedoch aufeinander und werfen John dabei um. Er fällt hin, und Majella springt halb auf ihn drauf und fängt sofort an, auf ihn einzuschlagen, völlig zugedröhnt von den toxischen Margaritas. Keiner weiß, was er tun soll, und ich unternehme schwache Versuche, sie von ihm runterzuziehen. Sie trifft nicht ein einziges Mal, und natürlich schlägt John nicht zurück.

Pjotr ist inzwischen unglücklich auf dem Boden gelandet und hat sich dabei den Arm an einem Stuhl gestoßen. Er windet sich stöhnend, aber keiner aus der versammelten Menge fragt ihn, ob alles in Ordnung sei, zu argwöhnisch sind sie dem Fremden gegenüber. Ich brülle Majella an, dass sie endlich aufstehen soll, aber erst, als Pablo zu uns rübertänzelt, um ihr zu helfen, sehe ich Johns Gesicht. Er sieht mich so hasserfüllt an, als er wieder auf die Beine kommt, dass mir heiße Tränen über die Wangen laufen. Mammy ist nicht zu sehen, und ich kann nur hoffen, dass Tante Sheila und sie schon mit Terry Crowley sicher auf dem Weg nach Hause sind. Er wäre schrecklich, wenn sie das hier mitbekäme.

Liam Kelly taumelt völlig ahnungslos zu uns rüber, die Krawatte um den Kopf gebunden, während er zu J-Lo mitsingt: »Don't be fooled by the rocks that I got, I'm still, I'm still *Liam from Knock.*« Plötzlich bleibt er stehen und sieht von mir zu John und weiter zu Pjotr, der immer noch auf dem Boden liegt, das Gesicht schmerzverzerrt, Sadhbh neben ihm kniend. »He, Leute, was habe ich denn verpasst?«

KAPITEL 17

Als ich am nächsten Morgen aufwache, habe ich wenige gnadenvolle Sekunden, bevor mein Gehirn wieder richtig eingeschaltet ist. Ich liege in meinem Schlafzimmer, schnüffle in die Morgenluft, in der Hoffnung, dass es Würstchen gibt, und dann trifft es mich wie ein Schlag. Die Party. Pjotr. Johns Gesicht, voll Abscheu verzogen. Ich habe noch nie erlebt, dass er jemanden so angesehen hat, und mich schon gar nicht. Er hat mich Schlampe genannt – jedenfalls halb –, und das vor allen Leuten. Niamh von gegenüber war da. Sogar Natasia aus dem verdammten Tschernobyl war da! Die Scham strömt durch meinen ganzen Körper, angefangen bei den Zehen, und wird dann schnell durch Panik wegen John ersetzt. Ist er okay? Ist er gut nach Hause gekommen? Was werden seine Eltern sagen? Ich muss an die Tränen in seinen Augen denken, und mir bricht das Herz. Was soll ich bloß machen?

Majella. Majella Moran mit der großen Klappe. Kann sie die nicht mal halten? Ich weiß, es war keine Absicht, aber ich kann es einfach nicht fassen. Und was wollte Pjotr überhaupt auf der Party? So dicke Freunde waren er und Cillian doch gar nicht. Was für eine verdammte Scheiße!

Nach dem ganzen Rabatz haben Liam und ein paar andere von den Rangers John vom Boden hochgezogen und sind mit ihm in der Nacht verschwunden. Damit war die Party endgültig vorbei, und seitdem habe ich ihn nicht gesehen. Irgendjemand – ich weiß nicht, wer – hat Pjotr mitgenommen. Ich habe versucht, John anzurufen, als Sadhbh meinen Mantel und meinen guten Pashminaschal geholt hat, aber er ist nicht rangegangen. Beim zweiten Mal war gleich die Mailbox dran.

Wir saßen eine Stunde in der grellen Lobby vom Mountrath Hotel, bis Terry Crowley Sadhbh, Majella, Pablo und mich auf einer Rückfahrt vom High King Hotel mitreinquetschen konnte. Im Auto saßen bereits vier Mädchen aus Dublin, die einen Junggesellinnenabschied feierten und als Spice Girls verkleidet waren. Scary Spice war wild entschlossen, sich an Pablo ranzuschmeißen, aber Maj ließ das nicht zu und legte besitzergreifend ihr Bein über ihn, obwohl sie schon fast schlief.

Es klopft leise an meiner Tür.

»Ais?« Sadhbh ist es anscheinend gelungen, sich aus allen Kissen, Polstern und Decken zu befreien, die Mammy für sie im Gästezimmer aufgebaut hat. Sie tapst durchs Zimmer, legt sich neben mich ins Bett, lehnt ihren Kopf an meine Schulter und fragt: »Alles in Ordnung?« Natürlich fange ich an zu heulen. Was sollte ich auch sonst tun?

»Wie kann ich ihm erklären, dass da nichts war?«, jammere ich. Es war doch nichts, oder? Das, was ich gestern bei Pjotrs Anblick gefühlt habe, war allerdings nicht nichts. Das war etwas. Das war etwas, das ich seinetwegen schon einmal gefühlt habe. Ich schiebe es weg. Nein. Ich muss das mit John wieder in Ordnung bringen oder wenigstens mit ihm reden.

»Das wird sich alles finden, Ais, versprochen«, sagt Sadhbh und streicht mir über den Kopf. »Außerdem war John so sturzbetrunken, dass er sich bestimmt an nichts mehr erinnern kann.«

»Er war betrunken, nicht tot. Ich glaube schon, dass er sich daran erinnern wird«, sage ich nüchtern, ziehe ein Taschentuch aus dem Ärmel meines Schlafanzugs und putze mir die

Nase. »Aber was zum Teufel war in diesen Margaritas drin? Alle waren ja vollkommen durch den Wind.«

»Ich weiß es nicht, aber es ist schon fast neun, und deine Mam hat noch kein Lebenszeichen von sich gegeben.«

Das ist in der Tat sehr ungewöhnlich. Normalerweise würde sie längst staubsaugen. Mein Handy auf dem Nachttisch gibt Laut.

»Kein Wort von John? Tut mir so leid, weinendes Emoji.« Es ist Majella, natürlich.

»Nichts«, antworte ich. Mehr schaffe ich gerade nicht.

Das Handy piept wieder, aber diesmal ist es eine Nachricht von einer unbekannten Nummer.

»Hallo, Aisling. Hier ist Pjotr. Cillian hat mir deine Nummer gegeben.«

Wenn man vom Teufel spricht.

Sadhbh, die natürlich meinen Gesichtsausdruck sieht, greift nach dem Handy. »Mein Gott, das ist ganz schön unverschämt«, kreischt sie und hält das Handy außer Reichweite. »Er hat allen den Abend verdorben und jetzt schreibt er dir? Und keine Entschuldigung? Der Typ macht nur Ärger.« Sie schweigt und denkt nach. »Er ist allerdings echt scharf«, ergänzt sie leise, und dann wird ihr Gesicht noch ernster. »Ich meine, er ist richtig geil. Warum hast du das nie gesagt?«

»Weil ich einen Freund habe!« Ich fange an zu weinen.

Sadhbh rückt näher und legt den Arm um mich. »Reg dich nicht so sehr auf wegen gestern Abend. Du kannst John alles erklären. Ihr kriegt das schon hin.«

»Es geht mir gar nicht um gestern Abend. Es geht mir um ... mich und John. Es ist nicht mehr so wie früher.« Jetzt schluchze ich.

»Das passiert, Ais«, sagt Sadhbh nach einer Pause sanft. »Es ist aufregend und schön, wieder zusammenzukommen, und man fühlt sich verliebter als je zuvor, aber meistens hält es nicht.«

Sie ist so weise. Genau so ist es.

»Pjotr zu sehen, hat mir das irgendwie klargemacht. Dass es außer John noch andere gibt. Dass ich für John bestimmte Gefühle haben sollte.« Mammy sagt immer, dass es für jeden Topf einen Deckel gibt, und ich dachte, John wäre mein Deckel. Vielleicht passt er einfach nicht mehr.

Mein Handy vibriert wieder neben Sadhbhs Knie, und sie gibt es mir.

»Das ist er wieder, stimmt's?«

Eine weitere Nachricht von Pjotr.

»Im Krankenhaus wegen Röntgen. Lange Schlange. Bin bald dran. Kannst du mich vielleicht abholen?«

Ich keuche. »Er ist noch hier und wird im Krankenhaus geröntgt.« Er ist wirklich sehr hart auf dem Ellbogen aufgekommen. »Ich soll ihn abholen.«

»Der nutzt ja wirklich jede Gelegenheit!«, ruft Sadhbh, aber ich habe sofort Schuldgefühle. Ich bin schuld, dass er im Krankenhaus ist. Hat er die Nacht dort verbracht? Und die Cafeteria schließt da schon um 19 Uhr.

»O Mann, Sadhbh, ich fühle mich furchtbar. Wie soll er denn ins Mountrath zurückkommen? Er kennt hier niemanden.«

»Aisling, du bist einfach zu nett für diese Welt. Warum fährst du nicht hin, holst ihn ab und machst ihm dabei gleich klar, dass er dich in Ruhe lassen soll.«

Sie hat recht – ich muss jetzt aktiv werden und Pjotr seiner Wege schicken. Dann stehe ich vor John gut da und fühle mich nützlich und produktiv. Außerdem braucht er bestimmt ein paar Sandwiches. Der Magen hängt ihm doch sicher schon in den Kniekehlen. Ich hüpfe aus dem Bett, ziehe die Jogginghose über den Schlafanzug und greife nach meinem Fleece. Ich nehme das Handy und versuche noch einmal, John zu erreichen. Wieder die Mailbox. Ich sehe Sadhbh an und zucke mit den Schultern.

»Soll ich mitkommen?« Sie gähnt.

Ich schüttele den Kopf.

»Okay. Viel Glück mit Pjotr. Ich gehe wieder ins Bett.«

* *

Seit Daddys Tod war ich nicht mehr im Krankenhaus, aber sobald ich den typischen Geruch in der Nase habe, ist es, als wäre ich nie weg gewesen. Wie oft habe ich ihn zu seinen Terminen gefahren, und dann die Warterei, die endlose Warterei und lauwarmer Tee in Styroporbechern, als es mit ihm bergab ging. Der Ort erfüllt mich mit Schrecken.

Trotzdem, ich kann Pjotr hier nicht allein lassen. Vielleicht versteht er die Wartezimmer-Politik hier nicht. Wer weiß, wie das in Polen läuft – vielleicht haben sie dort so ein ausgeklügeltes System, wo man eine Nummer aus einer Maschine ziehen muss. Hier läuft das nicht so, und Schlangestehen ist schon im Normalfall ziemlich stressig.

Mit quietschenden Sohlen gehe ich über das blank gewetzte Linoleum zur Notaufnahme. Er hat nicht übertrieben – es ist ganz schön was los, sogar für einen Sonntagmorgen, und ich sehe einige bekannte Gesicht von gestern Abend. Cillian gehört nicht dazu, hat sich also nicht die Wirbelsäule gebrochen, wie ich zu meiner Freude feststelle. Der verrückte Tom schnarcht in einer Ecke, den Kopf an einen Verkaufsautomaten gelehnt, den Fuß in einen Verkehrskegel gequetscht. Ich wäre ja nicht überrascht, wenn Tante Sheila dahinterstecken würde. Sie kann ganz schön rachsüchtig sein, und ich weiß, dass sie durch Mammys Verbindungen zu »Unser Dorf soll schöner werden« an Verkehrskegel rankommt.

Ich gehe den Flur entlang bis zur Röntgenabteilung. Das ist ein Zimmer mit sechs leeren Stühlen davor. Die Tür steht offen, und es ist keine Menschenseele zu sehen. Ich will gerade wieder umkehren, als mir jemand auf die Schulter tippt. Ich rechne mit einem Patienten, der Toast braucht oder neue Batterien für die Fernbedienung – ich kann kein Krankenhaus betreten, ohne für eine Krankenschwester gehalten zu werden, und meistens versuche ich, den Leuten einfach zu helfen – aber es ist Pjotr. Er hat den linken Arm in einer Schlinge und ist oben ohne.

»Ich dachte nicht, dass du kommen würdest«, sagt er und zuckt zusammen, als er sich vorbeugt, um mich mit seinem gesunden Arm zu drücken.

»Ich wollte mich vergewissern, dass es dir gut geht«, stottere ich. »Und ... und weil ich wissen wollte, warum du zu der Party gekommen bist. Warum du hergekommen bist. Nach dem, was zwischen uns passiert ist ...« Ich bewege meine Hand zwischen uns hin und her. Das ist eigentlich nicht das, was ich im Auto geprobt hatte. Pjotrs Gesicht wird weich, und ich ergänze schnell: »Wie geht es deinem Arm? Hier.« Ich wedele mit einem traurigen abgepackten Sandwich von Filan's. Eier und Zwiebeln. Eindeutig das schlimmste Sandwich – ohne eine Spur von Fleisch –, aber besser als gar nichts.

»So fürsorglich, Aisling, wie immer«, sagt er grinsend, nimmt im leeren Flur Platz und reißt, so gut er kann, das Zellophan ab. Der arme Kerl ist sichtlich am Verhungern, und ich muss zugeben, ich fühle mich durch seinen Hunger gerechtfertigt. Ich setze mich ihm gegenüber und versuche, nicht darauf zu achten, wie seine Bizepse hervortreten oder sich seine Bauchmuskeln bewegen, während er sich das Sandwich reinzieht. Er ist genauso muskelbepackt wie die Happy-Pear-Zwillinge, die mit ihren veganen Kochbüchern Furore machen. Aber im Unterschied zu ihnen macht er nicht morgens um sechs schon einen Kopfstand und springt ins eiskalte Meer. Oder vielleicht doch? So gut kenne ich Pjotr nicht.

»Ist er gebrochen?«, frage ich und deute auf seinen Arm.

»Fissur.«

Na, immerhin. Ich hatte schon Angst, dass John oder Majella jetzt wegen schwerer Körperverletzung dran sind, aber eine Fissur ist ja keine große Sache. Von denen hatte ich als Kind mehr als genug, weil ich immer von den Heuballen gehüpft bin. Ich atme tief ein und schlucke.

»Pjotr, warum bist du hier? Warum bist du nach Ballygobbard gekommen?«

»Wegen Cillians Party.« Er zuckt etwas schief mit den Schultern. »Er hat die Einladung schon vor Wochen geschickt, weißt du. Vorne war ein Chihuahua mit einem Sombrero drauf. Wie konnte ich da Nein sagen?«

»Deswegen? Weil du Cillian sehen wolltest?«

Er schiebt sich den Rest des Sandwiches in den Mund und blickt mir direkt in die Augen, während er kaut und die Zellophanfolie zwischen den Fingern zusammenrollt. Nachdem er runtergeschluckt hat, sagt er: »Und dich. Ich wollte dich sehen.«

»Aber warum?«, schreie ich fast. »Was da zwischen uns passiert ist, hätte nicht passieren dürfen. Ich ... ich bin mit John zusammen.«

»John, der dich gestern Abend vor all deinen Freunden beleidigt hat? Ja, echt netter Typ, dein John.«

Die Erinnerung daran ist wie ein Schlag ins Gesicht. Wie Majella versucht hat, ihn aufzuhalten, und Pjotr ... der auf ihn losgegangen ist. Pjotr, der wie ein Prinz in den Märchen, mit denen ich meine ganze Kindheit lang geimpft wurde, meine Ehre verteidigt hat. Als ich jünger war, habe ich immer davon geträumt, dass zwei Männer um mich kämpfen – so wie Hugh Grant und Colin Firth in *Bridget Jones*. In der Realität war das aber überhaupt nicht romantisch, und jetzt hasst mich John, und Pjotrs Ellbogen ist im Arsch. So sollte das eigentlich nicht laufen.

»Alles war gut, bis du ...«

»Bis ich aufgetaucht bin? Ja, wirklich? Oder redest du dir das bloß ein? Er hat rausgefunden, wie heißt das noch mal, dass wir rumgeknietscht haben? Und dann ist er durchgedreht!«

»Geknutscht!«, zische ich und schaue mich verstohlen um, ob ihn jemand gehört hat. Meine Stimme hallt von den leeren Wänden wider. »Nicht geknietscht! Gott! Es war nur ein Kuss. Ich weiß nicht, warum er so reagiert hat. Er war betrunken. Diese Margaritas waren auch echt tödlich.« Aber mit jedem Einwand, den ich vorbringe, wird mir klar, dass John dasselbe vermutet wie ich. Wir haben Probleme. Und als er das mit Pjotr rausgefunden hat, hat ihm das den Rest gegeben.

»Pjotr, du bist wundervoll. Du hast wundervolle ...« Mein Blick wandert über seinen Oberkörper und seine starken Arme. »... Augen. Und du warst nett zu mir. Aber ich bringe dich jetzt zu deinem Auto, und dann lassen wir es auf sich beruhen, okay? Du warst eigentlich im Mountrath untergebracht, nicht wahr?«

Ach, Gott. Er sieht aus wie ein begossener Pudel.

»Ja«, sagt er traurig. »Dein Freund Tom hat uns gestern hergefahren. Er hatte einen Verkehrskegel am Fuß. Ich musste ihm mit den Pedalen helfen.«

Muttergottes, er hat Glück, dass er noch am Leben ist. Der verrückte Tom war ja hackedicht. »Gut, dann fahre ich dich jetzt zurück.« Ich schaue auf die Uhr. »Frühstück gibt's da allerdings nur bis elf, das hast du also auf jeden Fall verpasst. Tut mir leid. Hast du denn ... alles?« Ich zeige auf seinen nackten Oberkörper, seine blasse Haut leuchtet im Neonlicht. Die anderen männlichen Patienten könnten sich womöglich unzulänglich fühlen, wenn er so durchs Wartezimmer geht.

»Mein T-Shirt, die Ärztin musste es mir für das Röntgen abreißen«, sagt er. Das kann ich mir vorstellen. »Ich habe noch eins im Hotel, also alles okay.«

Er sieht noch immer traurig aus, und den Bruchteil einer Sekunde lang frage ich mich, ob ich komplett verrückt bin. Was, wenn Pjotr ...?

Er unterbricht mich. »Es tut mir leid, Aisling. Ich dachte, John und du wärt nicht mehr zusammen. Das habe ich wirklich gedacht. Ich bin zu der Party gekommen, um dich zu sehen, ja. Aber ich wollte dich nicht ärgern. Freunde?«

Freunde. Pjotr und ich waren nie Freunde. Er war eine Ablenkung. Eine Ablenkung, die ich jetzt nicht gebrauchen kann. Eine Komplikation.

»John und ich ... wir sind zusammen, Pjotr. Es tut mir leid, wenn du ... dir was anderes erhofft hast.« Bin ich in einem Paralleluniversum? In dem ich diesem großen blonden Adonis das Herz breche? Ich habe noch nie jemandem das Herz gebrochen.

»Okay, Aisling. Sag mir Bescheid, falls das je anders ist, ja?«

»Okay.« Ich seufze lächelnd und führe ihn zum Seiteneingang. Dabei versuche ich, seine nackte Haut nicht zu berühren, während meine Hand hinter seinem Rücken schwebt. Ich gehe zuerst raus und halte ihm die Tür auf, aber gerade, als Pjotr durchgehen will, wer kommt da wohl in ihrer frisch gestärkten Krankenschwesterntracht um die Ecke?

Fran. Johns Mutter Fran.

KAPITEL 18

»Du hast ihn einfach vor dem Hotel rausgelassen? Und das war's dann?«

Sadhbh kann es nicht glauben. Ich gehe in der Küche auf und ab, aber von Mammy ist noch nichts zu sehen. Die arme Sadhbh muss fürs Frühstück den Obstkorb plündern. Aber sie scheint mit den runzeligen Kiwis und ein paar Clementinen zufrieden zu sein. Mir ist das peinlich - ich glaube, sie hat noch nie einen Sonntag ohne Brunch verbracht -, aber in Mammys Kühlschrank wird sie wohl kaum Halloumi oder Avocados finden. Dafür reichlich Eintopfreste.

»Ich wollte nur sichergehen, dass alles in Ordnung ist mit ihm, und das ist es, auf jeden Fall. Dann habe ich ihn weggeschickt. Es beunruhigt mich eher, dass Johns Mutter mich im Krankenhaus mit ihm gesehen hat.«

Ich bin überrascht, dass Frans Blick, mit dem sie mich bedacht hat, mich nicht in eine Salzsäule verwandelt hat. Pjotr und ich zusammen. Und er mit nacktem Oberkörper! Ich stöhne laut auf und lasse mich auf einen Stuhl fallen. Wie komme ich da je wieder raus?

Sadhbh lacht. »Tut mir leid, Ais, ich will nicht ... wirklich nicht. Aber wie hast du es geschafft, das sündhafte Frauenzimmer von BGB zu werden?«

»Sadhbh!« Wenigstens hat sie den Anstand, beschämt auszusehen. Aber sie hat recht. Ich hatte totale Angst, vor dem Mountrath jemanden zu treffen, der mich kennt. Deshalb habe ich das Auto kaum angehalten, bevor ich Pjotr mit einem

Tschüstschüstschüs rausgeschubst habe. Und ich war äußerst dankbar für Elaines bescheuerte Sonnenbrille, die ich im Handschuhfach gefunden habe. Wenn sich das bis zu John rumsprechen würde: Ich vor Pjotrs Hotel am Morgen danach und er praktisch nackt. John ist verletzt genug. Ich greife nach meinem Handy und schreibe ihm eine weitere Nachricht, meine dritte heute Morgen.

»Würdest du mich einfach anrufen? Bitte!«

Ich hatte schon mindestens zwanzigmal die Autoschlüssel in der Hand, um zu ihm nach Knock zu fahren, aber nach all den Jahren kenne ich John – wenn ich ihm so direkt gegenüberträte, würde ihm nicht gefallen. Außerdem habe ich keine Lust, Fran zu begegnen.

Wie gern würde ich heute zusammen mit Sadhbh ins Chez SEA fliehen und mich unter einer Decke verkriechen, aber stattdessen muss ich hierbleiben und mit meiner Schande leben. Allerdings sagt Sadhbh, dass ihre Wohnsituation weit weniger angenehm ist als im Chez SEA. Mairead und Fionnuala scheinen ein bisschen zu weit zu gehen – eine von ihnen hat einen Putzplan aufgestellt und Sadhbh drei Wochen hintereinander zum Badputzen eingetragen, weil sie nicht da war, um sich zu wehren. Und anscheinend haben sie den ganzen Kühlschrank mit ihrer Magermilch vollgestellt – sogar ich sehe ein, dass es sinnvoller ist, sich die Milch zu teilen. Außerdem liegen beide jeden Abend um zehn im Bett, also sitzt man nie zu einem Glas Rosé oder einer Pizza zusammen.

Plötzlich geht die Küchentür auf, und wir springen beide vor Schreck hoch, als Mammy reingestolpert kommt, die Augen ganz verkniffen wegen der Mittagssonne.

»Weißt du, wie spät es ist?«, sage ich ganz automatisch. »Wir sind schon seit Stunden auf.«

»Tut mir leid, Schätzchen«, krächzt sie. »Ich weiß nicht,

was passiert ist.« Sie schaut auf die Küchenuhr über dem Fenster und schreckt sichtlich zusammen. Es ist nach zwölf. Das ist noch nie vorgekommen. »Diese Getränke gestern Abend waren ganz schön stark, oder Liebling?

»Allerdings«, stimmt Sadhbh zu. »Hier, Marian, setz dich aus der Sonne.«

Sadhbh verwandelt sich hier in BGB in eine solche Arschkriecherin, aber ich sage nichts, weil Mammy sie so gernhat. Ich mache mich auf die Suche nach Schmerztabletten für Mammy, aber wir haben nicht wirklich was da. Nicht wie in der Wohnung in Portobello, wo Elaine mit Armladungen von Ibuprofen und Aspirin aufgetaucht ist, wenn ich nur erwähnt habe, dass ich Bauchkrämpfe habe. Nicht, dass ich sie je genommen hätte. Ich weiß, wie wichtig meine Magenschleimhaut ist, vielen Dank auch, Elaine.

Wir haben nur Magnesiamilch und Magentabletten im Küchenschrank, aber wenn ich mich recht erinnere, müssten in Daddys wichtiger Schublade in seinem Schreibtisch im Flur ein oder zwei Solpadeine-Tabletten liegen. Für richtige Notfälle. Wenn man zum Beispiel mit einem Bein in den Mähdrescher gerät.

»Um die Getränke hat sich Tante Sheila gekümmert«, sage ich auf dem Weg in den Flur. »Was genau hat sie eigentlich bestellt, Mammy?«

»Eamon Filan hat ihr einen tollen Sonderpreis für den Tequila gemacht. Deshalb hat sie Jocksy gesagt, er soll ganz viele doppelte Margaritas mixen und sie einfach in größeren Gläsern servieren«, erklärt Mammy mit schwacher Stimme und hält sich den Kopf. »Ich glaube, sie hat überschätzt wie viel wir brauchen würden. Die sechs Kartons, die sie bestellt hat, waren um zehn schon weg.«

Na, das erklärt einiges, denke ich und wuchte den Deckel

des uralten Schreibtischs hoch. Manchen Leute fehlt es einfach an gesundem Menschenverstand.

Ich habe die wichtige Schublade erst halb aufgezogen, da entdecke ich die Tabletten schon in ihrer unverkennbaren rot-weißen Verpackung unter einem Stapel Papier. Als ich gerade nach ihnen greifen will, fällt mein Blick auf ein offiziell aussehendes Dokument unter einem Haufen alter Schlüssel. Im Briefkopf steht: »Whitford – Immobiliensachverständige« über einer Adresse in Dublin. »Sehr geehrte Damen und Herren«, lese ich. »Bezugnehmend auf die kürzlich durch uns erfolgte Begutachtung Ihres Anwesens an der Knocknamanagh Road, Ballygobbard, finden Sie hier unsere ausführliche Wertermittlung ...«

Ich will es gerade rausziehen, um es zu Ende zu lesen, als die Tür aufgeht und Sadhbh mit meinem Handy in der Hand auftaucht. »Es hat eben gepiepst!«

Ich knalle die Schublade zu und nehme das Telefon, in der Hoffnung, Johns Namen zu sehen, aber es ist gar nicht John. Es ist noch nicht einmal eine Nachricht, sondern nur meine Fitbit-App, die sich fragt, ob ich noch lebe.

Mit den kostbaren Tabletten in der Hand gehe ich zurück in die Küche. »Hier ist was für deinen Kopf, Mammy«, sage ich und schmeiße die zwei Tabletten mit einem befriedigenden *Plonk-Plonk-Zisch* in ein Glas Wasser. Unentschlossen bleibe ich neben Mammy stehen, während mir die Wörter »Begutachtung« und »Wertermittlung« durch den Kopf spuken. Sie stöhnt ein wenig, und ich trete einen Schritt zurück. Jetzt ist nicht der Moment, um sie wegen des Dokuments auszufragen. »Willst du das zurück ins Bett mitnehmen? Mach dir um uns keine Gedanken, wir sind versorgt. Ruh du dich aus. Einen Tequila-Kater sollte man nicht auf die leichte Schulter nehmen.«

»Ich habe wirklich einen Kater«, antwortet sie, steht auf und schlurft aus der Küche, das sprudelnde Glas in der Hand.

Erneut gehe ich auf und ab, und es juckt mich vor Nervosität am ganzen Körper.

»Ais, es wird alles gut. Wirklich«, sagt Sadhbh sanft.

»Ich glaube nicht, Sadhbh. Diesmal nicht.« Und dann verlässt alle Kraft meine Beine, und ich setze mich endlich hin.

* *

Nachdem ich Sadhbh an der Bushaltestelle im Dorf abgesetzt habe – und wieder sehr dankbar für die bescheuerte Sonnenbrille bin –, treffe ich beim Nachhausekommen auf Majella, die an unserem Küchentisch sitzt und Schokoladenkekse isst. Sie muss tief in Mammys Vorräte eingedrungen sein, um so gute Kekse zu finden. Und Mammy hat dieses Jahr an Weihnachten gar nichts versteckt – ihr war nicht danach. Demnach müssen die Kekse schon ein paar Jahre alt sein.

»In einer versiegelten Plastiktüte im Spülkasten der Gästetoilette«, sagt sie und wirft mir einen Keks zu, ganz offensichtlich stolz wie Oskar. Mammy ist noch nicht wieder aufgetaucht, aber Maj weiß genau, wie sie still und leise ins Haus kommt. Die Morans wohnen nur zwei Felder weiter, und wir haben genauso viel Zeit unserer Kindheit bei der jeweils anderen verbracht wie bei uns zu Hause. In BGB verabredet man sich nicht zum Spielen oder so. Man hängt einfach zusammen rum.

»Es tut mir leid, dass ich die Katze aus dem Sack gelassen habe, Ais.« Gedankenverloren fährt sie das Muster auf Mammys Wachstischdecke nach, und ich weiß in der Tiefe meines Herzens, dass ich nicht länger sauer auf sie sein kann. Es war keine Absicht – und sie hat mir schließlich nicht die Pistole auf die Brust gesetzt und mich gezwungen, Pjotr an jenem Abend zu küssen. Niemand hat das.

»Es war nicht deine Schuld, Maj. Tut mir leid, dass ich unfreundlich zu dir war«, sage ich und nehme ihr schokoladenüberzogenes Friedensangebot an.

»Hast du von ihm gehört?«

»Von John? Nein.« Gerade will ich ihr von Pjotr erzählen – mit nacktem Oberkörper im Krankenhaus, aber ich habe keine Kraft mehr.

Majella nimmt sich noch einen Keks. Die sind wirklich unwiderstehlich. »Also ...« Sie zögert. »Was ist denn nun mit dir und John?« Sie klingt schon ganz schicksalergeben. Offenbar hat sie es kommen sehen.

»Zwischen uns ist so viel kaputt, Maj. Und ich weiß gar nicht, ob ich es wieder reparieren will.«

»Ach, Ais. Das tut mir leid.« Sie versucht noch nicht mal, mir das auszureden. »Weißt du, was du brauchst?« Ihre Tonlage hat sich verändert. Sie ist auf irgendetwas aus. »Du musst hier mal eine Weile raus.« Sie weiß genauso gut wie ich, wie es um den Klatsch in BGB bestellt ist. Nachdem Denise Kelly die ganze Sache gestern stocknüchtern beobachtet hat und ich dann heute im Krankenhaus auch noch Fran begegnet bin, weiß inzwischen bestimmt jeder in einem Umkreis von zwanzig Kilometern alles über meine Angelegenheiten.

»Wir wäre es, wenn wir ein paar Tage verreisen?« Anscheinend denkt Majella laut. »Nächste Woche sind Schulferien, deswegen kann ich weg. Pablo ist pleite – er wird nichts dagegen haben. Shem und Liz treiben mich langsam in den Wahnsinn, und vielleicht lässt Willy Pablo mal zwei Minuten in Ruhe, wenn ich ein paar Tage weg bin. Was meinst du? Wir buchen irgendeinen netten Last-minute-Trip, und du hast ja deine Abfindung.«

»Die sollte ich aber nicht für Urlaub verschwenden«, sage ich. Wer weiß, wie lange ich mit dem Geld auskommen muss? Ich habe schon zweiundneunzig Euro davon ausgegeben. Jeder Cent ist wie ein Messerstich ins Herz. Aber Majella hat recht – es wäre gut, mal wegzukommen. Vielleicht ist Sadhbh ja auch dabei?

»Wir müssen aber aufpassen«, ergänzt Majella. »In den Ferien ist es nicht so einfach, den Schülern aus dem Weg zu gehen, und ich habe keine Lust, in einem vollgepissten Pool voller Kleinkinder zu schwimmen. Davon habe ich genug in der Schule.«

In diesem Augenblick klingelt es schrill an der Tür, und Majella und ich sehen uns an. Niemand hier auf dem Land benutzt die Haustür, geschweige denn die Klingel. Ich war mir noch nicht einmal sicher, ob sie funktioniert. Und die seltenen Male, die Mammy was im Internet bestellt, weiß der Kurier ganz instinktiv, dass er hintenrum gehen muss. (Ihre neueste Methode, um nigerianische Prinzen und Phishing-Betrüger zu überlisten, ist eine Prepaid-Visa-Karte. Constance Swinford hat sie darauf gebracht, und jetzt ist Mammy selbstgefällig bis dorthinaus und entzückt, dass ihr Konto unzugänglich bleibt.) Lässt sich die Haustür überhaupt öffnen? Ich habe schon lange den Verdacht, dass sie nur zum Schein existiert.

»Gehst du ... machst du nicht auf?«, fragt Majella schließlich mit einer Kopfbewegung Richtung Flur. Ich sollte wohl. Vielleicht habe ich bei einem dieser Fernseh-Gewinnspiele ein Auto gewonnen, und vor der Haustür steht ein Kamerateam. Ich mache weiß Gott bei genug Preisausschreiben mit.

Aber als ich die Tür aufziehe, steht dort kein Fernsehmoderator: Es ist Denises Cousine Sharon. Und sie hat zwei große schwarze Säcke dabei.

»Na, Schatzi«, sagt sie, dreht sich um und drückt auf ihren

Schlüssel, um das Auto abzuschließen. Es ist so ein VW Beetle mit Wimpern an den Scheinwerfern. Sehr schick. Warum sie den Wagen aber abschließt, ist mir schleierhaft. In BGB verschwendet sie da nur ihre Batterie. »Denise hat ganz viel von dem mexikanischen Zeug von der Party mitgenommen, und ich dachte, ich bringe es deiner Mam vorbei.«

»Ach so, ja klar«, sage ich. »Komm rein ins Warme, Sharon. Möchtest du eine Tasse Tee? Wir haben richtig gute Kekse.«

Sie folgt mir in die Küche, und ich nehme ihr die Säcke ab, aus denen schon die Sombreros, Ponchos und zerrissenen Spruchbänder auf das Linoleum fallen. Mammy wird sich freuen, sie zurückzubekommen. Nichts macht sie glücklicher, als Partydeko-Zeugs wiederzuverwenden – sie ist sehr geschickt darin, Geschenke so auszupacken, dass man das Geschenkpapier noch mal benutzen kann. Eine Gabe, die ich glücklicherweise von ihr geerbt und dadurch über die Jahre ein Vermögen eingespart habe.

»Hattest du einen schönen Abend, Schatzi?«, fragt Sharon Majella und setzt sich zu ihr an den Küchentisch, während ich Teewasser aufsetze. »Dein Freund kann ja tanzen!«

»Das ist das spanische Blut«, erklärt Majella stolz. »Gerade bringt er mir Salsa bei. Es macht echt Spaß. Ich habe ihm gesagt, er sollte Kurse im Gemeindehaus geben.«

»Nun, ich hatte einen Superabend«, sagt Sharon, »obwohl ich Cillian vorher gar nicht kannte. Das ganze Dorf scheint ja mitgefeiert zu haben.«

Beim letzten Satz zucke ich zusammen. Das ganze Dorf *war* dabei. Alle haben den Streit mitbekommen.

»Du scheinst dich ja am Ende ziemlich gut mit Zyklop amüsiert zu haben.« Majella lächelt. »Er ist ein netter Kerl. Und ein Weltklasse-Innenverteidiger, falls er es nicht erwähnt haben sollte.«

Sharons Gesicht wirkt leicht versteinert, und sie trinkt einen Schluck Tee. »Doch, hat er. Er scheint in Ordnung zu sein, aber ... Männer interessieren mich im Moment nicht.« Sie wechselt das Thema. »Warum nennen ihn eigentlich alle Zyklop? Ich wollte ihn nicht fragen, falls er irgendeine Krankheit hat oder so.«

»Er heißt Eoin Ó Súilleabháin«, sagt Majella zur Erklärung, aber Sharon guckt sie nur verständnislos an.

»Súilleabháin«, wiederhole ich etwas lauter, aber Sharon kapiert es immer noch nicht. Das springt einem doch ins Auge! *»Súil amháin«*, sage ich noch lauter.

»Der Einäugige!«, ruft Majella. »Zyklop.«

»Ach so!«, sagt Sharon. »Klar! Ja, das leuchtet mir ein. Mein Irisch ist leider ein wenig eingerostet.«

»Eigentlich ist es der totale Knaller, weil seine Schwester Augenoptikerin ist«, werfe ich ein. »Susie Ó Súilleabháin. Sie hat einen kleinen Laden drüben in Knock.«

»Wie läuft's denn eigentlich mit dem Schönheitssalon?«, fragt Majella und gießt sich den Rest Tee ein. Nach einem Wortwechsel über den Preis von Kontaktlinsen ist sie nicht gerade Susie Ó Súilleabháins größter Fan. Sie hat Susie beschuldigt, eine Preistreiberin zu sein, und, um es kurz zu machen, sie kauft ihre Kontaktlinsen jetzt im Internet.

»Fast geschafft, danke der Nachfrage. Ich hoffe, dass ich in ein paar Wochen eröffnen kann.« Sharons Gesichtsausdruck verändert sich, und sie hebt ihre Teetasse, ohne daraus zu trinken. »Aber der Typ nebenan, der Metzger? Der macht mir ganz schön Ärger. Er hat sich beschwert, dass die Bauarbeiten seinen Betrieb stören, dabei lasse ich nur ein paar Sonnenbänke einbauen. Ihm fällt jeden Tag etwas Neues ein, das ihm nicht passt.«

Ich sage nichts dazu, bin aber nicht überrascht. Tessie hat

das ja schon vorausgesagt. Marty Boland hat einen sehr schlechten Ruf im Dorf – er ist durch und durch ein brutaler Kerl. Seine Würstchen haben drei Jahre nacheinander beim Drescherfest den großen Preis gewonnen, und das ist ihm ehrlich gesagt zu Kopf gestiegen. Er hat dieses riesige Schild an der Ladentür, auf dem steht: »Die besten Würstchen in der Grafschaft. Handgemacht von Marty Boland.« Sie sind allerdings auch wirklich gut, bei Gott. Es heißt, er hätte das Rezept von seinem Großvater und würde es in einem Tresor hinter einem Bild in seinem Haus aufbewahren.

»Pass bloß auf«, rate ich ihr. »Tessie Daly, weißt du, die vom Secondhandladen? Die hatte vor ein paar Jahren eine heftige Auseinandersetzung mit ihm wegen ihres Schaufensters. Sie hatte eine sehr geschmackvolle Auslage mit Unterwäsche, und er hat die Beherrschung verloren und behauptet, das wäre unzüchtig. Sie hat sich jedoch nicht beirren lassen, und du glaubst gar nicht, wie er sie bei einem Treffen der Nachbarschaftswache beschimpft hat ... mit üblen Ausdrücken! Seine arme Frau ist so ein graues Mäuschen. Und er hält sich für einen ganz tollen Kerl.«

»Er ist ein Arschloch«, erklärt Majella rundheraus, und ich nicke. Er ist wirklich ein Arschloch.

»Notiert«, sagt Sharon, trinkt ihren Tee aus und steht auf. »Also, dann muss ich mal los. Danke für den Tee. Bis demnächst, Mädels.«

Ich begleite sie zur Haustür, und als ich zurückkomme, hat Majella ein breites Grinsen im Gesicht.

»Ich hab's«, sagt sie und schlägt mit der Hand auf den Tisch, sodass die Kekspackung runterfällt. »Ich weiß, wo wir hinfahren können, wo es garantiert keine Kinder gibt und wo wir ganz sicher Spaß haben werden.«

»Werde ich da auch braun?«, wage ich zu fragen. Meine irische Haut wechselt natürlich nur von Weiß zu Rot, aber man sollte doch trotzdem wenigstens versuchen, braun zu werden, nicht wahr? Wie soll man auch sonst beweisen, dass man im Urlaub war?

»Nur, wenn du willst«, gibt Majella zurück. »Du kannst auch die ganze Zeit drinbleiben.«

»Wo ist dieser magische Ort?«, frage ich. Jetzt bin ich neugierig. Mich verbindet eine Art Hassliebe mit der Sonne, aber es ist nett, wenn man verschiedene Möglichkeiten hat.

»Las – scheiß die Wand an – Vegas!«

KAPITEL 19

John geht in meinem Zimmer auf und ab, nimmt Dinge in die Hand, stellt sie wieder hin und tut so, als würde er sie anschauen. Gerade hat er eine Packung Tampons hochgehoben, sie umgedreht und aufmerksam »gelesen«, was hinten draufsteht, daher bin ich mir ziemlich sicher, dass er mit den Gedanken ganz woanders ist. Jetzt nimmt er ein Paar Socken und betrachtet sie eingehend, deswegen springe ich vom Bett, nehme sie ihm weg und zeige auf den Stuhl neben dem Schreibtisch, auf dem sich noch immer meine farblich abgestimmten Ordner vom Schulabschluss türmen. Ich bringe es einfach nicht übers Herz, sie wegzuschmeißen. Man weiß schließlich nie, ob jemand mal dringend meine Diagramme zu Gesteinsformationen braucht. Bis zum heutigen Tag kann ich eine Flachkarre von einer Kluftkarre unterscheiden. Und auf einen Kilometer Entfernung einen Kliffpfeiler erkennen.

Keiner von uns hat ein Wort gesagt, seit Mammy ihn zur Hintertür reingelassen und zu mir hochgerufen hat, dass er da ist. Normalerweise wäre er einfach raufgekommen. Aber jetzt sind die Dinge anders. Ich habe ihn seit der Party nicht mehr gesehen. John spricht als Erster.

»Ich habe gehört, du fährst nach Vegas?«, sagt er trocken. Und ergänzt dann sarkastisch: »Ohne mich.«

Wir hatten immer vorgehabt, mal nach Vegas zu fahren. Vor langer Zeit, als ich nur Verlobungsringe und Brautsträuße im Kopf hatte, hätte ich dort gerne unsere Flitterwochen verbracht, falls wir uns gegen die üblichen zwei Wochen auf den

Malediven oder Mauritius entschieden hätten. Vegas, der Grand Canyon und San Francisco und der ganze Kram. Da gibt's tolle Angebote.

»Na ja, ich bin nicht davon ausgegangen, dass du mitkommen willst«, schieße ich genauso sarkastisch zurück.

»Will ich ja auch gar nicht«, brüllt er fast und erschreckt mich fast zu Tode. Mammy wird unten wohl die Ohren spitzen. »Ich kann dir ja kaum ins Gesicht sehen.«

Natürlich haben wir auch früher schon gestritten. Oft. Wir haben uns sogar schon mal getrennt. Aber das hier fühlt sich anders an. So traurig und endgültig. John ist so wütend und verletzt. Er hat Tage gebraucht, bis er auf meine Nachrichten und Anrufe reagieren konnte. Schließlich war er es, der auf mich zugekommen ist, sein: »Ich glaube, wir müssen mal reden«, hat mich aber nicht mit Zuversicht erfüllt.

»Es tut mir leid, John. Es war nicht schön, dass du es auf diese Art erfahren hast. Ich dachte ...«

»Du dachtest, ich würde es überhaupt nie erfahren.«

Da hat er mich ertappt. Ich dachte wirklich, er würde es nie erfahren und dass alles gut werden würde. Aber es ist nicht alles gut. Schon eine ganze Weile nicht. Und das hat nichts mit Pjotr zu tun.

»Mit meinem Mitbewohner, Aisling? Und dann muss ich von meiner Mutter hören, dass sie dich mit ihm im Krankenhaus gesehen hat? Hast du überhaupt eine Ahnung, wie mich der Gedanke quält, wie lange du wohl schon scharf auf ihn bist? Hast du ihm hinter meinem Rücken schöne Augen gemacht?«

»Nein!« Das habe ich wirklich nicht. Ja, Pjotr ist echt heiß, schätze ich mal, aber bevor John und ich uns getrennt haben, spielte das keine Rolle. Und außerdem hatte John im Prinzip eine Freundin, während wir getrennt waren.

»Und was ist mit dir und Ciara?«, entgegne ich, bevor er noch mehr sagen kann. »Glaubst du, es hat mich nicht verletzt, als du mit ihr aufgetaucht bist? Warst du auf Teneriffa auch schon scharf auf sie? Hast du nur auf die nächste Gelegenheit gewartet, sie ... sie zu bumsen?«

»Aisling! Echt jetzt! Hör auf!«

Aber dann raste ich aus. Ich möchte ihn verletzen. Ich möchte ihn genauso verletzen, wie er mich verletzt hat, als er mit Ciara zusammen war. Ich dachte, wenn wir wieder zusammenkommen und gemeinsam um Daddy trauern, wird uns das wieder heil machen, stärker. Aber ich habe mich geirrt. Und das strömt jetzt alles aus mir heraus.

»Und habe *ich* dich als Schlampe bezeichnet, als du mit Ciara durch die Gegend gezogen bist? O nein! Aber du hast das vor allen Leuten zu mir gesagt! Mein Daddy war gerade gestorben, John. Pjotr war für mich da. Ich brauchte jemanden. Ich bin keine Schlampe!« Spätestens jetzt würde ich eigentlich weinen. Und wie. Aber meine Augen sind trocken, und ich atme schwer.

Sadhbh hat mich gewarnt. Sie hat mich davor gewarnt, was es bedeuten kann, sich zu treffen, und dass man sich schreckliche Dinge an den Kopf wirft und wie verletzend das sein kann. »Die Menschen haben die unglaubliche Fähigkeit, fürchterliche Dinge zueinander zu sagen, Ais«, hat sie gestern behutsam am Telefon erklärt. »Lass es nicht so schlimm werden, dass es kein Zurück mehr gibt. Es ist John. Du hast dein halbes Leben mit ihm verbracht.«

Jetzt höre ich ihre Stimme, während wir in meinem kleinen Zimmer stehen und uns wütend anstarren. Ich sitze auf dem Bett, in dem wir so oft zusammen gelegen haben, mein Kopf auf seiner Brust, und eine Folge nach der anderen von *The West Wing* in meinem kleinen Fernseher geguckt haben. Er hat mir mal alle Staffeln zu Weihnachten geschenkt, und es war nicht erlaubt, eine Folge ohne den anderen zu gucken. Das hat mir ohne Ende beim Quizspielen geholfen. Es gibt nichts Besseres, als eine Antwort zur Filibusterei aus dem Ärmel zu schütteln, wenn es gerade um eine Flasche Wodka und zwei Bündel Briketts geht. John sitzt mir gegenüber, mit gesenktem Kopf, die Ellbogen auf den Knien.

»Es tut mir leid«, murmelt er. Eine Träne tropft ihm von der Nasenspitze auf den Für-immer-Freunde-Bärchen-Bettvorleger.

Meine Augen werden feucht. »Was passiert mit uns, John?« Auch mir laufen heiße Tränen übers Gesicht. »Es ist alles so verkorkst.« Jetzt weine ich richtig. Es schüttelt mich geradezu. John blickt nicht auf, sagt aber mit trauriger Stimme: »Ich weiß es nicht, Ais. Ich weiß es nicht.«

Wir haben uns auseinandergelebt. Eine Zeit lang war es so schön. Eine kurze, wunderbare Zeit lang, nachdem wir wieder zusammengekommen sind, war es warm und geborgen – wir gegen den Rest der Welt. Wir gegen meine Trauer um Daddy. Wir gegen alles. Aber es hat nicht gehalten. »Du bist ihm entwachsen, Ais.« Wieder denke ich an Sadhbhs Worte von gestern Abend. »Er ist alles, was du bisher gekannt hast.« Sie hat recht. Ich bin ihm entwachsen. So viel ist im letzten Jahr passiert. Ich kann mir ein Leben ohne ihn vorstellen. Das macht mich unwahrscheinlich traurig. Aber so ist es.

»John, glaubst du, wir gehören vielleicht nicht mehr zusammen?« Meine Stimme ist erstaunlich ruhig.

Er blickt entsetzt auf, jetzt laufen ihm noch mehr Tränen übers Gesicht. Aber im nächsten Moment wird seine Miene weich. »Ja. Ja, ich glaube, du hast vielleicht recht.« Er lächelt durch seine Tränen und sagt: »Ich kann es nicht fassen, Ais.«

Er überwindet den winzigen Abstand zwischen uns und

setzt sich neben mich. Unsere Schultern berühren sich, und wir sehen beide auf unsere Hände hinunter. Dann legt er mir seine große, trockene Handfläche in den Schoß, lädt mich ein, sie ein letztes Mal zu halten.

»Weißt du noch, als wir das erste Mal Händchen haltend ins Maguire's kamen und alle wie verrückt gejohlt haben?« Ich schnüffle und lege meine heiße kleine Hand, nass vor Tränen, in seine.

»Ja.« Er drückt sie. »Und es war mir egal ... fast.« Er lächelt. »Weißt du noch, als wir nach Amsterdam gefahren sind und du so paranoid warst, weil du dachtest, dass die Leute denken könnten, wir nehmen Drogen?«

Wie sollte ich das vergessen? Wir sind nur nach Amsterdam gereist, weil wir die Flugtickets in einer Tombola des irischen Sportverbands gewonnen hatten, nicht um Haschkekse zu essen oder was weiß ich. Ich habe dafür gesorgt, dass wir auch wirklich jedes Museum besucht haben, damit wir den Leuten nach unserer Rückkehr was zu erzählen hatten - vor allem Mammy. Jetzt weiß ich alles über van Gogh. Plötzlich fängt John an zu lachen ... er lacht und lacht. Biegt sich regelrecht.

»Was?«, frage ich. »Was ist so lustig?«

»W... weißt ... du noch ...« Er kriegt die Wörter kaum raus. »Weißt du noch, wie du dachtest, das Hotel spioniert uns aus? D... du hast ein Pflaster über den Türspion geklebt und mich gezwungen, die Lampen nach versteckten Kameras und Mikrofonen abzusuchen.«

Er hat wohl recht. Ich war die ganze Zeit ein Nervenbündel, überzeugt, dass man uns für irgendetwas einbuchten oder uns etwas unterjubeln würde. Wir beide, die Drogenkuriere.

»Na und? Bist du nicht froh, dass wir deshalb nicht in der Sendung *Horror-Trips – Wenn Reisen zum Albtraum werden* gelandet sind?« Aber sein Lachen ist ansteckend, und bald lache auch ich und drücke noch immer seine Hand. Als unser Gelächter verstummt, frage ich ihn: »Aber weißt du noch, der letzte Abend in Amsterdam, als wir dieses nette Burgerrestaurant gefunden haben und der Kellner dachte, ich heiße Eisling, und uns eine Flasche Wein geschenkt hat?«

»Ja«, sagt John, »ja, das weiß ich noch.« Schweigend denken wir an diesen Abend. Wie wir Hand in Hand durch die Straßen von Amsterdam zum (verwanzten, da bin ich mir noch immer sicher) Hotel zurückgegangen sind, sturzbetrunken von der Gratisflasche Wein, und gelacht haben wie die Hyänen.

John dreht sich zu mir um und bricht das Schweigen. »Aisling.«

»Ja?«

»Du hattest vorher doch nichts mit Pjotr, oder? Du hast ihn vorher ... davor hast du ihn nicht geküsst, oder?«

»Nein! Nein, nie. Niemanden, John.«

Er seufzt. »Okay, okay, ich wollte nur fragen.« Es war ein Versuch, witzig zu sein, aber zeitlich nicht gerade gut gewählt.

Ich halte eine Minute inne und wende mich dann, gleichzeitig wütend und schuldbewusst, an ihn: »Gott im Himmel, für wen hältst du mich eigentlich? Ich habe es dir doch schon gesagt. Es war nur ein Mal. Mir ging es furchtbar. Es ist nie wieder passiert. Wie oft willst du mich das noch fragen?«

Und dann, einfach so, trennen sich unsere Hände. Zwischen uns herrscht wieder eine große Distanz. Mit angespanntem Kiefer gibt er zurück: »Na, jetzt kannst du ja mit ihm ausgehen.«

Ich bin dessen so müde und seufze. »John, ich will nicht mit Pjotr ausgehen. Ich werde nicht mit Pjotr ausgehen, und das habe ich ihm auch gesagt. Es war einfach eine schlimme Zeit. Es tut mir leid, dass ich dich verletzt habe. Wirklich. Aber du hast mich auch verletzt. Wir haben uns gegenseitig weh getan. Lass uns damit aufhören. Bitte.«

Schweigend sitzen wir auf dem Bett, Schulter an Schulter, und es kommt mir ewig vor. Beide weinen wir zu unterschiedlichen Zeiten. Erst John, dem die Tränen wieder von der Nase auf die Hände fallen. Ich lege den Arm um ihn, und plötzlich klammert er sich schluchzend an mich. So habe ich ihn noch nie weinen sehen. Ich halte ihn so fest, dass es sich anfühlt, als würden ihn meine Finger durch sein Hemd hindurch berühren. Nach Minuten oder Stunden zieht er sich zurück. Dann bin ich dran mit Weinen. Ich erinnere mich daran, wie wir auf einer Party zur Band Snow Patrol in der Küche getanzt haben. Wie er mir zum Geburtstag ein »Sofa-Set« geschenkt hat: *Natürlich blond* auf DVD, Schokolade, flauschige Pantoffeln, verschiedene Gesichtsmasken und einen Miniwasserkocher, den ich direkt neben dem Sofa anschließen konnte. Das war vor vielen Jahren. Lange vor den doppelten Pandora-Armbändern. Ich weine um all die Male, die er mir betrunken gesagt hat, dass er mich liebt. »Ich liebe mein Team«, hat er gelallt, in dem Jahr als sie das Viertelfinale der All-Ireland Senior Hurling Championship erreicht hatten und er zu viel von diesem Fruchtpunsch getrunken hatte. »Ich liebe mein Team, Aisling. Aber dich liebe ich mehr.« Da muss ich am heftigsten weinen. Und er umarmt mich. Klammert sich an mich, seine Finger in meine Schultern verkrallt.

Irgendwann lege ich mich hin, völlig erschöpft, ohne die Schuhe auszuziehen. John schmiegt sich an mich, in unserer altvertrauten Löffelchen-Kuschelposition, sein warmer Atem in meinem Nacken. Ich höre Mammy unten in der Küche, wie sie einen Topf auskratzt und den Ofen auf- und zumacht. Wir rühren uns nicht. Ich höre, wie Paddy Reilly kommt und wieder geht, irgendwas wegen der Lämmer und dem Viehfutter.

Ich höre die fernen Geräusche, und ich höre, wie Johns Atem immer tiefer wird. Irgendwann muss auch ich eingeschlafen sein, müde vom Weinen und Lachen und den vielen Gefühlen. Ich träume, dass wir auf einer Kirmes sind, auf einem dieser Kettenkarussells fliegen. Sie sind schneller, als sie aussehen. In dem Traum schaukele ich hin und her, und John sitzt vor mir, schaut lachend zurück und streckt seine Hand nach mir aus, aber ich erreiche sie nicht. Als ich aufwache, ist es stockdunkel. Ich setze mich auf und versuche, etwas zu erkennen. Ich spüre, dass John noch da ist und auf der Bettkante sitzt. Wie lange sitzt er da schon?

»John?«

»Ja.« Er beugt sich vor und schaltet die Nachttischlampe an.

»Wie viel Uhr ist es?«

»Zwei. Ich gehe jetzt besser.«

»Du musst nicht gehen. Du kannst bleiben. Wir können *The West Wing* gucken. Wäre es nicht schön, einfach *The West Wing* zu gucken und so zu tun, als wäre das alles nicht passiert, nur für heute Nacht?«

Ich weiß, es ist aus, aber ich will trotzdem nicht, dass er geht. Noch nicht. Ich will eine letzte Nacht mit meinem Kopf auf seiner Brust schlafen, sein Bein über meins gelegt, und dass die Bettdecke am Ende der Nacht wie immer auf dem Boden landet. Kein Gefummel. Nur ... Aisling und John.

Er denkt kurz darüber nach, stößt einen zitternden Seufzer aus und schüttelt dann den Kopf. »Nein, ich gehe. Du musst mich nicht runterbegleiten.«

John steht auf, streckt seine langen Arme und Beine und bleibt einen Moment mit dem Rücken zu mir stehen. Dann dreht er sich um, schenkt mir ein trauriges, schwaches Lächeln und sagt: »Tschüs, Aisling. Ich schätze mal, wir sehen uns.«

Ich dachte, ich würde die ganze Nacht weinen. Tue ich aber nicht. Ich mache das Licht aus, liege in der Dunkelheit und überlege, ob mir ein inspirierendes Zitat zu Trennungen einfällt. Wenn Majella mit jemandem im Coppers geknutscht und er sich dann nicht gemeldet hat, postet sie so was gerne auf Facebook. »Denk nicht darüber nach, was hätte sein können. Wenn nichts war, sollte es nicht sein.« Und ihr Lieblingsspruch: »Weine nicht, weil es vorbei ist. Freu dich, dass du ihn los bist.« Aber nichts davon passt. Wie geht noch mal der Spruch, den Tante Sheila auf diesem Kühlschrankmagneten hat? Er ist von Marilyn Monroe oder dem Dalai Lama oder so: »Was für dich bestimmt ist, zieht nicht an dir vorbei.«

Das ist es. Was für dich bestimmt ist, zieht nicht an dir vorbei.

KAPITEL 20

Die Hälfte der Leute in der Schlange scheinen Hochzeitsreisende zu sein, die andere Hälfte feiert Junggesellenabschied. Schön für sie. Was haben die eigentlich gegen Carrick-on-Shannon oder Kilkenny? Wir können froh sein, dass wir diese und nicht nächste Woche fahren. Dann findet am Wochenende in Vegas nämlich ein Kampf zwischen dem »nächsten Conor McGregor« und so einem Russen statt. Der Hype ist riesig, aber ich habe ehrlich gesagt von beiden noch nie was gehört. Wie viele Renovierungskredite der Kreditgenossenschaft wohl die Reisen finanzieren? Aber das sollte man niemandem vorwerfen. Es kommt ja nicht oft vor, dass wir unser sportliches Können auf der Weltbühne präsentieren dürfen. Mammy erzählt noch immer gerne die Geschichte, wie Daddy gedroht hat, den Hof mit einer weiteren Hypothek zu belasten, als Irland 1990 das Viertelfinale bei der Fußballweltmeisterschaft in Italien erreichte. Sie hat die Idee ziemlich schnell im Keim erstickt. Und er musste sich damit zufriedengeben, die halbe Herde grün, weiß und gold anzumalen und damit zu drohen, zukünftige Kinder »Packie« (wie den Torwart) oder mit zweitem Namen »Cascarino« (wie den Mittelstürmer) zu nennen.

Sadhbh taucht in etwas auf, das sie als »Flughafen-Pyjama« bezeichnet. Es sieht zu schick aus, um wirklich ein Pyjama zu sein, aber verdammt bequem. Fast wünschte ich mir, ich hätte mir auch so ein Teil besorgt, aber meine Jogginghose und mein alter BGB-Hoodie sind fast genauso gut. Sadhbh ist beinahe durchgedreht, als ich ihr erzählt habe, dass Maj und ich nach Vegas fahren. Ihr neuer Job ist ziemlich anstrengend, und das WG-Leben mit Fionnuala und Mairead fordert auch seinen Tribut.

Vor Majella lässt sie sich darüber natürlich nicht aus, es sind schließlich ihre Kolleginnen, aber letztes Wochenende hat Fionnuala ihre Eltern eingeladen, und sie haben alle zusammen in ihrem Zimmer geschlafen, Fionnuala auf dem Fußboden und ihre Eltern im Bett. »Es war wie in diesem Horrorfilm *Hügel der blutigen Augen*«, hat Sadhbh völlig traumatisiert erzählt. Als Sadhbh dann am Sonntagmorgen Frühstücksfernsehen gucken wollte, kam Fionnualas Vater rein und sagte, sie solle auf den Gottesdienst umschalten.

»Willst du wieder ausziehen?«, zische ich ihr zu, als Majella an die Bar in Terminal 2 geht, um zur Feier des Tages drei Prosecco zu bestellen.

»Wo soll ich denn hin?«, zischt sie zurück. »Etwas Eigenes kann ich mir nicht leisten. Außerdem: Man weiß, was man hat, aber nicht, was man bekommt. Nachher lande ich in einer WG in Santry mit irgendeinem Typen, der nachts meine Unterwäsche in seinen Kissenbezug steckt. Es gibt gerade einfach nicht viel.«

»Und was ist mit ... *ihm?*« Sadhbh ist noch immer verdammt zugeknöpft, was diesen Typen betrifft, mit dem sie ausgeht. Nicht mal eine Andeutung auf Facebook, ich habe ihn noch immer nicht kennengelernt, und bisher weiß ich nur, dass er Donal heißt und in der Musikszene aktiv ist. Ja, ja, und wer von ihren Bekannten ist nicht in der Musikszene aktiv?

»O, er muss viel reisen wegen seiner Arbeit. Aber ich übernachte so oft ich kann bei ihm.«

»Gibt's Fotos? Klatsch?« Ich habe mich jetzt echt lange zurückgehalten, aber inzwischen könnte sie mir wirklich mal ein paar mehr Details erzählen. Zumal ich traurig und Single bin. Aber sie wischt meine Fragen mit einer Handbewegung weg und wechselt geschickt das Thema.

»Wie geht es dir überhaupt? Wegen John und allem?«

Mir geht es ganz gut. Ich hatte befürchtet, dass ich die Wände hochgehen würde, aber ich bin entspannt. Meine Arbeitslosigkeit macht mir ehrlich gesagt stärker zu schaffen. Doch je länger ich wieder zu Hause bin, desto weniger kümmere ich mich darum, eine neue Stelle zu finden. Ich habe Angst, Mammy allein zu lassen. Sie sagt mir dauernd, was für eine große Hilfe ich sei und dass sie das Ganze nicht ohne mich schaffen würde. Auch um den Hof mache ich mir dauernd Sorgen. Ich bin überzeugt, dass es nur noch eine Frage der Zeit ist, bevor ein »Zu verkaufen«-Schild aufgestellt wird. Ich kann mich aber nicht dazu überwinden, sie zu fragen. Ich bin nicht in der Verfassung für so ein Gespräch und weiß, dass sie es mir schon irgendwann erzählen wird. Die Vorstellung, unser Zuhause und die Erinnerungen an Daddy jemand anderem zu überlassen, ertrage ich einfach nicht. Ich mache mir wegen allem Sorgen. Paul hat's gut – so weit weg in Australien.

»Nun sag schon.« Sadhbh stupst mich in die Seite. Aber ich will jetzt nicht darüber reden.

»Alles gut, alles gut. Jetzt mal zurück zu diesem Donal. Wann lernen wir ihn denn mal kennen oder kriegen ihn wenigstens zu Gesicht?« Allmählich glaube ich, dass sie ihn nur erfunden hat.

»Okay. Aber du musst versprechen, nicht auszuflippen. Ich war mir erst nicht sicher, ob es was wird, und er ist ganz komisch, was das ›Öffentlichmachen‹ angeht, aber … hier.« Sadhbh wischt durch die Fotos auf ihrem Handy und hält bei einem an, auf dem sie lachend auf dem Sofa liegt und neben ihr …

»Heilige Muttergottes auf den Cliffs of Moher! Du gehst mit Don Shields!«

»Psst, Aisling. Cool, bleib cool«, mahnt Sadhbh, aber sie lacht.

Don Shields! Wenn das keine Neuigkeiten sind! Er ist der Leadsänger von The Peigs. Sie waren gerade zu Gast in einer dieser amerikanischen Talkshows – ich weiß nicht mehr in welcher. Bei einem der ganzen Moderatoren mit Vornamen Jimmy. Und einer ihrer Songs wurde für die britische Vodafone-Werbung verwendet. Kein Wunder, muss er »viel reisen wegen seiner Arbeit« – letzte Woche habe ich ihn in Calvin-Klein-Unterhosen an einem Bus gesehen! Ich bin mir ziemlich sicher, dass Majella letztes Jahr beim Electric Picnic Festival versucht hat, sich backstage zu schmuggeln, um billigen Likör mit den Peigs zu trinken. Sie ist nur ihretwegen überhaupt da hingefahren.

»Majella dreht durch! Bevor Pablo aufgetaucht ist, war Don Shields ewig lang ihr Hintergrundbild auf dem Handy. Ich kann es nicht glauben, Sadhbh! Bevor The Peigs in den Staaten groß rauskamen, sind Maj und ein paar ihrer Freundinnen vom College ihnen in einem Minibus durchs ganze Land gefolgt.« Ich nehme ihr das Handy aus der Hand, auf der Suche nach weiteren Fotos, aber sie reißt es wieder an sich.

»Aisling! Wichtigste Regel, was fremde Handys angeht: Nie ohne Erlaubnis durch die Fotos scrollen!« Hat sie mich gerade davor bewahrt, sie nackt zu sehen? Oder vielleicht sogar Don Shields? Ich habe in meinem ganzen Leben noch kein Nacktfoto gemacht. Ich habe viel zu große Angst vor Hackern.

»Jedenfalls«, fährt Sadhb fort, »ist er sehr solide, geerdet und wunderbar, aber mir war klar, dass manche Leute durchdrehen würden, wenn sie davon wüssten, deshalb wollte ich sichergehen. Und …« Sie schiebt die Unterlippe vor, zu einem Gleich-bringst-du-mich-um-Ausdruck.

»Was?«

»Er ist vielleicht in Vegas. Also, ich meine, er wird uns da vielleicht treffen. Es ist ein absoluter Zufall.« Ihre Worte fallen wie Zement aus einem Betonmischer. »Ich schwöre, dass ich das nicht wusste, als wir die Reise gebucht haben. Mir ist klar, dass das ein Mädels-Wochenende ist. Aber zufällig hat die Band gerade dieses Wochenende einen Auftritt in L. A., und er hat gesagt, er versucht, für eine Nacht vorbeizukommen. Bring mich nicht um.«

Majella kommt an den Tisch zurück, drei Proseccogläser in den Händen, wackelt mit den Hüften und singt: »Vivaaa Las Vegas.« Ich versuche, mich aufzusetzen, aber die Stühle in der Airportbar sind sehr tief, und ich bin außerdem durch meinen Rucksack und das aufgeblasene Nackenkissen behindert. Dies ist natürlich nicht mein erster Langstreckenflug – ich war schon zweimal zum Weihnachtsshoppen in New York –, also habe ich die Thrombosestrümpfe und die Ohrstöpsel und alles dabei. Die Reise nach Vegas dauert auch echt lang. Neun Stunden bis Atlanta, eine Stunde Wartezeit, und dann noch mal viereinhalb Stunden nach Las Vegas. Ich habe meine Fitbit-App so eingestellt, dass sie mich jede Stunde daran erinnert, aufzustehen und mich zu bewegen. (Vibrieren tut sie sowieso, aber jetzt piept sie zusätzlich, um sicherzugehen.) Ich habe gegoogelt, welche Filme auf dem Flug gezeigt werden, und ich habe mir den neuesten Marian-Keyes-Roman als Hörbuch runtergeladen. Ich bin bereit. Ehrlich gesagt freue ich mich darauf, noch eine weitere Stadt in den USA kennenzulernen, auch wenn das einen ganzen Reisetag bedeutet. Dafür, dass wir nur drei Tage weg sind, sitzen wir zwar ganz schön lang im Flugzeug, aber so ein Transatlantikflug ist ja fast schon ein Urlaub an sich mit all dem Gratisessen und der Unterhaltung. Ich muss daran denken, in Atlanta Kühlschrankmagneten zu kaufen und mir einen Stempel in den Pass geben zu lassen.

Die Flüge waren nicht allzu teuer, wenn man bedenkt, dass wir erst im letzten Moment gebucht haben. Ermuntert von Mammy, habe ich beschlossen, einen Teil meiner Abfindung dafür auszugeben, und Sadhbh macht es genauso. Scheiß drauf. Ein bisschen Sonne wird uns guttun, und als Majella vor drei Jahren mit ihren Cousins aus Chicago nach Vegas gefahren ist, hat sie dreihundert Dollar gewonnen und schwört Stein und Bein, dass sie gesehen hat, wie die Sängerin Linda Martin mit einer Elvis-Perücke die Straße überquert hat. Wir haben eine Suite mit mehreren Zimmern im MGM Grand gebucht. Ich habe schon davon gehört, und Majella sagt, es gibt einen tollen Souvenirladen, also scheint es eine gute Wahl zu sein.

»Wie spät ist es?« Majella stößt mich in die Seite. Ich begegne Sadhbhs Blick, ihre Augen glänzen, und sie kann sich ein Grinsen nicht verkneifen.

»Viertel nach neun.« Etwas früh für Prosecco, aber jetzt sind wir ja auf internationalem Boden. Ich habe den Mädels das Versprechen abgenommen, um sieben Uhr hier zu sein, weil ich gehört habe, wie lang die Schlangen für die US-Vorabkontrollen am Dubliner Flughafen sind. Deirdre Ruane ist vor ein paar Wochen nach Boston geflogen und hat wegen der Schlangen fast ihren Flug verpasst. Sie war nur drei Stunden früher da. Unser Flug geht um elf, und ich bin nicht bereit, ein Risiko einzugehen. Wir sind jetzt schon total müde, aber dafür müssen wir uns keine Sorgen machen. Wir kommen am Abend in Vegas an, also genau richtig, um gleich auszugehen. Ich bin hin- und hergerissen, ob ich auf dem Flug lieber schlafen oder

Filme schauen soll. Die Filme sind irgendwie das Beste an einem Flug – immer die allerneuesten.

»Ich kann es kaum erwarten, anzukommen und auf die Piste zu gehen«, sage ich und wackle mit den Augenbrauen Richtung Sadhbh. Sie schüttelt den Kopf und wird knallrot.

»Was habt ihr beiden denn?« Majella sieht zwischen Sadhbh und mir hin und her.

»Ach, nix«, sage ich kichernd. »Ich frage mich nur, ob Sadhbhs neuer Freund Don uns heute Abend treffen wird. Er ist in Amerika. Wegen der Arbeit.«

»Ach, Sadhbh, du Schlitzohr, das ist ein Mädels-Wochenende. Echt jetzt? Keine Lümmel!« Majella ist nicht gerade begeistert.

»Noch nicht mal ... Don Shields' Lümmel?« Triumphierend und entzückt von mir hebe ich mein Proseccoglas.

Majella braucht einen Moment, um die Information zu verarbeiten. »Nicht dein Ernst.« Sie blickt wieder von mir zu Sadhbh. »Das. Kann. Nicht. Dein. Ernst. Sein!«

Sadhbh schüttelt den Kopf. »Doch. Guck.« Sie gibt Majella ihr Handy, und Majella reißt es quietschend an sich.

»Er ist so scharf, Sadhbh! Du stilles Wasser, du – wie konntest du uns das vorenthalten!« Majella springt von ihrem Stuhl auf und wedelt mit ihrem Proseccoglas, wobei sie beinahe einem Italiener, der hinter ihr steht, ein Auge ausschlägt. »Ich dachte, er geht mit Taylor Swift!« Dann wird sie sichtlich blass. »Hast du es Fionnuala und Mairead schon erzählt?«

»Äh, nein«, sagt Sadhbh und wirft mir einen kurzen Blick zu. »Wir unterhalten uns gar nicht so oft. Die beiden gehen ziemlich früh ins Bett.«

»Die drehen durch!«, kreischt Majella. »Als Mairead letzte Ostern auf Mallorca drei Long Island Iced Tea getrunken hat, hat sie angedroht, sich seinen Namen auf die Schulter tätowieren zu lassen. Fionnuala konnte ihr das nur ausreden, weil sie ihr gesagt hat, sie würde es an ihrem Hochzeitstag bereuen, wenn sie es nicht abdecken kann. Am nächsten Morgen war es ihr total peinlich.«

Sadhbh schlägt sich die Hand vor den Mund.

»God bless youuu, Pierce Brosnaaaan ...«, singt Majella in ihr Proseccoglas und macht Don Shields' unverkennbare Stimme nach. Es ist der bekannteste Song der Peigs. Eigentlich geht es da hauptsächlich darum, dass sie aus Navan sind, aber die Amis sind verrückt danach. Es ist auch echt ein Ohrwurm, muss man sagen.

Sadhbh verbirgt das Gesicht in den Händen, lacht, stöhnt und sagt: »Leute, könnt ihr bitte einfach cool bleiben?«

Es stellt sich heraus, dass man echt entspannt ist, was das ganze Abflugtheater angeht, wenn man so viel früher am Flughafen ist und so viel Prosecco trinkt. Es war mir fast egal, dass wir nicht sofort aufgestanden sind und uns angestellt haben, als unser Flug aufgerufen wurde, und Majella fand es so komisch, wie ich meinen Rucksack ins Gepäckfach schob, dass sie Schluckauf bekam. Sie und ich haben die Plätze am Fenster und Sadhbh sitzt direkt über den Gang. Obwohl sie sofort ihre Augenmaske aufgesetzt und sich in ihren teuren Pyjama gekuschelt hat, bereit, den Rausch des morgendlichen Proseccogelages auszuschlafen.

Als wir abheben, habe ich es mir am Fenster bequem gemacht, und Maj muss mich anstupsen, damit ich nicht einschlafe, bevor die Getränke serviert werden. Maj deutet mit einer Handbewegung auf Sadhbh. »Wie kann sie einfach so schlafen?«

»Nun, es ist ein langer Flug, und wir haben schon ziemlich viel getrunken.«

»Nein! Ich meine, wie kann sie schlafen, wissend, dass sie

die Freundin von Don Shields ist? Würdest du nicht die ganze Zeit wach bleiben und daran denken?« Majella hat einen verrückten Ausdruck in den Augen. Falls wir Don tatsächlich kennenlernen, flippt sie hoffentlich nicht aus. »Aber ich freue mich für sie«, fährt sie fort. »Solange sie sich jetzt nicht für was Besseres hält.«

»Eigentlich war sie schon immer was Besseres. Guck dir diesen Pyjama an!«

Majella nickt zustimmend, dieser Pyjama ist der Hammer. Plötzlich greift sie nach meinem Arm. »Mensch, Ais, mit Don und Pablo bist du die Einzige, die in diesem Urlaub Single ist. Wir müssen dir einen Typen suchen.«

»Ach Gott, Majella, ich habe gerade andere Sorgen. Und John und ich haben uns eben erst getrennt. Ich freue mich jetzt erst mal aufs Alleinsein. Keine Pjotrs, keine Typen aus Vegas. Niemand. Nur ich.«

Majella hat ein Lächeln auf dem Gesicht und will mich ganz offensichtlich necken, lässt es aber dann. »Alles in Ordnung, mein Mädchen? Wegen John und allem?«

»Ja. Ja, alles in Ordnung.«

KAPITEL 21

»Gott im Himmel! Sind wir hier bei *Ocean's Eleven,* oder was?«

Majella öffnet eine Tür nach der anderen unserer Hotelsuite im MGM Grand. Außer dem Wohnzimmer gibt es drei Schlafzimmer, eins größer als das andere und mit riesigen Fenstern vom Boden bis zur Decke. Trotz der Dreifachverglasung kann ich die Hitze draußen spüren und bekomme sofort Panik, dass ich nicht genug Sonnenschutzfaktor fünfzig eingepackt habe. Sadhbh stürzt zum Fenster, um sich die Aussicht anzugucken. Um ehrlich zu sein, besteht die Aussicht aus einer weiteren Fensterfront am Haus gegenüber, aber als sie runterschaut, keucht sie: »Guckt euch diesen Pool an, Mädels!«

Hinter einer Wand an einem Ende des Wohnzimmers befindet sich eine winzige Küche. Ich gehe sofort alle Schubladen und Schränke durch. Das gehört einfach dazu, wenn man in ein Hotel eincheckt. Falls irgendwo eine Bügelpresse oder ein Miniföhn versteckt ist, werde ich sie finden.

»Und, gibt's da irgendwas zu trinken im Schrank?«, fragt Sadhbh, die immer noch am Fenster steht und mit Adleraugen den Poolbereich absucht. Vielleicht hält sie Ausschau nach Don Shields.

»Noch nicht.« Ehrlich gesagt bin ich total froh, dass es keine Minibar gibt. Ich habe noch nie etwas in einer Minibar angerührt. Die wissen sogar, wenn du die kleinen Weinflaschen oder die kalten Erdnüsse nur berührt hast, und dann stellen sie alles in Rechnung. Besser man tut so, als wäre es gar nicht da. »Es scheint keine …«

»Liebes Tagebuch, Treffer!« Triumphierend taucht Majella aus einem der Schlafzimmer auf, in jeder Hand eine normal große Flasche Weißwein. »In meinem Zimmer ist eine Bar. Wahrscheinlich in jedem Zimmer.«

Sadhbh quietscht und stürzt in das zweite Schlafzimmer. Majella ruft ihr hinterher: »Unterm Tisch, sieht aus wie eine Kommode.«

»Jetzt kommen wir zur Sache«, ruft Sadhbh und erscheint im Türrahmen. Sie schwingt eine Flasche, die aussieht wie sehr teurer Champagner. Mein Blutdruck steigt.

»Stellst du die wohl zurück? Die werden wissen, dass wir sie angefasst haben, wahrscheinlich geht unten gerade ein Alarm los. Die kosten bestimmt hundert Dollar pro Flasche!«

»Noch mehr, würde ich sagen.« Sadhbh zuckt mit den Schultern und macht sich daran, die Folie von der Champagnerflasche abzureißen. Ich stürze mich auf sie und schaue mich gleichzeitig nach einer Speisekarte oder Preisliste um. Aber bevor ich sie erreiche, biegt sie sich schon vor Lachen. »Dein Gesicht, Aisling!«

»Schließlich haben wir kein Geld wie Heu, Ais. Schön wär's!« Majella lacht auch. Deswegen haben sie wohl in Atlanta so geflüstert und intrigiert, während ich meine Anti-Blutgerinnsel-Runden gedreht habe, die alten Hexen. Sie umarmen mich beide und machen alberne Witze über den Zimmerservice und eine Ladung Stripper, die sie angeblich bestellt haben. Also gebe ich mich geschlagen und lache mit. Ich fühle mich so befreit. Millionen Kilometer von allem entfernt und im verdammten Las Vegas!

»Ja, kommt, wir trinken ein Glas. Wir sind doch keine Tiere.«

Schließlich bin ich im Urlaub.

Anderthalb Stunden später stolzieren wir in unseren

schicksten Klamotten den Hotelflur entlang, bereit, einen draufzumachen. Majella und ich tragen wie üblich Jeans und ein nettes Top und Sadhbh so einen Overall, der ganz bestimmt eigentlich als Halloweenkostüm für ein erwachsenes Baby gedacht ist. Der Schritt hängt ihr auf Höhe der Knie. Aber sie sieht toll aus, natürlich, mit fetten dreieckigen Goldohrringen, die zwischen ihren grauen Haaren hervorblitzen. Sie hat uns davon überzeugt, alle Bedenken in den Wind zu schießen und uns eine Flasche Pinot Gris aus der Minibar zu teilen, also warten wir bereits ziemlich angeschickert auf den Aufzug. Als sich die Türen öffnen, stehen wir einer Gruppe junger Männer in Hawaiihemden und mit sonnenverbrannten Nasen gegenüber. Sie sehen alle so aus, als würden sie Chad heißen. Oder Josh.

»Geht's runter, meine Damen?«, ruft einer von ihnen mit amerikanischem Akzent, als wir einsteigen, und dann jubeln sie. Ich bin ehrlich gesagt puterrot.

»Na, seid ihr im Urlaub, Jungs?«, fragt Majella mit einem Augenzwinkern, und einer von ihnen zieht eine Flasche Tequila hervor und schwenkt sie vor ihren Augen hin und her. Gott, alles, was ich über Vegas gehört habe, scheint zu stimmen. Die spinnen hier komplett.

»Nein, danke.« Ich schiebe die Flasche sanft aus dem Weg und drücke mit der anderen Hand den Knopf für das Erdgeschoss. Solange ich dabei bin, wird Majella sich keinen Herpes holen.

»Hey, ihr seid Irinnen«, ruft der Erste, und die anderen fangen wieder an zu jubeln. Anscheinend haben sie sich bereits an der eigenen Minibar gütlich getan. Schön für sie.

»Richtig«, antworte ich und verfluche den Tag, an dem sie uns im 35. Stock untergebracht haben. Der Aufzug braucht ewig.

»Können wir euch unten auf eine Runde Irische Autobomben einladen, meine Damen?«, fragt einer Sadhbh, die ihr Handy rausgeholt hat und sie alle geflissentlich ignoriert.

»Eine Runde was, bitte?«

Der Größte von ihnen, der einen Fedora trägt, lächelt mich debil an. »Irische Autobomben. Kurze. Kennt ihr die?«

Majella schnauft. »Das ist nicht euer Ernst! Es gibt ein Getränk, das Irische Autobombe heißt? Wie geschmacklos.«

»Absolut geschmacklos«, wiederhole ich und durchbohre sie mit Blicken. Das einzige Geräusch, das wir für den Rest der Fahrt hören, ist ein unterdrückter Furz.

Als die Aufzugtüren aufgehen, strömen wir in die Lobby, und die Typen verkrümeln sich zum Pendelbus, der den Las-Vegas-Strip abfährt. In der Ferne entdecke ich Reihen um Reihen piepender, blinkender Spielautomaten im Casino, und ich muss zugeben, sie sehen sehr verführerisch aus. Natürlich habe ich das alles sorgfältig recherchiert und weiß, dass das Casino immer gewinnt, aber ich weiß auch, dass die Getränke gratis sind, während man spielt. Ich bin hin- und hergerissen, denn ich habe genug Filme gesehen, um zu wissen, wie schnell man abhängig wird.

»Leute, wir müssen ein bisschen zocken«, sagt Majella mit leuchtenden Augen.

»Erst mal müssen wir eine Grundlage schaffen.« Ich war gestern noch auf TripAdvisor, um die besten Restaurants rauszusuchen, und bin zufällig darauf gestoßen, dass das MGM Grand ein All-you-can-eat-Buffet anbietet. Ich konnte gar nicht mehr aufhören, zu lesen. Unglaublich, was es da gibt. So viel man essen kann für dreißig Dollar. Und zwar ganz unterschiedliche Gerichte.

»Ich hätte Lust auf Sushi«, sagt Sadhbh hoffnungsvoll, aber ich führe sie schon Richtung Buffet.

»Ich dachte, wir probieren mal das Buffet aus, Sadhbhy?«, sage ich beiläufig. »Ich glaube, da gibt es auch japanisches Essen. Und chinesisches, italienisches, libanesisches und alles Mögliche andere.«

»Ich habe eigentlich gar keinen Hunger«, erklärt sie mit einem Achselzucken. Nur Sadhbh ist in der Lage, mit einem Tütchen Flugzeug-Erdnüsse auszukommen. Ihr Essen im Flugzeug hat sie gar nicht angerührt, obwohl ich extra angerufen und das vegetarische, glutenfreie, laktosefreie Menü bestellt hatte. Ich liebe das Essen im Flugzeug – all diese kleinen Gänge, alles so ordentlich auf dem Tablett sortiert. Ich hatte Angst, nur zu blinzeln, um bloß nicht die Essensausgabe zu verpassen.

»Und es gibt auf jeden Fall eine Salatbar«, versuche ich sie endgültig umzustimmen. »Salat – so viel du essen kannst!«

Sie hat den Anstand zu lachen: »Okay, Ais, du hast mich überzeugt. Gehen wir.«

Als ich mich umdrehe, sehe ich, wie Majella auf einen Blackjacktisch zugeht, an dem ein Mann mit Cowboyhut auf den leeren Platz neben sich klopft. Muttergottes, da werde ich alle Hände voll zu tun haben, um den Laden hier am Laufen zu halten.

»Majella!«, brülle ich, und sie dreht sich um. »Wie sieht es mit dem All-you-can-eat-Buffet aus?«

»Ja, warum nicht?«, sagt sie und kommt zurück. »Solange es auch Alkohol gibt.«

Als die Bedienung – Shirley, ein absolutes Schätzchen – uns zu unserem Tisch führt, versuche ich, ruhig zu bleiben. Aber das ist gar nicht so einfach angesichts der Fülle. Der Raum ist sozusagen in verschiedene Länder aufgeteilt, mit jeweils passender Dekoration – in einer Ecke ist Italien mit Massen von Pasta und Pizza, in einer anderen ist Indien mit Currys quer durch den Garten und ohne Ende Naan-Brot. Und die Nachtischabteilung! Ich fange lieber gar nicht erst an. Kleine Törtchen und Kuchen, die alles in den Schatten stellen, und eine Eiscrememaschine, an der man sich selbst bedienen kann. Ich zittere richtig.

»Leute.« Sadhbh guckt wieder auf ihr Handy. »Don hat sich gerade gemeldet und sagt, er kommt in einer Stunde her.«

Majella klammert sich mir gegenüber an die Tischkante, und ich kann das Weiße in ihren Augen sehen. »O mein Gott, ich brauche was zu trinken«, sagt sie. »Tut mir leid, Sadhbh, aber ich zittere hier vor Aufregung. Don Shields!«

»Okay, komm, wir rufen Shirley und bestellen Wein.«

Ich habe ihren Namen kaum ausgesprochen, da steht sie schon mit einem großen Krug vor uns. »Meine Damen, etwas Wasser?«, sagt sie in ihrem Südstaatentonfall. »Und da drüben«, sie zeigt auf die hintere Wand, die in der Ferne hinter einigen Ländern liegt, »ist der Getränkeautomat. Bedient euch.« Ist das ein Traum?

»Gibt es eine Weinkarte?«, fragt Majella.

»Natürlich«, sagt Shirley. Dann senkt sie die Stimme: »Vielleicht möchten Sie sich zusätzlich noch für die Option All-you-can-drink entscheiden? So viel Wein, Bier und Champagner, wie Sie möchten, für dreißig Dollar.«

* *

»Don! Don! Don!«

Sadhbh kippt buchstäblich vom Stuhl, weil sie so lachen muss, und mir geht es nicht besser. Don Shields – *der* Don Shields, in voller Größe von fast zwei Metern, mit grauem T-Shirt und Dreitagebart – kommt auf uns zu, und Majella ist hoffnungslos überfordert. Sie hat schon eine Flasche Champagner intus, und Shirley wurde bereits losgeschickt, um die nächste zu bringen. Man muss sagen, dass Don ziemlich peinlich berührt wirkt, obwohl er doch daran gewöhnt sein müsste. Er war schließlich oft genug im Fernsehen.

»Heeeeeyyyy«, sagt er lachend, »du musst Majella sein?«

Sadhbh steht auf, und er nimmt sie in den Arm und küsst sie mitten im Restaurant. Majella trommelt auf den Tisch, und ich muss die Beine übereinanderschlagen, so sehr muss ich lachen. Sogar die Leute an den anderen Tischen lachen mit. Das ist das Tolle an Las Vegas – es ist, als wären alle auf derselben Party.

»Setz dich«, sagt Sadhbh und zieht ihn neben sich auf die Bank. »Baby, das hier ist Aisling.«

Don Shields streckt die Hand aus, und ich schüttele sie stumm. In echt sieht er noch viel besser aus – was für Wimpern! Ich kann ihm kaum in die Augen sehen. Mit Promis kann ich nicht umgehen. Als Marty Morrissey vor zwei Jahren den neuen Aldi eröffnet hat, war ich die Einzige im Dorf, die sich nicht getraut hat, ihn um ein Selfie zu bitten. Aber ich muss mir sagen, dass Don nicht irgendein Promi ist. Er ist Sadhbhs Freund.

»Don, ich muss das jetzt loswerden«, lallt Majella und greift nach seiner Hand, um sie zu schütteln. »Ich bin ein großer Fan von dir. Und es hat mich so nervös gemacht, dich kennenzulernen, dass ich ganz viel Champagner getrunken habe, und jetzt bin ich angeschickert.«

Er lacht und umarmt sie. »Du kommst mir irgendwie bekannt vor. Haben wir uns letztes Jahr beim Electric Picnic Festival backstage unterhalten? Du saßt zusammen mit den Jungs von Coldplay?«

»Schön wär's, Don.« Majella reicht ihm ein Glas. »Ich saß zusammen mit den Jungs aus BGB auf dem Campingplatz.«

»Das klingt doch auch nett.«

»Wir haben auch All-you-can-drink bestellt«, klinke ich mich ein und deute auf die zwei Flaschen Champagner, die Shirley gerade mit einem Zwinkern auf dem Tisch abgestellt hat. Es scheint ihr nichts auszumachen, dass jetzt eine weitere Person dazugekommen ist, die nicht bezahlt hat. »Bedien dich.« Das ist normal. Ich bin normal. Ich spreche gerade wie ein normaler Mensch mit Don Shields.

»Danke, Aisling, das klingt gut.« Don Shields findet, dass ich gut klinge!

»Sollen wir weiterziehen?«, fragt Sadhbh, entfernt einen Fussel von seinem abgewetzten T-Shirt und streichelt seinen Arm.

Weiterziehen? Ist sie verrückt geworden? Ich war noch nicht in China, und keine von uns hat Nachtisch gegessen. Mit mir wird das Restaurant keinen Gewinn machen!

Don fängt meinen Blick auf. »Vielleicht bleiben wir noch ein bisschen hier?«

»Shirley«, brüllt Majella. »Noch mehr Champagner, bitte!« Und alle jubeln.

* *

Es summt. Was ist das? O Gott, mein Kopf. Und mein Mund. Als wäre jeder einzelne Zahn in Schleifpapier eingewickelt. Und mein Blut fühlt sich an, als würde es zischend durch meinen Körper fließen. Und was bitte summt da so? Ich öffne erst ein Auge und dann das andere. Abgesehen von einem dünnen Lichtstreifen zwischen den dicken Verdunklungsvorhängen ist es stockfinster. Wo zum Teufel bin ... Ach, natürlich, ich bin in Las Vegas. Im Hotelzimmer. Das Summen ist die Musik von gestern Abend, die mir noch in den Ohren klingt.

Plötzlich bewegt sich etwas im Bett neben mir, und ich höre einen tiefen Seufzer. Ich erstarre und werde steifer denn je zuvor in meinem Leben. Ich halte den Atem an und den ganzen Kram. Wer zur Hölle ist das? Es ist nicht Sadhbh oder Majella. Dieser Seufzer war ... unbekannt. Und wo ist meine Unterhose? Alles, was mich bedeckt, ist ein leichtes Laken, das mich am ganzen Körper berührt. Ich bin nackt. O Gott. Steht eine Giraffe im Bad, um dem Ganzen die Krone aufzusetzen? Oder ein Tiger?

Ich versuche, meine Augen zur Seite zu drehen, ohne mich auch nur einen Zentimeter zu bewegen, um zu sehen, wer oder was da neben mir im Bett liegt. Diese Augenbewegung löst eine schmerzhafte Kettenreaktion aus, beginnend in meinem Kopf, läuft meinen Kiefer entlang bis zu meinen Zähnen. Sterbe ich gerade? Nimm mich schnell zu dir, o Herr. Oder bring mir wenigstens eine Cola light mit einem Strohhalm. Was habe ich gestern Abend bloß getrunken? Mein Blut fühlt sich an wie Sirup.

Wer immer das neben mir ist, bewegt sich wieder, und ein Arm schwebt durch die Luft und landet auf meinem Bauch. Ich kneife die Augen zu und werde noch steifer. Ob es mir gelingt, mich seitlich aus dem Bett zu schieben, so krabbenmäßig, ohne dass er das mitkriegt? Es ist eindeutig ein Er. Ich öffne wieder ein Auge. Das, was weiter von ihm entfernt ist, nur für alle Fälle. Ein glatter brauner Arm liegt auf dem Laken, und aus dem zerknitterten Bettzeug erhebt sich ein runder brauner Hintern. Und dann fällt mir alles wieder ein.

Shirley, die uns anfleht zu gehen, weil wir den Laden leer getrunken haben. Und das gesamte Knoblauchbrot Italiens aufgegessen. Eine Schlange von fünfzig Leuten, denen Don Eiswaffeln aushändigt. Majella auf einem Stuhl, die in voller Lautstärke »God bless youuu, Pierce Brosnaaan, though you're so faaarr from Navaannn« krächzt. Das Nächste, an das ich mich erinnere: Wir werden durch etwas begleitet, das wie ein Notausgang aussieht, der von einem schier endlosen Korridor voller Lichter und Restaurants und Zocker und Bars und Leute abgeht. Waren wir da noch im Hotel? Wer weiß das schon? Dann wurden Hände geschüttelt, Rücken geklopft, Arme umeinandergelegt und Willkommensgrüße sowie Drinks verteilt, und Maj machte Selfies mit unserer ganz eigenen Samtkordelabsperrung, und die anderen von The Peigs waren da, und wir haben überlegt, wen wir alles von zu Hause gemeinsam kennen und wer mit wem in der Gaeltacht geknutscht hat, und dann wurde getanzt, und ich habe mit einem großen, schönen Mann mit dunkelbraunen Armen, dunklen glatten Wangen, schwarzen Augen und dem Duft nach frisch gewaschenen Kleidern getanzt und … heiliger Jesus. Er liegt in meinem Bett. Er liegt in meinem Bett, und er bewegt sich. Er setzt sich auf. O Gott.

»Hi.« Er wendet mir sein Gesicht auf dem Kissen zu und lächelt mich an.

»Hallo. Wie geht's dir denn?«, plappere ich und winde mich, wobei ich versuche, immer noch ganz still zu liegen, und starre nach oben an die Decke. Wo zum Kuckuck ist meine Unterhose? Und liegt vielleicht irgendwo in Reichweite ein Top? Der Mann – Andrew? Alan? Irgend so was – lehnt sich über mich und drückt mich kurz mit dem Arm, der noch auf mir liegt. Dann dreht er sich stöhnend auf den Rücken: »Wow, was für … eine Feier gestern Abend. Mein Kopf bringt mich um.« Er spricht in langsamem amerikanischem Tonfall.

Dreier?! Nein, Feier. Er hat sicher Feier gesagt.

Ich ergreife meine Chance und schiebe mich seitlich aus dem Bett, stelle die Beine auf den Fußboden und versuche erfolglos, mich mit dem Laken zu bedecken. In den Filmen kriegen die das immer so hin, dass man auch gleich ein Ballkleid daraus machen könnte, gesäumt und alles, und gleiten dann elegant aus dem Raum. Als ich mich aufsetze, hüpft mein Gehirn mir im Schädel rum. Werde ich so sterben? An einem Kater in einem Hotelzimmer in Las Vegas mit Andrew/Alan? Wie will Mammy das den Nachbarn erklären? Ich überlege, mich wieder hinzulegen, aber die Mischung aus einem verzweifelten Verlangen nach Flüssigkeit kombiniert mit heftiger Scham wegen meines – wie ich ganz lebhaft wieder vor Augen habe – ersten One-Night-Stands katapultiert mich aus dem Bett. Ich ziehe mit einem Ruck an dem Laken, und es löst sich aus Andrews/Alans Leistengegend. Er scheint wieder tief zu schlafen, einen Arm über das Gesicht gelegt.

Ich wickele das Laken zweimal um mich und ziehe noch ein Stück über meine Schultern, um so viel wie möglich abzudecken. Dann tappe ich zur Tür, wobei ich auf mehreren Flaschen ausrutsche und über etwas stolpere, von dem ich annehme, dass es meine Jeans und mein nettes Top sind sowie meine Unterhose und was immer Andrew/Alan anhatte. Ein rotes T-Shirt, glaube ich. Die Kondomverpackungen, die ich mit dem Laken mitschleife, versuche ich einfach zu ignorieren.

Ich öffne die Tür einen Spaltbreit und spähe nach draußen, in der Erwartung, dass es still ist und ich geradewegs in die kleine Küche gehen kann. Es muss noch unglaublich früh sein.

»O, hallo, Sonnenschein«, ruft Sadhbh sofort und dreht sich auf der Couch zu mir um. Neben ihr sitzt Don und winkt mir grinsend zu. Majella hängt im Sessel, Sonnenbrille auf der Nase, Pyjamaoberteil falsch herum an, und hält sich ein Wasserglas an die Schläfe. Ich bleibe unentschlossen in der Tür stehen, und Sadhbh flüstert hörbar: »Na los, raus mit dir, lass Antony schlafen.« Antony! Na, fast.

»Äh, wie geht es euch denn so?«, frage ich mit zittriger Stimme. Ich lasse mich aufs Ende der Couch sinken und stopfe dabei das Laken noch einmal fest. »Gibt's noch mehr von dem Wasser, Majella?«

»Ich hole was.« Don springt auf und geht in die Küche, wo er wie wild mit Gläsern und dem Wasserhahn hantiert.

Sadhbh beugt sich zu mir. »Na? Wie geht es dir? Hast du einen dicken Kopf? Das wundert mich nicht.« Sie lächelt.

»Bist du nicht auch halbtot?«, frage ich abwehrend. »Wir haben doch alle gefeiert!«

»Ja, aber du warst die, die hier unsere beiden Minibars leer getrunken und die halbe Nacht gelacht und gekreischt hat. Hattest du vielleicht einen Spaß!«

Jesus Christus. Die Flaschen auf dem Fußboden. Die Minibar. Die Rechnung!

»Ich bin halb tot.« Majella hebt schwach die Hand. »Aber bei mir ist das ja normal.« Das stimmt – Majellas Kater sind legendär. Ich habe einmal miterlebt, wie sie einen ganzen Liter Orangensaft in einem Zug getrunken und ihn dann gleich wieder ausgekotzt hat, es sah aus wie ein fluoreszierendes Rohr.

Don kommt aus der Küche und gibt mir ein Glas eiskaltes Wasser. Ich trinke es hastig, als würde mein Leben davon abhängen. Tut es auch, irgendwie, ehrlich gesagt. Für eine Million Portionen Wassereis, ein Stück Ananas oder so was würde ich jetzt töten. Was Katerfrühstück angeht, bin ich eigentlich die Frau für hellbraune Kohlenhydrate, aber das hier ist ein ganz anderes Niveau. Ich verstehe plötzlich, warum Elaine und Sadhbh dauernd Grapefruits essen, wenn sie dem Tode nah sind. Und ich dachte immer, es wäre Selbstkasteiung.

»Wie viel Uhr ist es?«, frage ich plötzlich.

»Halb zwölf«, stöhnt Majella. »Kann ich nicht einfach den Rest des Tages schlafen?«

Halb zwölf. Das Hotelfrühstück! Ich habe es verpasst. Zum ersten Mal in meinem Leben habe ich das Hotelfrühstück verpasst. Vielleicht bekommt man ja noch ein bisschen Toast oder ein Glas Orangensaft? Nein, keinen Orangensaft. Keine fluoreszierenden Rohre. Apfelsaft vielleicht. Ich raffe das Laken, eile Richtung Zimmer und rufe über die Schulter: »Wenn wir uns beeilen, kriegen wir vielleicht noch ein bisschen Frühstück ab.«

Majella lacht vorsichtig, reibt sich den Kopf und greift nach der Speisekarte. »Wir sind in Vegas, Aisling, das Frühstück kommt zu dir.«

Ich habe in meinem gesamten Leben noch nie den Zimmerservice bestellt. Gott allein weiß, was man dann unten am Buffet verpassen würde. Aber ganz oben auf der Speisekarte steht: »Fruchtschale: eine Auswahl an frischen tropischen Tafelfreuden, eiskalt serviert«. Daneben steht kein Preis, eigentlich nirgendwo, aber die Vorstellung, dass mir jemand eine Kaskade von Erdbeeren und Ananas bringt, ist unwiderstehlich. »Ich nehme die Fruchtschale.« Ich werfe Majella die Speisekarte zu, die sie an Sadhbh weitergibt und stöhnt: »Toast. So viel Toast, wie sie haben.«

Sadhbh grinst und nickt Richtung Schlafzimmer. »Will Antony auch was? Frag ihn doch mal.«

Als ich sanft die Tür schließe, wird er ruckartig wach und dreht sich auf den Bauch. Zum Glück hat er ein weiteres Laken aufgetan.

»Heyyyyy, Ashlinn.« Er dreht seinen Kopf auf dem Kissen und hebt seinen Arm ein paar Zentimeter. Ganz offensichtlich ist er auch halb tot.

»Ich heiße Ais …« Ach, egal. Macht nichts. So fühlt sich Saoirse Ronan bestimmt die ganze Zeit, weil sie mit der Geißel eines irischen Namens im Ausland leben muss. Und auch alle

Maireads, Róisíns, Gráinnes, Eimears, Caoimhes. Wir sind alle in unserem Leid vereint. Und was ist mit den Pádraigs und Caoimhíns und Seosamhs?

Ich setze mich auf die Bettkante und werfe Antony über die Schulter einen Blick zu. Er lächelt. Was für ein Lächeln! Ich kann mich erinnern, dass ich es gestern Abend oft gesehen habe, beim Tanzen, Reden und – ja, jetzt weiß ich es wieder – als wir auch hier im Zimmer getanzt und aus Flaschen getrunken haben. Er streckt den Arm aus, der mir am nächsten liegt.

»Kuscheln?«

Ich zögere, aber er beugt sich zu mir rüber und fährt mit dem Finger meinen Rücken rauf und runter, wobei er das Laken abstreift. Scheiß drauf.

KAPITEL 22

Das Gekreische ist beschämend. Antony und Don können es bestimmt hören, während sie die Tür der Suite Nummer 353 des MGM Grand hinter sich schließen. Wahrscheinlich kann es der ganze Flur hören.

»Und? Fühlst du dich wie neugeboren?« Majella ist etwa fünf Zentimeter von meinem Gesicht entfernt, als ich mich wieder auf die Couch fallen lasse. Die Fruchtschale wurde serviert, Gott sei Dank. Man sollte allerdings keinen allzu großen Hunger haben. Es gibt etwa vier Trauben, eine Andeutung von Ananas und eine verdächtig große Menge zerkleinerter Äpfel. Und von der Melone will ich gar nicht erst anfangen. Ein Lückenfüller, wie er im Buche steht.

»Hör auf!« So etwa zum sechzigsten Mal in den letzten vierundzwanzig Stunden werde ich knallrot. Ich habe das Gefühl, überzuschäumen. Mir ist danach, aus dem Fenster zu gackern, einen Zehnkilometerlauf zu absolvieren oder so. Obwohl ich den Mini-Marathon schon mehrmals gelaufen bin, und zehn Kilometer sind echt kein Spaß. Einmal musste ich neben dem Dubliner University College fast aufgeben. Es war unglaublich warm, und die Leute sind umgefallen wie die Fliegen. Majella war am Abend vorher ausgegangen, und eine alte Frau hat ihr irgendwann ihren Rollstuhl angeboten. Sie hat ihn sogar echt genommen.

Jedenfalls, ein bisschen fühle ich mich schon wie neugeboren. Ich war so lange mit John zusammen und vorher nur mit einem anderen Typen. Antony hat mich in der vergangenen Stunde auf dem Bett herumgeworfen und auf dem Fußboden – und ich habe versucht, nicht die Flaschen zu zählen, während ich da unten lag –, und mir war es sogar egal, dass den Mädels völlig klar gewesen sein dürfte, was wir da trieben. Obwohl, als ich wieder aus dem Schlafzimmer auftauchte, diesmal in meinen Pu-der-Bär-Schlafanzug statt in ein Laken gewickelt, konnte ich nur den Fußboden anstarren. Und dann hat er mich zum Abschied geküsst. »Auf Wiedersehen, mein irisches Mädchen. Lass von dir hören.« Ich dachte, Sadhbh und Majella platzen gleich, also beschließe ich, mich einfach von ihnen ausfragen zu lassen, dann haben wir es hinter uns.

»Wie oft?«

»Zweimal, glaube ich.«

»War das eine Mal in der Dusche? Irgendwas ging gestern Nacht in der Dusche ab.«

»O. Na, dann vielleicht dreimal.«

Unterbrechung für das Gekreische.

»Ist er nett?«

»Soooo nett. Wir haben über die Arbeit und das Leben und Daddy und alles Mögliche geredet.«

Unterbrechung für das Ooooooooh.

»Was hat er erzählt?«

»Ach, dies und das. Wusstet ihr, dass er seine eigene Firma gegründet hat, als er arbeitslos geworden war? Davon hat er mir erzählt. Er hat gesagt ... er hat gesagt, das könnte ich ja auch machen. Ich glaube allerdings, er denkt, ich besitze einen Zoo. Er hat irgendwas missverstanden, als wir über den Hof und den einen Sommer, als wir Lamas hatten, gesprochen haben. Aber trotzdem, vielleicht hat er recht? Wenn es etwas gäbe, das ich gut kann und leidenschaftlich gern mache oder so. Antony hat es geschafft.«

»Und sieh ihn dir jetzt an«, unterbricht Sadhbh. »Don sagt, er ist einer der besten Leute, mit denen er je zusammengearbeitet hat. Sein kleines Label wurde von denen übernommen, die auch The Peigs vertreten. Antony ist da ganz oben.«

Majella stupst mich in die Seite: »Gut gemacht, mein Mädchen. Er konnte den ganzen Abend die Augen nicht von dir lassen. Bestimmt, weil du getanzt hast wie Britney.«

Gott. Champagner und Gin und »Slave 4 U«. Nie wieder.

»Schade, dass er heute nach Los Angeles zurückmuss.« Sadhbh sieht traurig aus. Aber da geht es ihr wohl nicht um Antony.

»Und schade, dass Don auch zurückmuss. Aber bald kommt er wieder nach Hause, nicht wahr?«

»In einem Monat oder so. Ja, er wird mir fehlen. Ist er nicht ein Schätzchen?«

Majella und ich stimmen beide zu, dass er ein Schätzchen ist. Wer hätte gedacht, dass ein Mann mit einem Nasenring und einem Gesicht wie ein schmuddeliger Engel, den Text von »Never Ever« so gut kennt, sogar die Rapteile. Er ist wie einer von uns. Nicht die geringste Andeutung von Allüren, obwohl er Bonos Telefonnummer gespeichert hat. (Das weiß ich, weil Majella nachgeguckt hat.)

»Und, bleiben du und Antony in Kontakt?«, fragt Majella hinterrücks.

»Weiß nicht. Vielleicht werden wir Facebookfreunde. Es ist mir eigentlich egal.« Noch nie war ich so unbeschwert. Noch nie habe ich mich so leicht gefühlt. Die Mädels quietschen wieder wie verrückt, und Majella kreischt, ich sei die Königin der One-Night-Stands. Ich fühle mich wie Madonna, als sie dieses Buch geschrieben hat.

Es ist fast sechs Uhr abends, als wir das Hotelzimmer verlassen. Bei einem Städtetrip hätte man jetzt normalerweise die Stadtrundfahrt im Doppeldeckerbus mit offenem Oberdeck hinter sich, sieben von den fünfzehn Sehenswürdigkeiten, die im Reiseführer mit Bild aufgeführt sind, besichtigt, zu Mittag gegessen (nachdem man sich verschiedene Speisekarten im Fenster angeschaut und - falls nötig - in Euro umgerechnet hat), die mitgenommenen Reste vom Frühstücksbuffet über den Tag vertilgt und würde sich nun langsam überlegen, wo man zu Abend essen will. Ich bin seit fast vierundzwanzig Stunden in Las Vegas und war noch nicht einmal draußen. So viel zu meinem Plan, in einem dieser Outlet-Center einen Gap-Hoodie zum halben Preis und Ralph-Lauren-Handtücher für Mammy zu erstehen. Majella hat mir schon erzählt, dass man nach Vegas reisen kann, ohne je das Tageslicht zu sehen. Ich dachte, sie verkohlt mich, aber jetzt, auf dem Weg durch das Casino, das zum Hotel gehört, könnte ich unmöglich sagen, wie spät es gerade ist. Überall nur Bars, Restaurants und Casinos, so weit das Auge reicht. Mitten im Sommer ist das ja genau das Richtige - fünf Minuten in der Sonne von Las Vegas, und ich würde aussehen wie gekochter Schinken. Sogar jetzt habe ich Lichtschutzfaktor 50 draufgeschmiert. Achtzehn Grad können täuschen, auch so kurz vor Sonnenuntergang.

Als wir in die Dämmerung hinaustreten, taumeln wir alle kurz zurück und tasten nach unseren Sonnenbrillen. Wir haben uns regelrecht vergiftet. Vor allem Majella sieht etwas grünlich aus. »Wir sehen uns das Bellagio an und dann essen wir zu Abend«, versichert Sadhbh mir. Ich mag zwar einen Kater haben, aber im Touristen-Modus bin ich trotzdem. Tanzende Wasserfontänen? Ich bin dabei.

Es gibt einen Bus, der den Las Vegas Strip runterfährt, und in den humpeln wir rein. Majella legt den Kopf so nah wie möglich an das winzige Fenster. Auch Sadhbh ist nicht ganz bei der Sache. Ihr Handy piept unentwegt, und sie bringt uns immer wieder auf den neuesten Stand, was den Kater der Jungs angeht und wie sie im Flughafen vorankommen. »Antony sagt Hi«, gibt sie mit gespielter Unschuld an mich weiter. Wieder werde ich rot, weil ich daran denken muss, wie er vorhin unter dem Laken zwischen meinen Oberschenkeln aufgetaucht ist und »Hi« gesagt hat. Was für ein aufregender Mann. Mir wird plötzlich klar, dass ich nicht ein Mal an John gedacht habe, seit ich in Las Vegas bin, und bekomme sofort Schuldgefühle. Hat nicht lange gedauert, bis ich mit jemandem ins Bett gehüpft bin, nicht wahr? Vielleicht hat er ja recht und ich bin wirklich eine …

»Was ist los mit dir, Schätzchen?« Majella stupst mich müde an, während der Bus den Strip entlangkriecht. Ich war so in Gedanken versunken, dass ich noch nicht mal die Gelegenheit genutzt habe, aus dem Fenster zu gucken. Zu beiden Seiten erheben sich Hotels hoch wie Wolkenkratzer, und es gibt einen Eiffelturm, eine Pyramide und einen Mann in Unterhosen. Die Amis sind echt der Knaller.

»Ach, irgendwie habe ich Schuldgefühle, wegen John und Antony und …«

Majella greift jetzt nach meinem Arm. »Untersteh dich! Du bist frei und Single und hast ein Recht auf einen One-Night-Stand. Männer würden nicht eine Sekunde darüber nachdenken. Die folgen ihrem Lümmel, sobald ihnen eine nur schöne Augen macht. Guck, wir sind da.« Sie steht auf, als der Bus anhält, und zeigt aus dem Fenster. Ich folge der Richtung ihres Fingers und sehe einen großen See. Noch tanzt da nichts. Mein Reiseführer, den ich kaum angerührt habe, schreibt, dass jede halbe Stunde eine Show stattfindet. Da kommen wir gerade rechtzeitig. Wir stolpern aus dem Bus, und Sadhbh entdeckt einen guten Platz auf der Stufe vor einer Mauer, also stellen wir uns dort in Position und warten darauf, dass es losgeht.

Auf die Klänge von »Time to Say Goodbye« war ich nicht gefasst. Majella denkt kurz, Celine Dion selbst würde im Brunnen stehen und singen, aber sie kriegt sich schnell wieder ein. Daddy hat dieses Lied geliebt. Er tat immer so, als wäre er Andrea Bocelli, und sang es in der Küche, sogar den italienischen Teil. Mir kommen überraschend die Tränen, während das Wasser in alle Richtungen springt wie ein Feuerwerk. Dass ich einen Kater habe, hilft auch nicht gerade. Daddy hätte das so gefallen. Mammy und er hatten große Pläne, wollten reisen, wenn es ihnen gelänge, den Hof mal eine Zeit lang allein zu lassen. Ich greife in meine Tasche und ziehe das Portemonnaie heraus, um mir Daddys Trauerbildchen anzusehen, sein lächelndes Gesicht neben dem Fünfzigeur… O nein! Nein, nein, nein, nein, nein, nein!

Ein paar von diesen Neins muss ich wohl laut ausgesprochen haben, denn Sadhbh nimmt mich am Arm. »Was? Was ist, Aisling?«

»Daddys fünfzig Euro. Sie sind weg.«

Sadhbh sieht verwirrt aus, aber Majella begreift sofort. »O nein, Ais. Bist du sicher?« Sie murmelt Sadhbh zu: »Er hat sie ihr zu Weihnachten geschenkt. Mit der Karte.«

Sadhbh macht ein langes Gesicht. »O nein, Ais. Irgendwo müssen sie doch sein.«

Sind sie aber nicht. Ich muss sie ausgegeben haben. Wahrscheinlich gestern Abend. Ich versuche, mich zu erinnern. Im Club vielleicht? Am Blackjacktisch? Oder bestätigt sich mein Verdacht, dass die Getränke doch nicht gratis sind, während man spielt? Das schien zu schön, um wahr zu sein. Nichts hilft meinem Gedächtnis auf die Sprünge. Gott allein weiß, was mit dem Geld passiert ist. Niedergeschlagen wende ich mich vom

Bellagio ab, während Celine ihr Lied beendet. Sadhbh legt den Arm um mich und drückt mich. »Komm, wir gehen was essen. Danach fühlen wir uns besser.«

* *

»Ist das denn rattenscharf?«

Die Bedienung sieht Majella an, als hätte sie zehn Köpfe. »Ich verstehe nicht, was Sie meinen, Ma'am.«

»Ist es rattenscharf? Wie Feuer?«

»*Ní thuigeann sí,* sie versteht dich nicht«, murmele ich Majella zu und freue mich, mein Grundschulirisch anwenden zu können. Sehr praktisch, wenn man im Ausland ist. Obwohl, als Majella mal vor vielen Jahren in Chicago war, hat sie sich ausführlich über den gut aussehenden Mann am Nebentisch ausgelassen, und da dreht er sich plötzlich um und sagt mit schönstem irischem Akzent: »Na, Mädels?« Sie bekommt noch immer weiche Knie, wenn sie daran denkt.

»*Ní thuigeann sí* rattenscharf«, erkläre ich noch einmal.

»Ach, tut mir leid.« Majella kapiert es endlich und sagt langsam: »Das Chili, ist das sehr pikant?«

Wir haben beschlossen, in einem Restaurant in unserem Hotel zu essen. Es ist gut, die Betten in der Nähe zu haben, denn die brauchen wir dringend. Beim Gedanken an Chili dreht sich mir der Magen um, aber die ganztägig gültige Brunchkarte spricht mich an. Ich hätte ja nie gedacht, dass ich mal freiwillig Eier, Speck und zerquetschte Avocado bestellen würde, aber es kommt einem Pfannengericht am nächsten.

»Ich nehme das Frühstück. Und extra Speck«, rufe ich der Bedienung nach, während Sadhbh den gestrigen Abend und unsere Tanzkünste Revue passieren lässt.

»Sie hatte in jeder Hand ein Glas, und ihr Hintern hat jedes

Mal fast den Boden berührt.« Sie spricht über mich. Kein Wunder, tun meine Oberschenkel so weh. Ich dachte, es wäre vielleicht wegen der Dusche. Majella schmeißt sich weg, und ich muss mitlachen. Das tut gut. Es sind nur fünfzig Euro, und ich habe immer noch Daddys Karte. Es hat keinen Sinn, sich darüber aufzuregen. Majellas Handy piept – bestimmt ist es wieder Pablo –, und sie entschuldigt sich und zieht ab, um ihn sehnsuchtsvoll anzuschmachten. Die Bedienung bringt unsere Eimer Cola light und erinnert uns daran, dass wir gratis nachfüllen können. Ist Amerika nicht einfach großartig?

»Von den fünfzig Euro mal abgesehen, gefällt es dir?«, fragt Sadhbh mich.

»Das tut es. Wirklich. Aber bald müssen wir wieder nach Hause.« Wir haben noch einen weiteren Tag und eine Nacht in Vegas, aber mich beschleicht schon jetzt dieses Sonntagabendgefühl, was die Rückkehr nach Hause angeht. Arbeitslos. Sorgen um Mammy und den Hof. Ein Leben ohne John.

»Stopp. Hör auf, daran zu denken«, fordert Sadhbh. »Wir müssen positiv, positiv, positiv bleiben.«

»Wusstest du, dass ... An...« Ich habe Schwierigkeiten, seinen Namen auszusprechen, ohne rot zu werden. »Dass Antony seiner Mutter gerade ein Haus gekauft hat? Einfach so?«

»Na, das ist aber nett von ihm«, neckt Sadhbh mich. »Und so kannst du ihn auch mal wieder erwähnen, nicht wahr?«

»Nein!« Sie kann mich mal. Das wird mir auf ewig nachhängen. »Vielleicht sollte ich wirklich darüber nachdenken, mein eigenes Geschäft zu eröffnen. Ich habe die Abfindung. Ich plane und organisiere für mein Leben gern. Ich habe keine Ahnung, wohin sich meine Karriere oder was immer weiterentwickeln wird. Warum sollte ich nicht ein Geschäft gründen und führen? Vielleicht könnte ich so auch Mammy unter die Arme greifen.«

»Gut, du hast mich überzeugt. Was soll das denn für ein Geschäft sein?«

Ich halte inne. Es ist eine verrückte Idee, die eigentlich gerade erst in den letzten zehn Minuten entstanden ist, und das in verkatertem Zustand.

»Ich dachte an ein Café. In BGB. Bedarf gab es wohl bisher keinen, da man ja bei Filan's Kaffee kriegt, aber es kommen immer mehr Touristen aus Dublin. Und das Gartencenter platzt aus allen Nähten, weil die Leute riesige Scones verlangen. Wenn ich den richtigen Standort finde, könnte ich da mitmischen.«

Sadhbhs Miene ist ermutigend, also fahre ich fort.

»Wenn ich in BGB bleibe, sollte ich dann nicht das Beste daraus machen? Und zeigen, was es zu bieten hat? All diese wunderbaren regionalen Produkte. Das Beste vom Besten direkt vor unserer Haustür. Den Leuten einen Grund geben, herzukommen und vielleicht auch zu bleiben.«

Sadhbh sieht aus, als wäre sie von meiner Rede beeindruckt. »Ich würde in dein Café kommen, Ais. Ich weiß, das würde wie am Schnürchen laufen.«

»Und ich habe gedacht, was in BGB wirklich fehlt ...«

»Ja?«

»Brunch. Ich habe die verrückte Idee, Brunch in die tiefste Provinz zu bringen.« Ich warte ihre Reaktion ab, aber bevor sie überhaupt etwas sagen kann, verlässt mich plötzlich der Mut und ich fange an zu jammern: »Das ist eine vollkommen verrückte Idee, nicht wahr? Woher soll ich überhaupt das Geld nehmen? Völlig verrückt.«

Aber Sadhbhs Augen leuchten. »Es ist eine geniale Idee, Ais. Und außerdem gibt es für Leute, die ein Geschäft gründen, Fördergelder und alles Mögliche an Unterstützung. Es ist eine super Idee. Mach das!«

Als Majella wieder an den Tisch zurückkehrt, habe ich bereits den Grundriss auf Servietten gezeichnet, und Sadhbh schlägt aufgeregt Gerichte für die Speisekarte vor. »Wolken-Eier mit Lachs! Avocado-Mousse mit Hollandaise-Chips!« Sie soll sich mal beruhigen. Ich habe eher an so was gedacht wie ein ganztägiges Frühstücksangebot und sonntags vielleicht Sekt mit Orangensaft.

»Da kommt ihr nie drauf.« Majella lässt sich auf ihren Stuhl fallen, bereit zu quatschen, aber dann sieht sie meine Zeichnungen. »Was ist das denn?«

»Da kommst du *nie* drauf«, sagt Sadhbh stolz. »Ais eröffnet ein Café. Wo sie Brunch serviert. In Ballygobbard.«

»Echt, Ais? Das ist eine coole Idee! Filan's Feinkosttheke braucht mal ein bisschen Konkurrenz. Die kennen nur vier Lebensmittel: Pastete, würziges Hühnerbrustfilet, Käse und noch mehr Pastete.« Ich weiß nicht, warum Majella so ein Snob ist, was Filan's legendäres würziges Hühnerbrustfilet und die Pasteten angeht. Nur ihretwegen konnten sie sich letztes Jahr eine neue Schneidemaschine leisten. Trotzdem, ihre Begeisterung ist ansteckend.

»Ich glaube, das könnte wirklich funktionieren. Es gibt ja diesen neuen Komplex, den dieser James Matthews an der Garbally Road baut. Das wäre perfekt. Meine Abfindung reicht zwar nicht dafür, aber Sadhbh hat recht, es gibt ja Zuschüsse.« Mammy und der Hof schießen mir durch den Kopf, aber ich schiebe den Gedanken weg. »Und was wolltest du sagen, Majella?«

»Ach, ich will die Stimmung nicht verderben. Es geht um John.«

Mein Herz macht einen Satz, aber nicht so sehr, wie ich erwartet hätte. Mehr ein Kindersportfest-Satz als ein olympischer Hochsprung.

»Nein, erzähl ruhig«, fordere ich sie auf. »Alles gut.«

»Sie haben ihn für die Bezirksmannschaft angeworben. Er hat eine Stelle im Trainerteam, in der Mannschaftsführung. Pablo sagt, sie wären heute beim Training aufgetaucht und hätten John den Job angeboten.« Pablo ist gerade mal ein halbes Jahr im Land, aber seine Begeisterung für Hurling kennt keine Grenzen. Er hat schon zweimal die Croke-Park-Stadiontour gemacht, und beide Mal musste man ihm ein Taschentuch nach dem anderen reichen, weil er so ergriffen war.

»Das ist ... wunderbar. Ich freue mich für ihn.« Und ich freue mich wirklich für ihn. Er hat immer davon geträumt, in der Bezirksmannschaft zu spielen, aber er ist nicht mehr der Jüngste. Das jetzt kommt dem am nächsten.

»Okay, genug von John. Zurück zu Aislings Café.« Sadhbh meint es ernst. Ob ich das überhaupt hinkriege?

Früh ins Bett zu gehen, tut uns richtig gut, auch wenn meine Gedanken am nächsten Morgen ganz wirr sind, weil ich von Eiern, Besteck und tanzenden Fünfzigeuroscheinen geträumt habe, und ausgerechnet James Matthews, der Bauunternehmer, immer wieder aufgetaucht ist, ganz seltsam, und zu Britney Spears um die Baustelle in BGB getanzt hat. Sadhbh überzeugt uns davon, dass das einzig Richtige heute Morgen ein Hubschrauberflug zum Grand Canyon ist. Ich wünschte, ich hätte es genießen können, aber mir schlug die ganze Zeit das Herz bis zum Hals. Hubschrauber sind etwas für Beyoncé und dafür, Leute von einem Berg zu retten. Der Grand Canyon war schön, aber ich konnte kein einziges Foto machen, weil meine Hände an den O-mein-Gott-Armlehnen meines Sitzes klebten. Noch nie war ich so froh, wieder auf festem Grund und Boden zu stehen. Außerdem darf ich nicht länger so viel Geld ausgeben, wenn ich der ländliche Brunchmogul werden will. Keine von uns hatte Lust, groß zu trinken, deswegen haben wir nur ein bisschen gezockt und uns dann noch ein riesiges amerikanisches Abendessen einverleibt – etwa 324 Punkte, aber inzwischen muss ich wirklich nicht mehr zählen. Fast haben wir das Ende unseres kleinen Vegas-Abenteuers erreicht.

Sadhbh hat laufend Kommentare darüber abgegeben, was Don und Antony gerade in Los Angeles treiben, aber ich werde meinen One-Night-Stand in Amerika zurücklassen. Deswegen heißt es ja auch One-Night-Stand. Unser Flug am nächsten Morgen geht ganz früh, deswegen muss ich die fürchterliche Aufgabe, die Minibarrechnung zu bezahlen, noch vor dem Schlafengehen erledigen. Ich kneife die Augen zu, während die Frau an der Rezeption die endlose Rechnung ausdruckt, mir ein Kompliment wegen meines Akzents macht und mich fragt, ob ich ihre Cousinen in Kerry kenne. Ich reiße noch einen Witz darüber, dass sich in Irland natürlich alle kennen, aber ehrlich gesagt klingt ihre Cousine Maureen aus Tralee wie eine Frau, die ich letztes Jahr bei einer Hochzeit kennengelernt habe. Ich frage sie gerade nach Maureens Haar- und Augenfarbe, als sie mich mit dem Satz »Und fünfundachtzig Dollar für die Fruchtschale« unterbricht. Ich muss mich am Empfangstresen festhalten – fünfundachtzig Dollar und nicht eine einzige Erdbeere? Die Rechnung für uns drei bewegt sich im vierstelligen Bereich. Ich muss mich fast hinsetzen. Es wird Zeit, meine Finanzen in den Griff zu bekommen. Genug ist genug – Fruchtschalen für fünfundachtzig Dollar werden mich sicher nicht zu einer erfolgreichen Geschäftsfrau machen.

KAPITEL 23

»Du wirst unendlich viele Anträge ausfüllen müssen, Schatzi, und das nervt.«

Wir sitzen mitten auf der Baustelle, die einmal Sharons Schönheitssalon sein wird, und versuchen, uns einen Namen dafür auszudenken. Drei Vorschläge hat sie schon ausgeschlossen: Well-Kamm, Frau Tolle und Haarem. Letzteres nur, um Marty Boland zu ärgern, aber fast hätte sie bereits Briefpapier mit »Well-Kamm« bestellt, bevor sie es sich dann doch anders überlegt hat. Ich kann ihr da nicht wirklich helfen, aber zwei meiner Vorschläge hat sie sich immerhin notiert: Pat und Patachon und Haar Punkt Kamm, vielleicht kann ich also bei der Namensgebung doch mitmachen. Wenn sie nicht aufpasst, sagen am Ende alle einfach bloß Sharon's, und das ist nun wirklich nicht elegant. Im Gegenzug hilft sie mir bei der Bewilligung des Existenzgründerzuschusses für irische Geschäftsfrauen. Sie ist sich sicher, dass ich Anspruch darauf habe. Dass Anträge ausfüllen zu meinen Lieblingsbeschäftigungen gehört, kann sie ja nicht ahnen. Ich habe mal neben Majella gesessen, als sie einen neuen Pass beantragt hat, und sie musste dreimal zurück an den Schalter, um neue Formulare zu holen, weil sie es immer wieder falsch gemacht hat. Das ist doch kein Hexenwerk – hätte sie zuerst die Anleitung gelesen, dann hätte sie gleich gewusst, dass alles in Großbuchstaben ausgefüllt werden muss. Und mit einem schwarzen Stift.

»Das ist kein Problem«, sage ich selbstbewusst. »Und du schaust dir meinen Businessplan an?«

Ich habe den Abend gestern vor meinem guten alten Toshiba-Laptop verbracht, um meine Pläne und Prognosen für BallyGoBrunch zu Papier zu bringen. So soll mein Café heißen. Allein das Wort »Brunch« wird die Junggesellinnen und Leute aus Dublin herlocken. Aber es wird nicht nur Avocados, Halloumi und Sadhbhs Wolken-Eier, was immer das ist, geben - ich werde gutes, ehrliches Futter anbieten, um auch die Einheimischen glücklich zu machen. Ich habe mich voll reingehängt, und das fühlt sich gut an, und obwohl Mammys Internet nur im Schneckentempo läuft, werde ich immer begeisterter, je mehr ich online über die Inhaberschaft eines Cafés lese - dennoch: nicht den Tag vor dem Abend loben. Bekomme ich den Zuschuss nicht bewilligt, kann ich mein gut sortiertes Recherchematerial in den Müll werfen. Trotz allem verbringe ich ziemlich viel Zeit damit, davon zu träumen, meine eigene Chefin zu sein - warum bin ich da vorher nie draufgekommen? Man hat selbst die Verantwortung, und niemand hat einem was zu sagen. Ich habe eine Stunde damit verbracht, mir zu überlegen, was ich denn daran vermissen werde, nicht mehr in einem Großraumbüro zu arbeiten, und das Einzige, was mir einfiel, war, dass niemand »Gesundheit« sagt, wenn ich niese. Die »Gesundheits« haben bei RentenPlus schon pathologische Züge angenommen, aber meistens habe ich es als Erste gerufen. Es ist wie Poker - man lernt die Zeichen zu deuten.

Ich weiß, dass es schwer ist, ein neues Geschäft zu gründen, aber ich bin vernünftig und habe eine realistische Vorstellung davon, wie viel Arbeit ich investieren muss. Ich habe drei Stunden gebraucht, um alles auszudrucken, und schulde Mammy eine neue Tintenpatrone, aber ich freue mich so, dass mein Gehirn trotz der Auszeit wieder voll funktionstüchtig ist. Zum Glück hat die Nacht in Las Vegas keine bleibenden Schäden hinterlassen.

»Das mache ich sehr gerne«, sagt Sharon, und ich gebe ihr einen dicken roten Ordner, auf dem in großen Buchstaben »Businessplan« steht. Ihre Arme sinken unter dem Gewicht ab.

»Er ist sehr ausführlich«, ergänze ich mit einem Nicken. »Alles ist farblich gekennzeichnet.«

Heute Morgen habe ich Ruanes Immobilienbüro in Knock angerufen, um mich zu erkundigen, ob das Objekt noch zu vermieten ist. Deirdre war am Telefon, und obwohl sich sonst ihr Vater Trevor um die Ladenflächen kümmert, hat sie versprochen, mir die Räume morgen Nachmittag zu zeigen, bevor sie dann ein Ehepaar aus Dublin davon überzeugen will, dass ein Einfamilienhaus wichtiger ist, als zu Fuß ins Bankenviertel gehen zu können. Sie sagt, die Miete für meine Fläche liegt bei dreihundertfünfzig Euro im Monat, aber nachdem im Hintergrund eine Tür zugefallen war, hat sie mir zugeflüstert, dass der Bauunternehmer es auch für dreihundert Euro vermietet. Diese Zahl steht auch in meinen Businessplan. Da können wir gerne verhandeln.

Der Schönheitssalon nimmt langsam Gestalt an, obwohl die große Vase mit den Lilien im Eingangsbereich etwas fehl am Platz wirkt. Ich sage aber nichts, sondern schaue mir die Karten an, die in ihrem provisorischen Büro rumstehen: »Viel Glück, Sharon, wir sind so stolz. Alles Liebe, Mam und Dad.« »Alles Gute für Well-Kamm von den Maguires.« Sie haben wohl noch nicht mitgekriegt, dass das aus dem Rennen ist. Es gibt auch eine ganz offiziell aussehende Karte von James Matthews.

»Woher kennst du James Matthews?«, frage ich.

Sharon sieht von meinem Ordner auf, in den sie sich vertieft hat: »Er ist mein Bauleiter. Für das Sonnenstudio und die Instandsetzung. Da es nur ein kleiner Auftrag ist, kommt er mit den Handwerkern nur einmal die Woche, aber ich muss sagen, dass sie sehr ordentlich arbeiten.«

»Und der Herr von nebenan hat keine Karte geschickt?«

Sie seufzt. »Pfff. Und ich erwarte auch keine. Ich schwöre, irgendwie pumpt er den Geruch von rohem Fleisch durch die Luftschächte. Ich weiß nicht, wie, aber ich werde es beweisen. Sonst gehe ich noch bankrott, weil ich so viele Lilien kaufen muss, um den Geruch zu überdecken.«

Sie liest weiter in meinem Businessplan, und mein Blick fällt auf ein Klatschblatt. Auf dem Cover sind vier glamouröse Frauen in hautengen Kleidern zu sehen. »Die Spielerfrauen – ganz persönlich«, schreit es einem in fetten Buchstaben entgegen. Ich blättere zu dem Artikel, wo es darum geht, am Spielfeldrand »warm zu bleiben und trotzdem cool auszusehen«, und was sie alle zur Preisverleihung des irischen Sportverbands tragen. Ob das alles auf John zukommt?

»Mein Ex John bewegt sich wohl bald in diesen Kreisen.« Ich deute auf die Zeitschrift, und Sharon nimmt sie und schaut von dem Cover auf meine Leggings und mein blaues Fleece. Zu meiner Verteidigung muss ich sagen, dass es extrem bequem ist und ich mir nicht die Beine rasieren muss oder sonst was.

»Ach«, sagt sie. »Und wie geht es dir damit? Guck mal, bei der ganz links guckt ein Stück Hühnerknochen aus dem Kleid raus.«

Hühnerknochen? Zum Fotoshooting hat sie doch bestimmt nichts zu essen mitgebracht. Und wenn doch, dann sicher Salat oder einen Proteinriegel.

»Ach, alles gut«, sage ich. »Das wäre jetzt sowieso nicht mehr mein Ding.«

»Ich habe schon gehört, dass es ihm zu Kopf steigt«, erzählt Sharon mir.

»O, das klingt gar nicht nach John.«

»Doch«, fährt sie fort, »einer der Typen, der meine Fliesen gelegt hat, hat erzählt, John habe im Maguire's verlangt, dass immer ein Platz für ihn frei gehalten werden soll. Weil er so wichtig ist.«

Das kann ich mir nun gar nicht vorstellen, aber wir hatten natürlich auch keinen Kontakt mehr, seit diese Sache mit der Bezirksmannschaft losging. Trotzdem, nicht mein Problem. Ich hoffe nur, dass er nicht ganz den Kopf verliert. Sonst ist er auf dem direkten Weg zur Radiosendung *Liveline,* Thema: Antisoziales Verhalten im Mannschaftstrikot. Das gab es letztes Jahr nach dem Finale, und die Mammy von einem der Spieler hat selbst angerufen, weil sie sich so geschämt hat.

»Übrigens, wenn du schon hier bist«, sagt Sharon und hievt meinen Businessplan von ihrem Schoß. »Ich will eine Babyparty oder vielmehr eine Gender-Reveal-Party für Denise organisieren. Hast du irgendwelche Ideen?«

Jetzt gibt es in BGB schon Gender-Reveal-Partys. Dann sind sie auch bereit für Brunch.

»Das High King Hotel bietet nachmittags einen wunderbaren Tee an. Die Sandwiches sind relativ groß. Sehr stilvoll.«

»O, das klingt genau richtig. Ich schau mir das an.«

Ich mache mir besser schon mal Gedanken wegen eines Geschenks. Das Haus von Denise und Liam ist riesig. Sie haben das Land von ihrem Daddy bekommen, damit sie so viele Badezimmer wie möglich einbauen können. Das Baby wird wohl zwei Zimmer mit eigenem Bad haben. Den cremefarbenen Teppich werden sie aber bereuen, spätestens wenn es Fruchtpüree bekommt. Der Tradition nach würde ich erst einmal warten, bis das Baby geboren ist, bevor ich ein Geschenk aussuche. Entweder ein kleines rosafarbenes Outfit oder ein blaues. Aber dieser ganze Babyparty-Quatsch bedeutet nun, dass ich zwei Geschenke pro Baby kaufen muss. Wann kauft *mir* mal wieder jemand ein Geschenk, frage ich mich und schüttele mich dann innerlich. Sharon fragt mich gerade etwas.

»Was hast du heute Nachmittag vor?«

»O, ich gehe zu Majella, sobald sie zu Hause ist.«

Ich habe Majella seit dem Wochenende nicht gesehen. Sie war kurz da, um sich mein graues Kostüm – mein Vorstellungsgesprächskostüm: knielanger Bleistiftrock und dazu passendes Jackett – auszuleihen. Ich habe den vollen Preis dafür bezahlt – ganz untypisch –, aber damit habe ich die Stelle bei RentenPlus bekommen, deswegen schuldet es mir nix. Eigentlich dachte ich, dass ich es ganz oft tragen würde, aber an meinem ersten Tag fiel ich auf wie ein bunter Hund, weil alle anderen Hosen und Blusen trugen. Von da an hatte ich immer meine schwarzen Arbeitshosen und einen meiner Krullis an (so praktisch, dieser eingenähte Kragen, finde ich).

Maj hat beschlossen, sich an ihrer Schule auf die Stelle der stellvertretenden Schulleiterin zu bewerben, und das freut mich wahnsinnig. Pablo ist mitgekommen, weil er unbedingt dem Hund aus dem Weg gehen wollte. Willy hat sich wohl angewöhnt, ihm ins Badezimmer zu folgen und ihn unter der Dusche anzustarren. »Es ist die Art, wie er mir in die Augen guckt, ich halte das nicht mehr aus«, hat mir Pablo erzählt, während Majella beruhigend seinen Oberschenkel streichelte. »Willy, der guckt nie weg. Ich bedecke meine *bolas* mit der Duschhaube.« Die arme Mammy ist fast an ihrem Kuchen erstickt.

»Brauchst du sonst noch Hilfe bei der Planung oder beim Dekorieren, Sharon? Wimpel? Ballons? Ich habe alles noch massenweise zu Hause.«

»Nein, alles gut, aber danke schön, Schatzi«, sagt sie, hievt meinen Businessplan auf ihren Empfangstresen und schiebt ihn darunter. »Ich kümmere mich um alles. Vielleicht veranstalte ich eins dieser Babyfoto-Spiele – wo man raten muss, welches Baby welcher Gast ist. Such schon mal eins raus, ja? Und sagst du es auch Majella?«

Ich bringe es nicht übers Herz, ihr zu sagen, dass es nur drei Babyfotos von mir gibt: eins von meiner Taufe, eins von meinem ersten Geburtstag, da sitze ich vor einer Biskuittorte, in der eine dicke lila Kerze steckt, und eins vom St. Patrick's Day, als Daddy es den Knaller fand, mir eine Flasche Guinness in die Hand zu geben. Da soll Sharon Mammy mal dazu kriegen, diese Fotos aus ihrem kostbaren Fotoalbum zu entfernen. Ich kann ja einfach ein Bild von einem Baby aus irgendeiner Zeitschrift ausschneiden und es als mich selbst ausgeben. Ich war ein sehr durchschnittliches Kind.

»Babyfoto, kein Problem«, zwitschere ich auf dem Weg zur Tür. Draußen lungert Eoin Ó Súilleabháin rum und tut so, als müsste er die Lammkoteletts in Marty Bolands Schaufenster genau studieren. »Na, da hast du wohl einen Verehrer«, sage ich und nicke in seine Richtung.

Sharon blickt von ihrem Laptop auf. Offenbar hebt sie sich meinen Businessplan für später auf, wenn sie sich richtig Zeit dafür nehmen kann.

»Ach so, ja, er hat mir gestern eine Flasche Schampus vorbeigebracht und mir viel Glück für die Eröffnung gewünscht. Sehr anständig von ihm.«

»Guter Vorwand, um ein Schwätzchen zu halten. Hat er dich schon gefragt, ob du mit ihm ausgehst?«

Sie sieht wieder hoch. »Nein. Gott, nein.«

Ich werfe noch mal einen Blick durchs Fenster auf Zyklop, der weiterhin die Lammkoteletts studiert, als würde er sie nicht zweimal die Woche zum Abendbrot essen. Ganz offensichtlich wartet er darauf, dass ich gehe, damit er reinkommen kann.

»Nun, ich habe das Gefühl, das kommt noch«, sage ich mit einem Lächeln.

»Dann werde ich ihn wohl enttäuschen müssen«, antwortet Sharon leise.

»Du hast zu viel zu tun, nicht wahr? Das hier alles sauber und ordentlich zu halten, ist bestimmt ganz schön viel Arbeit. Und nach der Eröffnung wirst du noch mehr zu tun haben.«

»Ja, genau«, sagt sie. »Aber ich will mit Männern gerade nichts zu tun haben. Das ist eigentlich auch der Grund, warum ich aus Waterford weg und hier gelandet bin.« Ihr Gesicht wird düster, und ich sage nichts und lasse sie einfach reden. »Es war eine schlimme Trennung. Kennst du ja auch.«

Das stimmt, aber nach ihrem Gesichtsausdruck zu urteilen, war Sharons Trennung um einiges schlimmer als meine.

KAPITEL 24

Bevor ich nach Vegas gefahren bin, habe ich Mammy von mir und John erzählt. Ich musste es hinter mich bringen, auch wenn ich mich davor fürchtete. Ich hatte sogar eine Flasche Brandy bereitstehen, falls sie einen Schock bekommen sollte. Aber sie hat mich einfach ganz lange in den Arm genommen, hat geseufzt und gesagt: »Es ist wahrscheinlich am besten so, Schätzchen. Was vorbei ist, ist vorbei.« In den letzten Wochen hat sie ganz schön viel Zeit mit Constance Swinford verbracht. Mithilfe von YouTube-Tutorials machen sie jetzt morgens immer Yoga. Der herabschauende Hund und der Sonnengruß haben dafür gesorgt, dass sie sehr entspannt ist. Allerdings habe ich sie gestern Morgen schlafend auf ihrer Yogamatte vorgefunden, während Adrienne von *Yoga with Adrienne* irgendwas vom Atmen quatschte.

Sie ist weniger entspannt, als ich ihr von meinen Plänen für das Café erzähle.

»Ach, Aisling, bist du dir sicher? Du hast ja keine Ahnung, wie hart man arbeiten muss, wenn man selbstständig ist«, sagt sie und ordnet eine Auswahl an guten Keksen – nichts Geringeres als Schokoladenkekse – auf einem Teller an. »Ich will ja nicht negativ sein, ich mache mir nur Sorgen, Schätzchen. Du wirst nie einen Tag freihaben. Du weißt doch, wie es für Daddy und mich mit dem Hof war. Und was weißt du schon davon, wie man ein Café führt? Als du gestern Haferbrei gemacht hast, hast du meinen guten kleinen Topf völlig ruiniert.«

Ich dachte, sie hätte es gar nicht gemerkt. Sie bekommt auch wirklich alles mit. »Man muss nicht kochen können, um ein Café zu leiten - ich werde jemanden einstellen, der sich um das Essen kümmert«, erkläre ich und klaue mir einen Keks, als sie mir den Rücken zuwendet. »Ich bin nur der Kopf des Ganzen. Noch ist nichts endgültig entschieden, aber ich will irisches Frühstück anbieten und getoastete Sandwiches und ein einfaches Mittagessen. Ganz viel Krautsalat. Und hauptsächlich Erzeugnisse von einheimischen Bauern verwenden. Nichts Übertriebenes, keine Sorge. Ich habe es gut durchdacht.«

»Aber kannst du es dir überhaupt leisten, es auf den Weg zu bringen, Liebes? Ich kann dir im Moment nicht wirklich helfen, und dafür reicht deine Abfindung doch bestimmt nicht aus.«

Ich seufze. »Das weiß ich. Aber ich habe einen Gründungszuschuss beantragt. Sharon hat mir erzählt, dass im Moment besonders Frauen bei der Existenzgründung unterstützt werden. Sie war schwer beeindruckt von meinem Businessplan - sie hat sechs Stunden dafür gebraucht. Für ihren Schönheitssalon hat sie fünfzehntausend Euro bekommen, und sie hat gesagt, dass ich für dieselbe Summe infrage käme. Es wäre verrückt, es nicht wenigstens zu versuchen. Und die Bewerbungen, die ich rausgeschickt habe, haben bisher auch nicht wirklich was gebracht.«

Sie ist noch immer mit den Keksen beschäftigt. Gleich holt sie noch einen Kompass und den Winkelmesser raus.

»Echt, Mammy, du solltest die Gewinnspanne bei Tee und Kaffee sehen. Es ist im Prinzip eine Lizenz zum Gelddrucken.«

»Nun, wenn du Würstchen anbietest, dann sieh zu, dass du die von Marty Boland nimmst. Dann wird es dir an Kundschaft nicht fehlen.«

Damit hat sie mir wohl ihren Segen gegeben. »Gute Idee«, sage ich, schiebe die blöde Katze aus dem Weg und mache mich auf den Weg. »Bis später. Und viel Glück nachher.«

Paddy Reilly und ich haben sie davon überzeugt, dass es Zeit wird, jemanden einzustellen, der langfristig auf dem Hof hilft. Geld ist knapp, aber Paddy hat William Foley empfohlen, einen Typen aus Knock, der für wenig Geld arbeitet, und Mammy ist fest entschlossen, ihn mit Keksen und flexiblen Arbeitszeiten für sich zu gewinnen. Ich habe noch immer nicht mit ihr über das Dokument zur Wertermittlung gesprochen, aber ich schätze mal, dass es so schlimm nicht sein kann, sonst hätte sie was gesagt. Ich erstelle eine Erinnerung auf meinem Handy, dann kann ich mir heute Abend im Bett darüber Sorgen machen.

Der Besichtigungstermin mit Deirdre Ruane ist um drei, aber ich will früher da sein, also fahre ich die Garbally Road hoch. Ich brauche nur fünf Minuten. Ein paar Bauarbeiter hantieren rum, aber das Ganze sieht so gut wie fertig aus – jedenfalls von außen. Das Gebäude ist dreistöckig, und die Ladenfläche erstreckt sich über das gesamte Erdgeschoss. Sie ist riesig, mit vielen raumhohen Fenstern. Davor können mindestens fünfzehn Autos parken. Das Grundstück selbst ist etwa einen halben Hektar groß, und sie haben schon angefangen, die Grünfläche anzulegen. Das Blumenbeet davor sieht auch gut aus – es lässt sich nicht bestreiten, dass der Mmmmmaaaalch von Constance Swinford qualitativ sehr hochwertig ist.

Ich sitze im Auto und versuche, mir vorzustellen, wo das Ladenschild hinsoll und wie groß es sein muss, als jemand kräftig gegen die Autoscheibe klopft. Ich zucke zusammen. Es ist James Matthews mit einem gelben Schutzhelm und einer Warnschutzjacke. Ich bin regelrecht geblendet.

»Gott, hast du mich erschreckt!«, keuche ich und öffne das Fenster. Das letzte Mal, als ich ihn gesehen habe, hat er zu »Oops I did it again« getanzt. Jedenfalls in meinen Träumen.

»Tut mir leid«, sagt er mit seinem Prinz-Harry-Akzent und lacht, nimmt den Helm ab und fährt sich durch die Haare. »Du warst mit den Gedanken ganz woanders. Ich habe mich nur gefragt, ob du dich verfahren hast oder eine Panne oder so.«

»Nein, nein«, sage ich, öffne die Autotür und steige aus. »Ich habe einen Besichtigungstermin mit Deirdre Ruane für die Ladenfläche. Ich möchte sie gern mieten.«

»Meinst du *Trevor* Ruane?«, fragt James mit gefurchter Stirn. Sein Bart und seine Arbeitshosen lassen ihn etwas ungepflegt aussehen, aber sein Rasierwasser riecht eindeutig teuer.

»Dee ist seine Tochter«, erkläre ich. »Wir waren zusammen in der Schule, deswegen hat sie gesagt, sie zeigt mir alles.«

»Ach, ich verstehe«, sagt er. »Tut mir leid, ich muss mich noch an das Landleben gewöhnen. Ich vergesse immer, dass sich hier alle kennen.«

Ich nicke Richtung Gebäude. »Stimmt es, dass hier bald alles fertig ist? Du hast das Mountrath inzwischen wohl ziemlich satt.«

Er lächelt, dann schneidet er eine gespielte Grimasse und schiebt sich dabei die Haare aus dem Gesicht. »Es ist schon in Ordnung, aber mein Bedarf an Fleischbuffet ist inzwischen gedeckt. Ich bin aber mindestens noch einen Monat da. Es ist jetzt wetterdicht, aber es gibt noch eine Menge zu tun. Und ich habe noch ein paar andere Aufträge hier, die ich zu Ende bringen muss. Komm, ich zeige es dir.«

»Bist du sicher? Ich kann auf Dee warten. Es ist zehn vor drei.«

»Aber klar doch, komm einfach mit. Pass nur auf, wo du hintrittst.«

Beim näheren Hinsehen gibt es schon noch einiges zu tun, aber sobald ich eintrete, stimmt mein Gefühl. Von drei Seiten strömt Licht herein, und ich stelle mir vor, wie hell und freundlich es aussehen wird, wenn alles fertig ist. Noch ist der Fußboden kahler Beton, und die Wände sind unverputzt, aber es hat eindeutig Potenzial.

»Was willst du denn mit der Ladenfläche machen?«, fragt James, der Helm baumelt an seinen Fingern. »Eine Kinderkrippe oder so was?«

Wenn man mich nicht für eine Krankenschwester hält, dann für eine Erzieherin. Also wirklich, wenn man ein nettes Gesicht und eine etwas matronenhafte Figur hat, scheint es nur zwei Optionen bei der Berufswahl zu geben.

»Äh, nein, ich habe mehr an ein Café gedacht«, sage ich und schaue mich um. »Unkompliziertes, aber gutes, herzhaftes Essen. Hier gibt es keinen Mangel an Fleisch aus Weidehaltung, Eiern aus Freilandhaltung oder frischem Obst und Gemüse. In Dublin sind sie alle verrückt danach. Aber DJs oder so ein Quatsch kommen mir nicht ins Haus.«

»In bestimmten Vierteln in London ist das auch so«, sagt er. »Bist du häufig in Dublin? Ich dachte, du seist von hier. Meine Großeltern sind aus Ranelagh.«

»Bis vor ein paar Monaten habe ich in Dublin gewohnt und im Finanzsektor gearbeitet. Ich suche wohl eine neue Herausforderung.« Die Entlassung erwähne ich nicht. Ich weiß nicht, warum, aber es ist mir noch immer ein bisschen peinlich.

»Auf jeden Fall hast du dir ein gutes Ladenlokal ausgesucht«, sagt er und wird geschäftlich. »Die Decken sind gut dreieinhalb Meter hoch, also ist es schön luftig. Die Lüftungsschächte und Rohre verschwinden alle noch unter der abgehängten Decke, und die Deckenleuchten werden miteingebaut.«

Ich bin so damit beschäftigt, nach oben zu gucken, dass ich das Kabelwirrwarr auf dem Fußboden nicht sehe und darüberstolpere. Kurz bevor ich mit dem Gesicht auf dem Betonboden lande, streckt er die Arme aus, und ich falle direkt hinein.

»Tut mir so leid«, sage ich in seine Achselhöhle und versuche, mich aufzurichten. Sein Werkzeuggürtel stößt genau in meine Hüfte.

»Das ist meine Schuld.« Er zieht mich mühelos hoch. »Alles okay? Wie geht es dem Fuß? Ich habe beim Reingehen völlig vergessen, dir einen Helm zu geben. Hoffentlich verklagst du uns nicht.«

Ich fange an zu lachen, da geht die Vordertür auf.

»*Ähem.* Ich hoffe, ich störe nicht?«

Wir fahren beide herum, als Deirdre Ruane über die Schwelle tritt. Ich werde ganz automatisch rot und hasse mich dafür.

»Natürlich nicht, ich war nur ein bisschen früher da«, stottere ich und streiche mir die Haare glatt.

»Sie müssen Mr Matthews sein«, sagt Deirdre und kommt strahlend mit ausgestreckter Hand auf uns zu. »Dee Ruane. Trevor hatte keine Zeit, deshalb zeige ich Aisling heute Nachmittag die Räumlichkeiten. Sie hat große Pläne für die Ladenfläche!«

James schüttelt ihr fest die Hand und setzt dann wieder den Helm auf. »Ja, sie hat mir gerade davon erzählt. Dann lasse ich euch mal allein. War nett, dich wiederzusehen, Aisling.«

Sobald er außer Hörweite ist, beugt Deirdre sich vor und lässt einen leisen Pfiff ertönen. »Was für eine Augenweide, nicht wahr? Was für ein Arsch! Wenn Daddy glaubt, den kann er allein für sich in Beschlag nehmen, dann hat er sich getäuscht.«

Am Abend, als ich James kennengelernt habe, ist mir das

gar nicht aufgefallen – wahrscheinlich wegen dem ganzen Drama um John und Pjotr –, aber sie hat recht. Ein schöner Anblick, keine Frage. Und ein sehr bemerkenswerter Arsch.

»Seid Titch und du nicht wieder zusammen?« Dee und Titch sind – mit vielen Unterbrechungen – ein Paar, seit wir beim Schulkonzert zusammen mit der Jungenschule *Die Schöne und das Biest* aufgeführt haben und sie die beiden Hauptrollen hatten. Ich war Madame Pottine, die Teekanne, was mir egal war, obwohl ich für den sexy Staubwedel vorgesprochen hatte. Majella hat Schwester Bernadette beschuldigt, mich nur aufgrund des Aussehens besetzt zu haben, aber das hat sie rundweg abgestritten. Bis zum heutigen Tag habe ich da aber so meine Zweifel, denn meine Darbietung des Liedes »Die Schöne und das Biest« bekam nicht gerade überschwängliche Kritiken in der Schülerzeitung.

»Ja, das sind wir wohl«, gibt Dee mit einem koketten Lächeln zu. »Ich musste ihn nach Cillians dreißigstem Geburtstag aus dem Krankenhaus abholen. Gott, ging es ihm schlecht – nachdem ich die Kohlensäure aus unzähligen Flaschen 7Up geschüttelt hatte, war ich echt geschafft. Aber diesen Matthews würde ich vermutlich nicht von der Bettkante stoßen. Er erinnert mich an Idris Elba.«

»Der hat doch bestimmt eine Freundin«, flüstere ich. »So ein Mann wie er. Oder sogar eine Frau.«

»Nun, einen Ring trägt er nicht.« Dee zuckt mit den Schultern. »Und, wie findest du es? Groß genug für dein Café?«

»Auf jeden Fall«, sage ich. »Und schön hell.«

»Komm, ich zeige dir die hinteren Räume.«

Ich folge ihr durch eine Schwingtür in das hintere Zimmer, das eine gute Küche abgeben würde.

»Die Elektriker waren noch nicht da, also können wir alles an deine Geräte anpassen«, sagt Dee und zeigt auf die elektrischen Leitungen. »Und hier sind ein Vorratsraum und die Toiletten. Die Ausstattung wird vom Feinsten sein. Matthews besteht darauf. Ich habe im Auto noch Prospektmaterial für dich.«

»Es sieht alles toll aus, Dee«, sage ich. »Wann wird es fertig sein? Ich kann es kaum erwarten.«

»Er sagt sechs Wochen, aber Daddy meint, es können auch acht werden. Passt dir das?«

»Das ist perfekt. Vorher muss ich noch ein paar Kühe vom Eis holen.« Über den verdammten Zuschuss, der mich im Hinterkopf quält, sage ich nichts. Ich versuche, nicht darüber nachzudenken, was passiert, wenn ich ihn nicht bekomme.

»O, ich bin mir sicher, du hast alles im Griff, Ais. Du hast echt Hummeln im Hintern, und ich wette, die bezahlen auch Miete. Majella hat mir erzählt, dass du Brunch anbieten wirst. Das wird auch Zeit, kann ich nur sagen. Wir leben schließlich im 21. Jahrhundert. Mammy besteht noch immer auf ihrem Sonntagsbraten um zwölf Uhr. Ich bin selten dazu in der Lage, wegen dem Abend davor. Mit den Mädels brunchen zu gehen, wäre ein Spaß – sehr instagrammig.«

»Weißt du schon, was da oben hinkommt?«, erkundige ich mich und zeige Richtung Decke.

»Noch kann ich dir nichts zeigen, weil es bisher keine Treppe gibt, aber das werden drei Luxus-Dreizimmerwohnungen. Sie haben jede einen separaten Eingang, also tangiert dich das nicht. Dafür werde ich eine schöne Provision bekommen, sobald die vermietet sind.«

So, sehr schön, alle Informationen direkt aus erster Hand zu bekommen. Dann kann ich mal den ganzen Gerüchten von Promis, Lidls und Drogenbaronen einen Riegel vorschieben. Aber schade, dass Donny Osmond nicht herzieht. Das wäre sicher gut fürs Geschäft.

Auf der Fahrt zurück durch BGB entdecke ich etwas, das mich zweimal hinsehen lässt. Ist das …? Ja, es ist Pablo auf der Hauptstraße, allein auf einer Bank vorm Maguire's. Vielleicht genießt er gerade sein Bier, schließlich scheint ja mal die Sonne. Und warum auch nicht? Als ich weiterfahre, sehe ich jemanden aus dem Pub kommen, der sich neben ihn setzt. Sieht aus wie Susie Ó Súilleabháin, obwohl ich nicht ganz sicher bin. Kennen die sich überhaupt? Das muss ich Majella fragen.

KAPITEL 25

Es ist der fünfte Tag in Folge, an dem ich auf Pat Curran warte – ja, unser Postbote in BGB heißt tatsächlich Pat, wie der Postbote Pat aus der Fernsehserie –, aber noch immer habe ich keinen Bescheid wegen des Gründungszuschusses bekommen. Es kann einen Monat oder länger dauern. Mammy hingegen kriegt einen Brief nach dem anderen, die sie alle sofort verbirgt. Ich habe das schreckliche Gefühl, dass es Rechnungen sind – erste, zweite und dritte Mahnungen. Obwohl ich darauf geachtet habe, ob rote Umschläge kommen, und bisher war keiner dabei. Oder sind diese Umschläge nur in Filmen rot? Wer weiß das schon. Ich habe versucht, sie davon zu überzeugen, dass ich ihr ein bisschen Miete zahle, aber sie will nichts davon wissen. »Du gründest gerade ein Geschäft, Schätzchen«, sagt sie. »Da brauchst du jeden Penny.«

Constance Swinford und sie sind richtige Freundinnen geworden, und an ihren Frauentagen machen sie gemeinsam in Constances Range Rover die Gegend unsicher. Mammy hat sich schon an die erhöhte Sitzposition gewöhnt. Als ich sie neulich zu Geraldines Boutique gefahren habe, hat sie sich beschwert, dass sie aus meinem Micra nicht über die Gartenmauern gucken kann. Offenbar wollen sie zusammen mit Tante Sheila und Tessie Daly im Sommer den Jakobsweg gehen.

»Worüber unterhaltet ihr euch denn so?«, habe ich sie gefragt. Constance sülzt doch bestimmt bei jeder Gelegenheit über Dinners und Tontaubenschießen oder prahlt mit der

Qualität ihrer Pferdescheiße und wie die sich auf ihren Rosengarten auswirkt.

»Ach, dies und das«, war alles, was Mammy dazu zu sagen hatte. »Das geht dich nichts an.«

Dennoch ist diese neue Freundschaft für mich sehr nützlich - die Swinfords kennen eine adlige Familie, die Geldprobleme hat und ziemlich schnell das Land verlassen muss. Klingt zwielichtig, aber sie haben in ihrem Gutshaus immer Hochzeiten ausgerichtet und werden ihre professionelle Küchenausstattung für einen lächerlichen Betrag versteigern. Mammys Verdacht, dass Lord Dingsbums wegen Insidergeschäften dran ist, werde ich einfach ignorieren. Die Auktion ist nächsten Freitag, also habe ich heute Morgen drei Kerzen angezündet, in der Hoffnung, dass ich bis dahin erfahre, ob ich den Gründungszuschuss bekomme. Besondere Zeiten und so.

Noch etwas Gutes hat es, dass Mammy jetzt öfter unterwegs ist: Paul drüben in Australien kommt endlich mal runter. In den letzten Wochen hat er mich dauernd mit Nachrichten genervt: »Füllst du ihre Tabletten nach?«, »Kennst du ihre Blutgruppe?«, »Sollen wir ihr so ein Notrufknopf-Dings besorgen?« Ich glaube, er fühlt sich in Melbourne sehr weit weg von zu Hause. Er hat sogar zugegeben, dass er jeden Sonntag um zwei Uhr nachts aufsteht, um im Fernsehen das Agrarwetter zu gucken. Und er war nicht davon zu überzeugen, dass er es doch später zu einer vernünftigeren Zeit in der Mediathek gucken kann.

Majella wollte heute mit dem frühen Bus aus Dublin kommen, deswegen beschließe ich, kurz vorbeizugehen, um ihr die Einladung für die Babyparty zu geben und sie zu fragen, wie das Bewerbungsgespräch für die stellvertretende Schulleitung war. Bisher weiß ich nur aus einer SMS, dass es »gut gelaufen ist«, aber das reicht mir nicht. Ich hoffe, dass sie die

Fragen, die ich ihr letztes Wochenende zur Vorbereitung geschickt hatte, auch nutzen konnte. Wo siehst du dich in zehn Jahren, Majella? Das wüsste ich auch nur zu gern.

Als ich ums Haus rumgehe, klettert Shem gerade hinten aus einem Jeep.

»Aisling«, brüllt er über den Hof, »du machst doch gerne Wassersport, oder?«

Keine Ahnung, wo er das herhat. Dearbhla Walsh wollte unbedingt an ihrem Junggesellinnenabschied surfen gehen, und wirklich, das war so ziemlich der traumatischste Tag meines ganzen Lebens. Würdet ihr eure Freundinnen dazu auffordern, im Januar in der Irischen See zu schwimmen? Ich bin schon im Normalfall ziemlich unkoordiniert, und während ich das Auftauchen auf dem Trockenen noch einigermaßen hinbekommen habe, tauchte ich im Wasser nirgendwo auf. Ich bin dann früher zurückgepaddelt und habe mich im Hostel erst mal zum Aufwärmen auf die Heizung gelegt.

»Wie kommst du denn darauf, Shem?«, rufe ich zurück und frage mich, worauf er hinauswill.

»Ich habe gerade eine neue Ladung Neoprenanzüge bekommen. Brandneu, mit Etikett und allem. So was kann man doch immer gebrauchen. Und du bist schließlich eine Frau, die nichts dem Zufall überlässt.«

Wenn er nicht gerade irgendwo aushilft, verkauft Shem gerne dies, das und jenes. Er hat einen Bruder in Bristol, der bei einer Importfirma arbeitet. Behauptet er zumindest. Früher war es immer toll, die Filme auf DVD sehen zu können, bevor sie ins Kino kamen, und ich habe immer noch die originale Ray-Ban-Sonnenbrille, die er mir für einen Zehner verkauft hat, als ich sechzehn war. Aber seit Aldi auf der Bildfläche erschienen ist, kriegen die Leute halt da ihren Scheiß. Ich glaube, dass das Shem hart getroffen hat.

»Ach, auf den Neoprenanzug verzichte ich lieber, danke«, sage ich.

»Bist du sicher? Ich verkaufe sie für vierzig Euro, aber dir mache ich ein gutes Angebot. Sagen wir, fünfunddreißig Euro?«

»Nett von dir, Shem. Ist Majella da?«

Er nickt und lädt weiter sein Auto aus, während ich durch die Hintertür reingehe. Pablo ist wahrscheinlich noch nicht von der Arbeit zurück. Seit er neulich vor dem Maguire's gesessen hat, habe ich ihn nicht mehr gesehen. Majella habe ich doch nichts gesagt. Sie mag Susie Ó Súilleabháin nicht besonders, und wahrscheinlich war sie es sowieso nicht. Ich muss nicht wegen nichts Ärger machen.

Die Morans wohnen in einem dieser Bungalows, die sich in den Siebzigerjahren wie Unkraut über Irland verbreitet haben. Ich habe viele Abende meiner Kindheit damit verbracht, am großen Kiefernholztisch in der Küche das Brettspiel »Entdecke Irland« zu spielen, und an vielen Wochenenden auf der Couch mit den Mädchen aus der Schule Disney Channel geguckt. Per Satellitenschüssel, die Shem selbst gebastelt und am Schornstein befestigt hatte. Der Empfang war nie besonders gut, aber wir konnten gerade so ausmachen, was bei *Hannah Montana* passierte. Majella hielt sich für Graf Rotz, bis eine Windbö die Schüssel runterfegte und die Morans sich, wie alle anderen auch, mit den irischen Sendern begnügen mussten.

Majella befüllt gerade den Wasserkocher, als ich in die Küche komme. »Hallo, Ais«, sagt sie und drückt den Schalter. »Gutes Timing. Hier, mach dich nützlich und gib mir mal die Sprühflasche, die auf der Arbeitsplatte steht.«

Ich habe gerade den ersten Schritt gemacht, als ein unbarmherziges Geheul aus der Waschküche zu hören ist, gefolgt von einem ohrenbetäubenden Krachen. Es ist so laut, dass ich wie angewurzelt stehen bleibe, aber Majella zuckt nicht mit der Wimper und sucht seelenruhig weiter die Küchenschränke nach zwei passenden Tassen ab. Als ich schon denke, ich hätte es mir nur eingebildet, ertönt es wieder: ein Geheul, so laut, dass mir fast das Trommelfell platzt.

»Was zum Teufel ist da drin?«, will ich wissen und werfe Majella die Sprühflasche zu.

Sie verdreht die Augen und füllt die Sprühflasche mit Wasser auf. »Der verdammte Willy. Er ist verrückt geworden, Ais – er weiß, dass es gleich vier ist und Pablo jede Minute zu Hause sein wird. Er lässt ihn einfach nicht in Ruhe!«

Bei der Erwähnung von Pablos Namen ist ein dumpfer Knall aus der Waschküche zu hören, und es klingt verdächtig so, als ob Willy sich gegen die Tür wirft.

»Mammy war gestern mit ihm beim Tierarzt, weil sie sich echt Sorgen macht. Der sagt, Willy will Dominanz ausüben. Es ist ein Machtspiel – er will alle daran erinnern, dass er der Boss ist. Aber ich schwöre bei Gott, es ist …«. Sie macht eine dramatische Pause und zischt dann leise: »sexuell. Er steckt seine Schnauze in Pablos Schritt und rammelt sein Bein, bis er, du weißt schon, fertig ist. Pablo hat inzwischen Angst, abends nach Hause zu kommen. Er sagt, das ist Belästigung.«

Das klingt wirklich ganz schön anstrengend. Aber ich weiß, dass Liz sich letzten Endes immer für Willy entscheiden würde. Seit Shane ihn vor sechs Jahren in einer Plastiktüte am Flussufer gefunden hat, lebt dieser Hund bei den Morans. Er hat vom ersten Tag an in Liz' Bett geschlafen, und ich habe gesehen, wie sie ihn auf sein Maul küsst. Sie betrachtet ihn als Adoptivsohn, was die Knutscherei nur noch abstoßender macht.

»Und ihr könnt nicht demnächst ausziehen?«, frage ich

hoffnungsvoll, als Majella zwei Becher Tee vor uns auf den Tisch stellt.

Ihre Lippen zucken, und dann strahlt sie übers ganze Gesicht: »Nun, auf dem Weg nach Hause habe ich im Bus einen Anruf bekommen: Ich habe die Stelle als stellvertretende Schulleiterin!«

»Majella, o mein Gott!«, rufe ich und springe auf, um sie zu umarmen. »Ich freue mich so für dich. Die stellvertretende Schulleiterin von St. Anthony's, und du bist noch keine dreißig! Verdammt, ich wusste, dass du sie bei diesem Bewerbungsgespräch in die Tasche steckst!«

»Ich habe so laut aufgeschrien, dass Tony Timoney auf der Autobahn einen Schlenker gemacht hat und fast in einen BMW reingefahren wäre.« Majella lacht. »Ich kann nicht glauben, dass ich endlich eine Gehaltserhöhung bekomme. Verdammt noch eins! Vielleicht ist doch Licht am Ende des Tunnels.« Wir stoßen mit unseren Teebechern an. »Ich glaube, es war das Kostüm«, sagt sie. »Du hattest recht, es bringt Glück.«

In diesem Augenblick geht die Hintertür auf, und Pablo steckt seinen Kopf hindurch. Mit dem Geräusch der Tür beginnt der Krach in der Waschküche erneut, nur ist es diesmal doppelt so laut. Ich muss mir die Ohren zuhalten.

»Hola, Aisling«, ruft Pablo und schleicht zum Tisch, ein Auge auf die Tür der Waschküche gerichtet, die in ihren Angeln zittert, aber nicht nachgibt. Hoffe ich. »Bitte, Majella, meine Flasche.«

Maj wirft ihm die Sprühflasche zu, aber er fängt sie nicht, und sie knallt ihm voll gegen die Stirn. Er flucht auf Spanisch und bückt sich, um sie aufzuheben, während ich Majella mit hochgezogenen Brauen ansehe.

»Es ist nur Wasser«, erklärt sie. »Der Tierarzt hat gesagt, wenn er anfängt zu rammeln, sollen wir ihn ansprühen, vielleicht schreckt es ihn ja ab. Es tut nicht weh oder so - er soll nur etwas Negatives damit verbinden. So wie bei dir - weißt du noch, als du auf unserem Schulausflug zu Cadbury's so viele Crunchies gegessen hast, dass dir schlecht wurde, und jetzt erträgst du noch nicht mal mehr den Anblick.« Sie sieht zu Pablo rüber, der ganz blass ist. So habe ich ihn noch nie gesehen. »Ehrlich gesagt hat es bisher nicht funktioniert«, ergänzt sie mit einem Seufzer.

Er zuckt nur mit den Schultern. »Meine Flasche, mit der fühl ich mich sicher.«

Ich wende mich wieder Majella zu und schaue sie erwartungsvoll an: »Willst du es ihm nicht erzählen? Das mit der Stelle? Ich kann nicht glauben, dass du noch nichts gesagt hast.«

»O, ich habe ihn gleich vom Bus aus angerufen«, sagt sie und wendet schnell den Blick ab. »Er führt mich am Wochenende ins High King Hotel aus, um zu feiern.«

Pablo steht auf und tänzelt zu ihr rüber, zieht sie vom Stuhl hoch und wirbelt sie mit großer Geste durch die Küche.

»Ich bin so stolz, Aisling! *Mi amor,* die stellvertretende Schulleiterin!« Er wirbelt sie weiter herum und raspelt dabei Süßholz - jedenfalls gehe ich davon aus, er spricht Spanisch. Majella lacht und quietscht, während Willy in der Waschküche jault.

»Ich gehe dann mal«, sage ich leise, hole die Einladung aus der Tasche und lege sie auf den Tisch. »Mach dir keine Gedanken wegen des Kostüms, das nehme ich nächstes Mal mit.«

»Was hast du gesagt, Ais?«, brüllt Majella über den Lärm hinweg, während Pablo ihren Hals knutscht. »Du hast deinen Tee nicht ausgetrunken«, ruft sie mir nach, aber ich bin schon weg.

KAPITEL 26

Nur noch 6.122 Euro. So viel ist noch von meiner Abfindung übrig. Was in Gottes Namen habe ich mir dabei gedacht, in Vegas die Minibar leer zu trinken? Der Großteil davon ist dafür draufgegangen. Alkohol und kleine Dosen Pringles für zwölf Dollar. Seitdem habe ich ein wachsames Auge auf mein Konto. Jede Briefmarke ist schon zu viel. Ich rufe bei Ruanes an, und Deirdre geht sofort ran. Sie hat versprochen, mir augenblicklich eine Nachricht zu schicken, falls jemand anders Interesse an der Ladenfläche zeigt, aber sie ist nicht besonders zuverlässig. Titch Maguire kann das bestätigen.

»O, hallo, Aisling«, sagt sie. »Meine Hand lag schon auf dem Telefon. Ich warte auf einen Anruf des irischen Sportverbands.« Der irische Sportverband! Wie glamourös.

»Was will denn der Sportverband von dir?« Ich versuche, die Aufregung in meiner Stimme zu verbergen. Vielleicht eröffnen sie ja ein Trainingslager in BGB. Das würde uns richtig bekannt machen, ganz zu schweigen davon, was das für mich und den lukrativen Markt für ganztägiges Frühstück bedeuten würde.

»Sie wollen einen Hektar Land östlich vom Rangers-Spielfeld in Knock kaufen«, sagt sie. »So wie es aussieht, kann Billy Foran sich auf einen Geldregen einstellen. Er könnte jeden Preis verlangen. Wenn ich das aushandele, fliege ich zwei Wochen nach Marbella.« Sie senkt die Stimme: »Und ich meine All-inklusive, Aisling. Mit Getränken.«

Gott verzeih mir, aber ich bin neidisch. Warum grenzt unser

Land nicht an das Rangers-Spielfeld? Wenn Mammy ein Stück Land an den irischen Sportverband verkaufen könnte, hätte sie eine Weile keine Geldsorgen mehr. Das würde bei uns beiden etwas Stress abbauen.

»Übrigens, das findest du bestimmt komisch, Aisling, der Typ vom Sportverband hat gefragt, ob ich John kenne«, erzählt sie weiter. »Also, deinen John. Deinen ehemaligen John, meine ich.«

»Warum?« Ich bin wirklich verblüfft.

»Anscheinend macht er da im Hauptquartier von sich reden wegen seiner Arbeit mit der Bezirksmannschaft. Es heißt, sie wären gut genug, um dieses Jahr ins Halbfinale zu kommen. Sie könnten vielleicht sogar gewinnen. Weißt du, dass das seit 1984 nicht mehr der Fall war? Es heißt, dass er vielleicht nächstes Jahr zum Manager befördert wird. Er könnte der nächste Brian Cody werden.«

Da muss ich kichern. Von diesem Vergleich wäre John nicht sehr angetan – aber wie schön für ihn. Dann sind Mikrochips wohl doch nicht seine Bestimmung.

»Ich rufe wegen meiner Ladenfläche an, Dee«, sage ich, erpicht darauf, wieder zum Geschäftlichen zu kommen. Die Unternehmerin Ais hat keine Zeit für Klatsch, obwohl ich daran denken muss, das später Mammy zu erzählen. In ihren Kreisen sind solche Informationen viel wert. Nichts geht über den Verkauf von Land, um für Gerede zu sorgen. »Sie steht doch noch zur Verfügung, oder? Ich könnte jetzt unterschreiben.«

Ich höre gedämpfte Geräusche in der Leitung, und dann erklärt sie, dass sie noch mal nachsehen muss.

»Aisling, es tut mir sooo leid«, sagt sie, als sie einige Minuten später wieder dran ist. »Dad – ich meine, Trevor – kümmert sich ja um alle Geschäftsräume, wie du weißt, und er hatte heute Morgen mit jemandem einen Besichtigungstermin. Im System steht, dass die Fläche vermietet ist. Ich kann nicht glauben, dass ich das verbockt habe, aber diese Vermittlung für den Sportverband – Ais, ich könnte mit Air Lingus fliegen. Mit Priority Boarding!«

»Gott, Dee!« Ich kann meinen Ärger nicht verbergen. Das ist eine totale Katastrophe. Wenn ich die Ladenfläche nicht bekomme, kann ich BallyGoBrunch nicht eröffnen. Wenn ich BallyGoBrunch nicht eröffnen kann, ist mein Leben vorbei. Was zum Teufel soll ich dann tun? Ich habe den ganzen letzten Monat mit den Planungen verbracht. Ich hätte nicht damit warten sollen, den Mietvertrag zu unterschreiben. Was habe ich dazu gestern auf Facebook gepostet? »Angst ist vorübergehend, Bedauern für immer.« Wahre Worte, in der Tat. Kein Wunder, dass ich sieben Likes bekommen habe.

»Nein, tut mir leid, es ist nicht deine Schuld«, sage ich schnell. »Ich hätte dir gleich nach der Besichtigung sagen sollen, dass ich die Ladenfläche mieten will. Ich wollte noch warten, bis ich so einen Zuschuss bekomme, und da habe ich wohl zu lange gewartet, verdammt noch mal. Du hast nicht zufällig noch andere Ladenflächen im Angebot?« Ich weiß, dass das ziemlich aussichtslos ist. Es ist ja nicht so, als hätten wir hier ein schickes Industriegebiet, und die beschissene Hauptstraße kann man vergessen.

»Nicht auf dieser Seite von Knock, fürchte ich«, sagt sie. »Außer, du würdest das kleine Lädchen neben dem Schlachthof in Rathborris in Betracht ziehen?«

»Ich glaube nicht, dass das Gesundheitsamt davon besonders begeistert wäre.«

»Nein, wahrscheinlich nicht.«

»Kannst du mir wenigstens sagen, wer sie gemietet hat?«

»So eine Information darf ich leider nicht weitergeben, Aisling. Das ist vertraulich – das weißt du doch.«

»Du kennst mich, Dee, von mir wird es keiner erfahren.«

»Daddy würde mir den Kopf abreißen!«

»Warum soll er je davon hören?«

Sie seufzt, und ich spüre, dass sie zögert. »Du würdest es noch nicht mal Majella erzählen?«

»Noch nicht mal Majella. Ich schwöre ...« Ich lasse meine Stimme zittern. »Ich schwöre bei Daddys Grab.« Und dann schnüffle ich ausführlich. Wenn Daddy zuhört, wird er stolz auf mich sein.

»O, Aisling.«

»Tut mir leid. Es ist immer noch ... frisch.«

»Mir fehlt es auch, ihm im Dorf zu begegnen. Er war immer so fröhlich.«

»Das war er, nicht wahr?«

Eine weitere Pause. »Okay, also dann. Hier steht, es ist Marty Boland.«

Von allen arschgesichtigen Arschgesichtern im Dorf muss es ausgerechnet er sein – der brutale Metzger von Ballygobbard!

* *

Ich wusste, dass Sharon es verstehen würde. Ich habe gefragt, ob sie mit auf ein Bier ins Maguire's geht, aber ich hätte nicht erwartet, dass sie sich so aufbrezelt. Sie trägt Lederleggings, und die Schultern ihres Shirts sind an den strategisch richtigen Stellen ausgeschnitten. Ich bin in Jeans und Pulli und habe Mammy vorhin noch geholfen, die Lämmer zu füttern – das macht mich ein bisschen verlegen. Und je weniger ich zu meinen Haaren sage, desto besser. Es ist sehr windig – belassen wir es dabei.

»Ich bin stinksauer«, sage ich und reiche ihr ihren Wodka

mit Soda und Limette, bevor ich einen großen Schluck Weinschorle trinke. »Was will er mit der Ladenfläche? Er wird wohl kaum mit seiner Metzgerei umziehen.«

»Gott, das wäre natürlich Musik in meinen Ohren«, gibt Sharon zu. »Obwohl ich das auch nicht glaube. Die Hauptstraße ist der beste Standort für eine Metzgerei.«

»Was soll ich bloß tun?«, jammere ich. »Was würdest du tun? Du bist Unternehmerin.«

Sie denkt eine Minute nach und knallt dann ihren Drink so heftig auf den Tisch, dass Felipe, der Barmann, von seiner *Racing Post* aufschaut. »Aisling, das ist dein Laden«, sagt sie in ruhigem Ton. »Sprich mit Boland. Schmier ihm Honig ums Maul. Versuch herauszufinden, was er damit vorhat, und dann überlegen wir entweder, wie wir das sabotieren oder ihn irgendwie davon überzeugen können, es aufzugeben. Nichts ist unter meiner Würde, Schatzi. Ich hasse dieses Arschloch. Gestern hat er Kaninchenkadaver in sein Schaufenster gehängt. Das möchte niemand sehen, der sich gerade die Beine enthaaren lassen will. Der hört nicht auf, bis er all meine potenziellen Kundinnen verjagt hat. Übrigens, was hältst du von Vorhair/Nachhair?«

Ich sehe sie zweifelnd an.

»Haarscharf?«

Das ist ja noch schlimmer.

»Letztendlich werde ich es doch Sharon's nennen, stimmt's?«, jault sie.

Ich trinke noch einen Schluck und denke über das nach, was sie gesagt hat. Ich kenne Marty Boland schon mein ganzes Leben lang. Vielleicht ist er doch nicht so schlimm? Mammy hat mich immer zu ihm geschickt, um Knochen für Trixie – Gott hab sie selig – zu holen, und sie kauft noch immer ihre Koteletts, ihr Hackfleisch und ab und zu eine Lammkeule bei ihm. Vielleicht versteht er es ja, wenn ich ihm erkläre, wie wichtig es ist, dass ich dieses Café eröffne? Der verdammte Hof hängt möglicherweise davon ab, ob BallyGoBrunch ein Erfolg wird, obwohl ich versuche, nicht darüber nachzudenken.

»Glaubst du, das wird funktionieren?«

»Irgendwas musst du ja tun«, sagt sie mit einem Schulterzucken.

Da hat sie nicht ganz unrecht. Ich kann mir den Laden nicht einfach durch die Lappen gehen lassen. Dafür habe ich schon zu viel Arbeit investiert. Ich schicke Dee eine SMS, dass sie mal die Zahlen rausrücken soll. Das ist das Mindeste, was sie tun kann, nachdem ich ihretwegen in der Scheiße sitze.

»Wann hast du denn wegen des Gründungszuschusses Bescheid bekommen? Heute Morgen?«, fragt Sharon und steht auf, um zur Bar zu gehen. Ihre Absätze sind mindestens fünfzehn Zentimeter hoch, aber sie geht darauf, als hätte sie Flip-Flops an. Sie muss Waden aus Stahl haben.

»Genau genommen habe ich noch gar nichts gehört«, gebe ich zu.

»Moment mal«, sagt sie, bleibt wie angewurzelt stehen und dreht sich dann zu mir um. »Dann weißt du also gar nicht, ob du überhaupt genug Geld hast, um das Café zu eröffnen?«

»Doch, doch«, sage ich und nicke heftig mit dem Kopf. »Meine Abfindung reicht aus, um den Mietvertrag zu unterschreiben, und dann kann ich mir vielleicht noch einen Toaster und einen Wasserkocher kaufen, aber mehr nicht.« Ganz knapp, aber das spreche ich nicht aus. »Hast du dir das Budget in meinem Businessplan nicht angeguckt? Da stand alles schwarz auf weiß. Die Überschriften waren rosa.«

»Ach ja, natürlich habe ich das, Schatzi«, sagt sie und geht zur Bar. »Noch mal das Gleiche?«

Ich nicke und schaue auf mein Handy. Dee hat zurückgeschrieben: »Er zahlt dreihundertfünfzig Euro im Monat. Daddy sagt, er hat aber noch nichts unterschrieben. Küsschen.«

»Ach, Scheiße«, sage ich, als Sharon mit meinem Drink zurückkommt. »Er zahlt dreihundertfünfzig Euro im Monat.«

»Ist das schlimm? Ich zahle fünfhundertfünfzig.«

Fünfhundertfünfzig Euro für das ganze Gebäude ist im Vergleich zu den Mieten in Dublin natürlich gar nichts, aber für Ballygobbard ist es nicht wenig.

»Aber du hast oben noch die Wohnung«, führe ich an. »Und du hast eine Toplage an der Hauptstraße mit der ganzen Laufkundschaft.«

»Laufkundschaft?« Sie lacht. »Na ja, das ist nicht gerade die Grafton Street mitten in Dublin.«

»Ich weiß. Aber du bist in der Nähe der Kirche. In BGB ist das eine Top-Immobilie. Jedenfalls, die Sache ist die, Dee hat mir insgeheim gesagt, dass der Bauunternehmer auch für dreihundert Euro vermieten würde, wenn ich gut verhandele. Das hat sie ganz offensichtlich nicht an Marty Boland weitergegeben, was ja vernünftig ist. Sie nimmt ihre Provision ziemlich ernst.«

»Das heißt, du kannst dreihundertfünfzig gar nicht zahlen und erst recht nicht noch was drauflegen?«

»Nein. Na ja, schon, aber das würde meine prognostizierte Gewinnspanne beeinträchtigen. Echt, Sharon, ich habe langsam den Eindruck, dass du meinen Businessplan gar nicht gelesen hast.«

»Was? Schatzi, nein. Natürlich habe ich das, wirklich. So auf Seite 437 bin ich aber möglicherweise ein bisschen eingenickt. Wir finden schon eine Lösung.«

Dann fällt mir ein, was Dee noch geschrieben hat.

»O, aber es gibt auch noch eine gute Nachricht! Boland hat

noch nichts unterschrieben. Es ist nur so eine Absprache unter Männern.«

Sharon haut sich auf den Oberschenkel, und ich zucke zusammen.

»Aisling, das ist ja der Hammer! Das heißt, du hast noch eine realistische Chance. Jetzt musst du ihn einfach davon überzeugen, einen Rückzieher zu machen.«

»Und wie zum Teufel soll ich das tun?«

KAPITEL 27

Ich war immer neidisch darauf, dass Paul das große Zimmer nach vorne raus bekommen hat. Eindeutiger Beweis, dass er Mammys Liebling ist. Aus seinem Fenster kann man bis zu den Bergen hinter Majellas Haus blicken, die heute Morgen wie eine Patchworkdecke aussehen. Sehr malerisch. Allerdings ist mein Blick auf Postbote Pats kleinen Lieferwagen gerichtet, der seit verdammten zwanzig Minuten bei den Morans vorm Haus parkt. Gott allein weiß, was Shem ihm gerade zu verkaufen versucht. Endlich kommt er heraus, einen Neoprenanzug über der Schulter, und rast die Auffahrt runter. Ich haste die Treppen hinab, eile durch die Hintertür, und als er vorfährt, stehe ich in Hausschuhen draußen im Hof.

»Na, wie isses, Aisling?«, sagt er. »Komm mal her, ich will nicht schon wieder aussteigen. Mein Rücken macht mir Ärger.«

Seit ich ihn kenne, beschwert Pat Curan sich über Rückenschmerzen. Daddy hat immer gesagt, dass er das nur erfindet, damit er nicht wie sein Namensvetter die Post tatsächlich ausliefern muss.

Er greift in den Stapel Briefe auf dem Beifahrersitz und zieht einen Umschlag unter dem Gummiband heraus. Nur den einen. Es kommt mir vor wie in Zeitlupe, denn wenn ich heute nicht die Zusage für den Gründungszuschuss bekomme, kann ich die Auktion und die günstige Spülmaschine und den Gefrierschrank und was weiß ich noch vergessen. Meine Augen hängen an dem Umschlag, den er mir durchs Fenster reicht.

Der Name, der darauf steht, ist eindeutig zu lesen, und es ist nicht meiner – es ist Daddys. Mir rutscht das Herz in die Hose, und mein Gesichtsausdruck spricht offenbar Bände, denn Pat sagt: »Ach, tut mir leid, Aisling – es ist schwer, seinen Namen aus allen Verteilern zu bekommen. Ich kann dir einen Antrag zum Ausfüllen geben.«

»Danke, Pat, aber das ist es gar nicht.« Ich nehme den Brief und stopfe ihn tief in die Tasche meines Hoodies. Er wühlt gerade hinter sich rum, und ich muss mich bremsen, um ihm nicht die ganze Geschichte von dem Café und dem Mietvertrag und meinen Sorgen um Mammy und den Hof zu erzählen. Wenn Pat Bescheid weiß, dann dauert es nicht lange, bis alle Bescheid wissen, und das will ich nicht.

»So, hier«, sagt er und wendet sich wieder mir zu. »Unterschreibst du das bitte?«

»Es eilt nicht, Pat, ich fülle das ein andermal aus.« Jetzt muss ich überlegen, wie ich fünf Tausender in fünfzehn verwandeln soll. Aber wie?

»Nein, hier ist noch einer für dich, Aisling«, sagt er und hält mir einen Brief unter die Nase. »Es ist ein Einschreiben. Du musst unterschreiben, sonst kann ich ihn dir nicht geben. Und den Antrag muss deine Mammy ausfüllen.«

Und da ist er – ein großer weißer Umschlag mit dem Absender der Bewilligungsstelle. Ich kann es nicht fassen. Schnell kritzele ich meinen Namen in Pats Geräte-Dings und flitze zurück in die Küche, wo Mammy gerade ein gekochtes Ei isst, neben sich einen aufgeklappten Reiseführer über Irlands historischen Osten. Ihr und Constance sind wohl die Gärten zum Besichtigen ausgegangen. Oder eher die Scones. Ich reiße den Umschlag auf – normalerweise mache ich das ganz vorsichtig, aber ich bin schließlich auch nur ein Mensch –, und der Brief rutscht auf den Tisch: Meinem Antrag wurde stattgegeben, und ein Scheck über fünfzehntausend Euro ist mit einer Büroklammer darangeheftet. Ein Wunder, dass der nicht geklaut wurde.

»Ja!«, brülle ich und stoße die Faust in die Luft. »Endlich klappt mal was.«

»Du hast den Zuschuss!« Mammy bedeutet mir mit einer Geste, dass sie den Brief sehen will, und ich gebe ihn ihr. »Ganz fantastisch gemacht! Ich hatte nicht eine Sekunde lang Zweifel.«

»Danke, Mammy«, sage ich und nehme mir mit zitternder Hand ihren Toast. Jetzt kann ich meinen Plan verwirklichen. Was hätte ich gemacht, wenn ich das Geld nicht bekommen hätte? Mich vielleicht still und leise in der nächsten Jauchegrube versenkt. Aber es bringt nichts, so zu denken. Ich wende mich an Mammy: »Also gehe ich jetzt auf jeden Fall am Freitag zu der Auktion, falls du mitkommen willst. Ich würde sagen, da wird einiges zu finden sein, wenn sie den Inhalt des ganzen Hauses verkaufen. Dann kannst du vielleicht etwas davon bei dieser Trödelshow im Fernsehen bewerten lassen.«

»Nur zu gerne, Schätzchen, aber am Freitag kann ich nicht. Constance und ich werden den Tag in Dublin verbringen.«

Gott, vielleicht besichtigen sie gar keine Gärten. Vielleicht trifft Mammy in Dublin ja diese Immobiliensachverständigen. Sie redet in letzter Zeit dauernd davon, mal die ganzen Schuppen aufzuräumen. Bereitet sie sich auf den Verkauf vor? Aber ich bringe es nicht über mich, sie zu fragen, und ich habe den Verdacht, dass sie mich schützen will, damit ich mir keine Sorgen mache. Ich kann den Gedanken, dass sie Haus und Hof verkauft, nicht ertragen. Wo wird sie dann hinziehen? Wenn ich zu irgendetwas nütze wäre, hätte ich schon längst eine Villa mit einer Einliegerwohnung für sie gebaut. Was bin ich bloß für eine Tochter?

»Möchtest du … soll ich mitkommen?«, schlage ich vor, in der Hoffnung, dass sie mir endlich verrät, was los ist. Ist sie nicht diejenige, die immer sagt, geteiltes Leid ist halbes Leid?

»Auf keinen Fall. Du musst doch zu deiner Auktion.« Und dann blättert sie weiter in ihrem Reiseführer, als wäre sie frei von allen Sorgen.

* *

Dienstags schließt Marty Boland die Metzgerei um zwei, also beschließe ich, ihm zu Hause einen Besuch abzustatten und ihn davon abzubringen, den Mietvertrag zu unterschreiben. Sharons Worte habe ich noch im Ohr: »Aisling, das ist *dein* Laden. Du musst etwas tun.« Ich verstehe jetzt, warum die meisten Leute es vorziehen, jeden Morgen zur Arbeit zu schlendern, sich einzustempeln, ihre Sozialabgaben zu zahlen und am Ende des Monats ein Gehalt zu bekommen. Das ist auf jeden Fall einfacher, als ein Geschäft zu gründen, aber andererseits habe ich mich nicht mehr so lebendig gefühlt, seit ich 2006 den Gaisce Gold Award erhalten habe, den der irische Präsident für außergewöhnliches Engagement an junge Leute vergibt. Und ehrlich gesagt war die Arbeit bei der Rentenkasse nie besonders aufregend.

Die Bolands wohnen in der Rathborris Road, etwa fünf Kilometer diesseits von Knock. Von der Straße aus ist das Haus kaum zu sehen, und als ich in die Einfahrt einbiege, wird mir bewusst, dass ich noch nie hier war. Ich weiß noch nicht einmal, ob sie Kinder haben, und seine Frau Carol kenne ich nur aus dem Gottesdienst. Sie ist eine winzige Person, irgendwie in sich zusammengefaltet. Laut Mammy hat sie es »mit den Nerven«, was eigentlich alles bedeuten kann. Ich fahre um das Haus herum und sehe, dass Martys Lieferwagen mit der

Aufschrift »Bolands feine Lebensmittel« nicht da ist. So ein Mist. Allerdings weiß ich immer noch nicht, was ich sagen soll, also ist es vielleicht besser so. Der einzige Trumpf, den ich im Ärmel habe, ist mein toter Vater, möge Gott mir vergeben. Kann ich das wirklich benutzen, um ihn zu beeinflussen? Einerseits verdiene ich es, direkt in die Hölle zu kommen, weil ich das überhaupt in Betracht ziehe, andererseits wäre Daddy wohl dafür zu haben. Wenn er es mir bloß selbst sagen könnte!

Ich hole tief Luft und springe aus dem Micra. Sofort habe ich einen Geruch in der Nase – einen betörenden Duft von Knoblauch und Basilikum und all den Kräutern, die Elaine in kleinen Töpfen auf dem Fensterbrett in der Küche unserer Wohnung stehen hatte. Ich wusste nie, was das alles war, habe aber nichts gesagt und sie einfach ab und zu gegossen. Elaine hat sich entsetzlich schlecht um sie gekümmert, und ich habe einen grünen Daumen, egal, ob es sich um legale oder um illegale Pflanzen handelt.

Der Duft ist berauschend, eine angenehme Abwechslung zum Jauchegestank, der sonst in BGB in der Luft hängt. Aber es ist keine Menschenseele zu sehen. Gerade will ich an die Hintertür klopfen, als ich ein Geräusch aus einem der weiß gekalkten Nebengebäude höre, die den Hinterhof einrahmen. Anders als bei uns ist hier alles sehr sauber und aufgeräumt, aber das ist wohl so, wenn nicht ständig Kühe und Schafe umherlaufen. Dann höre ich das Geräusch wieder – ein leises Surren, wie von einer Maschine. Keine Landmaschine, etwas Kleineres. Ich folge dem Geräusch bis zum größten Nebengebäude, und mir fällt auf, dass der köstliche Duft stärker wird. Mein Magen knurrt anerkennend.

Immer der Nase nach gehe ich um das Gebäude herum, wo ich ein sperrangelweit geöffnetes Fenster entdecke – und die Quelle des Dufts. Ich finde es eigentlich nicht gut, hier herumzuschnüffeln, aber gleichzeitig kann ich nicht anders. Mit dem Rücken zur Wand schleiche ich mich durch die schmale Lücke zwischen Hecke und Mauer, bis ich nah genug bin, um durchs Fenster zu linsen – ich fühle mich wie Nancy Drew oder wie Jessica Fletcher in *Mord ist ihr Hobby.* Und ich sehe Carol Boland mitten in einer Werkstattküche aus Edelstahl stehen. Sie trägt ein Haarnetz und eine Schürze, und vor ihr stehen ein surrender Mixer und etwa zwanzig kleine Schälchen. Ich beobachte einen Moment, wie sie dieses und jenes in den Mixer gibt und daran riecht. Hinter ihr auf dem Herd brutzeln Würstchen in einer Pfanne. Von dem Duft werde ich ganz schwach.

Plötzlich knurrt mein Magen laut, und sie blickt auf. Ich ducke mich, aber wahrscheinlich nicht schnell genug. Sie hat mich bestimmt gesehen.

»Ist da jemand?«, ruft sie und blinzelt Richtung Fenster.

»O ja, hallo, Mrs Boland«, rufe ich unter dem Fenster. »Ich suche Marty, ist er da?«

Ich höre, wie sie durch die Küche zur Tür geht, also gehe ich wieder zurück zum Eingang. So, wie ein normaler Mensch das gemacht hätte.

Sie wirkt einen Moment lang verwirrt, dann ordnet sie mich ein. »Aisling? Die Tochter von Seamus und Marian?«, fragt sie leise, und die Tür geht auf. Es ist wie ein Schlag in die Magengrube, Daddys Namen zu hören. Ich nicke jedoch und lächele sie an. »Was machst du hier?«

»Ich wollte mit Marty reden. Nur kurz. Tut mir leid, ich wollte Ihnen keinen Schreck einjagen. Ich bin nur dem Duft gefolgt …«

»Wie geht es dir, Liebes? Wie geht es deiner Mutter?« Sie tritt nach draußen und zieht die Tür fest hinter sich zu, bevor sie ihr Haarnetz und die blauen Gummihandschuhe auszieht und in die Tasche ihrer Schürze steckt. Sie sieht anders aus als beim Gottesdienst, ohne die Handtasche und ihren guten Mantel. Irgendwie größer. »Marty ist leider nicht da. Er musste nach Tipperary, um ein paar Karnickel abzuholen.« Noch mehr Kaninchen. Sharon wird begeistert sein. »Kann ich dir irgendwie helfen?«

»Nun, Mrs Boland, vielleicht schon.«

»Komm, wir trinken einen Tee. Komm mit.«

Sie führt mich über den Hinterhof in die Küche, die warm und gemütlich ist und nach frisch gebackenem Brot duftet. An einer Wand ist voller Stolz Martys Auszeichnung für die Würstchen ausgestellt, enorm vergrößert und in einem dicken Goldrahmen. Und damit man sie auch ja nicht übersieht, hängen an der Decke noch zwei Spots, die darauf gerichtet sind.

»Das Brot duftet ja umwerfend«, sage ich, atme tief ein und lehne mich an die Küchenzeile. Die Wand mir gegenüber hängt voller Bilder – Mrs Boland und Marty in Siebzigerjahreklamotten an ihrem Hochzeitstag, eine Luftaufnahme von ihrem Haus, genau wie bei uns zu Hause, und ein vergilbtes Foto von einer Frau und einem kleinen Mädchen unter einem Banner mit der Aufschrift »Nationaler Pflugwettbewerb 1964«. Die Frau hält einen großen Teller mit Würstchen, an dem eine riesige Erster-Preis-Rosette klebt. Ich sehe genauer hin: Das Mädchen kommt mir bekannt vor.

»Sind … sind Sie das, Mrs Boland?«

»Das bin ich«, bestätigt sie. »Da war ich sieben Jahre alt. Und das ist meine Oma Nellie. Sie hat Schweine gehalten und selbst geschlachtet – die ausgezeichnete Landrasse.« Dann bewegt sie sich so, dass sie plötzlich zwischen mir und dem Foto steht. In den Händen hält sie einen dampfenden Apfelkuchen.

»Das Brot braucht noch eine halbe Stunde, aber vielleicht hättest du gern ein Stück hiervon.« Sie lächelt und führt mich zum Tisch, auf dem schon eine Schüssel mit frisch geschlagener Sahne steht. Sie stellt ein Stück Apfelkuchen vor mich, und ich probiere einen Bissen. Jesus, Maria und Josef, ist das himmlisch! Sie hat irgendetwas Besonders mit reingetan – Zimt vielleicht? Der Kuchen ist warm und süß und vielleicht einer der besten Kuchen, die ich je gegessen habe. Und der Boden ist auch nicht matschig.

»Marty ist ziemlich stolz auf seine Würstchen, nicht wahr?«, sage ich und deute mit dem Kopf auf den Goldrahmen, während sie mir eine Tasse Tee einschenkt. »Stimmen die Gerüchte? Dass er der Einzige ist, der das Familienrezept kennt? Das ist ja eine Goldgrube.«

Sie lächelt nur und streicht ihre Schürze glatt. »Und was möchtest du mit ihm besprechen?«

Ich will es ihr gerade sagen, als ich ein Fahrzeug höre und ein roter Lieferwagen am Fenster vorbeifährt.

Mrs Boland verkrampft sich sofort und sieht auf die Uhr. »Ist es schon drei? Tut mir leid, Aisling, aber ich muss ...«

Sie wird von der Küchentür unterbrochen, die schlagartig aufgeht.

»Ich habe mich schon gefragt, wem der Micra gehört.« Marty Boland steht im Türrahmen, und Mrs Boland mir gegenüber schrumpft um die Hälfte zusammen. »Was kann ich für dich tun, Aisling?«

»Nun, Marty«, sage ich fröhlich, »wie geht es Ihnen?« Er sagt nichts und starrt mich nur an. »Äh ... äh ... ich wollte nur mit Ihnen über die Ladenfläche an der Garbally Road sprechen.«

Er lächelt und lehnt sich an den Türrahmen. »Ah, ja, meine neue Einrichtung zur Würstchenherstellung. Was ist damit?«

Mrs Boland steht auf und macht sich schweigend daran, unsere Tassen, Teller und Gabeln abzuräumen. Die Worte »Einrichtung zur Würstchenherstellung« bringen mich einen

Moment aus der Fassung, aber dann wappne ich mich und antworte.

»Ich habe mir die Räume vor ein paar Wochen angesehen und wollte sie eigentlich selbst mieten. Um ein Café zu eröffnen, wissen Sie? Um Kundschaft ins Dorf zu bringen …« Ich fange an zu plappern, weil er mich nicht eine Sekunde lang aus den Augen lässt. Ich schwöre, er hat nicht einmal geblinzelt, seit er in die Küche gekommen ist.

Er schneidet mir das Wort ab. »Kundschaft ins Dorf? Das Gebäude ist mehr als drei Kilometer entfernt!«

»O ja, ich weiß, aber ich würde Leute näher ans Dorf ranbringen. Vielleicht kommen sie dann auch in die Metzgerei und kaufen … Schinken.«

»Schinken?« Er lacht schallend. »Würstchen, Aisling, Würstchen sind das, was die Leute von Marty Boland wollen.«

»O ja, ich weiß, ich wollte …«

»Ich weiß, dass du dich mit der jungen Frau vom neuen Schönheitssalon angefreundet hast«, fährt er fort. »Wusstest du, dass da seit Monaten gehämmert und gebaut wird? Das ist Lärmbelästigung. Sie kann froh sein, dass ich noch nicht die Polizei gerufen habe.«

»Ich glaube, sie …«

Wieder schneidet er mir das Wort ab. »Wenn du mich jetzt entschuldigst, meine Würstchen machen sich nicht von allein.« Dann zieht er einen riesigen Schlüsselbund aus der Manteltasche und schüttelt ihn mir entgegen. »Ich arbeite an einem neuen Rezept, weißt du? Von Generation zu Generation weitergegeben. Streng geheim.« Und damit dreht er sich auf dem Absatz um und stolziert aus der Küche. Dann höre ich, wie die Hintertür zuknallt.

Das wirft mich aus der Bahn. Er ist so überzeugt davon, dass das seine Ladenfläche ist. Mein schönes Café. Wird jetzt eine Wurstfabrik. Ich muss diese Räume kriegen. Ich muss einfach. Unwillkürlich stoße ich einen leisen Pfiff aus und lächele Mrs Boland an, die gerade die Krümel von der Küchenzeile in ihre Hand wischt. »Ein Mann und seine Würstchen«, ist alles, was ich herausbringen kann. Wie hält sie das nur aus? Und wie soll ich ihn dazu kriegen, mir die Räume zu überlassen?

Sie schenkt mir ein schwaches Lächeln: »Möchtest du ein bisschen Kuchen für deine Mutter mitnehmen?«

* *

Auf dem Weg nach Hause, einen halben Apfelkuchen in Alufolie auf dem Beifahrersitz, geht mir plötzlich ein Licht auf. Statt die Hauptstraße runterzufahren, biege ich scharf rechts ab und fahre Richtung Garbally Road. Als ich das Gebäude erreiche, sehe ich gleich James Matthews auf einer Leiter stehen und irgendwas mit der Regenrinne machen. Sein Arsch ... der ist wirklich knackig. Plötzlich wünschte ich, ich hätte etwas anderes angezogen als Leggings und ein Fleece. Wenn Sadhbh mich jetzt sehen könnte – all ihre gute Arbeit ist zunichte, seit ich wieder zu Hause wohne. Aber es ist schwer, den neuesten Trends zu folgen, wenn man so weit entfernt von den Geschäften wohnt. Ich weiß gar nicht mehr, wann Majella mich das letzte Mal in einem Colette-Green-Post getaggt hat – da lernt man, wie man einen nudefarbenen Gürtel mit nudefarbenen Schuhen kombiniert.

Mit großen Schritten gehe ich über den Parkplatz, bis ich unter der Leiter stehe. »Na, James«, rufe ich zu ihm rauf.

»Hallo«, sagt er mit einem Lächeln. »Ich habe gar nicht erwartet, dich heute zu sehen. Hast du mit einem der Ruanes einen Termin?«

»Eigentlich wollte ich mit dir sprechen«, erkläre ich. »Nur ganz kurz.«

»O, okay«, sagt er vorsichtig und steigt von der Leiter. »Dann komm doch mit in mein Büro.«

Wie sich herausstellt, ist sein Büro sein Jeep, und ich bin überrascht, wie unordentlich es ist – überall liegen leere San-Pellegrino-Dosen (er ist ein Aranciata-Fan – schickimicki), Snickers-Verpackungen und Chipstüten herum.

»Entschuldige das Chaos. Hotelleben. Was kann ich für dich tun, Aisling?«

Ich hole tief Luft. »Du hast vielleicht gehört, dass Marty Boland mir bei der Ladenfläche zuvorgekommen ist«, sage ich. »Und da wollte ich dich fragen ...«

»Moment, Moment.« Er hebt die Hände. »Die Ladenfläche ist vermietet? Das höre ich zum ersten Mal. Ich bin davon ausgegangen, dass du sie mietest.«

»Ja, ich auch«, sage ich. »Aber dann habe ich angerufen, weil ich den Mietvertrag unterschreiben wollte, und Dee hat mir gesagt, dass ihr Vater sie an jemand anderen vermietet hat. Und zwar an Marty Boland, den Metzger.«

»Das tut mir sehr leid, Aisling. Zu mir haben sie nichts gesagt. Kann ich davon ausgehen, dass Trevor Ruane und Marty Boland befreundet sind?«

»O ja, das sind sie. Gute Kumpel. Sie haben das Ganze bestimmt auf dem Golfplatz abgemacht. Jedenfalls, ich wollte dir sagen, dass Marty vorhat, die Räume als so eine Art Wurstfabrik zu nutzen. Das hat er mir eben selbst gesagt. Aber als ich meinen Businessplan für das Café geschrieben habe, habe ich mir den Flächennutzungsplan angesehen und habe ihn so verstanden, dass dieses Grundstück«, mit einer Geste zeige ich auf das Gebäude, »ausschließlich für Einzelhandel und Gastronomie ausgewiesen ist.«

»Das stimmt.« James Matthews nickt eifrig und fährt sich mit der Hand durch die braunen Locken.

»Und eine Fabrik fällt doch unter industrielle Nutzung, oder?«

»Ganz sicher.«

»Dann wäre es also nicht rechtens, wenn Marty Boland sein Würstchenimperium bis hierher ausdehnen würde?«

»Das wäre es nicht.« Jetzt lächelt er, und mein Herz schlägt wie verrückt.

»Aber ein Café dürfte ich eröffnen?«

»Ja, es wäre rechtens, hier ein Café zu eröffnen.«

Mir strömt so viel Adrenalin durch die Adern, dass ich nicht still sitzen kann.

»Können wir darauf einschlagen, bevor du es dir anders überlegst?«, frage ich mit ausgestreckter Hand. »Das hier ist doch dein Büro, oder?«

Er fängt an zu lachen, und mir fällt auf, dass er sehr zwinkerige Augen hat. »Bist du sicher, dass dies dein erster Ausflug ins Geschäftsleben ist? Du scheinst dich in der Kunst des Verhandelns sehr gut auszukennen.«

Ich zucke nur mit den Schultern. »Da wir gerade dabei sind, wenn wir uns auf eine Miete von dreihundert Euro im Monat einigen können, zahle ich sechs Monate im Voraus. Einverstanden?«

Er lacht wieder. »Gott, du bist ja knallhart. Die Ruanes werden dich anrufen, sobald der Vertrag unterschriftsreif ist.« Darauf geben wir uns die Hand, und obwohl ich nicht glücklicher sein könnte, frage ich mich doch, wer Marty Boland die Nachricht überbringen wird.

KAPITEL 28

Letztendlich war die Auktion so stressig, dass ich Nasenbluten bekam und meinen ganzen Katalog eingesaut habe. Zum Glück verlasse ich das Haus nie ohne ein Taschentuch im Ärmel. Man weiß nie, wann einen die Nase im Stich lässt. Etwa hundertfünfzig Leute drängten sich in der Eingangshalle des Landsitzes, und ich schwöre, ich war die einzige Person ohne Seidenkrawatte oder Tweedmütze mit Fasanenfeder. Aber bei der Küchenausstattung hatte ich Glück: Sie wurde im Ganzen angeboten. Wenn ich auf jedes einzelne Teil hätte bieten müssen, hätten sie mich ohnmächtig raustragen müssen.

Den größten Rummel gab es um ein Gemälde, auf dem ein Mann einen Springer Spaniel streichelt. Ich kann nicht behaupten, dass ich verstanden habe, warum gerade dieses Gemälde so wichtig war, aber ich bin auch keine Kunstexpertin. Es war ja auch nicht so, als würde der Hund Poker spielen oder sonst was Aufregendes. Und wenn ich schon eine vierstellige Summe für ein Bild ausgebe, dann sollte es wenigstens von einem dieser berühmten Renaissance-Typen sein. Aber jedem Tierchen sein Pläsierchen, und in einem Pub würde es sich bestimmt gut machen.

Sobald das Hundegemälde versteigert war, wurde es schlagartig leerer. Vom Küchenchef des High King Hotels hatte Pablo für mich in Erfahrung gebracht, dass ich auf keinen Fall mehr als fünftausend Euro für die Küchenausstattung zahlen sollte - eine ungeheuer wichtige Information. Majellas Cousine leitet in Galway ein Restaurant, und die habe ich auch drei

Skype-Anrufe lang gequält, um möglichst viele Tipps zu bekommen. Ich muss ihr eine Dankeskarte schicken, jetzt, da ich auch im Geschäft bin. Eine Dankeskarte zu schicken, ist eine sehr stilvolle Geste. Und James hat die Maße für mich genau überprüft und mir versichert, dass genug Platz vorhanden ist, damit alles, von dem man mir gesagt hat, dass ich es benötige, reinpasst. Er hat schon die eine oder andere Küche eingebaut.

Als die Küchenausstattung dran war, gab es nur noch drei Interessenten, und der erste Typ ist ausgestiegen, als über tausend Euro geboten wurden. Ein Opportunist, wie er im Buche steht. Der andere hat ein bisschen länger durchgehalten, aber ich konnte sehen, dass er bleich wurde, als wir viertausendzweihundert Euro erreicht hatten. Zu diesem Zeitpunkt habe ich auch schon stark geschwitzt, mir aber nichts anmerken lassen. Schließlich habe ich den ganzen Kram für viertausendachthundert Euro bekommen und sie davon überzeugt, alles auch noch gratis zu liefern. Ich bin mehr als entzückt.

Majella hat mir vorhin eine Nachricht geschrieben, ob wir uns auf ein frühes Bier im Maguire's treffen, und das passt perfekt – ich muss jetzt unbedingt feiern. Aber zuerst habe ich noch etwas zu erledigen, deswegen steige ich in meinen Micra und fahre Richtung Rathborris. Ich brauche nur vierzig Minuten bis zu den Bolands, und als ich aus dem Auto steige, weht mir wieder ein köstlicher Duft entgegen. Es ist zwei, insofern weiß ich, dass die Luft rein ist. Erst gehe ich zum Wohnhaus, kehre dann um und gehe stattdessen in Richtung Nebengebäude. Ich muss nur einmal leise klopfen – und schon höre ich, wie die Tür aufgeschlossen wird und sich langsam öffnet.

»Aisling, hallo«, sagt Mrs Boland sanft durch den Türspalt. »Marty ist im Laden – er wird erst nach fünf wieder zu Hause sein.«

»Eigentlich wollte ich Sie sprechen, Mrs Boland.« Ich kann hören, wie die Würstchen hinter ihr in der Pfanne brutzeln. Der Duft ist heute anders – weniger Knoblauch und mehr … Salbei vielleicht? Dieses pelzige Blatt, das man immer in Fleischeintöpfen findet. Was immer es ist, ich sabbere fast.

»Ah. Gut«, sagt sie. »Eigentlich bin ich gerade sehr beschäftigt, weißt du …«

»Ehrlich, es dauert nur eine Minute.«

Sie seufzt leise. »Geh schon mal rüber ins Haus. Ich bin gleich da.«

Die Küche ist perfekt aufgeräumt, abgesehen von dem Möhrenkuchen auf der Arbeitsplatte. Ich erkenne ihn sofort an der Frischkäseglasur. Ich weiß noch, wie Elaine mir das erste Mal Möhrenkuchen nahebringen wollte – ich dachte, es sei ein Aprilscherz. Aber dann habe ich ihn probiert. Sagen wir mal so, ich habe so viel davon gegessen, dass ich eine Portion der empfohlenen täglichen Menge an Obst und Gemüse schon intus hatte. Ich kann es kaum glauben, dass sie mich sogar dazu gebracht hat, Zucchinikuchen zu essen, der gar nicht so grauslich schmeckt, wie er klingt.

»Möchtest du ein Stück?«

Mrs Boland taucht plötzlich hinter mir auf und schiebt ihre Brille mit dem Finger hoch. Wenn man bedenkt, wie viel Kuchen sie essen muss, ist sie sehr leichtfüßig.

»Gott, der sieht köstlich aus«, platze ich heraus. »Haben Sie den gebacken, Mrs Boland?«

»Das habe ich«, sagt sie leise. »Und bitte, du kannst mich Carol nennen. Das Geheimnis ist eine Prise Piment.« Dann lächelt sie. »Aber sag es nicht weiter.«

Sie schneidet zwei große Stücke ab und wir setzen uns an den glänzenden Küchentisch. Ich übertreibe nicht, wenn ich sage, dass der erste Bissen quasi eine religiöse Erfahrung ist.

Er ist so saftig, und von den Mandelblättchen in der Glasur will ich gar nicht erst anfangen. Es ist nicht zu fassen, dass diese Frau nicht jeden Preis bei den Backwettbewerben des irischen Landfrauenverbands abräumt.

»Gerade über deine Kochkünste wollte ich auch mit dir sprechen.« Sie runzelt die Stirn, und ich hole tief Luft und beschließe, einfach weiterzureden, nur falls Marty doch früher nach Hause kommt und das Ganze mit einem Handgemenge wegen der Ladenfläche endet. »Wenn ich mein Café eröffnet habe, hättest du dann Interesse, dich um das Essen zu kümmern? Ich will keinen Schickimickikram, nur gute Hausmannskost. Du wärst fantastisch in der Küche, Carol. Um das Geschäftliche kümmere ich mich, aber ich brauche jemanden, der die Speise…«

Sie unterbricht mich: »Du hast die Räume also bekommen?« Sie wirkt ein bisschen erschrocken, als ich nicke, spricht aber weiter: »Dann hat Marty davon wohl noch nichts erfahren. Sonst wüsste ich das.« Es muss schrecklich sein, mit ihm zusammenzuleben.

»Ja … ja, das habe ich. Ich habe mit dem Bauunternehmer verhandelt. Ich hoffe, du bekommst keinen Ärger deswegen, aber es sind so schöne Räume – ich glaube, ein Café ist da genau richtig. Und ich hätte dich so gern dabei, wenn du Lust hast.«

Sie sieht etwas verdattert aus. »Wie kommst du darauf, dass ich kochen kann? Ich bin doch nur eine Hausfrau«, sagt sie. »Ich habe keine Ahnung, wie man in einem Café kocht.«

Wortlos sehe ich zu der goldgerahmten Würstchenauszeichnung über meinem Kopf hinauf. Sie folgt meinem Blick und schlägt die Hand vor den Mund.

»Ich weiß nicht, was du meinst«, flüstert sie.

Ich spüre, wie die Gefühle in mir hochkochen. Marty Boland ist einfach ein Arschloch. Er tut die ganze Zeit so, als wäre er der Gott aller Würstchen, dabei ist es ganz offensichtlich, dass sie Carols Werk sind. Ich wette, das Originalrezept stammt von ihrer Oma Nellie, und jetzt arbeitet sie an einem neuen, und er lässt sie in der Küche schuften, während er den ganzen Ruhm einheimst. Eine Dreistigkeit sondergleichen!

»Carol«, sage ich, und mein Tonfall ist hoffentlich ermutigend. »Ich weiß, dass die Würstchen dein Werk sind. Ich habe mit eigenen Augen gesehen, wie du das neue Rezept zusammengestellt hast. Der Duft – ich habe echt weiche Knie bekommen. Die Starköchin Rachel Allen ist nichts gegen dich. Es ist das Rezept deiner Großmutter, nicht wahr?«

Einen Moment lang rührt sie sich nicht, dann nickt sie. Es ist ein winziges Nicken, aber sie nickt. »Aisling, bitte. Kannst du das bitte für dich behalten? Marty ... es würde ihm nicht gefallen, wenn die Leute das wüssten.«

Ich wusste, dass sie Angst vor ihm hat. Kein Wunder! Ich hätte auch Angst vor ihm.

»Ich sage kein Wort, versprochen. Manchmal sind die Dinge heikel. Und die Männer halten sich ja gerne mal für die Größten, nicht wahr?« Mein Versuch, witzig zu sein, kommt aber nicht an, und Carol sieht zu Boden und knetet ihre Hände. Mir schlägt das Herz bis zum Hals. Ich schaue mich in der Küche um und frage mich, was hier wohl schon alles passiert ist.

»Er ... er schlägt dich doch nicht, Carol, oder?« Ich kann nicht fassen, dass ich hier in Mrs Bolands Küche sitze und sie so etwas frage, aber wenn es sein muss, packe ich sie sofort in meinen Micra. Die arme Frau. »Keine Sorge, ich erzähle es niemandem«, ergänze ich, strecke meine Hand aus und lege sie auf ihre.

»Nein«, sagt sie schnell, »Gott, nein, Marty hat nie Hand an mich gelegt. So etwas würde er nicht tun.«

»Entschuldige, dass ich gefragt habe«, sage ich. »Es ist nur, du bist nur so ... verängstigt.«

»Er ist manchmal ... herrisch«, sagt sie schließlich und schaut aus dem Fenster. »Belassen wir es dabei. Ich glaube, er ist selbst überzeugt davon, dass er das Rezept für die Würstchen erfunden hat. Aber du hast recht, es war Oma Nellies Rezept. Sie war eine beeindruckende Frau.«

»Du solltest die Anerkennung für diese Würstchen bekommen, nicht Marty. Und wenn sie auf der Speisekarte meines Cafés stehen, wird es ganz sicher ein Erfolg.« Ich halte inne. »Versprichst du mir wenigstens, dass du darüber nachdenkst, mit mir zusammenzuarbeiten?«

»Ich bin nur eine Hausfrau«, wiederholt sie und starrt in die Ferne. Es klingt so, als wäre ihr das mehr als einmal gesagt worden.

»Es ist doch nichts falsch daran, eine Hausfrau zu sein«, entgegne ich, und sie wendet sich mir zu. Sie hat Tränen in den Augen, und bei mir ist es auch gleich so weit. »Ich wollte lange Zeit nichts lieber sein als eine Hausfrau«, fahre ich fort. »Aber jetzt will ich dieses Café eröffnen, und um ehrlich zu sein, hat mir das neuen Auftrieb gegeben. Und wenn du für mich arbeitest, dann hast du dein eigenes Geld. Du könntest ...«, ich brauche einen Moment, bis ich auf das Wort komme, »... unabhängiger werden. Denk doch bitte wenigstens darüber nach.«

»Er wird nichts davon wissen wollen. Er findet, Frauen sollten nicht arbeiten gehen.«

»Wen interessiert, was er denkt? Bist du nicht ein eigenständiger Mensch?«

»Ich wünschte, es wäre so einfach.«

»Bitte, Carol. Es wäre mir eine Ehre, dich dabeizuhaben. Ich glaube, es würde uns beiden richtig guttun. Bitte.«

Sie schenkt mir ein kleines Lächeln, drückt meine Hand und sagt: »Okay, ich denke darüber nach.«

* *

Mein Hintern hat gerade mal den Stuhl im Maguire's berührt, da klingelt schon mein Handy – es ist Mammy. Ich habe ihr schon eine Nachricht geschickt, um ihr zu sagen, dass ich alles Nötige bei der Auktion bekommen habe. Ich wette, sie ruft an, weil sie über a) Essen oder b) die Wäsche reden will. Ob Sheryl Sandbergs Mammy sie anruft, um sie zu fragen, ob sie noch was für die weiße Wäsche hat?

»Ich mache ein Curry – isst du auch mit?« Ich wusste es. Als ich in Dublin gelebt habe, habe ich entdeckt, dass es unendlich viele Arten von Curry gibt: Korma, Tikka, Massaman, grünes, rotes, gelbes (mein persönlicher Liebling, weil Kartoffeln mit drin sind). Aber ich weiß, wenn Mammy Curry sagt, meint sie damit die Gewürzmischung von Knorr mit ein paar Hühnchenresten. Das ist auch völlig in Ordnung, eigentlich schmeckt es sowieso am besten. Manche von den anderen sind fies scharf.

»O ja, gerne«, sage ich, »aber ich komme erst später nach Hause. Ich treffe Maj gerade auf ein Bier und – o, da kommt sie. Bis dann, Mammy, tschüstschüs, tschüsi!«

Ich winke Majella zu und mache sie mit umständlichen Gesten auf die zwei Flaschen Weinschorle, die vor mir auf dem Tisch stehen, aufmerksam, damit sie weiß, dass sie nicht an die Bar muss.

»Na, mein Mädchen«, sagt sie, lässt sich mir gegenüber auf den Sitz fallen und greift nach der Flasche. Sie macht das allerdings sehr langsam, und ich frage mich, ob sie sich wieder den Hals verrenkt hat. Die Vorbereitungen für die Erstkommunion in St. Anthony's laufen auf Hochtouren, und weil es ihr letztes Jahr ist, will Majella einen fulminanten Abgang hinlegen. Ab September wird sie stellvertretende Schulleiterin sein, also gibt sie noch mal alles. Und die Art, wie sie den Chor dirigiert, ist auch zu normalen Zeiten mehr als energisch.

»Hoch das Glas, Maj, wir haben was zu feiern!«, rufe ich. »Du solltest mal sehen, was ich heute für das Café gekauft habe. Jetzt geht's los mit BallyGoBrunch! Und das ist nicht alles – ich habe dir so viel zu erzählen.«

Und ich hebe mein Glas und bewege es in ihre Richtung. Aber sie hebt ihr Glas nicht. Stattdessen hebt sie langsam ihre Hand und fährt sich damit durchs Haar. Wieder bewege ich mein Glas in ihre Richtung, sodass die Eiswürfel klimpern, aber sie macht einfach weiter – mit einem breiten Lächeln im Gesicht. Wieder und wieder fährt sie sich mit den Fingern von oben bis unten durchs Haar. Es hat jetzt ein neues, noch knalligeres Rot als bei unserer letzten Begegnung. Ich bekomme Panik und frage mich, ob sie einen Schlaganfall hatte. Ist ihr Gesicht schief? Lallt sie? Wie ist noch mal das Akronym, das man sich merken soll? FEST? Oder war es FAST? Verdammt, wofür stehen die Buchstaben überhaupt? Gerade will ich aufstehen und Felipe anschreien, dass er einen Krankenwagen rufen soll, als mir etwas ins Auge sticht ...

»Scheiße, Majella, was ist das?«, schreie ich.

Sie steht auf und schiebt mir ihre linke Hand direkt vors Gesicht, bis sie nur Millimeter von meinen Augen entfernt ist. OMeinGott. OMeinGott. OMeinGott. Es ist einer. Es ist das, was ich denke, was es ist.

»Es ist ein *Ring*, Aisling«, schreit sie zurück. *»Ich bin verlobt!«*

KAPITEL 29

»Erzähl mir *alles.*«

Ich habe mich kaum hingesetzt, und Sadhbh sitzt mir schon fast auf dem Schoß, so sehr lechzt sie nach Neuigkeiten. Wir haben allerdings auch eine Menge aufzuholen: Majella, das Café, Carol Boland und die Würstchen und was ich bei IKEA gekauft habe. Die meisten Leute meckern, wenn sie zu IKEA müssen, aber ich finde, es ist wie Urlaub. Die kleinen Bleistifte. Das geordnete Pfeilsystem, das den Kunden den richtigen Weg weist. Das absurd billige Essen. Sie verschenken es geradezu! Ich verstehe ja, dass es schwer ist, IKEA zu verlassen, ohne mindestens sieben Sachen gekauft zu haben, die man nicht braucht. Aber wenn ihr mich fragt, kann man nie genug Laptopkissen, Mülleimer und Spülschwämme haben. Ich war heute Morgen da, um ein paar wesentliche Dinge fürs BallyGoBrunch zu kaufen. Ich hatte eine Liste und war fest entschlossen, nicht von ihr abzuweichen. Geschirr, Servietten, Vasen und Schürzen. Vieles werde ich im Großhandel kaufen, aber jetzt muss ich erst mal loslegen und aus den Räumen ein Café machen. Ich habe schon einen ganz bestimmten Stil vor Augen, nämlich Shabby Chic. Das habe ich in einer Zeitschrift entdeckt, und außerdem sieht die Hälfte aller Cafés in Dublin so aus, als wäre man aus Versehen im Haus irgendeiner Oma gelandet. Fast erwartet man, in seinem Wasserglas ein Gebiss zu finden. Ich bin auf der Suche nach allem mit Blumen, Bienen oder alten Gummistiefeln drauf. Sadhbh hat mich angefleht, dem Ganzen wenigstens einen kleinen »modernen

Dreh« zu geben. Irgendwas mit Ironie. Vielleicht kann ich sie mit ein paar silbernen Butterschälchen und Steckdosen, an denen die Leute ihr Handy aufladen können, glücklich machen. Die Leute sind verrückt nach Orten, wo sie ihr Handy aufladen können. Und wenn sie ihr Handy aufladen können, können sie auch Fotos von ihren Fressalien auf Instagram posten und so das BallyGoBrunch bekannt machen.

Sadhbh hat mich überredet, nach meinem Einkauf noch ins Zentrum zu fahren, um mit ihr mittagzuessen. Seit wir aus Vegas zurück sind, habe ich sie kaum gesehen, und es wird wirklich Zeit, dass wir uns mal wieder austauschen. Das mit Majella weiß sie natürlich, aber sie will Einzelheiten.

Der IKEA-Parkplatz war heute Morgen herrlich leer. Was für ein Luxus, an einem Wochentag herkommen zu können. An diesen Aspekt der Selbstständigkeit kann ich mich echt gewöhnen. Ich habe BGB spät genug verlassen, um den Berufsverkehr zu vermeiden, aber früh genug, um mir in Ruhe alles angucken zu können, bevor ich Sadhbh treffe. Ausgestattet mit einem Bleistift, einem Zettel und einem Papiermaßband bin ich losgezogen; eigentlich brauchte ich das gar nicht, aber man weiß ja nie, die sind einfach so praktisch. Ich habe mindestens fünf in diversen Hand- und Manteltaschen. John ist genauso gerne zu IKEA gefahren wie ich, aber kaum waren wir bei den Duschvorhängen, haben wir uns schon gestritten. Die meisten streiten sich bei den Duschvorhängen. Man muss nur kurz stehen bleiben, dann sieht man schon bald Leute mit ihren Einkaufswagen in alle Richtungen davonstürmen oder Badematten mit einem »Na, bitte« oder »Kauf doch, was du willst« an die falsche Stelle zurückpfeffern. Und wenn die Badezimmer deine Beziehung nicht zerstört haben, tun es die Bilderrahmen. John und ich haben es manchmal nicht weiter als bis zu den Küchenutensilien geschafft. Ich habe versucht, Geschirrtücher und selbst schäumende Spülbürsten in seinen Einkaufswagen zu werfen, in der Hoffnung, dass er dieses Dreckloch von Haus, in dem er lebt, mal in Angriff nimmt; und er hat sich an die Regalsysteme und Schrauben gemacht, obwohl er nie vorhatte, irgendetwas davon aufzuhängen. Wir konnten von Glück sagen, wenn wir an der Kasse noch miteinander gesprochen haben. Das fehlt mir ganz sicher nicht.

Heute Morgen jedoch gab es keinen Streit. Nur ich und ein paar andere, die heiter durch die Gegend segelten, niemand, der einem mit dem Einkaufswagen in die Hacken fuhr oder sich bei den Billy-Regalen mit einem verkniffenen »Entschuldigung« an einem vorbeidrängelte. Himmlisch. Ich habe vier Kisten mit schiefergrauen Tellern, Schüsseln und Tassen eingeladen, mir eine Auswahl an geblümten Milchkännchen gegönnt und mich auf einen Stapel Servietten mit alten Koffern darauf gestürzt. Schürzen gab es nicht, aber die kaufe ich wahrscheinlich online. Dann habe ich kurz haltgemacht, um lächerlich billige Fish and Chips und ein Stück Daim-Torte (12 Punkte - aber das war es wert) zu essen und es anschließend mit nur zwei extra Papierkörben und vier nicht eingeplanten Fotorahmen rausgeschafft. Nicht schlecht für einen Vormittag.

In der Stadt zu parken, ist ein Luxus, den ich mir normalerweise nur zu Weihnachten erlaube, aber für Sadhbh habe ich eine Ausnahme gemacht. Sie ist so gut zu mir und hat mir noch eine Nachricht geschrieben, bevor ich mich auf den Weg zu IKEA gemacht habe: »Keine wellenförmigen Wandspiegel.« Ich würde behaupten, dass nichts einen Raum so modern macht wie ein gewellter Spiegel und ein Druck von der New Yorker Skyline, aber Sadhbh kennt sich aus. Sie kauft bei IKEA nur beigefarbene Kissen und Aufbewahrungssysteme. Kleiderhaken, die aussehen wie Hundehintern, sind nicht ihr Ding.

Wir haben uns in einem Café in der South William Street in der Nähe ihres Büros verabredet. Ich sehe mich genau um, damit ich mir Ausstattungsideen abgucken kann. Für den Fall, dass einer von den Flatlay-Records-Leuten da auftaucht, trage ich silberne Armreifen und meine engsten Jeans. Ganz eng sind sie natürlich nicht. Dazu kann ich mich nicht durchringen, und meine Waden würden mir das nie verzeihen. Meiner Meinung nach braucht jede Jeans das gewisse Extra. Zu meiner Erleichterung sitzt nur Sadhbh da, über ihr Handy gebeugt. Ich habe mich ein paar Minuten verspätet, aber es ging um den Unterschied zwischen drei Euro vierzig oder zwei Euro achtzig die Stunde. Deswegen habe ich das Auto weiter weg geparkt und bin zu Fuß hergekommen. Meine Fitbit-App wird es mir danken.

»Ais«, quietscht sie und springt auf, um mich zu umarmen. Bevor ich mit Sadhbh und Elaine zusammengezogen bin, waren Umarmungen ja nicht so meins, aber bei den beiden hat man einfach keine Chance.

»Hi, Sadhbhy. Was geht ab?«

»Erzähl mir *alles*«, sagt sie und schiebt mir eine Speisekarte zu. Sie hat mich schon vorgewarnt, dass sie nur eine Stunde Zeit hat. Es ist gerade viel los im Musikgeschäft.

»Also, er hat die Kinder in ihrer Klasse dazu gekriegt, bei einer Art Blumen-Flashmob mitzumachen.«

»Ich weiß, ich weiß. Ich kann es noch immer nicht glauben. Es ist so unglaublich peinlich und gleichzeitig so süß.« Was öffentliche Heiratsanträge angeht, hat Sadhbh schon immer eine klare Haltung bezogen, nämlich: Lass es. Wenn man es hinkriegt, dass jemand sich im Gebüsch versteckt, um Bilder für Facebook zu machen, geht es noch einigermaßen, aber sie hat schon recht. Manche Leute übertreiben es einfach. Bei einer Hochzeit in Knock letztes Jahr hat der Trauzeuge nach dem ersten Tanz seiner Freundin einen Antrag gemacht, und dann gab es Krieg. Man weiß eben nie, wann es vollkommen schiefgehen könnte. Zum Glück ist es bei Pablo gut gegangen.

»Die Kinder sind also nacheinander zu ihrem Pult gegangen und haben ihr eine Blume hingelegt.«

Sadhbh quietscht wieder und hält sich die Speisekarte vors Gesicht.

»Majella dachte kurz, dass sie sie jetzt umbringen. Dass es irgendein Ritual ist, zu dem sie im Internet überredet wurden. Aber dann geht die Tür auf, und da steht Pablo mit einem Blumenstrauß, und die Kinder rufen alle: ›Missus Moran, wollen Sie ihn heiraten?‹ Das Gekreische war so laut, dass man es vier Klassenzimmer weiter hören konnte.«

Ich unterbreche kurz, um zu bestellen und damit Sadhbh die Details verdauen kann.

»Unglaublich!«

»Ich weiß! Total verrückt, nicht?« Ich bin so fröhlich, wie man nur sein kann, aber Sadhbh spürt trotzdem meine Bedenken.

»Glaubst du, er ist nicht der Richtige?«

»Doch, schon.« Ich schaue auf meine Hände. »Aber sie sind doch erst so kurz zusammen. Nicht, dass sie das überstürzt – ich mag Pablo, aber wie gut kennt sie ihn eigentlich?«

»Ach, ziemlich gut. Wie lange leben sie jetzt schon zusammen bei ihrer Familie?«

Sadhbh hat wohl recht. »Wie geht's Elaine und Ruby? Ich habe sie seit der Hochzeit nicht gesehen, ist das nicht irre? Ich muss zusehen, dass sie in mein ... Café kommen.« Dabei werde ich rot. Es kommt mir noch so unwirklich vor.

»O ja! Erzähl mir alles. Hast du am Telefon was von Würstchen gesagt, oder habe ich mir das eingebildet?«

Sadhbhs Lachsschnitte wird serviert, und ich schaue mitleidig auf ihren Teller, während die Bedienung meinen Hähnchenburger vor mir abstellt. Tut mir leid, aber das ist doch kein Mittagessen. Was soll das? Aber mit ihr können sie es ja machen.

»Also«, fange ich an. »Du kennst doch Marty Boland, den Metzger?«

»Ja. Der Arsch, der der Neuen mit dem Schönheitssalon so viel Scherereien macht.«

»Genau, jedenfalls, seine Frau ist eine hervorragende Köchin, und es hat sich herausgestellt, dass sie für diese unglaublichen Würstchen verantwortlich ist, mit denen er sich einen Namen gemacht hat. Im High King Hotel servieren sie sie zum Frühstück, und die Leute sind verrückt danach.«

»Klar, die kenne ich. Die hast du immer nach Dublin mitgebracht. Elaine hat echt überlegt, für diese Würstchen ihr veganes Leben aufzugeben. Aber verkauft er sie nicht überall als seine?«

»Das ist es ja gerade. Er hat das Rezept ihrer Oma genommen, das sie perfektioniert hat, und dem seinen Stempel aufgedrückt. Und sie ist offenbar nicht in der Lage, ihn aufzuhalten. Das ist so ein brutaler Kerl.«

»Aber du hast doch gesagt, dass sie für dich arbeiten wird?«

»O, Sadhbh, es sind nicht nur die Würstchen. Ihr Brot, ihre Kuchen und ihre Kartoffelpuffer sind einfach himmlisch.«

»Aisling! Sieh dich an, unsere kleine Unternehmerin.«

»Und sie hat hin und her überlegt, weil sie eben einfach Angst vor ihm hat. Wir haben ihm dann gesagt, was für eine gute Werbung es für seine Würstchen ist, wenn das Café gut läuft, und dann haben wir den Sack zugemacht. Er will sie unbedingt in Supermärkten verkaufen. Carol hat gesagt, er ist regelrecht lila angelaufen, als er herausgefunden hat, dass ich James alles über seine Würstchenfabrik-Pläne erzählt habe. Geschieht ihm ganz recht, wenn er meint, sich nicht an den Flächennutzungsplan halten zu müssen. Die Stimmung bei ihnen ist deswegen ziemlich angespannt, aber wir hoffen, dass er sich bald abregt.«

»Seine Frau wird also tatsächlich im BallyGoBrunch arbeiten?«

»Ja. Er hat beschlossen, es ihr zu *erlauben*. Hat gesagt, dass sie das Geld für einen zweiten Lieferwagen brauchen.«

»Wie großzügig von ihm«, spottet Sadhbh.

»Sie hat sich schon Rezepte ausgedacht und überlegt sich Gerichte und, weißt du, Sadhbh, ich kann nicht glauben, dass sie für mich arbeiten wird. Das ist fast zu schön, um wahr zu sein.«

»Mann, ich freue mich für dich. Hoch die Tassen.« Sadhbh hebt ihr Wasserglas, und wir stoßen an. »Erzähl mir noch mehr von diesem James Matthews. Das ist nicht das erste Mal, dass du ihn erwähnst.«

Ehrlich gesagt versuche ich, seinen Namen so wenig wie möglich zu erwähnen. Schon beim Gedanken an ihn werde ich jedes Mal knallrot. Natürlich bemerkt Sadhbh mein Unbehagen sofort.

»O? Sieht er gut aus?«

»Wenn du Pferdetypen *Made in Chelsea* magst, schon. Er ist sehr Constance-Swinford-mäßig.« Sadhbh weiß über Constance Swinford Bescheid. Sie ist entzückt von Mammys und Constances Freundschaft. »Die beiden sind wie wir«, witzelt sie. »Wie Feuer und Wasser.«

Irgendwie bin ich James gegenüber wohl nicht ganz fair. Aber nach der letzten Zeit will ich gerade kein romantisches

Gerede. Nachdem ich jahrelang mit demselben Mann zusammen war, bin ich von dem ganzen Drama und Streit und Hickhack der letzten Monate total fertig. Da wir gerade davon reden …

»Wie geht es Don?«

»Ich habe ihm gerade geschrieben.«

Ich warte darauf, dass sie über Antony witzelt, aber zum Glück sagt sie dazu nichts. *What happens in Vegas* und so.

»Muss er noch oft in die Staaten?«

»Ja, im Moment machen sie gerade eine Tour an der Ostküste. Zu zwölft, und sie übernachten alle zusammen in einem Bus. Allein bei dem Gedanken an den Gestank wird mir schon schlecht.«

»Sind Fionnuala und Mairead euch schon auf die Schliche gekommen?«

Sie legt ihr Handy auf den Tisch. »Ja, und das ist nicht gut. Fionnuala hat ihn in einer New Yorker Talkshow gesehen, die sie aufgenommen hat, und der Moderator hat ihn gefragt, ob er eine Freundin hat …« Sie spießt eine Kirschtomate auf.

»Los, *erzähl*«, schreie ich fast. Hat Don seine Liebe zu ihr öffentlich gemacht? Ist Fionnuala jetzt im Hungerstreik? Ist Sadhbhs Leben in Gefahr?

»Tut mir leid«, sagt sie und schluckt. »Ich habe so einen Hunger, weil ich vergessen habe zu frühstücken. Jedenfalls, er hat gesagt, dass es da jemanden gibt, blablabla, und hat auf das S gezeigt, dass er sich auf seinen Finger hat tätowieren lassen.«

Ich verschlucke mich fast an meinem Burger. Er hat den Anfangsbuchstaben ihres Namens für immer auf seinen Körper tätowiert. Dann hält sie ihre Hand hoch – und über dem mittleren Fingerknöchel ist ein D tätowiert. Die beiden sind wie ein Paar aus einer sexy Parfümwerbung.

»Sadhbh, das hast du nicht wirklich getan!«, quietsche ich, und sie lächelt mich an.

»Doch, habe ich. Und er auch.«

»Du bist verrückt nach ihm, nicht wahr?«

Sie zuckt mit den Schultern. »Er ist es wert. Glaube ich zumindest.«

Ich muss zugeben, dass sie wirklich einen guten Fang gemacht hat. Aber ich kann nicht fassen, dass sie mir das erst jetzt erzählt. Ich versuche, dagegen anzukämpfen, aber ich bin auch ein bisschen traurig.

»Und hat dich Fionnuala von ihrer Weihnachtskartenliste gestrichen?« Ich weiß ganz sicher, dass sie eine führt. Als ich nach Hause zurückgezogen bin, wollte sie gleich meine Adresse aktualisieren.

»Ganz im Gegenteil«, sagt Sadhbh. »Sie will jetzt meine beste Freundin sein. Sonst schmeißt sie zum Beispiel immer sofort meine Wäsche aus der Waschmaschine, wenn sie fertig ist, selbst wenn sie gar nichts waschen will. Aber letzte Woche hat sie sie zwei Tage nicht angerührt.«

Ich darf nicht vergessen, dass das Zusammenleben mit Sadhbh und Elaine auch nicht immer einfach war. Gerade will ich sie fragen, welche Promis in letzter Zeit bei ihnen im Büro waren – meine Kodaline-CDs liegen schon bereit für ihr Autogramm und warten nur darauf, dass sie mir grünes Licht gibt –, als Sadhbh einen erstaunten Laut von sich gibt und aus dem Fenster zeigt. »Wenn man vom Teufel spricht – ist das da draußen nicht Pablo?«

Ich folge ihrem Blick, und ja, da ist er. Er steht auf der Straße gegenüber vom Café und umarmt Susie Ó Súilleabháin!

»O mein Gott! Was macht er da?«

Sadhbh sieht verwirrt aus. »Was meinst du damit? Wer ist denn die Frau?«

»Susie Ó Súilleabháin. Sie ist aus BGB, das ist die Schwester von Zyklop.«

Eine von Majellas Todfeindinnen.

»Was machen die beiden hier in Dublin?«

Das wüsste ich auch zu gerne, Sadhbh.

»Weißt du, eigentlich wollte ich ja nichts sagen, aber irgendwas an Pablo stört mich schon eine ganze Weile. Ich erwische ihn immer wieder dabei, wie er Leute – Frauen – mustert. Sie irgendwie anstarrt. Und jetzt sehe ich ihn schon zum zweiten Mal allein mit Susie.«

»Ach, du Schande, das ist aber wirklich ein bisschen verdächtig!« Sadhbh sieht schockiert aus und das zu Recht. Alle halten Pablo für ein Schätzchen. Aber was ist, wenn alle sich irren?

»Wirst du es Majella erzählen?«

Werde ich es Majella erzählen? Es würde ihr das Herz brechen, wenn Pablo sie verletzt. Mit dem neuen Job und der Verlobung hat es in ihrem Leben in den letzten Monaten so viele positive Veränderungen gegeben. Okay, bei ihrer Familie zu wohnen, und Willy, der geile Hund, sind nicht ideal, aber sie macht einen so glücklichen Eindruck.

»Ich weiß nicht, Sadhbh, ich weiß es wirklich nicht.«

KAPITEL 30

Ich habe nicht viel Zeit für die Entscheidung, ob ich was über Pablo sagen soll. Schon am nächsten Tag kommt Majella im Café vorbei, das immer noch ganz unfertig aussieht. Sie will sich unbedingt umsehen und tratschen, das Neueste von Don und Sadhbh erfahren. Als ich ihr von den Tattoos erzähle, fällt sie fast von der Kiste, auf der sie sitzt. Ich nutze die Gelegenheit, um Pablo zu erwähnen.

»Ich glaube, ich habe Pablo gestern in Dublin gesehen«, sage ich beiläufig. »Er hätte Bescheid sagen sollen, dann hätte ich ihn mitgenommen.«

Majella sieht verwirrt aus. »Nein, das kann er nicht gewesen sein. Er war auf irgend so einer Hotelbarkeeper-Fortbildung, aber das war in Kilkenny, glaube ich. Er muss einen Doppelgänger haben. Zwei so schöne Jünglinge auf Irlands Straßen.«

Doppelgänger, wer's glaubt. Ich weiß, was ich gesehen habe. Warum um alles in der Welt hat er sie angelogen? Ich beschließe, erst mal nicht weiter nachzuhaken und Pablo vielleicht selbst zu fragen.

Die nächsten zwei Wochen sind so hektisch, dass ich gar keine Zeit mehr habe, darüber nachzudenken. Ich tröste mich mit dem Gedanken, dass Pablo bestimmt eine Überraschung für Maj plant und alles nur ein Missverständnis war. So halte ich mir erst einmal die Schuldgefühle vom Leib. Sie ist so glücklich über ihre Verlobung – das kann ich ihr nicht kaputt machen. Sie hat sich im Teleshoppingkanal ein Schmuckreinigungsset gekauft, und wenn sie ihren Ring weiter so poliert, wird bald nichts mehr davon übrig sein. Ich wette, der arme Pablo hat Angst, dass die Farbe abgeht.

Carol und ich sind jeden Abend bis spät in ihrer Werkstattküche und denken uns Gerichte und Rezepte aus. Na ja, sie denkt sich Rezepte aus, und ich bin mir nicht sicher, ob mein Vorschlag, überall Körner draufzustreuen, wirklich hilfreich ist. In Dublin machen sie das alle. Ich wäre nicht überrascht, wenn ich irgendwann eine Tasse Tee mit Körnern serviert bekäme. Es ist schon schlimm genug, wenn sie einem ein halbes Blumenbeet als Beilage bringen und dann noch erwarten, dass man es lecker findet. Stiefmütterchen schmecken wie Gras – und die blöde Katze benutzt Mammys Stiefmütterchenbeet als ihre persönliche sanitäre Einrichtung, insofern esse ich sie nicht mit, vielen Dank auch. Marty Boland lässt uns so weit in Ruhe, aber ich kann erst kommen, wenn Carol ihm sein Essen gemacht hat und er für den Abend vor dem Fernseher geparkt ist. Irgendwie mache ich mir Sorgen, wie sie jeden Tag ins BallyGoBrunch zur Arbeit kommen soll – ich kann sie nicht immer mitnehmen –, aber sie sagt, im Schuppen sei ein altes Fahrrad, das sie herrichten will. Ich meinte, es sei schade, dass sie nicht Autofahren könne, aber wie sich herausgestellt hat, kann sie es sehr wohl. Sie hat nur kein Auto. »Wenn du arbeitest, kannst du auf eins sparen«, habe ich zu ihr gesagt, aber sie sah skeptisch aus. Dieses miese Schwein Boland. Sitzt auf dem ganzen Geld. Wenn ich ihn wegzaubern könnte, würde ich es tun.

Was die Produkte aus der Region angeht, sind Carol und ich uns vollkommen einig. Wenn BGB für seinen Brunch bekannt werden soll, dann müssen wir das Beste präsentieren, was es zu bieten hat. Ein erstklassiger chinesischer Lieferservice und eine dekorative Wasserpumpe bringen ein Dorf nur bedingt voran. Es gibt so viele Geschichten darüber, dass die Dörfer alle aussterben. Wenn ich also in BGB bleibe, dann werde ich auch alles geben. Unser gesamtes Gemüse beziehen wir von drei Bauern aus der Gegend, und zwei weitere Höfe liefern uns die Eier. Freilaufender geht nicht. Das weiß ich, weil ich schon einige Male fast im Graben gelandet bin, um einem Huhn auszuweichen. Und Sweeneys Erdbeerhof ist völlig begeistert von unserer riesigen Bestellung. Carol macht zu Pfannkuchen ein Erdbeerkompott, für das man töten würde. Ich werde noch eine Weile brauchen, um mich an den Gedanken zu gewöhnen, dass man Pfannkuchen nicht nur am Tag vor Beginn der Fastenzeit essen kann. Aber ich werde mich dem Fortschritt nicht verweigern.

Mammy kann nicht begreifen, dass wir so viele verschiedene Arten von Kaffee anbieten werden, aber Sadhbh hat mir einen Artikel aus der *Irish Times* geschickt, in dem es um Kaffeekultur geht und dass der Trend nicht abflaut, also werde ich ganz sicher auf diesen Zug aufspringen. Es gibt Leute, die bis vor ein paar Jahren nichts anderes kannten als Instant-Cappuccino und jetzt praktisch jeden Morgen selbst nach Guatemala fliegen, um ihre eigenen Bohnen zu pflücken. Ich habe durchaus auch eine Schwäche für Instant-Cappuccino. Kaffee selbst ist eigentlich nicht so meins, aber ich liebe das kleine Päckchen mit den Schokostreuseln. Felipe, der Barmann im Maguire's, kennt einen Typen hinter Knock, der seine eigenen Bohnen röstet. Wir haben Kontakt zu ihm aufgenommen, und er wird vorbeikommen und uns ein paar Sachen beibringen. Sharon überlegt auch, im Schönheitssalon Kaffee anzubieten, also kann er sich vor neuen Kunden kaum retten. Sie hat letzte Woche endlich eröffnet, und ich habe mir den Abend freigenommen, um auf den Anlass anzustoßen – mit zwei Gläsern Prosecco zu viel. Am nächsten Morgen hatte ich einen ziemlichen Kater und musste mich in dem Zustand mit einem Mann wegen der Hygieneabfallbehälter für die Toiletten treffen. Was für ein glanzvolles Leben! Der Schönheitssalon heißt inoffiziell noch immer Sharon's. Über der Tür hat sie ein provisorisches Schild angebracht, während sie sich mit den aktuellsten Möglichkeiten quält: Haar$_2$O oder Haarakiri. Ich rede mir den Mund fusselig, um ihr klarzumachen, dass beides hier vielleicht nicht so gut ankommt.

»Die Kaffeemaschine ist da, Aisling.«

»Ach, danke, James.«

Noch vier Tage bis zur inoffiziellen Eröffnung. James kümmert sich noch um den Kleinkram, während Carol endlich in der Küche steht, um sich einzuarbeiten. Ich habe James gesagt, dass ich ihn für all die Extraarbeit bezahlen möchte, aber er will nichts davon wissen. Eigentlich gehört es nun wirklich nicht zu seinem Aufgabengebiet, mir zu helfen. Auf dem Dach hat er Solarmodule angebracht, und das finde ich verrückt. Man kann von Glück sagen, wenn in BGB zwei Tage hintereinander die Sonne scheint, aber er behauptet, es bringt trotzdem was. Noch mehr Fortschritt. Bald werde ich in einem Auto zur Arbeit fahren, das kein Lenkrad hat. Der verrückte Tom hatte eine Zeit lang tatsächlich ein Auto ohne Lenkrad, aber das hatte mehr mit grober Fahrlässigkeit als mit technologischem Fortschritt zu tun.

James und der Lieferant bugsieren die Kaffeemaschine gerade schnaufend und keuchend an ihren Platz hinterm Tresen, als Mammy den Kopf durch die Tür streckt.

»Hat jemand Lust auf Scones?«

Ich glaube, Mammy ist ein bisschen beleidigt, weil Carol die Scones für das BallyGoBrunch machen wird. Deswegen hat sie sich angewöhnt, uns ihre bei jeder Gelegenheit angedeihen zu lassen. Außerdem hat sie sich in den Kopf gesetzt, dass James aufgepäppelt werden muss, da er so viel arbeitet. Ich finde, er sieht sehr robust aus, aber vielleicht erinnert er Mammy mit seinen braunen Locken ein bisschen an Paul.

»Wie schön, Mammy«, ruf ich ihr zu. »Carol, haben wir Kompott?«

Carol bringt ein Tablett mit diesem und jenem, und wir picknicken an einem der Tische, die Majella und ich am Wochenende zusammengebaut haben. Zwei Schrauben sind übrig geblieben, und Majella hat einfach die Tür aufgemacht und sie in den nächsten Busch gepfeffert. Ich habe in der Nacht kein Auge zugetan, weil ich dauernd an sie denken musste, aber der Tisch steht noch, und wir hoffen einfach das Beste.

James winkt ab, als Mammy ihm einen Scone anbietet, gibt ihr aber mit einer Geste zu verstehen, dass sie ihm nach draußen folgen soll. »Ich muss dir was zeigen, Marian«, und sie flitzt hinter ihm her wie ein Wiesel. Der hat bestimmt schon viele Mammys verzaubert.

»Was machen die da?«, überlege ich laut, während James Mammy über einen Haufen Bauschutt hilft und auf irgendetwas auf dem Grundstück zeigt.

Carol zuckt mit den Schultern und sagt leise: »Die verstehen sich gut, James und deine Mutter.«

Mit James auf der einen und Constance auf der anderen Seite ist Mammy nur noch einen Schritt von Hunter-Gummistiefeln und einem Großeinkauf bei Avoca entfernt.

Carol und ich räumen ab, und dann mache ich mich an die Lektüre der Gebrauchsanweisung für die Kaffeemaschine. Felipes Kumpel wird uns eine Einführung geben, aber ich will meine Hausaufgaben erledigt haben. Als ich aufblicke, sehe ich, wie James etwas ruft, winkt und in seinen Jeep steigt. Er holt bestimmt mal wieder Nachschub. Mit roten Wangen von der frischen Luft kommt Mammy wieder rein.

»Was habt ihr denn da draußen gemacht?«, frage ich unschuldig.

»Ach, er hat mir nur dies und das gezeigt. Das interessiert mich. Dein Vater war sehr geschickt, und mir fehlt es, ihm zuzugucken und ihm zu helfen.«

Daddy war in der Tat sehr geschickt, obwohl er sich das Heimwerken selbst beigebracht hat – man muss noch immer den Lichtschalter im Flurschrank drücken, um Licht im Wohnzimmer zu haben.

»Und James ist so ein netter junger Mann. Sehr ... gut aussehend.«

Muttergottes, ist Mammy etwa in James Matthews verknallt? Bevor ich sie deswegen necken kann, spricht sie weiter.

»Ich habe gehört, dass John neulich die Schule im Stich gelassen hat.«

Na, das ist ja mal ein Themenwechsel. Ich habe seit Wochen weder was von John gehört noch über ihn nachgedacht. Mammys Ton macht deutlich, dass sie nicht gerade begeistert ist.

»Man hat ihn gebeten, beim Sportfest die Medaillen zu verleihen, und er hatte keine Zeit. Nach allem, was ich gehört habe, waren die Kinder sehr enttäuscht.«

Der Lump! Da ist ihm wohl was zu Kopf gestiegen. Und er ist nur Teil des Trainerteams. Wenn ich mir vorstelle, er wäre in der Mannschaft. Ich bin empört.

»Mrs Timoney hat erzählt, dass sie schon Poster für ihn gebastelt hatten und alles.« Mrs Timoney ist bekannt dafür, die örtlichen Grundschulkinder zum Unkrautjäten in ihrem Garten einzusetzen – das nennt man wohl Kinderarbeit. Ihre Naturlehrwanderungen enden zu gerne bei ihren Blumenrabatten, von daher ist sie wohl kaum die Richtige, um den moralischen Zeigefinger zu heben, auch wenn das sehr nachlässig von John war.

»Wenn er keine Zeit hat, dann hat er wohl keine Zeit.«

Seit wir uns getrennt haben, hat Mammy nicht viel zu John und mir gesagt, deswegen weiß ich nicht, wie sie zu ihm steht. Ich habe aber trotzdem das Gefühl, ihn noch ein bisschen verteidigen zu müssen. Selbst, wenn es so klingt, als säße er gerade auf dem hohen Ross.

»Ach, guck, da kommt James zurück. Ist er nicht wunderbar?« Offenbar hat Mammy einen neuen Liebling. Ich sehe ihm dabei zu, wie er drei Terrakottatöpfe aus dem Jeep hievt. Er bekommt im Gartencenter Rabatt, und ich möchte, dass es draußen genauso schön aussieht wie drinnen.

»Und, alles fertig, Schätzchen?« Mammys Blick wandert durch das Café, und auch ich sehe mich um und stelle mir vor, wie es hier in wenigen Tagen aussehen wird.

Mit Tränen in den Augen wendet sie sich mir zu. »Ich bin so stolz auf dich, Aisling. Und Daddy wäre außer sich vor Freude.«

KAPITEL 31

Mir schlägt das Herz bis zum Hals, als ich die Tür des BallyGoBrunch aufschließe. Zum ersten Mal öffne ich für den Kundenbetrieb. Tessie Daly steht schon bereit, genau wie Constance Swinford. Majella und Pablo biegen gerade auf den Parkplatz ein, und Deirdre Ruane und Titch Maguire kommen direkt hinter ihnen. Ich ziehe die Tür auf und bitte Tessie und Constance herein. Schon klüngeln sie zusammen mit Mammy an einem Tisch und erfreuen sich lautstark an der Speisekarte. Heute bieten wir nur eine begrenzte Auswahl an. Das nennt man *soft opening*, eine sanfte Eröffnung - kein großes Trara. Restaurants machen das oft so, um ein bisschen Druck rauszunehmen. Eine gute Sache eigentlich, denn ich bin jetzt schon nervös. Ich vertraue sehr auf die Würstchen und Carols selbst gemachtes Ketchup dazu. Die Tomaten haben wir von Mossy Folans Hof, der direkt neben dem Haus der Bolands liegt. Eine Zeit lang gab es den Verdacht, dass sie in den Folientunneln außer den Tomaten auch Haschpflanzen angebaut haben, aber nur, weil Mossy die meiste Zeit nicht ganz von dieser Welt ist. Wir bieten auch verschiedene Eierspeisen an und so viel frisch gebackenes Brot, wie man in sich reinstopfen kann. Ich habe mich mit Carol beraten und auch einen Haufen Avocados bestellt. Ich weiß nicht, ob BGB schon bereit dafür ist, aber man weiß ja nie. Schließlich biete ich Brunch an, und wenn jemand zerquetschte Avocado haben will, dann tue ich sie in eine Tüte und fahre mit dem Traktor drüber, wenn es denn sein muss.

»Ais! Hallo, Ais!«

Majella und Pablo haben sich schon einen Tisch am Fenster gesucht, und Majella winkt wie eine Irre und zeigt mit dem Daumen nach oben. Pablo neben ihr wirft mir einen ganz seltsamen Blick zu. Einen bösen Blick, um das Kind beim Namen zu nennen. Schmale Augen, gerunzelte Stirn. Mir läuft es kalt den Rücken runter. Ich frage mich, ob Majella erwähnt hat, dass ich dachte, ich hätte ihn in Dublin gesehen. Bilder, wie er Susie Ó Súilleabháin seinen Lümmel zeigt, tanzen mir durch den Kopf. Als er begreift, dass ich ihn direkt anschaue, entspannt sich sein Gesicht, und er fängt auch an, wie ein Irrer zu winken. Ich beachte ihn nicht. Deirdre und Titch setzen sich zu ihnen, und ich zucke zusammen, als Titch sich mit seinen schlammbespritzten Trainingsshorts auf meine karierten Kissen sinken lässt. Er war wohl heute früh schon auf dem Spielfeld. Es ist erstaunlich, wie viel Bier sich die Jungs an einem Freitagabend reinschütten können und sich dann trotzdem am Samstagmorgen als Erstes zum Training schleppen. Das nennt man Einsatz. Majella winkt mich rüber, aber ich bin froh, dass ich mit einem »Hab zu tun« und einem entschuldigenden Lächeln abwinken kann. Sie wirft mir einen komischen Blick zu, wendet sich dann aber Maeve Hennesseys kleiner Schwester Paula zu, die gerade versucht, Pablos Bestellung aufzunehmen. Sein Wunsch nach *huevos rancheros* und ihr Beharren darauf, dass wir noch keine Chips anbieten, scheine für Verwirrung zu sorgen.

Gerade will ich in die Küche gehen, um zu sehen, ob Carol und der junge Mann vom Mountrath, der bei uns ein Praktikum macht, gut zurechtkommen, als noch ein Auto vorfährt und dann gleich das nächste. Außerdem kommen Melanie Rice und ihr Ehemann Turlough mit den kleinen Händen herbeispaziert und schieben einen Kinderwagen. Das scheint sich ja schnell rumgesprochen zu haben, obwohl unsere Eröffnung so zart ist wie ein Babypopo. Direkt dahinter taucht Sharon auf. Sie hat versprochen vorbeizukommen, wenn sie aus dem Schönheitssalon weg kann.

»Noch mehr Kundschaft, Paula«, rufe ich ihr zu, als sie gerade Mammy, Tessie und Constance ihre Würstchen auf Brot serviert. Ich musste erst davon überzeugt werden, die Würstchen nicht zwischen zwei Brotscheiben zu packen, aber Carol schwört, dass eine dicke Brotscheibe reicht und das auch appetitlicher aussieht. Und sie können ja immer noch mehr Brot bestellen. Die Idee, unbegrenzt Brot anzubieten, ist ein Traum. Vielleicht hat sie recht.

Sharon, Melanie, ihr Mann und *ihr Kleinkind* quetschen sich noch zu Majella und den anderen an den Tisch. Zum Glück habe ich James' Rat beherzigt und Kinderstühle bestellt. Ich fand das nicht so wichtig, aber er hat gesagt, ich würde es bereuen. Ich hätte ja nicht für möglich gehalten, dass es so viele Informationen dazu gibt, wie man ein Café leitet, aber ich habe in den letzten Wochen jedes Buch und jede Website dazu gelesen. Trotzdem gibt es noch immer eine nicht enden wollende Mängelliste, die abgearbeitet werden muss.

Aus den Autos sind noch vier weitere Leute gestiegen, die jetzt zur Tür hereinkommen, und nun wird es Zeit, meine Serviererfahrungen aus der Studienzeit zum Einsatz zu bringen. Ich kenne sie alle nicht – sie sind nicht von hier. Ich weiß nicht, ob mich das noch nervöser macht oder nicht.

Sie setzen sich an einen Tisch, ziehen ihre Jacken aus und sehen sich um. Als ich mit den extra für heute zusammengestellten Speisekarten zu ihnen komme – noch eine weitere Tintenpatrone –, nickt eine von ihnen, eine Blonde mit einem Sadhbh-typischen Cos-Kleid, anerkennend. »So shabby chic. Hinreißend.« Ich überschlage mich fast vor Begeisterung und muss mich davon abhalten, auf die Steckdose im Boden zu zeigen, falls sie ein Foto von meinen riesigen Lampenschirmen auf Instagram posten will. Die Leute posten alles Mögliche auf Instagram. Halb aufgegessenes Frühstück, wie sie ihre eigenen Füße anlachen oder was auch immer Majella und Sharon da gerade auf der anderen Seite des Raumes machen. Als Sadhbh mich auf einer unserer Erkundungstouren in einem Secondhandladen in Dublin auf die schräg sitzenden Lampenschirme über ganz normalen Lampen aufmerksam gemacht hat, habe ich mich schlappgelacht. Aber sie hatte recht: Ästhetisch passen sie wunderbar rein.

Noch mehr Würstchen auf Brot, eine Portion verlorene Eier mit Avocado (ein Dank an den Gentleman, der unverständlicherweise drinnen eine Sonnenbrille trägt) und eine Kanne starken Tee für die Gruppe. Sie sehen verdächtig verkatert aus. Wahrscheinlich haben sie nach einer Hochzeit heute Morgen das Frühstück im High King Hotel verpasst.

»Darf ich fragen, wie Sie auf uns gekommen sind?«, sage ich, als ich die kochend heiße Kanne mitten auf den Tisch stelle und einen Teewärmer darüberstülpe.

»O, der Barmann im Hotel gestern hat von euch geschwärmt. Ich weiß nicht, wo er herkommt, aber bestimmt nicht von hier. Er hat immer wieder gesagt: ›Die Würstchen, Achtung.‹ Wir haben uns weggeschmissen.« Sie macht irgendwie einen spanischen Akzent nach, um den Barmann nachzuahmen.

Ich schaue zu Pablo rüber, der von der Gruppe vor mir größtenteils verdeckt wird und gerade wild mit einem Brotknust gestikuliert. Wie nett von ihm, das Café so anzupreisen. Vielleicht habe ich ihn falsch eingeschätzt.

Ich habe kaum Zeit, mich umzudrehen, da geht die Tür schon wieder auf. Ich habe gar nicht gesehen, wie der verrückte Tom mit seinem Fahrrad auf den Parkplatz geschlingert ist. Damit fährt er jetzt überallhin, nachdem er seinen Führerschein endgültig verloren hat. Das war wohl ein Punkt zu viel. Er musste vor Gericht, und die Lokalzeitung hat berichtet, dass noch nie zuvor in einem Verfahren so oft das Wort »Bedrohung« gefallen ist. Er steht total auf Bolands Würstchen, von daher war es nur eine Frage der Zeit, bis er bei uns landen musste.

Ich gehe in die Küche, um die Speisen für die Gruppe zu holen, die gerade hereingeschneit ist. Carols Gesicht hat die Farbe eines Weihnachtssterns, aber es scheint alles unter Kontrolle zu sein. Der junge Mann, Noel, muss seine erste Feuerprobe bestehen, nachdem er im Mountrath nur über der Fritteuse gehangen hat. Uns ist es gelungen, ihn für das halbe Gehalt abzuwerben, im Austausch dafür, dass Carol ihm ein bisschen was beibringt.

»Läuft hier alles, Leute?«

»Ja, ja«, ruft Carol, ohne den Blick von den Eiern vor ihr auf dem Herd abzuwenden.

»Tisch eins«, brüllt Noel über meinen Kopf hinweg. Die Aufregung hat ihn erfasst, und er drückt mir einen Teller in die Hand: »Extrawürstchen«, grölt er, »Bedienung, bitte.« Als Nächstes wirft er wahrscheinlich gekochte Blutwurst an die Wand wie Fernsehkoch Gordon Ramsay.

Die fieberhafte Hektik, die dadurch entstanden ist, dass alle gleichzeitig eingetroffen sind, flaut langsam ab, und ich nehme mein kleines Königreich in Augenschein. Ich behalte die Brotkörbe im Blick, und falls jemand mehr Tee möchte, stehe ich bereit, um sofort hinzustürzen. Langsam bewege ich mich in Richtung Majella und Pablo, um zu sehen, ob an ihrem Tisch alles in Ordnung ist. Melissas Baby lässt sich gerade eine Schüssel von Carols Haferbrei Spezial schmecken, garniert mit allen möglichen Beeren und Konfitüre. Paula kommt mir zuvor und fragt, ob sie noch etwas brauchen.

Über den Kopf des Babys hinweg sagt Melissa lautlos: »Ich hätte gerne eine Dose Cola. Eine. Dose. Cola.« Sie formt die Worte in übertriebener Weise mit den Lippen. »Sie dreht völlig durch, wenn sie das Wort hört«, erklärt sie und zeigt auf das Baby. »Ihr schmeckt es noch nicht einmal besonders, es ist nur das Wort.«

Sadhbh hat gesagt, ich solle keine Getränke in Dosen anbieten, nur hausgemachte Limonade und Heu-und-Lavendel-Sirup. Aber ich erkenne einen Kater, wenn ich ihn sehe, und ich weiß auch, was dagegen hilft. Paula nickt Melissa verschwörerisch zu und will gerade in die Küche zurückgehen, als Pablo sich auch zu Wort meldet.

»Und ich … will einen hausgemachten … äh … Lümmel.«

Turlough explodiert. Das Rührei, das er sich gerade in den Mund geschoben hat, spritzt über das Baby, und dann verschluckt er sich noch daran. Ich stürze mit einem Geschirrtuch herbei, während das Baby aufgebracht brüllt und Paula Pablo entsetzt anblickt.

»Einen Lümmel, verstehst du? L-Ü-M-M-E-L?« Verzweifelt fuchtelt er mit den Händen, während Majella vor Lachen auf ihrem Stuhl zittert. Deirdre und Titch ergeht es nicht viel besser, nur Sharon springt auf, um einen Mopp zu holen.

»Limo!«, flüstere ich Paula mit einer Grimasse zu und helfe Melissa, das Gesicht des Babys abzuwischen, das sich windet wie eine Katze beim Tierarzt.

Paula hat wenigstens endlich begriffen, was Pablo will, während der den Tisch anfleht, ihm zu sagen, was denn nun falsch daran war, und Sharon sich Rührei aus den Haaren zupft und mir ein beruhigendes Lächeln schenkt. Etwas chaotisch, könnte man sagen. Jemand tippt mir auf die Schulter.

»Na, läuft alles gut?«

Es ist James Matthews. Er grinst mich an und hält mir so eine Geschenktüte für Weinflaschen entgegen. Die werde ich wiederverwenden – sehr praktisch. Ich hatte mir das Geschirrtuch auf den Kopf gelegt, in dem Versuch, das Baby abzulenken, aber sobald ich ihn sehe, reiße ich es runter.

»Es läuft großartig, wie du siehst.« Ich zeige kläglich auf den mit Rührei bespritzten Tisch. Turlough bekommt gerade wieder Luft.

»Hör nicht auf sie«, sagt Majella. »Es läuft ganz hervorragend. Du bist auch nie zufrieden, Aisling«, ergänzt sie und verdreht lächelnd die Augen.

James drückt mir die Flasche in die Hand. »Etwas zum Feiern, wenn du dann dazu kommst. Wollte nur kurz vorbeischauen und sehen, wie es läuft.«

»Ach, das ist aber nett, danke schön.« Ob ich mir das Geschirrtuch noch mal über den Kopf legen sollte, um mein rotes Gesicht zu verbergen?

»Keine Ursache. Wir sehen uns im Laufe der Woche. Oben gibt es noch viel zu tun.« Er geht zurück zu seinem Jeep und bedeckt dabei die braunen Locken mit einem Basecap.

»Hast du eigentlich John in letzter Zeit mal gesehen, Aisling?«, unterbricht Turlough meinen kleinen Tagtraum. Anscheinend hat er sich von seinem kleinen Missgeschick erholt.

»Äh, nein, nicht wirklich.« Ich habe John seit Ewigkeiten nicht gesehen.

»Er trainiert auch kaum noch mit den Rangers, jetzt wo er auf Bezirksebene ein so wichtiger Mann geworden ist.« Mit seinen winzigen Händen kann Turlough auf dem Spielfeld nicht besonders viel ausrichten, aber die Jungs gehen wirklich sehr gewissenhaft zum Training, egal, wie das Wetter ist. »Heute Morgen war er nicht da. Ich habe gehört, dass er die

Clubs auf der Suche nach neuen Talenten abklappert«, fährt Turlough fort. »Wir können wohl froh sein, wenn er überhaupt noch mit uns spricht. Baby Chef Gitton hat ihn seit Wochen nicht gesehen.«

»Und, wurde im Vortex schon ein VIP-Bereich für ihn abgetrennt?«, wirft Melissa ein und verdreht die Augen. »Das war gestern das Gesprächsthema im neuen Schönheitssalon. John hat wohl seinen eigenen privaten Bereich verlangt. Stellt euch das mal vor: eine Absperrung mit Samtkordel im Vortex. Ich weiß ja, dass Sportler Helden sind, aber wie blöd sieht das aus, wenn du hinter so was hervorkommst, um dein Bier und deinen Jägerbomber an der Bar zu bestellen. Schade, dass du nicht mehr mit ihm zusammen bist, Aisling, um ihn in seine Schranken zu weisen.«

Gott, das hört sich alles so gar nicht nach John an. Er hasst es, im Mittelpunkt zu stehen. Außer beim Karaoke, wenn Garth Brooks läuft und er elf Bier intus hat. So wie das klingt, ist er ein ganz anderer Mensch geworden. Na ja, das ist wohl nicht mein Problem. Ich habe ein Café zu führen.

»So, will noch jemand Tee?« Ich schwenke die Kanne auf der Suche nach einer leeren Tasse. Wieder geht die Tür. Noch mehr Gäste! Aber die massige, schwerfällige Gestalt, die hereinkommt, will bestimmt keine Eierspeise bestellen. Marty Boland.

»Na, Marty?« Meine Stimme zittert ein ganz klein wenig, aber ich wappne mich schnell. »Setzen Sie sich doch, und wir bringen Ihnen eine Speisekarte.« Ich gehe zurück zum Tresen.

Er folgt mir und drückt mich mit seinem finsteren Blick fast dagegen. Mit leiser Stimme knurrt er:« Ich will keine Speisekarte und mich auch nicht setzen, Mädel.«

Carol kommt aus der Küche und wischt sich die Hände an einem Geschirrtuch ab. »Marty, was willst du …?«

»Ihr denkt wohl, ihr beide seid ganz schlau mit eurem Café, was?« Die Leute, die uns am nächsten sitzen, drehen sich schon um und gucken.

»Marty, bitte mach keine Szene«, fleht Carol ihn an.

Er richtet sich auf, nimmt mir eine Speisekarte aus der Hand und tritt dann noch näher an mich ran: »Ich weiß, was du vorhast. Du willst mir mein Geschäft nehmen. Du hast mir diese Räume weggenommen. Und du da«, er zeigt auf Carol. »Wo war mein Abendessen in den letzten Tagen?«, fragt er sie. Sie steht einfach nur da. Er spricht so leise, dass nur wir ihn hören können. Mein Herz schlägt bis zum Hals. Er wirft die Speisekarte zurück auf den Tresen. »Sei heute Abend bloß pünktlich zu Hause.« Dann dreht er sich um, nickt dem einen oder anderen zu, als wäre nichts geschehen, und geht.

Carol zieht sich in die Küche zurück. »Alles okay?«, frage ich und folge ihr. »Ich mache dir einen Tee.«

»Das ist nicht nötig, alles in Ordnung«, sagt sie ganz nüchtern. »Er hat nur schlechte Laune. Alles gut. Mach dir keine Sorgen.« Wie soll ich mir keine Sorgen machen? Aber wieder kommt jemand rein, und Paula ruft: »Noch mehr hungrige Gäste.« Ich hoffe, es ist wirklich alles gut.

KAPITEL 32

In zehn Minuten holt Sharon mich zu Denises Babyparty ab, und ich trage noch meine Schürze und Crocs. Ja, Crocs. Eigentlich war es Constance Swinford, die mich darauf gebracht hat – ihr Haus ist so groß, dass sie Blasen an den Füßen bekommt, wenn sie von einem Ende zum anderen läuft, obwohl sie teure Hausschuhe hat. Das nennt man wohl Luxusprobleme, obwohl ich mir nicht vorstellen will, was sie für Nebenkosten hat. So ein großes Haus ist schwer zu heizen.

Die Crocs sind weich und bequem – ein Gottesgeschenk, wenn man sechzehn Stunden am Tag auf den Beinen ist. Den Vorratsraum sortieren, Besteck putzen, Bestellungen entgegennehmen, Tische abräumen, Zuckerdosen nachfüllen – da bleiben kaum mal fünf Minuten, um sich mit einer Tasse Tee und einem Keks hinzusetzen. Meine Fitbit-App lobt mich ohne Ende, und ich bin k.o., aber glücklich. Wahnsinnig glücklich. So glücklich war ich schon lange nicht mehr.

Nach ein paar Anfangsschwierigkeiten in den ersten Wochen (zu wenig Teebeutel bestellt: Lektion gelernt) läuft das BallyGoBrunch jetzt richtig rund, und es ist mehr los, als ich zu träumen gewagt hätte. Am Sonntag war um zwölf Uhr eine Schlange bis um die Ecke! Ich habe ein Foto für Sadhbh gemacht, und sie hat eine Rekordzahl von Emojis zurückgeschickt. Einer meiner Crocs war mit im Bild und jetzt muss ich mir das dauernd anhören. Ich habe versucht, ihr zu erklären, dass Bequemlichkeit manchmal wichtiger ist als Stil, aber sie hat mich vor lauter Lachen gar nicht gehört.

Carol muss mich buchstäblich aus der Schwingtür der Küche schieben, während ich sie mit Fragen und Problemen überschütte.

»Was ist, wenn ein Veganer kommt?«

»Gerade habe ich ein Sauerteigbrot aus dem Ofen geholt, und wir haben reichlich Pilze von Jim Doran. Mit ein bisschen Thymian auf Toast schmeckt das herrlich.«

»Weißt du, wo der Feuerlöscher ist?«

»Unter der Spüle.«

»Was machst du, wenn jemandem was im Hals stecken bleibt?«

»Aisling! Geh jetzt einfach!«

Carols Gerichte sind der Hit, aber keine von uns hätte erwartet, dass die Würstchen derart einschlagen. Sie kommt mit der Herstellung kaum hinterher. Marty Boland scheint sich einigermaßen beruhigt zu haben, da die Produktion auf Hochtouren läuft und er gutes Geld verdient. Carol hat mir versichert, dass es zu Hause keine Vorfälle mehr gegeben hat. Ich habe lauter verrückte Ideen, wie zum Beispiel ein BallyGo-Brunch-Kochbuch herauszubringen oder ein Fernsehteam einzuladen, damit sie einen Beitrag über ihre Würstchen drehen. Alles für ein bisschen Werbung.

Ich bin gerade auf dem Weg zur Toilette, als Sharon reinkommt. Ihr Blick fällt auf meine Crocs, und sie muss sich an einem Stuhl festhalten. Echt jetzt, wenn ich doch alle dazu kriegen könnte, sie mal auszuprobieren, würden sie verstehen, warum die so toll sind. Man geht wie auf Wolken. Das kann einem jede Krankenschwester bestätigen.

»Ich muss mich nur noch kurz umziehen – bin sofort fertig«, sage ich und halte meine »Ich Herz Penneys«-Stofftasche hoch. Auf dem Klo ziehe ich mir schnell mein lila Wickelkleid an (von Savida, aber dreißig Prozent runtergesetzt), meine zuverlässige 80-den-Strumpfhose und ein Paar Kitten Heels, die ich seit Majellas einundzwanzigstem Geburtstag habe und die noch immer tipptopp sind. Ich glätte meine Haare mit einem Tropfen Wasser und trage ein wenig braune Wimperntusche auf. Nicht perfekt, aber ich bin seit sechs Uhr früh auf den Beinen. Dann wische ich noch schnell durch die Waschbecken und fülle das Klopapier nach. Wie schon gesagt, man hat nie frei.

»Schönes Kleid, Schatzi«, sagt Sharon, als ich schließlich wieder auftauche.

»Ach, der alte Lappen«, entgegne ich kopfschüttelnd und verabschiede mich wortlos von Paula, die gerade Extrawürstchen an einen Tisch mit sechs Personen bringt. Wir servieren die Würstchen jetzt nicht nur auf Brot und als Teil des irischen Frühstücks, sondern auch als Eintopf, im Blätterteigmantel, mit Kartoffelbrei und mit Yorkshirepudding. Ich lese gerade ein Buch über vertikale Unternehmenskonzentration, und genau das setzen wir um.

Es ist das erste Mal, dass ich in Sharons kleinem Beetle sitze, und ich muss sagen, er gefällt mir sehr gut. Sie hat ein Duftbäumchen und eine kleine rosa Blume in der Vase am Armaturenbrett! Das hätte ich auch gern. Ich hatte früher eine Stoffkatze auf der Kofferraumablage meines Micra, aber als John und ich uns getrennt haben, musste sie weg. Zu viele Erinnerungen. Jetzt habe ich dort eine schicke Taschentuchbox stehen, was ich sehr elegant finde. Allerdings kommt man nur schlecht ran.

»Sharon, könntest du hier kurz ein bisschen langsamer fahren?«, bitte ich sie auf dem Weg zum Tor hinaus. Ich will James Matthews fragen, ob er noch ein Viehgitter einbauen könnte – letzte Woche lief eine Kuhherde auf der Straße frei herum, und ich musste meinen Posten und den Toast in der Küche verlassen, um ihnen den Weg zu versperren, sonst hätten sie das Blumenbeet zertrampelt. Carol war nicht besonders begeistert, aber wenigstens wissen wir jetzt, dass die Rauchmelder funktionieren. Was Arbeitsschutz angeht, kann man nicht vorsichtig genug sein, und ich hatte noch keine Zeit, sie richtig einzuweisen.

Ich versuche abzuschätzen, ob ein Viehgitter zwischen die Torpfosten aus Granit passen würde, als ich aus dem Augenwinkel ein silberfarbenes Auto sehe, das ein Stück die Straße runter nah am Graben parkt. Warum parkt dort jemand? Jeder weiß doch, wie schmal die Straße ist, aber das hält die Laster nicht davon ab, wie die Irren zu rasen, trotz aller Schlaglöcher und scharfen Kurven. Um dort zu parken, muss man echt Todessehnsucht haben. Sharon biegt links ab, und obwohl ich genau gucke, kann ich das silberfarbene Auto nicht im Seitenspiegel sehen. Vielleicht habe ich es mir eingebildet. Ich bin unglaublich müde, und heute Abend muss ich mich auch noch um den Bürokram kümmern.

Als ich Denise in der Lobby des High King Hotels sehe, bekomme ich einen richtigen Schreck. Es gibt doch diese schwangeren Frauen, die sich überhaupt nicht verändern, außer dass sie einen dicken Bauch kriegen? Die von hinten völlig unschwanger aussehen und von vorne, als hätten sie einen Basketball verschluckt? Nun, zu denen gehört Denise nicht. Sie ist wie aufgeblasen. Sogar ihr Gesicht sieht schwanger aus.

»Denise, du siehst aber gut aus«, sage ich strahlend und versuche, nah genug an sie ranzukommen, um sie zu umarmen. Und sie sieht tatsächlich gut aus, trotz allem. Sie strahlt. Und man kann sehen, dass das sowieso nur Wassereinlagerungen sind. »Jetzt dauert es nicht mehr lange! Du bist bestimmt total aufgeregt.«

»Noch drei verdammte Wochen.« Sie seufzt und verdreht

die Augen. »Lange halte ich das nicht mehr aus. Ich muss dauernd essen, Aisling. Selbst während ich noch kaue, überlege ich schon, was ich als Nächstes essen soll. Wie kann ich nur so hungrig sein? Und ich hatte in der Schulzeit Bulimie!«

Ich muss sagen, Sharon hat den Tisch wunderschön dekoriert. Sie hat einen dreistöckigen Windelkuchen hingestellt, an dem ein großer Ballon mit einem Hasen darauf befestigt ist. Es sind ziemlich viele Leute gekommen – einige kenne ich aber nicht. Ich setze mich neben Dee Ruane, um zu demonstrieren, dass das Mietdebakel Schnee von gestern ist. Man muss fairerweise sagen, dass sie Stammkundin im BallyGo-Brunch geworden ist, seit sie Besichtigungstermine für die Musterwohnung im ersten Stock vergibt. Es gibt wohl unglaublich viele Interessenten. Das Stück Land wurde letzte Woche tatsächlich an den Sportverband verkauft, und sie unterhält gerade Maeve Hennessey mit ihren Vorbereitungen für die bevorstehende Reise nach Marbella.

»Ich versuche Titch zu überreden, sich von Sharon den Rücken enthaaren zu lassen, aber er will nichts davon wissen«, sagt sie und nimmt sich ein Gurkensandwich. »Ich selber finde so einen haarigen Rücken gar nicht schlimm – ich mache mir nur Sorgen, dass andere Gäste Anstoß daran nehmen könnten. Es ist schließlich ein Fünfsternehotel. Da könnten Promis sein.« Maeve ist ganz Ohr und nickt eifrig. Das Gespräch inspiriert mich, und ich rufe Sharon zu: »Wie wäre es mit Haarmonie?« Sie schüttelt den Kopf. Lange werde ich ihr nicht mehr meine Perlen vor die Füße werfen.

»Pssst, Aisling, rück mal ein Stück.« Wie immer bei solchen Anlässen kommt Majella zu spät.

»Wo warst du?«, flüstere ich. Ich habe versucht, ein paar Eiersandwiches für sie zu bunkern, aber sobald die Platte auf dem Tisch stand, hat Denise sich alle einverleibt. Ein Schinkensandwich konnte ich noch unter meiner Serviette verstecken, aber ansonsten ist nur Räucherlachs übrig, und den wird Majella bestimmt nicht essen.

»Noch mehr Stress mit dem verdammten Willy«, zischt sie mir zu. »Ich musste Pablo mitnehmen, zu seiner eigenen Sicherheit. Er sitzt an der Bar und trinkt einen Whiskey zur Beruhigung. Haben sie das Geschlecht schon preisgegeben?«

»Nein. Denise wird den Ballon platzen lassen, und das Konfetti ist entweder blau oder rosa«, erkläre ich. »Das mit der Sprühflasche funktioniert also nicht?«

»Wenn überhaupt, macht es Willy nur noch wilder«, sagt sie, nimmt sich ein Gurkensandwich, riecht daran und legt es dann zurück. Dieser Nachmittagstee kostet dreißig Euro pro Person – dass sie dafür nur ein popliges Schinkensandwich und ein paar Scones bekommt, ist wirklich ungerecht. Ich sorge immer dafür, dass ich bei solchen Anlässen das bekomme, was mir zusteht. Die sind aber auch teuer!

»Entschuldigt, ihr zwei«, sagt Sharon und beugt sich zu uns runter. »Habt ihr eure Babyfotos mitgebracht? Wir fangen jetzt mit den Spielen an.«

Ja, Babypartyspiele. Ehrlich gesagt könnte ich darauf verzichten. Na ja, auf die meisten. Zu raten, welches Babyfoto zu wem gehört, ist schon ganz lustig, aber manche Spiele sind ziemlich eklig. Wie das, wo man geschmolzene Schokolade aus einer Windel essen muss und raten, welche Sorte es ist. Ich bin da richtig gut drin, schön ist aber was anderes.

Ich gebe Sharon mein Foto – eigentlich eins der Kinder der Fernsehmoderatorin Karen Koster, aber was sie nicht weiß, macht sie nicht heiß – und entschuldige mich, um aufs Klo zu gehen. Ich möchte zurück sein, wenn der nächste Gang serviert wird, sonst isst Denise mir meinen Mini-Himbeer-Käsekuchen weg. Nicht mit mir, Denise! Auf dem Weg durch die

Hotellobby sehe ich durch das Erkerfenster Pablo am Gartentisch bei seinem Whiskey sitzen. Gerade will ich zum Fenster gehen, an die Scheibe klopfen und ihn begrüßen, als sich Susie Ó Súilleabháin im Stuhl neben ihm vorbeugt. Und unter meinen Augen lehnt sie sich so weit nach vorne, dass sich ihre Lippen fast treffen, und berührt sanft sein Gesicht. Mir gefriert das Blut in den Adern, und ich springe schnell hinter eine Topfpflanze. Was zum Teufel machen die da, was soll dieses Gekuschel, wo Majella gerade mal zehn Meter entfernt ist? Wie können sie es wagen? Und warum habe ich das Gefühl, etwas falsch gemacht zu haben? Wir sind hier, um Denise zu feiern, und ich will nicht, dass es eine Szene gibt, bevor ich ihr nicht das winzige Knock-Rangers-Trikot übergeben habe, das ich extra habe anfertigen lassen. Es war nicht gerade billig.

Als ich an den Tisch zurückkomme, kreischen alle. Sie haben wohl gerade den Ballon platzen lassen, um das Geschlecht des Babys zu enthüllen. Ich brauche einen Moment, bevor mir klar wird, dass gar nicht Denise im Mittelpunkt steht, sondern Majella. Dee hält Majellas linke Hand und will den Ring sehen, während Maeve der Bedienung zuruft: »Prosecco, schnell, wir brauchen Prosecco!« Denise sieht etwas verstimmt aus, und das kann ich ihr nicht verdenken. Eine Babyparty ist nicht der passende Ort, um seinen Verlobungsring zu präsentieren. Der Gerechtigkeit halber muss man aber sagen, dass Maj eigentlich nichts anderes übrig bleibt.

»O, ist der klasse. Sieht viel größer aus als auf Facebook«, gurrt Maeve. »Ihr seid so ein süßes Paar, ihr beiden.«

Wenn sie nur wüssten. Wenn Majella nur wüsste!

»Ja, es ist … wunderbar«, stottere ich. »Einfach wunderbar.«

»Tut mir leid«, sagt Majella leise zu Denise, die gerade einen Teller Shortbread auf ihrem Bauch balanciert. Mindestens zehn Minuten muss sie sich aber noch zu ihrem Ring befragen lassen.

Als ich noch mit John zusammen war, hat Maeve meine Hand jedes Wochenende forensisch untersucht. Wie eins dieser Trüffelschweine, nur dass sie auf Diamanten abgerichtet ist. Ich tippe Maj auf die Schulter und flüstere: »Kann ich mal kurz mit dir sprechen?«

Sie entzieht Maeve ihre Hand und folgt mir durch die Flügeltür in den berühmten Saal des High King Hotels, BGBs beliebteste Hochzeitslocation. Kahl und leer macht er im Moment nicht viel her, aber hier haben über die Jahre schon viele legendäre Partys stattgefunden.

»Was ist los, Ais?« Majellas Worte hallen von den Wänden wider. »Wenn wir nicht zurückgehen, isst Denise unsere Mini-Kuchen auf.«

»Ich weiß nicht, ob ich was sagen soll«, sage ich und ringe die Hände. Ich weiß es wirklich nicht. Aber ich kann doch nicht zulassen, dass Majella in die Hotellobby geht und Pablo und Susi in flagranti erwischt. Das würde sie umhauen.

»Du musst mir jetzt sagen, was los ist, mein Mädchen«, erklärt sie streng. »Ich fange langsam an, mir Sorgen zu machen.«

»Es geht um Pablo.«

»Was ist mit ihm?« Zerstreut dreht sie an ihrem Verlobungsring. Er hat angeblich Pablos Großmutter gehört, aber das glaube ich nicht ganz. Wahrscheinlich hat er ihn aus einer Wundertüte, das Schlitzohr.

»Es tut mir leid. Aber ich glaube, er hat was ... mit Susie Ó Súilleabháin.« Sobald ich es gesagt habe, bereue ich es bereits. Sie wird blass, und ihre Unterlippe fängt an zu zittern. Majella kommen nicht leicht die Tränen. Ich glaube, ich habe sie noch nie weinen sehen. An der traurigen Stelle in *Titanic* hat sie gelacht, weil doch schließlich klar war, dass neben Rose auf der Tür noch genug Platz für Jack gewesen wäre.

»Wie?«, stottert sie. »Wie kommst du darauf, Ais?«

»Dafür gibt es verschiedene Gründe. Und das geht schon eine ganze Weile so.« Gerade will ich ihr meine Beweise darlegen: wie ich ihn und Susie vor dem Maguire's und dann in Dublin gesehen habe, als er behauptet hat, auf einer Fortbildung zu sein, und jetzt das Gekuschel im Garten, aber ich komme gar nicht dazu.

»O mein Gott!«, brüllt sie mit weit aufgerissenen Augen, und ich erschrecke mich fast zu Tode. »Ich kann nicht fassen, dass du das tust.« Sie wirbelt herum und reißt die Flügeltür auf. Ich folge ihr und bekomme fast die Tür ins Gesicht, versuche, Majella an der Schulter festzuhalten, aber sie ist auf hundertachtzig. Ich erwische sie nicht.

»Majella, komm zurück«, rufe ich. »Ich muss dir ...«

Jetzt sind wir wieder im Restaurant, und die Babypartytruppe ist fast in Hörweite, aber sie marschiert einfach unbeirrt auf den Tisch zu. Dann dreht sie sich um, stemmt die Hand in die Hüfte und mustert mich von Kopf bis Fuß. Ich sehe, wie Maeve und die anderen sich auf ihren Stühlen umdrehen. Denise sieht wieder etwas munterer aus, aber das ist auch kein Wunder bei den vier Mini-Käsekuchen, die sie vor sich stehen hat.

»Ich wusste, dass das passieren würde«, faucht Majella in voller Lautstärke und schüttelt dabei den Kopf. »Du kannst es einfach nicht ertragen, dass ich glücklich bin, nicht wahr, Aisling? Du bist *neidisch.* Du bist verdammt noch mal *neidisch* auf mich.«

Echt, ich kann es nicht fassen, dass Majella in den heiligen Hallen des High King Hotels »verdammt« gesagt hat. In den späten Neunzigern haben sie hier ein Outfit von Lady Diana ausgestellt – es war Teil einer Wanderausstellung, die die Kleider des Königshauses präsentierte. Im Mountrath kann man »verdammt« sagen, so oft man will, aber irgendwann ist auch mal Schluss.

»Was?«, stottere ich und bin völlig verdattert. Und verwirrt. Warum glaubt sie, dass ich neidisch bin? Ihr Scheiß-Verlobter verarscht sie und versucht noch nicht mal, es zu verbergen. Ich habe es ihr nur gesagt, damit sie nicht verletzt wird.

»Ach, tu nicht so blöd, Aisling«, schreit sie spuckend mit knallrotem Gesicht. »Dass du nicht blöd bist, wissen wir schließlich alle.« Denise und die anderen starren uns jetzt unverhohlen an, genau wie die Leute an den anderen Tischen. Ich sage Leute, dabei sind es eigentlich Frauen. Ich glaube, ich habe noch nie einen Mann beim Nachmittagstee gesehen, und Gott weiß, ich war schon bei vielen.

»Du hältst es nicht aus, dass ich mich vor dir verlobt habe, stimmt's?«, wütet sie, während ich wie eine Idiotin einfach nur dastehe. »Stimmt's, Aisling? Ich bin befördert worden, und ich bin verlobt, und jetzt werde ich vor dir heiraten. Nie im Leben hättest du gedacht, dass das so läuft. Stimmt's?«

Mittlerweise stoßen sich die Leute gegenseitig an und holen ihre Handys raus. Der Mund von Denises Mutter steht so weit offen, dass ihre falschen Zähne Gefahr laufen, gleich in ihren Mini-Zitronenkuchen zu plumpsen. Am liebsten würde ich vor Scham im Boden versinken. Das hier ist fast so schlimm, wie einer Braut an ihrem Hochzeitstag die Show zu stehlen.

»Majella, bitte«, flüstere ich hörbar. »Komm mit nach draußen, und dann erkläre ich dir alles.«

»Nein, danke, Aisling«, brüllt sie höhnisch. »Ich habe es satt, dir zu folgen.«

»Ich bin nicht neidisch«, zische ich. »Und ich erfinde das nicht.«

Aber sie ist außer sich vor Wut und scheint nicht mal zu hören, was ich sage.

»Es tut mir ja leid, dass dich das wahnsinnig macht, aber ich werde hier eine große Hochzeit feiern.« Sie zeigt Richtung Saal. »Mit Candywagen, Gratisdeo auf dem Klo und mit Band *und* DJ. Ich dachte, du würdest dich für mich freuen, aber da lag ich wohl falsch.«

»Ich freue mich für dich«, sage ich flehentlich. »Ich will nur, dass du glücklich bist. Ich versuche nur, dich zu schützen! Wenn du mir doch zuhören würdest, nur fünf Minuten ...«

»Wenn ich daran denke, dass ich dich fragen wollte, ob du meine Brautjungfer wirst«, schreit sie.

Dann schnappt sie sich ihre Tasche und rennt heulend raus.

Es ist wohl unnötig zu erwähnen, dass der Rest der Babyparty etwas gedämpft verlief. Sogar, als Denise den Ballon platzen ließ und blaues Konfetti rausregnete. Sie hat noch einen kleinen Juchzer aufgebracht, aber musste immer wieder weinen, bis Maeve sie mit einem Teller bunter Macarons getröstet hat, während die anderen mir böse Blicke zuwarfen.

»Was zum Teufel hast du gesagt, dass Majella so durchgedreht ist?«, zischte Denise mir hinter ihrer Serviette zu, als ich mich wieder hinsetzte.

»Etwas, das ich nicht hätte sagen sollen«, war alles, was ich antworten konnte.

KAPITEL 33

Eigentlich wollte ich noch zurück ins Café, um Carol und Paula beim Aufräumen zu helfen und die Spülmaschine ordentlich einzuräumen, aber letztendlich bringe ich es nicht über mich. Gegen sieben setzt Maeve mich zu Hause ab. Mammy und Constance Swinford sitzen zusammengedrängt vor Mammys uraltem Laptop in der Küche.

»Na, ihr zwei«, sage ich beim Reinkommen und stelle den Wasserkocher an. Wenn es je einen richtigen Zeitpunkt für eine Tasse Tee gab, dann jetzt. Ich muss dauernd an den Streit denken und an Majellas harte Worte, und der Gedanke daran tut so weh. Warum konnte ich bloß meine Klappe nicht halten? Ich bin nicht neidisch. Ich will nur nicht, dass Majella verletzt wird. Ich hätte mit ihr in den Garten marschieren sollen, damit sie Pablo und Susie mit eigenen Augen gesehen hätte.

»Hallöchen, Aisling«, kreischt Constance, steht auf und nimmt ihre Wachsjacke. »Marian, ich muss los. Wir setzen uns morgen wieder zusammen, und dann besprechen wir ...«, sie wirft mir einen verstohlenen Blick zu, »... alles.«

Mammy sammelt ihre Papiere zusammen, und mir fällt ein Prospekt von Ruanes Immobilienbüro auf, der aus einem ihrer Notizbücher hervorguckt. Ich kann nur die erste Zeile lesen: »Woodlawn Park, Rathborris ...«, da hat sie ihn schon hastig wieder reingeschoben. Warum sieht sie sich Häuser an? Ein unbehagliches Gefühl beschleicht mich.

»Weißt du, wie viel Strom der Wasserkocher verbraucht?«,

fragt Mammy mich aus heiterem Himmel, während Constance die Hintertür hinter sich zuzieht. »Eine Ladung kostet etwa achtzehn Cent. Ich hoffe, du hast nicht mehr Wasser da drin, als du für eine Tasse brauchst.«

Ich starre sie an und weiß nicht so recht, was ich sagen soll. Das Geld muss wirklich knapp sein, wenn sie schon Panik wegen der Kosten für eine Tasse Tee bekommt. Tee ist doch wohl ein Menschenrecht. Ich schätze mal, dass wir etwa zwanzigmal am Tag Teewasser kochen. Wahrscheinlich noch öfter, jetzt, wo William Foley ein paarmal täglich auf eine Tasse vorbeikommt. Muss ich mich einschränken? Vielleicht Tee im Café kochen und in einer Thermoskanne nach Hause mitbringen? Werden wir uns diesen Winter um einen Heizstrahler drängeln müssen? Ich habe jeden Cent, den ich besitze, in das BallyGoBrunch investiert, aber selbst, wenn es weiter so gut läuft, werde ich frühestens in zwei Jahren Gewinn machen. Im Moment deckt es gerade so die Kosten.

»Tut mir leid, Mammy«, sage ich ernst und nehme meinen dampfenden Becher mit ins Wohnzimmer. Heute will ich mich nicht mehr streiten. Obwohl, als ich am Küchentisch vorbeigehe, sehe ich die unverwechselbare Silberfolie von Tunnock's Teacakes. Wenn sie nicht versuchen würde, Constance mit Schickimickigebäck zu beeindrucken, könnten wir uns mehr Tee leisten. Sobald ich es mir auf der Couch bequem gemacht habe, google ich »Woodlawn Park, Rathborris« auf dem Handy. »Ein neues Bauprojekt mit eleganten Drei- oder Vierzimmerreihenhäusern und allem Komfort von Matthews Wohnbau«, steht auf der Website mit ein paar Skizzen, die zeigen, wie die Häuser aussehen werden. Sie sind hell und modern, und jedes Haus hat einen süßen kleinen rechteckigen Garten nach hinten raus. Sie sehen wirklich gut aus, muss ich zugeben.

Später im Bett kann ich nicht einschlafen und denke darüber nach, wie das Leben in Woodlawn Park für mich und Mammy aussehen würde. Und für Paul wohl auch. Obwohl ich vermute, dass er in Australien eine Freundin hat. Er skypt viel weniger als früher. Aber ich kümmere mich schon um alles. Wir ohne den Hof, ohne die Gummistiefel, die ständig neben der Tür stehen, ohne die Frühlingslämmer, die rund um die Uhr gefüttert werden müssen, ohne den Geruch von Silage an warmen Tagen – ich kann es mir einfach nicht vorstellen. Aber im Winter wäre es einfacher, das bestimmt, und es ist nur ein paar Kilometer weiter vom BallyGoBrunch entfernt.

Dann wandern meine Gedanken zu Majella. Wir streiten fast nie. Nicht so. Außer man rechnet den Monat in der sechsten Klasse dazu, als wir nicht miteinander gesprochen haben, weil wir beide denselben Firmnamen annehmen wollten: Emma – ich finde ihn noch immer cool. Letztendlich hat Miss Maloney darauf gepocht, dass es keine heilige Emma gibt. Ich habe mich dann um des lieben Friedens willen für den Klassiker entschieden, für Brigid, und Maj für die nicht ganz so bekannte Lidwina, die Schutzheilige der Schlittschuhläufer. Eigentlich absurd, da sich im Umkreis von vierzig Kilometern rund um BGB keine Eislaufbahn befindet. Gott, ich dachte, der Firmungsgottesdienst nähme nie ein Ende. Uns war eingebläut worden, keinen Mucks von uns zu geben, da der Bischof anwesend war. Aber Majella wurde vom Gottesdienstkichern befallen, und es gibt nichts Ansteckenderes. Die Heiterkeit und die Angst, erwischt zu werden, führten zu einer regelrechten Hysterie, und zu guter Letzt saßen wir da, guckten starr geradeaus und zitterten schweigend vor uns hin, während uns die Tränen übers Gesicht liefen. Ich musste mir die Fingernägel in die Handflächen graben und an Oma Reillys Sarg denken und wie er ins Grab hinuntergelassen wurde, um wieder einigermaßen ins Gleichgewicht zu kommen. Der Bischof wusste genau, was abging – ich bin überrascht, dass er den Heiligen Geist überhaupt in unsere Nähe gelassen hat.

Ich werde morgen etwas früher ins Café gehen, um den Bürokram zu erledigen, den ich eigentlich heute Abend hätte machen sollen. Ich habe festgestellt, dass wir ein Vermögen für Kirschtomaten ausgeben – das Einzige, was wir nicht aus der Region beziehen können –, und ich spiele halb mit dem Gedanken, hinten ein Gewächshaus aufzustellen und selbst welche anzubauen. Nun, da ich uneingeschränkten Zugang zu Swinfords Pferdemist habe, liegt mir die Welt zu Füßen – zumindest in Bezug auf das, was ich anpflanzen und düngen kann. Vielleicht wäre Hanf auch gut!

* *

Um sieben Uhr früh messe ich exakt eine Tasse Wasser ab und stelle so leise wie möglich den Wasserkocher an, als mich mein Handy auf dem Küchentisch mit seinem Klingeln aufschreckt. Ein Foto von Sadhbh und der Blue Man Group erscheint auf dem Bildschirm – Gott, Vegas ist schon ewig her –, und ich greife danach. Sie ruft mich oft auf dem Weg zur Arbeit an und ich habe das Gefühl, dass wir so in Verbindung bleiben.

»Hallo, Ais«, sagt sie, als ich drangehe. »Wie war es gestern? Musstet ihr Babybrei essen?« Die arme Sadhbh muss zurzeit auch ständig auf Babypartys gehen, so sehr sie auch versucht, sich davor zu drücken.

»Es war eine verdammte Katastrophe«, sage ich rundheraus und erzähle ihr von meinem Streit mit Majella und dem ganzen Rest.

Plötzlich ist die Verbindung ganz gedämpft – es klingt so, als hätte sie ihr Handy fallen lassen. Die Vorstellung, dass Maj und ich zerstritten sind, ist wohl ein bisschen viel so früh am Morgen.

»Tut mir leid, Ais, was hast du gesagt?«, sagt sie. »Ich war nur, Mist!«

»Hallo? Was ist los – alles okay?«

Sie lässt einen erstickten Laut hören. »Tut mir leid, ich musste mich nur ... kratzen.«

»Wie kratzen?«

»Mmmmmmfffff«, sagt sie. »Ich glaube, ich habe Mmmmf-mffmf.«

Sie muss in der Straßenbahn sein oder so, weil sie so leise ins Handy spricht, dass ich kein Wort verstehe.

»Du musst ein bisschen lauter sprechen, mein Mädchen«, sage ich.

»Kopfläuse! Ich glaube, ich habe Kopfläuse, verdammte Scheiße!«, zischt sie.

O Gott. Sadhbh mit Läusen – das ist unvorstellbar. Das hat man davon, wenn man mit Grundschullehrerinnen zusammenwohnt. Ihre schönen grauen – oder welche Farbe auch immer sie diese Woche haben – Haare. Jetzt muss sie dieses eklige Shampoo benutzen und einwirken lassen. Sie ist nicht zu beneiden, der Gestank ist widerlich.

»Welche von beiden war es denn?«, frage ich und schmiere Butter auf meinen Toast. Ich wette, es war Mairead. Sie unterrichtet an so einer nichtreligiösen Hippieschule. Die Eltern dort sind nicht nur Impfgegner, manche behaupten auch noch, Läuseshampoo zu benutzen, käme einem Läusegenozid gleich. Dass es den Läusen gegenüber grausam wäre. Die haben wohl nicht alle Tassen im Schrank.

»Mairead«, sagt sie. Ich wusste es. »Die ganze Klasse hat sie. Die kleinen Scheißer. Rastalocken bei Weißen sollten verboten werden, jedenfalls, wenn sie sich weigern, Läuseshampoo zu benutzen.«

Die arme Sadhbh. Wenn man bedenkt, wie schön wir es in unserer Wohnung in Portobello hatten, und jetzt … das.

»O, und es kommt noch schlimmer, Ais. Don hatte letzte Woche ein paar Tage frei und war bei mir. Gestern haben wir über Facetime gesprochen, und ich schwöre bei Gott, er hat sich die ganze Zeit gekratzt. Aber ich bringe es nicht über mich, ihm zu sagen, warum.«

»Moment mal!«, sage ich. »Don hat bei dir in Phibsboro übernachtet? Wie sind die Mädels damit umgegangen?«

»Tja, Fionnuala ist vollkommen verstummt. Mairead war nicht viel besser, aber wenigstens hat sie ein »Hallo« rausbekommen. Als wir am nächsten Morgen aufgestanden sind, saßen noch weitere sechs Lehrerinnen in der Küche. Als hätten sie sich über Nacht vermehrt.«

Ich unterdrücke ein Lachen. »Wie hat Don reagiert?«

»Ach, du kennst ihn ja«, sagt Sadhbh. »Alles ganz locker. Er hat eine Stunde lang mit ihnen Selfies gemacht.«

»Dann seid ihr jetzt also eine große, glückliche Familie«, sage ich und stecke noch mehr Toast in den Toaster.

»Kein bisschen«, höhnt sie. »In einem schwachen Moment habe ich gestern ein bisschen was von Maireads Kerrygoldbutter benutzt – nur einen Hauch –, und sie hat es entdeckt. Sie muss an der Einkerbung gesehen haben, dass ein anderes Messer verwendet wurde.«

Wieder ist sie kaum zu verstehen, und ich kann das Kratzen hören. Sie ist wirklich nicht zu beneiden. Läuse nerven richtig, und Lehrerinnen sind ständig davon bedroht – genau wie ihre Mitbewohnerinnen.

»Habe ich das vorhin richtig verstanden? Du hast Majella von Pablo erzählt, und jetzt spricht sie nicht mehr mit dir?«

»Ich glaube, sie wird nie wieder mit mir sprechen, Sadhbh.«

»Ach, was. Du musst es ihr nur erklären. Du musst sie dazu kriegen, dir zuzuhören. Dann wird alles gut zwischen euch.«

Ich seufze. Wenn es doch nur so einfach wäre. »Ich leg jetzt auf, Sadhbh. Ich muss rüber ins Café. Die Avocados zermatschen sich leider nicht von allein.«

»Bis bald, Ais. Sobald ich die Läuse los bin, komme ich zu Besuch.«

»Sag es Don!«, rufe ich noch. «Sonst gibt er sie nur weiter, wenn er nicht Bescheid weiß!«

Bei dem Wort »Läuse« hört man lautes Keuchen, und ich stelle mir sofort vor, wie die anderen Fahrgäste alle vor ihr zurückweichen. Dann höre ich noch das *Ding-ding-ding* der Straßenbahn und wie Sadhbh schnauzt: »Beruhigt euch mal, Läuse mögen sowieso nur sauberes Haar«, bevor die Verbindung abbricht.

Als ich auf den Parkplatz vor dem BallyGoBrunch einbiege, fällt mir nichts Ungewöhnliches auf. Vielleicht, weil ich mit dem zukünftigen Viehgitter beschäftigt bin. Aber sobald ich aus dem Auto steige, ist es nicht zu übersehen: Die Vorder- und Seitenfenster des Cafés sind komplett eingeschlagen. Überall liegen Scherben. Die Hintertür steht sperrangelweit auf, und darüber blinkt – vollkommen nutzlos – das blaue Licht der Alarmanlage.

KAPITEL 34

Wie betäubt gehe ich durch das Café und trete dabei auf zerbrochene Zuckerdosen und verschüttete Getränke. Meine schönen Kissen liegen auf dem Boden, klebrig und voller Flecken. All mein sorgfältig ausgesuchter Krimskrams an den Wänden scheint mit einer Handbewegung runtergerissen worden zu sein. Alles liegt auf einem Haufen; zwei der drei fliegenden Enten, die Sadhbh bei Oxfam gefunden hat, haben ihren Schnabel verloren. Meine schönen Lampenschirme sind zerschnitten. Ich lasse mich mit weichen Knien auf einen Stuhl fallen und traue mich nicht, in die Küche und in das winzige Büro zu gehen, in dem der Tresor steht. Da liegt zwar kein Vermögen, aber immerhin die Einnahmen von einem ganzen Tag. Mit zitternder Hand hole ich das Handy aus der Tasche. Ich würde alles dafür geben, jetzt Daddy anrufen zu können. Alles. Meine Seele würde ich verkaufen, wenn er jetzt in seinem Jeep vorfahren würde, die Mütze auf dem Kopf, voller Tatendrang. Ich scrolle durch meine Kontakte bis zu den Js. John steht direkt unter James Matthews, und mein Daumen schwebt über seinem Namen. Aber er ist nicht mehr mein sicherer Hafen. Ich kenne ihn ja eigentlich kaum noch. Also drücke ich auf die Telefonnummer von James. Er ist noch immer hier, kümmert sich um dies und das im ersten Stock und arbeitet auch an dem Bauprojekt drüben in Rathborris. Ich bin so erschüttert, dass ich das Handy gar nicht ans Ohr halte, aber in meiner Hand kann ich es klingeln hören und klingeln und klingeln. Dann springt die Mailbox an. Ich gehe wieder in meine Kontakte und wähle Mammys Nummer, während ich mich vom Stuhl hochstemme und vorsichtig hinter den Tresen und in die Küche trete.

Carols liebevoll beschriftete Töpfe und Gläser voller Kräuter und Gewürze sind umgeworfen und zerbrochen worden. Geschirrtücher und Paulas Schürze liegen in der Spüle. Töpfe und Pfannen und Teller und Schüsseln sind zerschmettert auf dem Boden verteilt, und die Kabel an den verschiedenen Geräten und Maschinen sind aufgeschlitzt und zerfetzt. Sogar der Gefrierschrank und der Herd sind zertrümmert. Der Schaden geht in die Tausende, ganz zu schweigen von dem ganzen Fleisch, das verderben wird. Und ich habe das ganze Schwein für einen so guten Preis bekommen.

Während ich den Schaden begutachte, hebt Mammy ab. »Hallo, Schätzchen. Du bist ja heute früh dran.«

»Mammy. Das Café. Es ist was passiert. Alles ist kaputt.« Ich breche in Tränen aus und rutsche beinahe in einem kaputten Glas selbst gemachtes Ketchup aus.

»O nein. O Aisling, Liebes. O nein. Ich bin gleich da.«

Das winzige Büro ist auch eine Katastrophe. Mein Kalender liegt zerrissen auf dem Boden, der kleine Kaktus, den Majella mir geschenkt hat, wurde gegen die Wand geschmissen. Aber Majella wird nicht rangehen, wenn ich sie anrufe. Ich sammele die Scherben des kleinen Terrakottatopfs auf, aber er ist nicht mehr zu retten.

Der Tresor sieht wundersamerweise unberührt aus. Obwohl, mir wäre fast lieber, wenn er weg wäre oder die Tür aufgesprengt oder so. Dann wäre das hier ein Raubüberfall. Aber so fühlt es sich nicht an, es fühlt sich an wie … Hass. Ich drehe das Zahlenkombinationsschloss – mein Geburtsdatum, dann Mammys, dann Daddys und dann Pauls, aber alle Zahlen in umgekehrter Reihenfolge. Ich habe mal einen Bericht auf Sky News gesehen, wie einfach es ist, Passwörter und PINs zu erbeuten, deswegen habe ich hundertundeinen Tricks auf Lager, um sie auf die falsche Fährte zu locken. Diesen Tresor hat niemand aufgebrochen. Alle Einnahmen sind noch da.

»Aisling?«

Es ist Mammy. Sie muss gefahren sein wie der Teufel. Ich kann hören, wie sie über die Trümmer knirscht und immer wieder »O nein!« ruft. Hinter dem Tresen treffen wir aufeinander.

»Was ist passiert?«, keucht sie.

»Ich weiß es nicht.«

Sie nimmt mich in den Arm und drückt mich an sich. »Diese diebischen, verfluchten, beschissenen Arschlöcher«, wütet sie in mein Haar.

»Ich bin gar nicht bestohlen worden, Mammy. Der Tresor ist noch da. Jemand hat einfach alles kaputt gemacht.«

»Hast du die Polizei angerufen?«

»Das mache ich jetzt. Aber wir müssen bestimmt eine ganze Weile warten, bis jemand kommt.« Seit die Polizeiwache in Knock letztes Jahr geschlossen wurde, hat BGB im Wettbewerb der Dörfer wieder die Nase vorn. Nicht, dass BGB je eine Polizeiwache gehabt hätte – ganz und gar nicht –, aber wenigstens haben wir einen guten Chinesen, das Spielfeld für Gaelic Handball und anderthalb Biergärten, das Maguire's und hinter Jocksy Cullens Haus (das ist zwar kein offizielles Schanklokal, aber wenn die Sonne scheint, macht er auf, und es gibt weit und breit keine Ordnungskraft, die etwas dagegen tun könnte). In Knock hat nur das Dick's einen Biergarten, der allerdings gleichzeitig als Lagerplatz für Fässer voller Antileberegelmittel fungiert, also geht dieser Punkt auch an BGB, vielen Dank auch.

Ich rufe die Polizei an, während Mammy draußen auf und

ab geht. Ich habe ihr gesagt, dass wir vielleicht besser erst mal nichts anfassen, bis sie da sind. Möglicherweise wollen sie ihre weißen Overalls anziehen und alles nach Fingerabdrücken und Spermaspuren und was weiß ich absuchen. Ich habe genug Folgen von *CSI* gesehen, um zu wissen, wie das läuft. Spermaspuren gibt es überall. Ich beende meinen Anruf mit Officer Staunton – sie kommen so schnell wie möglich. Aber vorher müssen sie noch auf die andere Seite von BGB, um sich um eine verdächtige Person zu kümmern, die bei einem Haus durchs Fenster geguckt hat. Was ist hier eigentlich los? Ob wir je wieder sicher in unseren Betten schlafen können?

Als ich auflege, kommt Carol angeradelt. Als sie Mammy und mich vor dem Café erblickt, sieht sie ganz verwirrt aus.

»Ist alles in Ordnung?«

Aber ihr ist schon klar, dass dem nicht so ist.

»Bei uns wurde eingebrochen.«

»O Gott. Was haben sie gestohlen?« Als sie an mir vorbei einen Blick ins Café wirft, verändert sich ihr Gesichtsausdruck. »Ach du meine Güte. Was ... was ist passiert? Das sieht aus, als wäre eine Bombe eingeschlagen.«

»Da wollte jemand wohl mutwillig alles zerstören oder so.« Ich weiß nicht, wie ich es nennen soll. Wer macht so etwas? Wer hasst diesen Ort so ...

»Marty«, unterbricht Carol meine Gedanken, ihr Mund ist ganz verkniffen. »Ob es Marty war? Er war gestern Abend in Belfast, das hat er zumindest gesagt.« Ich muss an unsere Eröffnung denken. Wäre er wirklich so geistesgestört?

»Dein Marty? Marty Boland, der Metzger? Nein.« Mammy guckt ungläubig. »Ich weiß, dass er ziemlich grob sein kann, aber er ist doch kein Krimineller.«

Carol blickt zu Boden, ihre Unterlippe zittert jetzt. Sie sieht aus, als würde sie am liebsten im Boden versinken, wenn das denn möglich wäre.

»Du hast doch gesagt, dass jetzt eigentlich alles in Ordnung ist, oder, Carol?«

»Er ist schrecklich. Schlimmer als sonst. Ich habe Angst vor ihm. Ich habe Angst, dass er das hier gewesen sein könnte.«

»Wie meinst du das, du hast Angst vor ihm, Carol?« Mammy traut ihren Ohren nicht, und mir ist ganz schlecht. Diese Frau mit ihrer schüchternen Art, die ich kaum kenne, ist mir so ans Herz gewachsen. Ich will ihn umbringen, diesen brutalen Kerl. Und ich fühle mich so schuldig. Schließlich habe ich sie in diese Lage gebracht.

»Er ist einfach so wütend auf mich und meinen Job und darauf, dass die Würstchen hier so gut laufen.«

»Aber damit verdient er doch Geld«, wendet Mammy ein. »Er sollte sich freuen, dass sein Produkt sich so gut verkauft.«

Carol und ich wechseln einen verstohlenen Blick, während Mammy weiterredet.

»Und verzeih mir, Carol, ich möchte nicht unhöflich sein, aber er ist doch ein Pfennigfuchser. Freut er sich nicht, dass du arbeitest?«

»Dass er sich freut, kann ich nicht behaupten, nein«, sagt Carol leise. Sie wirkt völlig verängstigt. Zur Hölle mit dem Kerl. »Hast du Paula angerufen?«, fährt Carol fort. »Und Noel?« Sie möchte unbedingt das Thema wechseln.

»Ach nein, das mache ich jetzt.« Gott, ich muss ihnen sagen, dass sie erst mal keine Arbeit mehr haben. Und bezahlen kann ich sie auch nicht. Zum ersten Mal wünschte ich mir, ich würde morgen wieder nach Dublin fahren. Wenigstens war ich bei RentenPlus nur ein Rädchen im Getriebe, mehr oder weniger. Ich hatte nicht diese Last der Verantwortung auf meinen Schultern. Es gab keine verdächtigen Personen, die mir

Übles wollten, und mein Leben war nicht so kompliziert. Wo soll ich jetzt Geld herbekommen? Wie soll ich das Café am Laufen halten? Wie soll ich das alles ersetzen?

Mammy legt Carol den Arm um die Schultern und sagt sanft: »Komm doch erst mal mit zu mir, und wir trinken eine schöne Tasse Tee. Du musst ja nicht gleich zu ihm zurück. Aisling, kommst du auch?«

»Ich muss erst dafür sorgen, dass diese kaputten Fenster vernagelt werden, Mammy. Glaubst du, William Foley könnte das machen? Ich erreiche James Matthews nicht.«

»O, ich habe ganz vergessen, dir zu erzählen, dass ich gestern gesehen habe, wie James das Mountrath verlassen hat.« Ich horche auf, während Mammy weitererzählt. »Ich bin nicht sehr lange bei Tessie Dalys Fünfundsechzigstem geblieben. Die Musik war sehr laut, und ich musste neben Tessies Bruder Phil sitzen. Er ist eine furchtbare Klatschbase. Wusstest du, dass Tessies Cousin, der Priester, eine Affäre ...«

»Mammy! Was wolltest du über James Matthews sagen?«

»Ach ja, natürlich. Also, als ich ging, fuhr er auch gerade weg, zusammen mit Natasia. Die hat sich aber gut entwickelt, habe ich bei mir gedacht. Der Sommer hier damals hat ihr richtig gutgetan.«

Sogar mitten in diesem furchtbaren Durcheinander hinter mir im Café und meinem Kummer bin ich überrascht, wie nah mir diese Worte gehen. Dann hat er also eine Freundin.

»Ich wusste gar nicht, dass er mit ihr zusammen ist«, fährt Mammy fort. »Sie ist ein nettes Mädchen. Was für ein schönes Paar.«

Natürlich! Natasia hat ja gesagt, dass ihr Freund in Irland arbeitet. Ich hätte es wissen müssen. Die nette Natasia aus Tschernobyl und der nette James aus England. In der Tat, was für ein schönes Paar. Ich fühle mich schrecklich und eigenartig enttäuscht, aber das muss ich wegschieben und mich um das kümmern, was jetzt ansteht.

»Sobald ich William Foley angerufen habe, komme ich nach. Ich hänge ein Schild ans Tor, dass wir bis auf Weiteres geschlossen haben.«

Das wird sich ganz schnell rumsprechen. Wenn der Täter aus der Gegend kommt, woher sollen wir dann wissen, dass es nicht einer von uns ist? Noch nie habe ich mich in BGB so unsicher gefühlt.

* *

Officer Staunton kommt mit einem Kriminalbeamten und einem jungen Mann zur Spurensicherung – aber ohne weiße Overalls und ohne UV-Lampe zur Spermasuche. Ist mir irgendetwas Verdächtiges aufgefallen? Bin ich mit irgendjemandem in Konflikt geraten? Die Fragen gehen mir immer wieder durch den Kopf. Bin ich mit jemandem in Konflikt geraten? Mit Majella? Mit Marty Boland? Aber ich sage nichts dazu. Und dann, gerade als die Polizisten gehen wollen und William Foley eintrifft, um das Café zu sichern, halte ich Officer Staunton zurück.

»Also, ich will hier niemanden beschuldigen oder so.«

»Ja?«, sagt er und holt sein Notizbuch noch einmal hervor.

»Aber Marty Boland war wütend, weil er diese Ladenfläche auch mieten wollte und ich sie bekommen habe.«

»Hmmm, Hmmmm. Das ist der Dorfmetzger, richtig?«

»Ja. Und seine Frau arbeitet für mich im Café, und ich glaube … ich glaube, zwischen ihnen läuft es nicht so gut. Ich glaube, er ist nicht besonders nett zu ihr.«

»Nicht besonders nett? Was soll das heißen? Ist er gewalttätig?«

»Nun, nicht dass ich wüsste. Aber er ist ein brutaler Kerl. Sie hat Angst vor ihm.«

»Tja, leider kann ich niemanden verhaften, nur weil er ein brutaler Kerl ist, Aisling. Sie weiß, wo wir zu finden sind, falls sie uns braucht.«

»Ich weiß. Aber ich dachte, ich sollte das sagen.« Daddy hat immer versucht, den Menschen, die selbst nicht das Wort ergreifen können, eine Stimme zu geben. Das ist wohl auf einen Streit mit dem Gemeinderat in den Achtzigerjahren zurückzuführen. Es ging dabei um Landfahrer, die sich am Wegesrand zwischen Knock und BGB niedergelassen hatten. Daddy hat sich auf ihre Seite gestellt und eine kleine Gruppe in BGB angeführt, die sich für deren Recht, so lange zu bleiben, wie sie wollten, einsetzte. Daddy konnte Marty Boland auch nicht leiden. Er hatte ein gutes Gespür.

Gerade als Officer Staunton in sein Auto steigt, um davonzufahren, fällt mir noch etwas ein. »Können Sie mir etwas zu dieser verdächtigen Person sagen, die durchs Fenster geguckt hat? Der Anruf, dem Sie vorher nachgegangen sind?« BGB scheint gerade ein Tummelplatz für Verbrecher zu sein. Ich bin froh, dass der starke Arm des Gesetzes seine Mittel klug einsetzt.

»O, das war eine Pappfigur des Sängers Daniel O'Donnell, die Marie Fleming gestern beim Bingo gewonnen hat. Sie hat sie im Auto gelassen, und ihre Nachbarin dachte, es wäre ein Spanner, der ihr stundenlang ins Fenster guckt. Sie hat ihn beschuldigt, an sich rumzuspielen, aber es war nur der arme Papp-Daniel mit seinem Mikrofon.«

»Ah. Okay.«

* *

Noch nie waren das Bullern des AGA-Herds und das Summen des Wasserkochers in Mammys Küche so behaglich und tröstlich. Mammy und Carol reden seit Stunden, und Carol geht immer mehr aus sich heraus und erweist sich als die wunderbare und warmherzige Frau, als die ich sie kennengelernt habe.

»Manchmal habe ich Angst, nach Hause zu gehen. In letzter Zeit habe ich immer öfter daran gedacht, es einfach nicht zu tun. Mir fehlt nur noch der Mut dazu«, vertraut Carol Mammy an, während die Wärme in der Küche den Schock dieses Tages etwas abmildert.

Mammy hat Carol überredet, zum Abendessen zu bleiben, und sagt, sie hoffe, dass die Schweinekoteletts und Kartoffeln ihren hohen Ansprüchen gerecht werden. Carol reagiert darauf mit einem Seufzer: »Alles, was man nicht selbst kochen muss, schmeckt wunderbar.« Wann wohl das letzte Mal jemand für sie gekocht hat? Mein Handy vibriert den ganzen Abend vor sich hin, so viele Nachrichten bekomme ich. Besorgte Nachbarn und Freundinnen. Sadhbh, Elaine und Ruby schicken unentwegt Fotos von Kätzchen und Herz-Emojis. Allerdings nichts von Majella. Ich gehe mal davon aus, dass sie es mitbekommen hat. Ob John gehört hat, was passiert ist? Allerdings soll er gerade in London auf der Suche nach talentierten Jungs aus dem Bezirk sein, die Interesse haben, zurückzukommen, um in der Mannschaft zu spielen. Er scheint diesen neuen Job zu mögen. Hoffentlich ist er ihm nicht so zu Kopf gestiegen, wie die Leute behaupten. Wahrscheinlich hat er inzwischen eine Spielerfrau an seiner Seite, mit Haarverlängerungen und einer Instagram-Werbepartnerschaft mit einem Sonnenstudio. Wie glamourös.

Nach dem Abendessen und einem großen Lob für Mammys Schweinekoteletts zögert Carol, zu gehen. Das kann ich gut verstehen. Mammy bietet ihr an, Pauls Bett für sie zu beziehen, inklusive Heizdecke, aber Carol besteht darauf, nach Hause zu gehen, weil es, wie sie sagt – sonst Krieg gibt.

»Hier ist immer ein Bett für dich frei.« Mammy greift Carol fest am Arm. »Nur, dass du das weißt.«

Carol sieht überrascht aus und dann dankbar. »Ich habe überlegt … ich habe überlegt, ihn zu ver…«, aber sie beendet den Satz nicht, sondern sagt stattdessen nur: »Danke, Marian.«

Nachdem Mammy ins Bett gegangen ist, setze ich mich vor den Fernseher und zappe durch die Sender, um mich von den Ereignissen des Tages abzulenken. Gerade taucht Graham Norton auf dem Fernsehschirm auf, als das Handy in meinem Schoß klingelt – Paul auf Skype aus Melbourne. Ich stelle den Fernseher auf stumm.

»Na, Ais«, sagt er, als sein Gesicht auf dem Display erscheint. Hier ist es elf Uhr abends, also ist es bei ihm acht Uhr morgens. Er trägt sein Chipstüten-Kostüm. Durch den Zuzug so vieler Iren im letzten Jahrzehnt haben irische Käse-Zwiebel-Chips Australien offenbar im Sturm erobert. Sie sind das neue Marmite. Paul und ein paar der anderen Jungs haben gerade bei einer Promotionagentur angefangen. Es ist eigentlich ein Traumjob. Und er sagt, solange du kein Problem damit hast, sechs Stunden am Stück in dem Kostüm zu schwitzen, ist die Arbeit in Ordnung. Meistens hängen sie bei Cricketspielen oder vor Einkaufszentren rum und verteilen Chipstüten an begeisterte Passanten. »Mammy hat mir das mit dem Café geschrieben. Was für eine Scheiße. Weiß man schon, wer es war?«

»Noch nicht. Es ist alles kaputt, Paul. Ich weiß nicht, was ich machen soll.«

»Waren das irgendwelche Jugendlichen?«

»Ich glaube nicht.«

»Kann ich von hier aus irgendetwas für dich tun?«

»Du kennst nicht zufällig jemanden, der mir einen Gastrokühlschrank verkaufen kann?«, versuche ich es. »Ich muss alles ersetzen. Es wird ein Vermögen kosten. Und es war doch so gut angelaufen.« Meine Stimme zittert.

»Leider nein«, sagt er und setzt sich auf eine schattige Bank. Er muss in dem Kostüm regelrecht kochen. »Wie geht es Mammy?«

»Ihr geht's gut.«

»Hängt sie noch mit Constance rum?«

»Ja.« Ich lache. Dann fällt mir der Prospekt von Ruanes Immobilienbüro wieder ein, den ich neulich gesehen habe. »Ich habe das schreckliche Gefühl, sie will sich verkleinern.«

»Wie meinst du das?«, fragt er und beugt sich vor. Zu seiner Linken sehe ich einen Mann mit einem Kleinkind auf ihn zukommen.

»Ich habe einen Prospekt für ein neues Bauprojekt bei ihr gesehen. Ich glaube, sie hat das besichtigt.«

»In Ballygobbard? Wo soll da ein neues Bauprojekt entstehen?« Der Mann tippt ihm auf die Schulter und Paul dreht sich um. Dann schüttelt er den Kopf.

»Was war das denn?«, frage ich. »Kanntest du den?«

»Nein, irgendein Vater, der will, dass ich auf sein Kind aufpasse, während er ins Wettbüro geht. Passiert andauernd, wenn ich dieses verdammte Kostüm anhabe. Mensch, ich könnte doch jeder sein! So, was hast du eben über das Bauprojekt gesagt?«

»Es ist nicht in BGB, sondern in Rathborris«, erkläre ich. »Ich habe auch … ich habe ein Dokument von einem Immobiliensachverständigen gesehen. Ein Wertgutachten von Haus und Hof.«

»Gott.«

»Ich weiß.«

Er seufzt. »Langfristig ist es wahrscheinlich vernünftig. Ihr Herz hängt nicht an dem Hof. Das war Daddys Ding.«

»Ja, schon, aber trotzdem. Das Haus unserer Kindheit. Daddys Sachen. Ich weiß nicht, ob ich schon so weit bin.«

»Hat sie denn was gesagt?«

»Bisher nicht. Ich hatte irre viel mit dem Café zu tun, und jetzt das. Es war einfach keine Zeit. Aber ich wette, das kommt noch.«

»Halt mich auf dem Laufenden, ja, Ais? Ich spreche sie nicht darauf an.«

»O Gott, bloß nicht!«, rufe ich. »Dann weiß sie, dass ich rumgeschnüffelt habe. Du kennst sie doch.«

»Soll ich dir Geld leihen, oder so?«, fragt er und steht auf.

»Na ja, du schuldest mir sowieso noch die zweihundert Tacken, die ich dir an Weihnachten geliehen habe, Paul. Die habe ich nicht vergessen, du Dödel.«

»Ich weiß, ich weiß«, sagt er. »Du, ich muss aufs Klo. Ich platze gleich. Bleib locker!«

Und dann ist er weg. Ich will gerade den Fernseher ausmachen, wo Graham sich mit Benedict Cumberbatch unterhält, der ganz schön mopsig aussieht. Dann schwenkt die Kamera auf die Bühne, die Lichter gehen an, und fünf vertraute Gestalten rücken ins Blickfeld: The Peigs! Sadhbh hat gar nichts gesagt. Sie weiß wahrscheinlich, dass ich sonst direkt nach London geflogen wäre, um Graham kennenzulernen. Ich habe Angst, Mammy zu wecken, deswegen lasse ich den Ton aus, aber Don macht sich wirklich gut mit seiner Gitarre und bringt sogar ein paar fragwürdige Tanzschritte zustande. Soweit es mir gelingt, das von den Lippen abzulesen, spielen sie gerade »Kick the Blarney Stone«, ihre kontroverse neue

Single, die laut Sadhbh in Cork bereits verboten ist. Den berühmten Stein in Blarney Castle mit Füßen zu treten – was für ein Sakrileg! Und dann sehe ich es – zum Ende des Songs, kurz bevor die Lichter ausgehen, kratzt Don sich am Kopf. Gott, es ist tatsächlich passiert: Sadhbh hat ihre Läuse an Don weitergegeben.

Als ich nach oben gehe, fühlt sich das Haus an wie ein sicherer Kokon, der Mammy und mich vor allem beschützt, was da draußen in BGB ist. Ich lasse den Gedanken zu, dass wir uns bald vielleicht von diesen vier Wänden verabschieden. Wenn Mammy verkaufen muss, wie wird unser Leben dann sein? Ich hole Daddys Weihnachtskarte hervor, wende sie hin und her und lasse die Tränen fließen. Seine fünfzig Euro könnte ich jetzt gut gebrauchen. Und eine seiner tapsigen Umarmungen mit Kopftätscheln, so wie er es immer gemacht hat, als ich noch ein kleines Mädchen war mit unordentlichen Zöpfen und einem halben Feld voller Kletten an meinen Strümpfen. Daddy hat sie immer Klebekletten genannt und war stundenlang damit beschäftigt, sie aus dem Fell der Katze zu klauben. Was würde er davon halten, wenn das Haus und der Hof verkauft würden? Wenn ich mir das leere Haus ohne uns vorstelle, bricht es mir das Herz. Ohne uns am Weihnachtsmorgen. Ohne uns an Daddys Geburtstag. Ohne uns, aber voller Erinnerungen.

Als ich auf dem Weg ins Bad am Fenster im Flur vorbeigehe, bleibe ich stehen, um die Vorhänge zuzuziehen. Ich schaue über die Felder zum Haus der Morans und frage mich, ob es Majella nicht kümmert, was mit dem Café passiert ist. Gerade will ich die Vorhänge ganz zuziehen, als mir etwas ins Auge sticht, ein Flackern, das sich in den Fenstern von Morans Bungalow spiegelt. Ich kneife die Augen zusammen und versuche genauer hinzusehen. Da spiegelt sich nichts in den Fenstern.

Es flackert hinter den Fenstern. Mit meinem Schrei bringe ich fast die Wände zum Einstürzen.

»Feuer! Feuer! Bei den Morans brennt es!«

KAPITEL 35

Ich kann mich nicht erinnern, die Treppe runtergerannt zu sein, aber bevor ich mich versehe, rase ich die Einfahrt entlang und brülle Mammy noch zu, dass sie die Feuerwehr rufen soll. Zum Glück habe ich das Handy in der Hosentasche, und ohne in der Dunkelheit aus dem Tritt zu kommen, gehe ich meine letzten Anrufe durch, bis Majellas Name auftaucht, und rufe sie an. Es ist zehn Uhr abends. Was ist, wenn sie zu Hause sind? Was ist, wenn sie heute früh ins Bett gehen wollten und jetzt der dichte schwarze Rauch durchs Haus strömt und sie in ihren Betten einhüllt, wie in Pompeji? Wie ich Shem kenne, haben sie wahrscheinlich keine Rauchmelder, und wenn, wird er bestimmt nicht einmal die Woche mit dem Besenstiel dagegendrücken, um die Batterien zu überprüfen, wie ich.

In einem Affenzahn renne ich über den Feldweg, den Flammen entgegen, die meterhoch in den Nachthimmel lodern. Ich war noch nie schnell, habe nie beim Sportfest eine Medaille gewonnen. Das Haus ist noch gut zweihundert Meter entfernt, aber ich kann das Knistern hören, und meine Augen tränen schon vom beißenden Rauch. *Geh ran, Majella! Geh verdammt noch mal endlich ran!* Die Mailbox springt an, und ich lege auf und drücke auf Wahlwiederholung. Von meinem unvermittelten Sprint tun mir schon die Oberschenkel weh. Ich hatte ja auch keine Möglichkeit, mich aufzuwärmen! Sie geht immer noch nicht ran, und ich scrolle hektisch hechelnd durch meine Kontakte, bis ich Pablos Nummer finde, und schicke ein Stoßgebet in alle Himmelsrichtungen, dass er rangeht.

Inzwischen kann ich das Gartentor sehen und spüre die Hitze des Feuers im Gesicht, während ich weiterrenne. Die Hecke versperrt mir die Sicht, aber inzwischen brennt bestimmt das ganze Haus. Es ist überwältigend und laut. Hinter mir höre ich ein Auto – das ist bestimmt Mammy. Los Pablo, jetzt geh schon ran. Dann höre ich seine Stimme: »*Hola,* Leute, hier ist Pablo.« Wieder die Mailbox. Verdammte Scheiße!

Plötzlich biegt ein Paar Scheinwerfer direkt vor mir um die Ecke, und gerade, als ich das Tor erreiche, kommt Shanes silberner Subara quietschend zum Stehen. Alle vier Türen fliegen auf, und Shane, Shem, Liz und Majella steigen aus. Einen Moment lang stehen sie mit offenen Mündern einfach bloß da und sehen zu, wie ihr Zuhause niederbrennt. Dann entfährt Liz ein markerschütternder Schrei.

Shem stürzt die Auffahrt hoch, und Liz hängt sich an seinen Arm.

»Shem, nein«, schreit sie in die Nacht, »du weißt nicht, wie schlimm es ist. Es ist zu gefährlich, so nah ranzugehen.«

»Der Hund«, brüllt er. »Willy! Ich glaube, ich habe ihn nicht rausgelassen, bevor wir losgefahren sind.«

»Daddy, bleib hier!«, ruft Shane ihm nach, und zum Glück bleibt Shem stehen und wendet sich an Liz. Arm in Arm, Stirn an Stirn, stehen sie schweigend da, und ich sehe, wie ihre Schultern zucken, so wie bei mir und Majella, wenn wir das Gottesdienstkichern bekommen. Heute jedoch lacht hier keiner.

Majella. Sie steht neben Shanes geliebtem Subaru, die Arme um den Oberkörper geschlungen. Ihr Gesicht ist ausdruckslos, maskenhaft, und aus meinen Fortbildungen zur Arbeitsschutzbeauftragten weiß ich, dass sie wahrscheinlich unter Schock steht. Also reiße ich mir das Fleece runter und lege es ihr um die Schultern.

»Aisling?« Sie blickt mich an, als hätte sie mich seit Jahren nicht gesehen. Schön wär's. »Aisling, wie ist das passiert? Was ist los?«

»Ich weiß es nicht, ich weiß es wirklich nicht«, sage ich und nehme sie in den Arm, versuche, sie warm zu halten. Ich höre ein Auto hinter mir und Mammys Schritte auf dem Kiesweg.

»Sind alle draußen, Shem?«, ruft sie und schaut sich um, um zu sehen, wer da ist und wer nicht. »Shem? *Shem?*«, ruft sie noch mal, lauter. »Liz, wo ist Pablo?«

* *

Die Feuerwehr brauchte einundfünfzig Minuten hierher, nachdem Mammy den Notruf gewählt hatte. Keine entsetzlich lange Zeit, wenn man bedenkt, in welchem Zustand die Straßen um BGB herum sind, aber nicht schnell genug, um das Haus zu retten.

Mammy ging noch mal nach Hause, um Decken und Jacken zu holen, und da standen wir alle, Arm in Arm, wie eine Ehrenwache, während die acht bärenstarken Männer den Brand unter Kontrolle brachten. Wie sich herausstellte, hatte Shem doch Rauchmelder, und die Batterien funktionierten auch, aber unglücklicherweise war niemand zu Hause, als der Alarm losging. Und die Sicherheitsmaßnahmen wurden irgendwie durch die Tatsache untergraben, dass er einen vollen Tank Biodiesel im Schuppen hatte. Wir können von Glück sagen, dass nicht das ganze Dorf abgebrannt ist.

Pablo war im High King Hotel, dort arbeitet er wohl immer sonntagabends. Er hatte meinen Anruf gesehen, wollte aber nicht rangehen, was ich nach der Geschichte auf der Babyparty nur allzu gut verstehen kann. Bei Majella war es das Gleiche. Sie hatte die ganze Familie zur Hochzeitsmesse nach

Dublin geschleift, und sie waren schon fast wieder zu Hause, umgeben von Prospekten für Botox und Zahnaufhellung, als sie meinen Anruf sah. Auch sie hatte ihn – wenig überraschend – nicht entgegengenommen. Sobald Mammy den Notruf abgesetzt hatte, rief sie Liz an, woraufhin Shane Gas gab und sie die letzten Kilometer in Rekordzeit zurücklegten. Er ist weiß Gott schon oft genug in seinem Subaru über die Landstraßen von BGB gerast. Fast so, als er hätte er auf diesen Moment hingearbeitet.

Es war fast fünf Uhr morgens, als ich beschloss, dass wir jetzt schlafen müssten, und Majella überredete, mit mir nach oben zu kommen, um sich ein bisschen auszuruhen. Shane schlief in der Küche im Sessel der Katze, und Pablo lag ihm zu Füßen. Shem und Liz ließen sich jedoch nicht davon abbringen, jede halbe Stunde hin- und herzulaufen, um den Feuerwehrmännern Wasser und Schinkensandwiches zu bringen und zu versuchen, zu den verkohlten Überresten ihres Hauses zu gelangen. Mammy, das Buttermesser in der Hand, schlief beinahe im Stehen.

Ich gebe Majella meinen Lieblingsflanellschlafanzug, und wir liegen Seite an Seite in meinem schmalen Bett. So wie früher bei den Pyjamapartys, nur dass in dieser Nacht unser Streit wie eine Wand zwischen uns steht. Wir haben stundenlang geheult und geweint und uns umarmt, aber richtig geredet haben wir nicht und ich habe mich auch nicht entschuldigt. Muss ich mich entschuldigen? Ich wollte ihr nur helfen. Sie ist meine beste Freundin. Ich spüre, wie mir wieder die Tränen kommen.

»Majella«, flüstere ich. »Es tut mir leid. Ich hätte nichts sagen sollen wegen Pablo und Susie. Ich dachte, ich tue das Richtige. Aber dem war nicht so.«

»Ich hätte nie sagen sollen, dass du neidisch bist«, sagt sie leise und dreht sich zu mir um. »Aber du hast mich wirklich verletzt, Ais. Ich weiß, dass Pablo mich nie betrügen würde. Ich weiß es einfach.«

»Hast du ihn gefragt?«

»Er hat gesagt, er kann es erklären. Und ich glaube ihm. Ich vertraue ihm.«

Das ist jetzt nicht der Zeitpunkt, um weiter darauf einzugehen. Also wechsele ich das Thema. »Wie war denn die Hochzeitsmesse?«

»Grässlich.« Dann lächelt sie. »Es hätte dir gefallen.« Sie lacht leise. »Ich gucke gerade die ganze Zeit *Trau dich – den REST erledige ich.* Ich überlege schon halb, ob ich da nicht mitmache – weißt du, dass sie alles bezahlen? Was so eine Hochzeit kostet, Ais! Ich hatte ja keine Ahnung.«

Manchmal wäre ich gern wie Majella. Nicht vollkommen chaotisch natürlich, aber einfach ein bisschen selbstvergessener. Sie dürfte der einzige Mensch auf diesem Planeten sein, dem nicht klar war, dass Hochzeiten irre teuer sind. Sie vergleicht noch nicht einmal die Preise bei Fotoautomaten, und bei Gott, sie hat sie oft genug benutzt. Und wie viele Sonnenbrillen oder aufblasbare Gitarren sie sich schon gekauft hat. Weil sie sich nie stresst, hat sie kaum Falten. Darüber sollte ich mal nachdenken.

»Maj, habe ich dir erzählt, dass ich Angst habe, Mammy könnte den Hof verkaufen?« Ich weiß, dass ich es ihr nicht erzählt habe, aber ich möchte ihr mein Herz ausschütten. Ich brauche meine beste Freundin zurück. »Ich glaube, sie hat nicht genug Geld, um ihn zu halten.«

»Was?«, sagt sie, und ihr fallen die Augen zu. Sie muss vollkommen erschöpft sein. »Wo will sie denn dann hin?«

»Ich weiß es nicht, Maj. Aber ich werde mitmüssen.«

»Du könntest im Café wohnen.«

Das BallyGoBrunch. Der Einbruch. Den habe ich vollkommen vergessen. Was für ein Tag! Aber bevor ich in Panik ausbrechen kann, wiegt mich Majellas sanftes Schnarchen in den Schlaf.

KAPITEL 36

Letztendlich bekomme ich nur eine Stunde Schlaf, bevor ich aufstehe und ins Bad gehe, ehe der Andrang zu groß wird. Meine Haare stinken nach Rauch, und mein Kopf ist gedankenschwer. Wer hat das Café verwüstet? Wie ist das Haus der Morans in Brand geraten? Und der schrecklichste Gedanke von allen: Gibt es zwischen den beiden Ereignissen eine Verbindung?

Unten ist die Wohnzimmertür geschlossen, Shem und Liz schlafen wohl auf der klumpigen Schlafcouch. Gott habe sie und ihre Rücken selig. Ich drücke mein Ohr an die Tür und höre, wie Shem im Schlaf nach Willy ruft. Das arme Tier. Ansonsten ist es überall still, und die Uhr sagt mir, dass es zehn nach elf ist. Ich habe eine Menge zu erledigen: muss mich mit James Matthews in Verbindung setzen, die Versicherung anrufen, meinen Lieferanten mitteilen, dass ich bis auf Weiteres keine Lebensmittel brauchen werde – wer weiß, wann ich das BallyGoBrunch wiedereröffnen kann? Und die Morans darf ich auch nicht vergessen. Wo sollen sie jetzt hin? Sie haben nichts. Meine Probleme sind winzig dagegen. Es ist unerträglich.

»Aisling?« Plötzlich erscheint Pablo aus dem Nichts. Nun, nicht aus dem Nichts. Er muss weiterhin zu Shanes Füßen gelegen haben, nur unter einer Decke. Ich denke daran, wie er und Susie Ó Súilleabháin Auge in Auge im High King Hotel saßen, und obwohl Majella davon überzeugt ist, dass er unschuldig ist, muss ich das Verlangen unterdrücken, ihm eine reinzuhauen.

»Hallo«, sage ich stattdessen barsch. »Tee?«

»Ja, gerne, das wäre schön.«

Ich mache mich daran, Wasser aufzusetzen und die Tassen aus dem Schrank zu holen, damit ich ihm nicht ins Gesicht sehen muss. Aber er ist trotzdem in meiner Nähe, steht mir dauernd im Weg. Ich weiß nicht, wie Majella das erträgt.

»Kannst du dich nicht mal hinsetzen?« Ich knalle die Teekanne vor ihm auf den Tisch, und er lässt sich sofort auf einen Stuhl fallen.

»Darf ich bitte was sagen?«, fragt er leise, nachdem er einen Schluck getrunken hat. »Ich muss ein paar, wie sagt man das, Erklärungen machen.«

Ich werfe einen Blick auf die Uhr und seufze. »Also los. Majella steht gleich auf. Ihr solltest du das erklären, nicht mir.«

»Ich brauche deine Hilfe, Aisling«, sagt er und trinkt noch einen Schluck Tee. »Ich wollte nicht, dass Majella es weiß ... deswegen lüge ich.«

Also hat er wirklich gelogen! Mein Gott, er wird doch wohl Majella nicht dazu kriegen wollen, eine offene Ehe zu führen? Oder noch schlimmer, ist er einer von denen, die einen Haufen Ehefrauen haben wollen? Wenn er glaubt, ich lasse mich auf Polygamie ein, dann kann er mich mal. Das würde vielleicht für Gesprächsstoff sorgen!

»Um was geht es denn, Pablo?«, frage ich mit zusammengekniffenen Augen. Er soll jetzt mal Klartext reden.

»Es sind meine Augen«, flüstert er. »Ich kann ganz schlecht sehen. Ich kann nur bis«, er streckt seine Hand auf Armeslänge aus, »hierhin sehen.« Und dann blickt er über die Schulter, zieht eine Brille aus seiner Jeanstasche und setzt sie auf.

»Pablo. Was sagst du da?« Jetzt bin ich endgültig verwirrt.

»Ich habe über meine Augen gelogen. Meine schrecklichen, verfluchten Augen.«

»Moment mal – es ging die ganze Zeit darum, dass du eine Brille brauchst?« Das ergibt doch keinen Sinn. »Warum machst du Majella gegenüber so ein großes Geheimnis darum, Pablo?«, sage ich. »Dafür muss man sich doch nicht schämen.«

Er schüttelt wild den Kopf. »O, du verstehst es nicht. *Mi amor,* sie hasst Brillen. Sie hat mir davon erzählt, damals in der Schule, mit den vielen Kühen, die sie verletzt haben.«

Mit den Kühen? Was für Kühe? Einmal ist Billy Forans Herde auf den Fußballplatz gestürmt, aber niemand wurde verletzt – es lagen nur ganz viele Kuhfladen um das Tor herum. Ich kann mir beim besten Willen nicht vorstellen, dass Pablo und Majella je darüber gesprochen haben, obwohl es immerhin auf der Titelseite des Pfarrblatts ...«

»Die blöden Kühe, die sie ...« Pablo schaut triumphierend von seinem Handy auf, »gemobbt haben«, ruft er. »Majella wurde von den blöden Kühen gemobbt, weil sie eine Brille trug. Sie hasst die Brille mit Leidenschaft. Sie darf das nie von meinen Augen wissen. Deswegen trage ich die Kontaktlinsen.« Er nimmt die anstößige Brille ab und blinzelt mich wie wild an.

»Aber ich habe dich mit Susie Ó Súilleabháin im High King Hotel gesehen – sie wollte dich küssen.« Kaum habe ich das gesagt, dämmert es mir: Susie ist Optikerin.

»Nein, du verstehst nicht.« Er unterbricht meine Gedanken und schlägt sich auf den Oberschenkel. »Susie ist eine nette Frau. Eine Augenärztin. Sie hat mir die Kontaktlinsen eingesetzt. Sie wollte sichergehen, dass sie richtig passen. Sie machen meine Augen sehr, sehr trocken. Sie sagt, das geht nicht für mich – ich muss Brille tragen oder nicht sehen.«

Er blinzelt noch immer wie verrückt, die Kontaktlinsen machen ihm offensichtlich zu schaffen. Ich versuche, das alles zu verdauen. Aber noch etwas anderes treibt mich um. »Und was zum Teufel hast du dann mit Susie in Dublin gemacht? Ich habe dich mit eigenen Augen auf der South William Street gesehen. Und ich will ja kein Salz in deine Wunde streuen, aber ich habe hundert Prozent Sehfähigkeit. Und du hast Majella deswegen angelogen. Sie hat gesagt, du wärst auf einer Fortbildung in Kilkenny!«

»Susie«, sagt er lächelnd, »hat mich zu einem Opht …, Oct …, Octopus-Arzt gebracht.« Er guckt so stolz in der Hoffnung, es richtig gesagt zu haben, dass ich es nicht übers Herz bringe, ihn zu verbessern. »Und mein Englisch ist nicht so gut, sie ist mitgekommen, um zu übersetzen.«

»Aber warum machst du so eine große Sache daraus, Pablo? Ist es dir lieber, dass Majella denkt, du betrügst sie, als dass du eine Brille brauchst? Du tust so, als hättest du Lepra. Sie trägt doch verdammt noch mal selber Kontaktlinsen.«

Seine Miene verfinstert sich. »Majella darf das nie wissen. Sie sagt mir, Pablo, du bist der perfekte Mann. Du bist ohne Fehler, nicht wie diese irischen Mistkerle. Sie darf mein Geheimnis nicht wissen. Ich nehme es mit ins Grab.«

»Pablo, du musst es ihr sagen! Wenn du das nicht tust, wie soll ich ihr dann erklären, was ich gesagt habe?«

»Nächste Woche finde ich heraus, ob ich meine Augen lasern kann, und bis dahin hat mir Susie genug Kontaktlinsen gegeben. Die tun weh. Meine Daumen sind gedrückt. Dann wird es keine Geheimnisse und keine Lügen mehr geben. Bitte, Aisling, du musst es geheim lassen. Ich stehe für immer in deiner Schuld. Ich bring dir Salsa bei.« Dann steht er auf und tanzt auf mich zu. Seine Hüfte wackelt wie verrückt. Als hätte ich nicht schon genug um die Ohren.

»Toll, danke«, sage ich und trinke meinen Tee aus. »Woher weiß ich, dass du die Wahrheit sagst? Über dich und Susie? Ich bin schließlich nicht von gestern, weißt du?«

»Aisling, du bist klug. Majella sagt das immer. Ich würde dich nicht anlügen. Wenn du mir nicht glaubst, dann frag Susie. Sie wird dir alles sagen!«

Ich seufze. Es ist viel zu früh für so ein Zeug, aber er klingt glaubhaft. »Ich muss kurz weg. Kannst du schon mal Frühstück machen? Im Kühlschrank sind Würstchen und Eier. Guter Mann.«

Als ich aus dem Haus schleiche, klingelt mein Handy.

»Schatzi, ich habe gehört, was mit dem Café passiert ist. Geht's dir gut? Kann ich etwas für dich tun?«

»Alles okay, Sharon«, sage ich und hole meinen Autoschlüssel raus. »Ein bisschen aufgewühlt, aber es wurde kein Geld gestohlen, deshalb versuche ich, optimistisch zu bleiben. Ich weiß allerdings nicht, wie lange es dauern wird, bis ich alles wieder auf Vordermann gebracht habe. Die Arschlöcher haben ganze Arbeit geleistet.«

»Sie waren nicht am Tresor?«

»Nee. Und da lagen die Einnahmen von einem ganzen Tag drin.«

»Bist du jetzt gerade im Café?«

»Auf dem Weg«, sage ich und starte den Motor.

»Dann schaue ich mal vorbei.«

James Matthews' Jeep steht schon auf dem Parkplatz, als ich ankomme, aber ihn selbst entdecke ich nicht. Das Café sieht noch schlimmer aus, als ich es in Erinnerung hatte, falls das überhaupt möglich ist. Ich gehe in mein winziges Büro und rufe die Versicherung an, die mir erklärt, dass sie meinen Fall bearbeiten werden, sobald sie von der Polizei die Aktennummer bekommen haben. Und dann kann es bis zu zwölf Wochen dauern, bis ich Geld von ihnen kriege. Der Typ am Telefon fragt mich mindestens fünfzigmal, ob die Alarmanlage eingeschaltet war. Ich versuche zu erklären, dass sie geblinkt hat und dass ich keine Ahnung habe, warum die Sirene keinen Ton von sich gegeben hat. Die verdammte Anlage ist erst ein paar Wochen alt, und ich habe noch den Beleg und die Garantie und bin bereit, sie ihm sofort vorzulegen, wenn er sie sehen will. Dann erwähne ich sicherheitshalber noch das Gesetz über den Verkauf von Waren und die Erbringung von Dienstleistungen von 1980. Ich kenne meine Rechte und habe im ersten Jahr BWL gut aufgepasst. Das stopft ihm das Maul.

»Klopf, klopf.« James Matthews streckt den Kopf durch die Tür. »Ich wollte nicht reingehen, bevor du da bist. Mensch, Aisling. Es tut mir so leid, was passiert ist.«

»Danke«, sage ich und streiche mir das Haar glatt. »Ich weiß, es ist chaotisch, aber das wird schon. Ich muss nur so schnell wie möglich wieder aufmachen, James. Sonst blute ich finanziell aus.«

»Tja, nun, mir war jemand noch was schuldig, und gleich morgen früh werden die Ersatzfenster und die neue Tür geliefert. Was kann ich sonst noch tun, um zu helfen?«

Endlich mal eine gute Nachricht! Ich hatte schon befürchtet, das würde Wochen dauern. Ich springe auf und schlinge ihm die Arme um den Hals - ich kann nicht anders. Seine Schultern sind schön breit, und er duftet zitronig. Offenbar haben sie im Mountrath inzwischen bessere Toilettenartikel oder er benutzt sein eigenes Schickimickizeug. Dann kriege ich mich wieder ein. Gott, Aisling. Es sind nur Fenster.

»Tut mir leid, es ist nur, ich fühle mich einfach sicherer, wenn alles nicht mehr so offen ist«, stottere ich.

»Das muss es nicht«, sagt er. »Dir leidtun, meine ich. Du hast schwere vierundzwanzig Stunden hinter dir. Ich habe gehört, dass gestern Nacht ein Haus in eurer Nähe gebrannt hat. Als ich heute Morgen aus dem Mountrath kam, konnte ich Rauch riechen.«

»Es war furchtbar. Majellas Zuhause ist bis auf die Grundmauern abgebrannt. Zum Glück wurde niemand verletzt.« Den armen Willy erwähne ich nicht.

»Wo soll ich denn anfangen?«, fragt er und sieht sich im Café um. »Im Container hinten ist noch viel Platz – soll ich die kaputten Möbel da entsorgen?«

»Das wäre großartig, danke«, sage ich, wende mich wieder dem Schreibtisch zu und gucke auf meine Liste. »Ich muss diese Zahlen durchgehen, um zu sehen, wo ich stehe. Und dann geht es auf die Suche nach neuen Tischen und Stühlen.«

»Überhaupt kein Problem«, sagt er und zieht los.

Gerade habe ich meinen Taschenrechner zur Hand genommen, als ich Reifen auf dem Kies höre und dann den unverwechselbaren Klang hoher Absätze auf den Fliesen.

»Schatzi?«

»Hier hinten, Sharon«, rufe ich. Ihre Füße müssen im Arsch sein.

Als sie in der Tür steht, ist sie leichenblass. Genau genommen sieht sie aus wie ein vollkommen anderer Mensch. Ohne das Outfit – glänzende Leggings und ein rückenfreies T-Shirt – hätte ich sie nicht erkannt. Sie hat noch nicht mal Augenbrauen!

Ich springe auf: »Gott, Sharon, alles in Ordnung? Komm rein, setz dich, setz dich«, und ich mache ihr ein Zeichen, näher zu kommen, bevor sie mir noch umkippt.

»Was? Mir geht's gut«, sagt sie und sieht verwirrt aus. »Ach, ich weiß, was es ist, ich trage kein Make-up. Ich bin so eilig aufgebrochen, dass ich nicht mehr zum Schminken gekommen bin.«

»Du siehst so ... anders aus«, sage ich.

Sie zappelt so komisch rum da im Türrahmen, und ich habe das Gefühl, sie will mir was sagen.

»Alles in Ordnung, Sharon? Möchtest du einen Tee? Der Wasserkocher ist wundersamerweise nicht zu Schaden gekommen.«

»Nein, danke«, antwortet sie. »Darf ich mich umschauen? War die Polizei schon hier?«

»Ja.«

»Haben sie irgendeinen Verdacht, wer das gewesen sein könnte?«

»Gar nicht. Sie haben mich gefragt, ob ich Feinde habe. Der Einzige, der mir einfiel, war der verdammte Marty Boland. Ich habe ein ganzes Schwein im Gefrierschrank, das jetzt verderben wird. Wenn er das wüsste, würde er seines Lebens nicht mehr froh, aber ich habe keine Ahnung, wer es sonst gewesen sein könnte.«

Ihr Blick huscht durch den Raum. »Womit haben sie denn die Scheiben eingeschlagen?«

»Mit einer Eisenstange wahrscheinlich, sagt die Polizei.«

»Und es wurde kein Geld gestohlen?«

»Nicht ein Cent. Es war reine Zerstörungswut.« Ich zucke mit den Schultern.

Sie tippt mit dem Finger an ihre Unterlippe und starrt einen Moment lang ins Nichts, tief in Gedanken versunken. »Ich muss los, Aisling«, sagt sie dann plötzlich.

»Hast du gehört, was bei den Morans passiert ist?«

»Ja. Wie geht es Majella?«

»Sie ist total fertig.«

»Frag sie, ob ich was für sie tun kann, okay?«

»Natürlich.« Und dann, nachdem sie mich kurz umarmt hat, stöckelt sie davon.

* *

Je länger ich mich mit der Buchhaltung beschäftige, desto deprimierter werde ich. Ich könnte ein paar neue Möbel in Secondhandläden besorgen und vielleicht noch mal mit dem Einkaufswagen durch IKEA rasen, aber die großen Geräte zu ersetzen – das kann ich mir einfach nicht leisten. Und ich weiß, dass ich mir von Mammy kein Geld leihen kann, nicht, wenn sie ganz offensichtlich selbst in finanziellen Schwierigkeiten steckt. Was zum Teufel soll ich nur machen? Ich kann das Café nicht zwölf Wochen lang geschlossen halten.

James Matthews hat beim Entrümpeln des Gastraums gute Arbeit geleistet, und plötzlich sieht das Café genauso nackt und kahl aus wie vor meinem Einzug. Jetzt bin ich wieder da, wo ich angefangen habe. Das einzig Gute an dieser Sache ist, dass ich eine Idee habe, wie wir den Morans helfen können – jedenfalls kurzfristig. So werden sie zwar nicht wieder vollständig auf die Beine kommen, aber ein paar Euro werden wir schon zusammenkriegen – genug, um ein neues Haus zu mieten, und für einige lebensnotwendige Dinge, damit sie weitermachen können.

Als ich in die Küche komme, steckt Mammy bis zum Hals in einem Eintopf. Nach den Kräutern zu urteilen, die über den Küchentisch verteilt sind, kann Carol nicht weit sein. Kräuter sind eigentlich nicht so Mammys Ding. »Nicht jeder mag Geschmack, weißt du, Aisling«, hat sie mal gesagt, als sie mich dabei erwischt hat, wie ich Knoblauch nach Hause mitgebracht habe. Ein bisschen Petersilie zu einer hellen Sauce mit Schinken und Kohl – das geht gerade noch. Aber mehr nicht.

»Mammy, hast du Geraldines Nummer?«, frage ich und werfe einen Blick in den Bottich voller Kartoffelbrei auf dem AGA-Herd. Schön klumpig, unverkennbar ihr Werk. Elaine hat mal für mich Kartoffelbrei mit einer Kartoffelpresse gemacht, und, ganz ehrlich, ich habe ihn kaum runtergekriegt. So cremig und ohne Biss.

»Geraldine von der Boutique?«, fragt sie und greift nach ihrem Handy. »Die habe ich, aber heute Abend ist sie nicht zu Hause, Schätzchen. Heute ist sie mit Mags beim Zumba.«

»Ist gut, ich kann sie auch morgen anrufen.«

»Brauchst du noch eine Unterhose oder so was? Ich kann dir was leihen.«

»Nein, es geht um was anderes. Ich sage es dir, wenn ich mit ihr gesprochen habe. Wo sind die Morans?«

»Drüben, bei ihrem Haus«, sagt sie leise. »Oder was davon noch übrig ist. Sie sind in etwa einer Stunde zurück, und dann bekommen sie was Leckeres zu essen.«

»Gut, dann decke ich mal den Tisch.« Ich gehe zur Schublade, in der sie die guten Tischdecken aufbewahrt. Dies ist wohl eine besondere Gelegenheit.

»Ach, auf Daddys Schreibtisch liegt übrigens ein Brief für dich, Aisling«, ruft sie mir nach, ohne sich vom Herd abzuwenden. »Es ist ein Einschreiben, deswegen musste ich den Empfang quittieren. Und Pat, der faule Hund, ist noch nicht mal ausgestiegen. Der Brief ist aus Las Vegas, stell dir vor.«

KAPITEL 37

»Entschuldigen Sie bitte, aber woher haben Sie meine Adresse?«

Eigentlich merke ich sofort, wenn mich jemand übers Ohr hauen will, aber in dem Brief aus Vegas steht, dass ich einen Preis gewonnen habe und diese Nummer anrufen soll. Und das Ganze sieht schon offiziell aus. Also rufe ich an, nicht dass es mir nachher leidtut. Ich bin allerdings in höchster Alarmbereitschaft. Wahrscheinlich wählen sie sich gerade irgendwie in mein Handy ein, um mir all meine Passwörter zu klauen, solange ich in der Leitung bin.

»Ma'am. Ma'am. Hören Sie mir doch einfach mal zu. Waren Sie im Februar diesen Jahres in Las Vegas?«

Mein Gott, die haben es heutzutage aber wirklich raus. Wahrscheinlich sagt sie mir als Nächstes, welche Farbe meine Unterhose hat. »Wer spricht da, bitte?« Ich frage mich, ob sie mich irgendwie über die Kamera meines Handys beobachtet.

»Sie haben an einer Wette in der Lobby des MGM Grand teilgenommen. Sie haben fünfzig Dollar ... entschuldigen Sie, fünfzig Euro gesetzt.«

Moment mal.

»Eis-ling ... Entschuldigen Sie, den Nachnamen kann ich nicht entziffern, aber sind Sie Miss Eis-ling?«

»Aisling. Das ist irisch und bedeutet Traum oder Vision, äh, ja, das bin ich.«

Ehrlich gesagt klingt sie nicht so, als wollte sie mich übers Ohr hauen. Obwohl sie natürlich sicher genau darauf trainiert ist. Sobald ich aufgelegt habe, muss ich sofort auf mein Konto gucken. Diese Betrugsmaschen sind derart raffiniert.

»Glückwunsch, Miss Eis-ling …«

»Aisling.«

»Sie haben bei unserem großen MGM Gewinnspiel gewonnen und sind die stolze Besitzerin eines Ferrari 488. Dürfte ich noch ein paar Details mit Ihnen klären?«

»Was war das?« Irgendetwas dämmert mir. So ganz entfernt.

»Ein Ferrari 488. Möchten Sie den Wagen persönlich abholen oder soll er geliefert werden?«

Antony und ich in der Hotellobby, hackedicht. Ein großes rotes, glänzendes Auto. »Das hätte Daddy gefallen.« Ich drücke einem Mann fünfzig Euro in die Hand. »Bei dir sitzt das Geld ja locker, irische Maid. Aber mir ist das schnurz. Geld ist Geld.« Er trug so ein Clownskostüm? Oder vielleicht war es ein Poker-Outfit mit so einer Schirmmütze? Ich war wirklich sehr betrunken, muss ich zu meiner Entschuldigung sagen.

»Miss Eis-ling? Sind Sie noch dran?«

Ich kritzele meinen Namen und meine Telefonnummer auf so einen Schein und muss raten, wie viel … irgendwas, was man ins Auto tun konnte.

»Wie, also wie habe ich das gewonnen?«

»Sie haben mit größter Genauigkeit geraten, wie viele Pokerchips in das Auto passen. Herzlichen Glückwunsch, Ma'am. Wie möchten Sie Ihren Gewinn abholen?«

Wie in drei Teufels Namen soll ich in einen Ferrari ein- und wieder aussteigen? Wenn ich auf einem Sitzsack sitze, gehen mir die Knie bis zu den Ohren, und aufzustehen ist dann nicht gerade mit Würde behaftet. Aus einem Ferrari müsste ich rausgehievt werden. So was kann ich nicht mit nach Hause bringen. Man müsste dauernd mit ihm in die Waschanlage.

»Äh, ich bin Irin, ich lebe in Irland.«

»Okay, Miss Eis-ling, das ist kein Problem.«

Ihr Stimme klingt langsam ein bisschen angespannt. Obwohl es mich fast umbringt, sehe ich davon ab, ihr noch einmal zu erklären, wie man meinen Namen ausspricht.

»Wir können den Gewinn auch ausbezahlen, das wären dann zwei Drittel des Fahrzeugwerts. Das steht alles im Kleingedruckten.«

Zwei Drittel. Diese Lumpen. Trotzdem, besser als nichts. Im Moment hilft auch das kleinste bisschen. Ein paar Tausend würden schon mal das eine oder andere richten. Ich habe sogar auch schon zwei Lottoscheine gekauft.

»Dann schicke ich den Scheck nach – lese ich das hier richtig? – Bally-Go-Bert? Sind Sie so freundlich und nennen mir eine Hausnummer und eine Postleitzahl, Ma'am?«

»O, es gibt keine Hausnummern. Es ist am Ende der Hauptstraße von Ballygobbard Richtung Dublin. Pat Curran kennt mich. Und wir haben uns landesweit gegen Postleitzahlen entschieden, deswegen müssen Sie sich nicht ...«

»Und der Scheck über zweihunderttausend Dollar wird dann auf Ihren Namen ausgestellt, Ma'am. Können Sie mir bitte Ihren Nachnamen buchstabieren? Ihre Handschrift auf dem Schein ist unleserliches Krickelkrakel, aber das sind wir gewohnt.«

Klonk. Mir ist das Handy aus der Hand gefallen.

Jemand nimmt mich auf den Arm. Jemand spielt mir einen grausamen Streich. Ich stürze zu meinem uralten Laptop und klappe ihn auf. Dann google ich: »MGM Grand Ferrari Gewinnspiel«. Ich weiß nicht, ob sie es genauso genannt hat, aber passt schon. Da ist es. Ein Foto von dem Auto und allem in der Lobby. Das Bild steht auf der offiziellen Facebook-Seite des MGM Grand – 1,2 Millionen Likes können nicht irren. Sie verlosen nur zwei Ferraris im Jahr. Gott, wie viel Geld sie mit so betrunkenen Idioten wie mir scheffeln.

Zweihunderttausend Dollar. Mammys Hof. Das Café. Majella, Pablo, Shem, Liz und Shane. Möglicherweise ist das die Antwort auf all unsere Gebete! Ich höre Mammy unten umhergehen und rase runter, nehme immer zwei Stufen auf einmal und stürze in meinen Strümpfen fast kopfüber die Treppe runter. Die Morans und Pablo sind noch immer bei den Überresten ihres Hauses.

»Mammy!« Ich renne in die Küche und komme rutschend zum Stehen. Sie sitzt am Tisch, zum ersten Mal seit Tagen ist es glücklicherweise still. Sie hat die Fotoalben rausgeholt. »Du wirst es nicht glauben! Wie gut, dass du schon sitzt.«

»Ach, Aisling. Wie töricht von mir. Ich sitze hier und schau mir all die alten Fotos von uns an.«

Sie schiebt mir das Album zu. Die wenigen Fotos von mir habe ich mir schon so oft angesehen - all unsere Fotos. Ich kenne sie in- und auswendig.

»Da bist du, oben auf den Heuballen. Und Paul in der Schubkarre. Das waren doch gute Zeiten, nicht wahr?«

»Mammy, ich muss dir was sagen«, sage ich und schließe sanft das Album.

Erschrocken sieht sie mich an. Jede Mutter denkt bei diesem Satz sofort: Sie ist schwanger.

»Ich bin nicht schwanger.«

Sie wirkt erleichtert. »Es wäre natürlich schön, wenn du schwanger wärst«, sagt sie schnell.

»Ich weiß, ich weiß. Aber hör mal zu. Ich habe Geld gewonnen. Viel Geld.« Ich mache eine dramatische Pause. »Zweihunderttausend.«

Sie wird sofort misstrauisch. »Was redest du da? Zweihunderttausend? Bist du sicher, dass du da nicht übers Ohr gehauen wirst? Wo hast du das gewonnen? Doch nicht etwa ein Rubbellos? Und die Lottomaschine bei Filan's war neulich kaputt. Das gab Krieg. Tessie Daly spielt seit fünfzehn Jahren dieselben Zahlen, und wenn sie diese Woche gezogen worden wären, als sie keinen Lottoschein kaufen konnte, hätte sie Matty Filan an die Wand gestellt.«

Ich muss sie unterbrechen. »Ich habe es in Las Vegas gewonnen. Eigentlich habe ich ein Auto gewonnen, aber ich nehme stattdessen das Geld. Ich habe es gegoogelt und so. Es stimmt. Es stimmt alles! Ist das nicht toll?«

Meine Begeisterung ist ansteckend, und die Betrugsschuppen fallen ihr von den Augen. »Zweihunderttausend. Wirklich, Aisling? Das ist ja wunderbar? Und ausgerechnet jetzt!« Vor Freude lässt sie das Geschirrtuch knallen, und wir reden beide gleichzeitig los.

»Wir können damit das Haus und den Hof retten, Mammy.«

»Damit kannst du das Café wiedereröffnen, Aisling.«

Sie sieht mich verwirrt an. »Das Haus und den Hof retten? Wovon redest du, Schätzchen?«

»Willst du nicht verkaufen? Ich habe den Brief von den Immobiliensachverständigen aus Dublin gesehen. Und ich weiß, dass du dir Häuser in Rathborris angesehen hast. Und ... und ... nun, es sah so aus, als hättest du kein Geld. Und ich war ja nicht zu viel nütze. Ich zahle dir noch nicht mal Miete.«

»Ich will von dir keine Miete, Aisling. Du tust mehr als genug für mich. Was würde ich ohne dich tun? Du hältst mich davon ab, plemplem zu werden, sonst wäre ich ganz allein in diesem großen Haus, ohne deinen Vat...« Sie stockt.

»Was war denn dann los? Du hast mir gesagt, wie teuer es ist, den Wasserkocher zu benutzen.«

Mammy richtet sich stolz auf und presst die Lippen förmlich zusammen. »Den Wasserkessel alle zehn Minuten anzustellen, ist mit ein Grund, warum die Eisberge schmelzen, Aisling. Constance und ich werden jetzt auch Geschäftsfrauen. Wir gründen einen Biohof.« Sie freut sich wie eine Schneekönigin. Was zum Teufel ist ein Biohof?

»Was machst du? Die von ›Unser Dorf soll schöner werden‹ sind bestimmt nicht begeistert, wenn Windräder halb BGB wegblasen. Ich sehe schon, wie der verrückte Tom sich an eins dranhängt.«

»Nein, Aisling. Ein Biohof. Wir bauen Biogemüse an, eröffnen einen Hofladen, bringen Solarzellen an und werden einen Streichelzoo für Schulausflüge einrichten. So was in der Art. Wir quälen uns gerade mit dem Businessplan – du hast uns übrigens dazu angeregt. Wegen ihrer Vorliebe für hippe bunte Karotten kennt sich Constance mit der Nachfrage nach Biogemüse schon gut aus. Und BGB ist näher an Dublin als je zuvor, jetzt wo die Straßen in einem besseren Zustand sind und es im Knock Gartencenter Küchenbretter von Jamie Oliver gibt.«

Da hat sie so was von recht. Nichts bringt die Leute schneller aufs Land als gute Straßen und ein schickes Gartencenter. Und jetzt vielleicht auch noch Mammys Biohof.

»Und der Viehbestand?«

»Wir behalten ein paar Schafe und Kühe, aber nicht zu viele. Die Ferkel für den Streichelzoo haben wir schon bestellt, und William arbeitet gerade auf Hochtouren daran, einen Hühnerstall zu entwerfen. Er will ihn ganz allein bauen.«

»Mammy, und ich dachte, du wolltest alles verkaufen und dir ein kleines praktisches Reihenhäuschen zulegen.«

»Nun, das habe ich nicht vor. Noch bin ich schließlich nicht tot, Aisling. Constance will sich allerdings verkleinern. Sie wohnt ganz allein in diesem großen alten Haus. Das Geld aus dem Verkauf wird sie in den Biohof investieren, und eine ihrer

Freundinnen übernimmt die Pferde. Ich habe ihr dabei geholfen, etwas Kleineres zu finden.«

Ach, deswegen der Prospekt von Woodlawn Park.

»Und wo hast du das Geld her, Mammy?«

»Ersparnisse, Schätzchen. Dein Daddy und ich, wir haben immer was zurückgelegt. Wir hatten große Pläne für die Rente, wollten um die Welt reisen. Und nun, tja, das wird jetzt nichts mehr, stimmt's?«

Ich blinzele meine Tränen weg. Was für eine Frau! Man vergisst leicht, dass Mütter nicht nur Mütter sind. Sie haben Pläne, Ziele und Träume. Ich war noch nie so stolz auf sie.

»Kann ich dir wirklich kein Geld geben, Mammy?«

»Nein. Davon will ich nichts wissen. Und du weißt hoffentlich, Schätzchen, dass ich dir Geld für das Café gegeben hätte, wenn ich es nicht schon in den Biohof investiert gehabt hätte? Falls du aber Geld anlegen willst, ist das eine andere Geschichte. Wir überlegen auch, noch zu expandieren – Ökotourismus, Jurten und so. Junggesellinnenabschiede sind verrückt danach. Und dann kann das BallyGoBrunch sie nach einer Nacht mit Rosé am Lagerfeuer mit Würstchen auf Brot versorgen.«

So begeistert habe ich Mammy seit … na, noch nie gesehen! Jurten in BGB. Constance und sie als Geschäftsfrauen. Dann wird Constance dafür sorgen, dass Mammy im Nullkommanichts einen breitkrempigen Hut und Reitstiefel trägt.

»Sieh uns mal an, Aisling. Wir sind Geschäftsfrauen!«

Nun, mein Geschäft ist ruiniert, aber wir sind eindeutig im Aufwärtstrend.

An der Hintertür klappert es. Die Morans sind zurück. Zumindest Shem und Liz. Sie sind am Boden zerstört. Liz hat ganz offensichtlich geweint. Ich ziehe einen Stuhl für sie unterm Tisch hervor und dränge sie, sich zu setzen.

»Shem, Liz, ich muss euch etwas sagen.«

»Was gibt's, Aisling?« Shem kniet schon vor dem AGA-Herd, überprüft, ob er noch genug Brennstoff hat, und schürt das Feuer. Da ist er genau wie Daddy. Nur glücklich, wenn er sich nützlich machen kann. Obwohl das in Shems Fall eher bedeutet, dass er versucht, den Anwohnern von Curracloe Beach Sand zu verkaufen.

»Ich bin zu Geld gekommen. Unerwarteterweise.« Ich sollte gleich zur Sache kommen. »Und ich würde euch sehr gerne etwas davon geben, damit ihr wieder auf die Beine kommt.«

Shem richtet sich kerzengerade auf. »Nein, danke, Aisling. Das ist sehr großzügig von dir, aber nein, danke.«

»Aber ...«

»Nein. Danke schön.«

Ich sehe Liz an, aber sie schüttelt den Kopf. »Das können wir nicht annehmen, Aisling. Aber wir kriegen das schon hin. Wir bekommen das Geld von der Versicherung und kommen wieder auf die Beine.«

Einen Moment lang ist es still. Shem sieht aus, als versuchte er angestrengt, sich das Weinen zu verkneifen, und schluckt wie verrückt.

Ich melde mich noch mal zu Wort. »Darf ich wenigstens eine Spendenaktion für euch starten? Alle im Dorf wollen helfen – Mammys Handy kommt gar nicht mehr zur Ruhe. Ein bisschen Kleingeld kriegen wir schon zusammen.«

Shem ringt noch immer um Fassung. Liz antwortet mit einem sanften Lächeln: »Das wäre wunderbar, Aisling.«

Wieder klopft es an der Hintertür. Wer könnte das sein? Ich habe den Eindruck, als wäre sowieso schon das halbe Dorf in unserer Küche. Mammy geht zur Tür, um zu öffnen, während sich jetzt auch Shem an den Küchentisch setzt.

»Carol? Alles in Ordnung, Liebes?«

Mammy zieht die Tür weit auf und da steht Carol, einen kleinen Koffer auf der Lenkstange ihres Fahrrads und einen alten Rucksack aus Segeltuch auf dem Gepäckträger.

»Du hast gesagt, dass hier Platz für mich wäre ... wenn ich ihn nötig hätte.«

Mammy braucht ein paar Sekunden, aber fast sofort tritt sie einen Schritt zurück und bedeutet Carol mit einer Handbewegung, in die Küche zu kommen: »Herein, herein. Shem, nimmst du Carols Taschen?«

Shem kümmert sich um das Fahrrad und das Gepäck, und Liz deutet an, dass sie ihre Sachen packen müssen, und verschwindet im Flur. Die Morans ziehen vorübergehend ins Mountrath. Majella und ich haben immer davon geträumt, in einem Hotel zu wohnen, und obwohl die Umstände nicht gerade ideal sind, freue ich mich für sie, dass endlich mal jemand jeden Morgen das Bett für sie machen wird.

Carol lässt sich am Küchentisch nieder. »Ich habe ihn verlassen.«

»Ach, gute Frau«, entfährt es Mammy unwillkürlich.

Carol spricht weiter: »Er ist in Deutschland, auf einer Metzgertagung, und je länger er weg ist, desto mehr fürchte ich seine Rückkehr. Also werde ich einfach nicht da sein, wenn er wiederkommt. Und, lieber Gott, dann bin ich hoffentlich wieder beieinander.« Sie hat schreckliche Angst, aber ihre Stimme klingt fest.

Mammy setzt sich in Bewegung: »Aisling, hol Bettwäsche aus dem Trockenschrank. Die gute. Und nimm die blöde Katze aus dem Sessel, damit Carol es sich bequem machen kann.«

Mammy ist im Kümmermodus. Nichts kann sie besser. Mit Carol wird alles gut werden.

KAPITEL 38

Ich hätte mir denken können, dass Geraldine alles an sich reißen würde. Sie tut plötzlich so, als wäre die Modenschau im Mountrath, mit der Geld für die Morans gesammelt werden soll, ihre Idee gewesen. Dabei wollte ich eigentlich nur ein paar Brautmutterensembles von ihr für die zweite Hälfte. Die erste Hälfte ist »aktuelle Mode«, und darum hat sich das Gartencenter in Knock gekümmert, obwohl ich nicht so recht weiß, was an pastellfarbenen Rugbyshirts und bunten Gummistiefeln aktuell sein soll. Sadhbh kommt mit Timoneys Bus um vier - Gott weiß, was sie davon halten wird. Falls sie Don Shields mitbringt, wird es einen Aufstand geben.

In typischer Ballygobbard- und Knock-Manier ist die gesamte Gemeinde gekommen, um den Morans zu helfen, und alle vierhundert Eintrittskarten waren sofort weg. Dem Glanz einer Modenschau können die Leute nicht widerstehen, und es hat auch nicht geschadet, dass der verrückte Tom bis hin zur Autobahn Werbeplakate aufgehängt hat.

Pater Fenlon hat angeboten, der Zeremonienmeister zu sein, und angesichts seiner Erfahrung mit großem Publikum konnte ich ihm das nicht abschlagen. Er wird dafür sorgen, dass der Ablauf stimmt, und verhindern, dass kleine Kinder den Laufsteg erobern. Das kann er gut. Ich habe versucht, ihn zu beschwatzen, einen Smoking zu tragen, aber er wollte lieber bei seinem Priesterkragen bleiben, wenn ich nichts dagegen hätte. Das ist nur recht und billig, habe ich gesagt.

Das BGB-Frauenhurlingteam muss modeln, und Sharon

hat den gesamten Nachmittag damit verbracht, sie mit Bräunungsspray einzusprühen, bis sie mahagonifarben waren. Hinter der Bühne gab es zwischen ihr und Triona von Pony & Clyde kurz Stress wegen der Haare, aber sie haben es unter sich geregelt. Sharon hat erklärt, dass sie dann das Schminken übernimmt, da sie schließlich nur zugezogen ist. Ich musste die beiden daran erinnern, dass eine Wohltätigkeitsveranstaltung nicht der Ort für Konkurrenzkämpfe ist, aber sie haben mir beide versichert, dass alles ganz kameradschaftlich lief. Als hätte ich nicht schon genug Sorgen.

»Wenn es nur halb so gut schmeckt, wie es riecht, wird es gut laufen, Aisling.« James Matthews ist draußen auf dem Parkplatz, hat Spanferkeldienst und dreht den Spieß gemäß Carols Anweisungen. Ich wollte dieses Schwein auf Teufel komm raus verwerten. Filan's hat dreihundert Brötchen gespendet, und der irische Landfrauenverband hat so viel Krautsalat zur Verfügung gestellt, dass man damit ein Schiff versenken könnte. Wenn ich eins im BallyGoBrunch gelernt habe, dann, dass man nie genug Krautsalat haben kann. Die sind verrückt danach hier.

»Wir haben sowieso wahnsinniges Glück mit dem Wetter«, sage ich und schaue in den wolkenlosen Himmel hinauf. Jemand hält eine schützende Hand über die Morans, denn eigentlich war Dauerregen angesagt.

»Ich fahre noch mal nach Hause, um die restlichen Salate zu holen, Schätzchen«, sagt Mammy und geht auf dem Weg zu ihrem Auto an uns vorbei. Sie hat Teller voller hart gekochter Eier und Schinkenröllchen bereitstehen, alle schön mit Frischhaltefolie abgedeckt. Und ein paar Salatblätter dazu, als Alibigemüse. Carol hat sechs Eimer Kartoffelsalat im riesigen Tiefkühlraum des Mountrath stehen. Ihre geheime Zutat ist Schnittlauch – sehr schick.

Im Saal legen Maeve Hennessey und Dee Ruane gerade Goodie Bags auf die Stühle in den ersten beiden Reihen. Noch ein Geistesblitz von mir – ein VIP-Bereich, um das Doppelte für eine Eintrittskarte verlangen zu können: zwanzig statt zehn Euro. Sadhbh hat einen ganzen Berg CDs, T-Shirts und diversen Kleinkram von Flatlay Records beigesteuert, und Elaine hat Colette Green dazu gebracht, uns eine Kiste ihrer neuen duftenden Slipeinlagen zu geben. Majella ist fast gestorben, als sie das gehört hat. Was Maj nicht weiß: Nachdem Elaine Colette von dem Feuer erzählt hat, tat der das so leid, dass sie außerdem zwei Tickets für ihre Style-Tour in Ballybunion für die Tombola gespendet hat. Was für ein Schätzchen! Wir haben außerdem einen Fünfzigeurogutschein für den China-Imbiss, mit den besten Empfehlungen von den Zhus, eine Übernachtung inklusive Abendessen im High King Hotel, eine komplette Prä-TÜV-Auto-Inspektion in Filan's Autowerkstatt, zehn Bündel Briketts von Filan's Laden und einen Gutschein über Freigetränke für bis zu hundert Personen bei Ausrichtung der Totenwache durch Filan's Beerdigungsinstitut. Ich bin ja der Meinung, dass das Kalb, das Paddy Reilly gespendet hat, allen die Show stehlen wird.

»Hallo, Ais, wo sollen wir denn den Tisch für die Tombola aufbauen?«

»Denise!«, quietsche ich. Sie hat erst letzte Woche ihr Baby bekommen und sieht schon wieder aus, als wäre es nie passiert, abgesehen von dem Baby in dem Tragetuch natürlich. Wie Kate Middleton. »Und der kleine ... wie spricht man den Namen aus? Kuh? Kuf?«

»Co-al«, sagt sie selbstsicher. Ich bin anscheinend nicht die Erste, die fragt. »Cumhal war der Vater des Sagenhelds Fionn Mac Cumhaill. Der Name passt gut zu ihm, oder?«

»Ja, er ist echt süß«, sage ich zerstreut und werfe einen

Blick durch den Raum. James Matthews hat seinen Spanferkel-Posten verlassen und stellt gerade Stühle auf. Wenn ich nicht wüsste, dass er Engländer ist, könnte man glatt meinen, er wäre von hier, so wie er mit Zyklop und Titch Maguire - der immer wieder Nordirland aufs Tapet bringt - herumscherzt. »Der Tisch soll genau am Eingang stehen«, sage ich über die Schulter und steuere auf James zu. »Tausend Dank, Denise.«

»Das Spanferkel dreht sich nicht von allein, James«, sage ich, die Hände in die Hüfte gestemmt. Aber ich lächele, damit er weiß, dass ich nur Spaß mache. Na ja, zum Teil. Ich will doch wohl hoffen, dass sich gerade jemand um das Schwein kümmert, denn wenn es anbrennt, reiß ich ihm den Kopf ab.

»Carol ist zurück und hat mich abgelöst«, erwidert er, stellt die Stühle ab und wischt sich mit dem Handrücken den Schweiß von der Stirn. »Ich habe es offenbar falsch gemacht.« Er lacht. »Jetzt befindet es sich in besseren Händen. Läuft alles, wie es soll?«

»Wir sind genau im Zeitplan.« Ich klopfe mit dem Stift auf mein Klemmbrett. Dann halte ich inne und versuche, die richtigen Worte zu finden. »Ich wollte nur sagen, tausend Dank für deine Hilfe im Café in den letzten Tagen. Du hast so viel getan, und ich weiß es sehr zu schätzen.«

Gleich als ich von meinem Gewinn in Vegas erfahren hatte, hockte ich mich an meinen Laptop und ersetzte alles, was bei dem Einbruch zerstört wurde. In einigen Fällen habe ich ehrlich gesagt sogar etwas Höherwertiges gekauft, aber sobald das Geld von der Versicherung da ist, wird mein Konto nicht mehr allzu sehr überzogen sein. Meine Kreditkarte dampfte geradezu, und als dann gestern der Scheck aus Vegas ankam, fuhr ich sofort nach Knock, um ihn einzulösen. Joe Funge drehte an seinem Schalter Däumchen, bestand aber trotzdem darauf, dass ich den Scheck in einen dieser großen Automaten schiebe, anstatt ihn selbst anzunehmen. Ich war fuchsteufelswild. Er war ganz allein in der Bank, nur er sowie sechs Automaten und zwei Telefone. So sieht wohl die Zukunft aus. Jedenfalls, während ich damit beschäftigt war, packte James Matthews das neue Porzellan aus und kümmerte sich um die Endreinigung der Küche. Als ich auf dem Weg nach Hause noch mal vorbeifuhr, konnte ich es nicht fassen – alles war so gut wie neu. Besser sogar. Jetzt kann ich am Wochenende wieder aufmachen.

»Es hat mir so leidgetan, Aisling«, sagt er und schüttelt den Kopf. »Das war das Mindeste, was ich tun konnte. Hast du noch mal von der Polizei gehört?«

»Officer Staunton hat gestern angerufen«, sage ich. »Letzte Woche haben sie Marty Boland befragt, aber er war tatsächlich in Belfast beim Galadinner des Irischen Metzgerwettbewerbs.« James runzelt die Stirn.

»Ich weiß, es klingt erfunden, aber sie haben sein Alibi überprüft, und es ist wasserdicht. Er stand vor zweihundert Metzgern auf der Bühne und hat einen weiteren Preis für die Würstchen entgegengenommen. Er kann es nicht gewesen sein.«

An der Tür sorgt wieder irgendetwas für Wirbel, und ich drehe mich um: Geraldine stürzt sich bestimmt gerade auf Tessie Daly. Die beiden gehen sich schon den ganzen Nachmittag wegen der Reihenfolge der Models gegenseitig an die Gurgel. Aber es ist gar nicht Geraldine, die die Aufmerksamkeit auf sich zieht – es ist John, den ich seit Monaten nicht gesehen habe. In letzter Sekunde habe ich noch beschlossen, direkt vor der Pause »Herrenmode« ins Programm aufzunehmen. Da das Publikum hauptsächlich aus Frauen besteht, kommt das bestimmt gut an – dann sind sie richtig schön in Fahrt, wenn Denise mit der Tombola loslegt. Ich habe ein paar der Rangers dazu verpflichtet, und James hat gesagt, dass er auch mitmacht, aber mit John habe ich nun nicht gerechnet. Jetzt, da er für die Bezirksmannschaft arbeitet, ist er eine große Nummer. Und dann ist er auch noch zu früh dran.

»Tut mir leid, James, ich muss los«, sage ich und eile davon. »Ich brauche dich um halb hinter der Bühne, ja? Hinter der Bühne heißt, bei den Toiletten.«

Er nickt, und ich gehe weiter in Richtung Denise. Da tritt sie nach links, und hinter Kuh, Coo ..., dem Baby erscheint eine blonde Sexbombe, die an Johns Arm hängt und schmachtend zu ihm aufschaut. Ich ringe buchstäblich nach Luft, weil sie wirklich genauso aussieht wie diese Spielerfrauen in den Zeitschriften. Nur noch gebräunter, blonder und glamouröser, falls das überhaupt möglich ist. Und dann wird mir klar, dass ich nicht dahin gehen kann. Ich dachte, ich wäre so weit, ich dachte, ich hätte das hinter mir gelassen, aber ich kann Johns neuer Freundin nicht gegenübertreten.

Der einzige Fluchtweg, der mir offensteht, ist nach unten, also lasse ich mich auf den Boden fallen, krieche unter eine Sitzreihe - sehr ordentlich aufgereiht, die Stühle, ich muss daran denken, Titch nachher für sein Ebenmaß zu loben - und husche auf die andere Seite des Raumes, in sichere Entfernung. Gerade will ich mich rausschleichen, als vor mir ein Paar rosa Wildlederschläppchen erscheint. Diese perfekt gepflegten Zehen würde ich überall erkennen.

»Sadhbh«, zische ich. »Hier unten.«

Kopfüber erscheint ihr Gesicht vor mir, und ihre Miene ist verständlicherweise verwirrt. Ich rechne damit, dass sich ihre grauen Haare vor mir ergießen, aber da ist ... nichts.

»Ais, was zum Teufel machst du da unten?«, fragt sie lachend und versucht gleichzeitig, mich unter dem Stuhl hervorzuziehen.

»John«, flüstere ich und versuche, auf die Beine zu kommen. »Er ist da drüben mit seiner protzigen Freundin. Ich dachte, ich könnte ihm gegenübertreten, aber ich kann es einfach nicht.«

Sie nickt die ganze Zeit verständnisvoll, aber ich kann meinen Blick nicht von ihrem Kopf abwenden – der so kahl ist wie ein Biberpopo. Was hat sie mit ihren Haaren gemacht? Ihre schönen Haare! Sie waren immer so gepflegt und glänzend und voll.

»Kümmert dich das wirklich noch, Ais? *Mal ganz ehrlich*?«

Ich denke einen Moment lang nach. »Nein, eigentlich nicht. Ich war einfach überrascht, ihn mit einer anderen Frau zu sehen«, sage ich zu ihrer Kopfhaut. »Sadhbh, deine ... Haare, wo sind sie hin?«

»Ich bin die Läuse nicht losgeworden, also dachte ich: Scheiß drauf«, sagt sie.

»Du siehst toll aus!«, sage ich, und das meine ich durchaus ernst. Ihre Kopfform ist perfekt. »Don hast du nicht mitgebracht?«

»Er ist in London bei der Verleihung der Brit Awards«, sagt sie. »Aber er hat mir aufgetragen, in seinem Namen auch ein paar Tacken in den Eimer zu werfen. Der verrückte Tom hat mich beim Reinkommen gleich abgefangen.«

»Ach, sag ihm tausend Dank von uns – das ist sehr nett von ihm. Sind die Peigs denn nominiert?«

»Als beste Newcomer«, sagt Sadhbh stolz und holt ihr Handy raus. »Hier, guck, er hat mir gerade ein Foto geschickt. Sie tragen alle Anzüge. Es ist der Knaller.«

Aber als sie ihr Handy hochhält, sieht das Foto auf dem Bildschirm nicht annähernd nach den Peigs aus. Ich brauche einen Moment, um zu verstehen, warum.

»Gott, sie sind ja auch alle kahl!«, schreie ich. Die verdammte Mairead hat eine Menge zu verantworten. »Das heißt, du hast gebeichtet?«

»Ja, ich habe es Don letzte Woche gesagt. Er war völlig entspannt. Allerdings hatte er vorher zufällig Beyoncé im Aufnahmestudio getroffen, also drück mal die Daumen, dass sie nicht auch betroffen ist.«

»Ach, ihr würde so ein rasierter Kopf auch gut stehen«, sage ich. »Wenn Mairead allerdings herausfindet, dass sie der Ursprung von Beyoncés Läusen ist, kriegen wir das bis ans Ende unserer Tage zu hören.«

»Es ist echt seltsam – seit ich hier angekommen bin, haben mir schon drei Leute ihren Platz angeboten«, sagt Sadhbh und sieht verwirrt aus. »Ich habe keine Ahnung, was los ist.«

»Ich schon. Sie denken bestimmt, du hast Krebs. So viele Kahlköpfe kriegen wir hier nicht zu sehen.«

Sie wird etwas blass. »O mein Gott, natürlich. Irgend so ein alter Typ beim Parkplatz hat gesagt, er würde eine Kerze für mich anzünden.«

»Vielleicht hält das ja in Zukunft die Läuse fern«, sage ich freudig. »Hör zu, jetzt muss ich los. Es gibt noch viel zu tun.«

»Dass du das hier auf die Beine gestellt hast, Aisling. Es ist gerammelt voll. Wo sind Majella und ihre Familie?«

Ich schaue auf mein Klemmbrett. »Die Morans kommen rein, wenn alle sitzen und die Lichter ausgehen. Dann spricht Pater Fenlon ein paar Worte, vielleicht ein Gebet. Und dann geht's los.«

»Warum ... ein Priester?«

»Darum, Sadhbh. Du bist hier eben nicht in Dublin.«

»Okay, wo soll ich hin?«

Ich führe sie zur vorletzten Reihe (wehe, sie schläft ein!) und gehe hinter die Bühne, um zu sehen, wie weit sie mit Haaren und Make-up sind. Der Geruch nach Bräunungsspray haut mich fast um, als ich die Tür öffne, und ich sehe, dass sie die Models auf die Toiletten gesetzt haben, um sie zu schminken. Sehr praktisch gedacht.

Plötzlich taucht Sharon vor mir auf. »Tut mir leid, Schatzi«, sagt sie. Ihre Stimme zittert leicht. Sie hat das Handy in der Hand. »Die Fernüberwachung hat gerade angerufen. Im Schönheitssalon ist der Alarm losgegangen. Ein Fenster steht offen.«

»Gott, dann nimm dir aber einen der Jungs mit«, sage ich sorgenvoll. Nach dem, was im Café passiert ist, bin ich noch sicherheitsbewusster. Nicht, dass ich das vorher nicht gewesen wäre.

»Kannst du denn einen erübrigen? Sind die nicht vor der Pause dran?«

»Schon, aber bis dahin seid ihr längst zurück. Ich bin sicher, dass Zyklop nur zu gerne mitkommt. Er muss hier irgendwo sein.«

Sie umarmt mich schnell und stakst dann davon, um ihn zu suchen. Unglaublich, was sie aus den Mädchen rausgeholt hat. Sie bewundern sich alle im Spiegel. Gillian Browne hat plötzlich unglaublich markante Wangenknochen, und Avril O'Leary sieht aus, als wären ihre Lippen aufgespritzt worden, seit ich sie vor einer Stunde das letzte Mal gesehen habe. Sharon versteht echt ihr Handwerk, und diese Show ist die beste Werbung für ihren Schönheitssalon.

»Mädels, ihr seht alle fantastisch aus!«, rufe ich über den Lärm hinweg, woraufhin sie sich alle beruhigen. »Geraldine wird gleich hier sein und euch eure Outfits geben. Denkt dran, immer schön lächeln, wenn ihr über den Laufsteg geht. Die Morans haben genug durchgemacht.«

In zwanzig Minuten ist Showtime, deswegen beschließe ich, schnell in die Bar hinauszuschleichen und mir einen Drink zu holen, um meine Nerven zu beruhigen. Vielleicht wirke ich äußerlich ganz ruhig, aber ich mache mir total ins Hemd, dass irgendetwas schiefgehen könnte. Es ist wie dieser Spruch, den Mammy früher in der Küche hängen hatte - irgendwas darüber, dass Krankenschwestern wie Eisberge sind, weil man sozusagen nur die Spitze ihrer Arbeit sieht. Ich weiß nicht mehr genau, wie der ging, aber ich verstehe, was gemeint ist.

Ich winke mir fast den Arm ab, als ich durch den Saal gehe - alle, die ich kenne, scheinen da zu sein -, deswegen bin ich froh, die Bar für mich allein zu haben.

»Eine Weinschorle und ein Glas mit Eiswürfeln bitte, Jocksey.« Kaum ausgesprochen, habe ich es schon vor mir stehen. Ich zahle und verziehe mich in den Nebenraum, um meine Füße mal hochzulegen. Ich wünschte wirklich, ich hätte meine Crocs angezogen statt meiner guten Stiefel von Clarks - bin ich jetzt auch ein Fashion Victim?

»Lange nicht gesehen, Ais.«

John. Er sitzt auf der Ledercouch hinter der Tür. Ich hätte mir eigentlich denken können, dass er hier ist; als wir gerade zusammengekommen sind, war das unser geheimer Ort, wenn wir ungestört reden wollten. So viel haben wir geredet, und jetzt ... sind wir uns völlig fremd.

»Äh, hallo. Warum versteckst du dich hier?« Ich weiß nicht, was ich sagen soll. Ihn zu sehen, macht mich so traurig. Er trägt Kleider, die ich nicht kenne. Ob seine Freundin die Weste ausgesucht hat? Hat sie ihm dieses Rasierwasser zum Geburtstag geschenkt? Ich durfte ihm nie Rasierwasser kaufen, er fand das sei Geldverschwendung. Jetzt riecht er wie eine Parfümerie und trägt keine Socken.

»Ach, ich wollte nur meine Ruhe haben. Ständig fragen mich alle über die Bezirksmannschaft aus. Ich will nicht mehr darüber reden.«

»Aber es macht doch Spaß, oder?«

»Das schon. Ist allerdings auch nicht so einfach, wenn ich nebenher noch Vollzeit arbeite. Mammy dreht durch, weil ich kaum noch zu Hause bin.«

Fran. Das letzte Mal, als ich sie gesehen habe, verließ ich gerade mit Pjotr das Krankenhaus, und seitdem ist es mir gelungen, ihr aus dem Weg zu gehen. Von dem Blick, den sie mir damals zugeworfen hat, habe ich mich noch immer nicht erholt.

»Wie geht es Fran?«, frage ich pflichtschuldig. »Und Mel?«

»Gut, gut«, sagt er und bohrt mit seinem Schuh in einer kaputten Fliese rum. Ich sehe, dass er noch immer seine braunen Pipi-Fänger trägt, und muss lächeln. Socken oder nicht, manche Dinge ändern sich nie.

Gerade will ich in den sauren Apfel beißen und ihn nach seiner Freundin fragen, als ich höre, wie Sadhbh vom Flur aus meinen Namen ruft. Ich schaue auf die Uhr. Gott, in weniger als fünf Minuten fängt es an! Ich muss los und überprüfen, ob Geraldine die richtigen Schuhe zu den richtigen Outfits gestellt hat. Sie hatte vorhin die verrückte Idee, dass die Farben sich »beißen« sollen, und da musste ich ein Machtwort sprechen. Als Nächstes will sie dann Blau mit Grün kombinieren, und das geht ja nun gar nicht.

»Tschüs, John«, sage ich, stehe auf und trinke noch ein paar Schlucke von meiner Weißweinschorle. »Es war sehr schön, dich zu sehen.« Und das meine ich auch so.

* *

Die Modenschau ging ohne Probleme über die Bühne. Nun ja, mit klitzekleinen Schwierigkeiten. Gerade, als Shem die Bühne betrat, um sich bei allen fürs Kommen zu bedanken, kamen

Zyklop und Sharon zurück. Sie sagte, sie sei sich ganz sicher, dass sie alle Fenster zugemacht hätte, aber ich habe sie daran erinnert, dass es ein ziemlich hektischer Tag war. Stundenlang zwölf Hurlingspielerinnen in Unterwäsche vor sich zu haben, ist eine beachtliche Leistung. Sie hatte auch schon vergessen, genug falsche Wimpern für alle mitzubringen, ganz untypisch für sie.

Die Mädels haben einen super Job gemacht, abgesehen von Áine Farrell, die sich für Kate Moss hielt, Kusshändchen warf und den Leuten mit herausgestreckter Zunge zuzwinkerte. Am Empfang gab es zwei anonyme Beschwerden wegen obszönen Verhaltens. Und die Jungs haben wohl eine Flasche Whiskey mit in die Toiletten geschmuggelt, um sich Mut anzutrinken, deswegen war der Herrenmodenteil etwas ungehobelt. Geraldine war überhaupt keine Hilfe. Sie hat die Jungs hinter der Bühne noch mit Babyöl eingerieben und jede Sekunde genossen. Wie die sich auf dem Laufsteg bewegt haben! Sogar James Matthews ist ganz beschwingt auf und ab gegangen. Als John auftrat, haben die Wände gewackelt, und für den verrückten Tom musste der Krankenwagen gerufen werden, weil er Stagediving für eine gute Idee hielt. Ein weiterer Punkt auf seiner Treuekarte für die Notaufnahme. Doch alles in allem würde ich es einen Erfolg nennen, und mit den Eintrittsgeldern, der Tombola und dem Spanferkel haben wir sechstausendzweihundertvierundachtzig Euro für die Morans eingenommen. Ich wollte eigentlich einen dieser riesigen lustigen Schecks besorgen, um das Geld so zu präsentieren, aber Liz meinte, das wäre Geldverschwendung. Auf einem Foto hätte das aber was hergemacht.

Nach der Show startet der Laster seine legendäre mobile Disco, und es geht echt ab, während ein paar von uns versuchen aufzuräumen. Ich habe Sadhbh gebeten, Stühle zu stapeln, aber Geraldine hat sie in die Enge getrieben und führt ihr die verschiedenen Arten vor, wie man sich ein fließendes Tuch um den Kopf wickeln kann. Vom Spanferkel ist nicht viel übrig, aber Carol sagt irgendwas von den Knochen, den Füßen und dem Sud fürs Café. Klingt eklig, aber sie kennt sich schließlich aus, also lasse ich sie machen.

Als Sharon mit ihrem Make-up-Set aus den Toiletten auftaucht, kapiere ich endlich, wie sie es geschafft hat, die Mädels so zu verwandeln. Sie hat ganze Koffer voll. Richtige Koffer voller Schminke! So viel Lidschatten und Lippenstift braucht doch kein Mensch.

»Schatzi, ich nehme das schon mal mit«, sagt sie und nimmt einen Koffer in die Hand, »und dann hole ich das Auto näher ran. Ist einfacher.«

Sie wird die ganze Nacht hin- und herrennen, jedenfalls, wenn ihr keiner hilft. Also nehme ich zwei der kleineren Taschen und folge ihr. Aber obwohl sie so hohe Absätze trägt, ist sie schon weit voraus. Als ich durch die Seitentür des Mountrath gehe, werfe ich einen Blick über den stockdunklen Parkplatz – sie ist nirgendwo zu sehen. Dann höre ich den Schrei.

KAPITEL 39

»Sharon? Sharon? *Sharon?*« Gott im Himmel, was ist da los? »*Sharon?*«

Ich renne zwischen den geparkten Autos in die Richtung, in der ich vorhin ihren Beetle gesehen habe. Es ist unheimlich still und dunkel, abgesehen von einem einsamen Flutlicht. Dann stolpere ich über etwas. Sharons Zeug. Ihr Make-up-Koffer. Wo ist sie? Mein Herz rast, und ich taste in meiner Tasche nach dem Handy. Es ist nicht da. Ich habe es drinnen liegen lassen. Aus dem Hotel höre ich gedämpftes Gelächter und Gerede, und ich will gerade zurückrennen, um Hilfe zu holen, als ich sie wieder schreien höre, zu meiner Rechten. Ich wende mich in die Richtung, laufe erst und dann renne ich. Ein silbernes Auto steht am Rand des Parkplatzes, und die Innenleuchte ist an. Als ich näher komme, sehe ich, dass sich darin etwas bewegt. Ich kann das Orange von Sharons Kleid in dem schwachen Licht erkennen und den Fahrer – ein Mann mit dunklen Haaren –, der eine Hand auf ihren Mund und eine um ihren Hals gelegt hat.

»Gott im Himmel. Hilfe. *Hiiiiilfe!*« Ich rase auf das Auto zu, und als ich die Beifahrerseite erreiche und vergeblich versuche, die Tür aufzureißen, sehe ich, wie Sharon verzweifelt versucht, ihm ins Gesicht zu greifen. Mit den Beinen tritt sie gegen das Armaturenbrett und die Tür, während ich von der anderen Seite dagegenschlage. Er lässt sie eine Sekunde los, um den Motor zu starten. Ich schaue mich nach etwas um, um die Scheibe einzuschlagen. Unter der Hecke liegen viele leere

Dosen. Klar, sonst wäre man ja in der Schlange vor dem Vortex wieder stocknüchtern, ohne eine Dose Alkohol, um den Pegel zu halten. Nichts hier ist aber schwer genug, um damit Glas zu zertrümmern.

Der Mann packt Sharon an den Haaren und versucht, mit der anderen Hand ungeschickt zu lenken, fährt rückwärts Richtung Ausfahrt. Der Parkplatz ist total voll, und er hat nicht genug Platz, um zu wenden. Ich schaue mich verzweifelt nach einem Stein oder so was um, nach irgendwas. Die Scheinwerfer eines Autos leuchten mir ins Gesicht, als am anderen Ende des Parkplatzes ein Jeep von der Straße einbiegt. Ich winke wie verrückt mit beiden Händen, schreie nach Hilfe, aber als Reaktion bekomme ich nur einen freundlichen Gruß und ein »Na, mein Mädchen«. Es ist Jocksey Cullens alter Vater. Stocktaub, und er würde den Papst nicht sehen, wenn er direkt vor ihm stünde, so blind ist er.

»Hiiiiilfe!«, schreie ich noch einmal. Aber er schlurft ins Hotel mit einem munteren: »Netter Abend, ja.«

Verzweifelt versuche ich, die Autos um mich herum aufzumachen, und das zweite ist nicht abgeschlossen. Gott segne die Gemeinde und ihre Vertrauensseligkeit. Während der silberne Wagen sich langsam von mir wegbewegt und Sharon noch immer kämpft und schreit, umschließt meine Hand einen Hurlingschläger. Perfekt. Ich nehme ihn vom Rücksitz und wende mich dem silbernen Auto zu. Der Fahrer hat den Motor abgewürgt. Ich renne zum Seitenfenster, brülle Sharon zu, dass sie sich ducken soll, hole aus und schlage zu. Das Fenster geht sofort kaputt und bedeckt Sharons Haare und Kleider mit Glasscherben. Ich greife ins Auto und bediene den Türöffner. Die Beifahrertür geht auf, ich packe Sharon am Arm und ziehe sie raus. Der Fahrer verlegt sich jetzt auf die Flucht, und Sharon ist kaum aus dem Auto, da drückt er schon aufs

Gas und fährt den ganzen Weg bis zur Ausfahrt rückwärts. Sharon zittert und schreit, eine schrille Klage, und ich helfe ihr auf die Beine.

»Es ist alles gut. Alles gut. Ich bin bei dir.« Ich sehe mich verzweifelt nach irgendjemandem um, als eine bekannte Gestalt aus dem Haupteingang tritt.

»Aisling«, ruft James. »Aisling, bist du da draußen?« Noch nie war ich so froh, ihn zu sehen.

»James, James, komm mal her, ich brauche deine Hilfe.« Er wendet sich zu meiner Stimme um und sieht, wie ich mich um Sharon bemühe. Er rennt los.

»Gott im Himmel«, keucht er, als er uns erreicht. Sein englischer Akzent ist deutlich zu hören. »Was ist passiert?«

»Er hat sie angegriffen. Da! Der Typ!« Ich zeige auf das silberne Auto, das nun erfolgreich den Parkplatz überquert hat und mit quietschenden Reifen aus der Ausfahrt abbiegt. »Merk dir das Nummernschild!«

»Was zum Teufel?« James holt sein Handy raus, um die Polizei zu rufen, und gemeinsam helfen wir Sharon zurück zum Hotel.

»Bitte, ich will nicht, dass jemand mich so sieht«, sagt sie flehentlich, richtet sich auf und zieht ihr Kleid zurecht. Ich führe sie zur Behindertentoilette in der Lobby, weg von der Menge im Saal.

»Sharon, kanntest du den? War das ... war das dein Ex?«, frage ich.

»Ja«, schluchzt sie. »Frank Bolger. Frankie Bolger.« Und sie leiert eine Adresse in Waterford runter und schenkt mir ein klägliches Lächeln. »Meine alte Adresse.«

James nickt und schreitet den Flur entlang, während er die Details in sein Handy blafft.

Sobald wir in der Toilette sind, schließe ich die Tür ab und klappe den Klodeckel runter. »Setz dich. Alles ist gut. Schhh, alles gut.«

Sie setzt sich schlotternd und betrachtet ihre Hände. Mindestens drei ihrer schicken Fingernägel sind weg. Im Kampf verloren gegangen. Und ihre Knie sind aufgeschürft durch den Sturz aus dem Auto.

»Deine schönen Fingernägel!«, kann ich mir nicht verkneifen. Sie lacht, ein winziges kurzes Lachen.

»Sharon. Sollen wir ... soll ich einen Krankenwagen rufen, oder so? Soll ich dich ins Krankenhaus bringen? Hat er ...!«

»Nein!«, flüstert sie und zieht geistesabwesend Glassplitter aus ihren Haaren. Ich lege meine Hand auf ihre, hauptsächlich, um sie davon abzuhalten, sich die Finger zu verletzen, aber auch, um sie zu drücken.

»Nein«, sagt sie weniger heftig. »Hat er nicht. Diesmal nicht.«

Die Polizei, das muss man ihr lassen, erwischt Frankie Bolger noch, bevor er die Autobahn erreicht. James hat die zwei Polizisten, die den Fall bearbeiten, in Empfang genommen. Die Polizeibeamtin hat er zur Behindertentoilette gebracht, und sie klopft vorsichtig.

»Sharon«, sagt sie sanft, aber bestimmt. »Kann ich reinkommen?«

»Soll ich gehen?«, stottere ich, als Sharon nickt, und die Polizistin, die sich als Hannah vorstellt, hereinkommt. Wenn ein Polizist mich nur anguckt, will ich sofort alles beichten: Zweimal habe ich meine Steuererklärung zu spät eingereicht, und einmal bin ich zu schnell nach Kildare Village gefahren, weil Haushaltswaren von Orla Kiely im Ausverkauf waren. Ich wollte unbedingt den Brotkasten haben. Er war dreißig Prozent runtergesetzt!

Hannah gibt mir zu verstehen, dass ich bleiben soll, und

kniet sich neben Sharon. »Zunächst einmal, sind Sie verletzt? Tut Ihnen irgendetwas weh?«

Sharon schüttelt den Kopf. »Nicht wirklich. Meine Knie, aber alles gut.«

»Und Sharon, ich will Ihnen nur erklären, dass wir Sie ins Zentrum für Frauen, die sexuelle Gewalt ...«

»Ich muss da nicht hin. Er hat nicht ... Er hat mich nicht vergewaltigt.«

»Aber er hat das schon mal gemacht.«

Sharon nickt.

»Ich habe mir seine Akte zuschicken lassen«, sagt Hannah ruhig. »Ich weiß, dass das eine traumatische Zeit für Sie war. Es tut mir leid, dass Ihnen das passiert ist.«

»Nicht so leid, dass er ins Gefängnis muss«, faucht Sharon.

Die Polizistin ist einen Moment lang still. »Es tut mir leid, Sharon«, sagt sie wieder.

Die Polizisten gehen und bitten mich vorher, dafür zu sorgen, dass Sharon morgen auf die Wache kommt und eine Erklärung abgibt. Sie lassen eine Visitenkarte da. Hannah schüttelt ernst den Kopf, als sie davongeht.

»Kannst du Majella holen?«, bitte ich James. Und ergänze dann: »Und Carol.« Inzwischen wissen alle, dass etwas vorgefallen ist. James hat nur das Nötigste erzählt und die Schaulustigen von uns ferngehalten. Majella kommt und wird gleich wieder losgeschickt, um Sharon einen Mantel und mir meine Handtasche zu bringen. Sadhbh lässt mir ausrichten, dass wir uns zu Hause sehen. Carol, etwas überrascht, dass sie gerufen wurde, übernimmt sofort die Rolle der Kümmerin, streicht Sharon übers Haar und plaudert darüber, was denn eigentlich Balayage ist, und ob Strähnchen wohl das Richtige für sie wären. Dann setzen wir Sharon in mein Auto, um sie in ihre kleine Wohnung über dem Schönheitssalon zu bringen. Wir kommen an John vorbei, der draußen auf und ab geht. Er sieht mich und hält mich am Arm fest.

»Ais, alles in Ordnung?«

Ich werde steif und sehe dann die Sorge in seinem Gesicht, schenke ihm ein Lächeln und sage: »Mir geht es gut.«

Die blonde Sexbombe – beim näheren Hinsehen ist sie eine ganz normale Frau mit vielen Zähnen und viel Selbstbräuner – kommt dazu und nimmt seinen Arm. Ich schenke ihr auch ein Lächeln und wiederhole: »Mir geht es gut. Uns geht es gut.«

* *

Sharons Ex hat sie wiederholt geschlagen und zweimal vergewaltigt. Nach dem zweiten Mal ging sie fünf Tage später zur Polizei. Bei der Befragung behauptete er, sie würde lügen. Er habe sie verlassen, und sie wolle sich rächen. Es gab nicht genug Beweise, hieß es. Kurz darauf hat Sharon ihn verlassen, hat ihre Sachen gepackt, während er im Pub saß. Sie hat gehofft und gebetet, dass er sie nie findet.

»Als wir ganz frisch zusammen waren, wollte er die ganze Zeit bei mir sein«, erklärt sie, auf ihrer Couch eingekuschelt. »Ich war erst zweiundzwanzig – und fand das romantisch. Er wollte immer wissen, wo ich bin und mit wem ich zusammen bin.«

»Wie lange hat es gedauert, bis er gewalttätig wurde?«, fragt Carol sanft.

»Ein paar Monate.« Sharon schnieft, und ich muss tief Luft holen. »Er ist mir gefolgt, als ich abends mit Freunden ausgegangen bin. Hat gesagt, dass er mich mit irgend so einem Typen hat tanzen sehen. Hat mir vorgeworfen, dass ich ihn betrüge. Das war das erste Mal, dass er mich geschlagen hat.

Ich habe mich so schuldig gefühlt, ich konnte es niemandem erzählen. Es war meine eigene Schuld. Davon hatte er mich überzeugt.«

»Sharon, das war überhaupt nicht deine Schuld!«, unterbreche ich sie. »Du kannst ausgehen und tanzen, mit wem du willst.«

»Das weiß ich jetzt, aber damals war mir das nicht so klar. Es war fast, als hätte er mich einer Gehirnwäsche unterzogen«, sagt sie. »Woher wusstest du eigentlich, dass er es war, Aisling? Ich habe es dir nie erzählt.«

»Ich hatte nur so ein Gefühl. Deine ganze Miene hat sich verdüstert, als du ihn vor Ewigkeiten mal erwähnt hast. Mir war klar, dass da irgendwas nicht gestimmt hat. Und du hast dir solche Sorgen gemacht, als im Café eingebrochen wurde.«

Sie blickt auf ihre Hände hinab.

»Wie hat er dich gefunden?«, fahre ich fort. »Weiß er, dass du hier Familie hast?«

»Ich weiß es nicht«, sagt sie. »Ich habe mir so große Mühe gegeben, nicht aufzufallen, habe ihn online überall blockiert. Aber klar, irgendeinen Weg hat er wohl gefunden.«

Da fällt mir etwas ein. Ich habe sie bei der Eröffnung des BallyGoBrunch auf Instagram getaggt. Es war ein Foto von Carols zermatschter Avocado auf Toast. Sehr künstlerisch. Mir war aufgefallen, dass sie den Tag schon kurz darauf wieder entfernt hatte, und ich war ein bisschen beleidigt, dass sie nicht mit dem Café in Verbindung gebracht werden wollte, habe aber nichts gesagt. »War es wegen Instagram?«, frage ich in den Raum hinein. Ich kann ihr nicht ins Gesicht sehen.

Sharon blickt auf und nickt. »Möglich«, sagt sie. »Und möglicherweise wurde deshalb auch dein Café verwüstet, Ais. Es tut mir leid. Ich hätte etwas sagen sollen. Frankie Bolger ist gefährlich. Er hat etwas Ähnliches mit meinem Schönheitssalon in Waterford angestellt. Ich wollte einfach nicht glauben, dass er hinter mir her ist – deswegen habe ich nichts gesagt. Ich habe solche Schuldgefühle.«

»Wag es bloß nicht, dich zu entschuldigen«, sage ich schnell. »Ich bin diejenige, die sich entschuldigen sollte. Ich war so erpicht darauf, in die sozialen Netzwerke zu kommen, dass ich dich in Gefahr gebracht habe. Ich bin eine Idiotin.« Und dann nehme ich sie in den Arm.

»Die Hauptsache ist, dass du jetzt in Sicherheit bist, Sharon«, sagt Carol und stopft ihr eine Decke um die Beine. »Der Mann, mit dem ich vor Marty verlobt war, hat mich auch geschlagen«, ergänzt sie und sieht zu Boden. »Als ich Marty kennenlernte, dachte ich, dass er mich vor ihm gerettet hat. Aber die Wahrheit ist, dass er sehen konnte, wie verletzlich ich war.«

»Sie können es irgendwie spüren, nicht wahr?«, sagt Sharon mit einem kläglichen Lächeln, und Carol sieht sie an.

»Genau«, stimmt sie zu. »Und dann nehmen sie dich ins Visier.«

Ich bin keine große Hilfe, aber immerhin habe ich eine große Tüte Malteser in meiner Handtasche – eigentlich will ich immer nur eine Handvoll essen (9 Punkte), aber irgendwie verschwinden dann regelmäßig alle ganz schnell auf einmal. Jedenfalls, die Mädels haben Glück, dass die Packung noch zu war.

»Wie war das mit Marty?«, fragt Sharon.

»Geschlagen hat er mich nicht. Es war mehr ... auf der Gefühlsebene. Er hat viel Geld, trotzdem hat er mir jede Woche nur das absolute Minimum für den Haushalt gegeben. Er hat gesagt, er erhöht die Summe, sobald die Kinder kommen, aber dazu kam es ja nicht. Es war nicht meine Schuld – es sollte einfach nicht sein. Er hat gesagt, ich sei nutzlos, Platzverschwendung, nur eine Hausfrau. Er hat gesagt, ich hätte sowieso nie den Mut, ihn zu verlassen.

»Tja, da hat er sich aber geirrt, was?«, sage ich. Was diese Frauen durchgemacht haben, was alles hinter verschlossenen Türen passiert – das zerreißt mir das Herz.

Carol lächelt. »In der Tat«, sagt sie. »Ich bin härter im Nehmen, als ich aussehe.«

»Sobald die Fernüberwachung bei mir angerufen hat, war mir klar, dass Frankie in der Nähe sein musste. Er ist Elektriker – er weiß, welche Kabel er durchtrennen muss und welche nicht. Mir war klar, dass er versucht, mich anzulocken. Ich hätte gleich die Polizei rufen sollen.«

»Ach, Sharon, du weißt doch selbst, dass sie nichts hätten tun können.« Ich lege ihr den Arm um die Schulter. »Die verfolgen keinen Mann, nur weil er ein Fenster geöffnet hat. Du hast alles richtig gemacht.«

Um ein Uhr nachts ist Sharon völlig erschöpft. Carol bietet an, bei ihr auf der Couch zu schlafen, damit ich zu Sadhbh und Mammy zurückfahren und Majella Pablo beruhigen kann. »Du schaffst das«, höre ich Carol sagen, als sie Sharon ins Bett bringt. »Du bist aus hartem Holz geschnitzt, Kopf hoch!«

»Sharon!« Ich drehe mich noch mal um. »So solltest du den Schönheitssalon nennen. Kopf Hoch ... was meinst du?«

Sharon lächelt schläfrig. »Perfekt.«

KAPITEL 40

»Hast du dich schon eingelebt?«

Carol hat es sich schön gemacht. Alles, was sie aus dem gemeinsamen Haushalt mit Marty Boland mitgenommen hat, hat bereits eine Platz gefunden, und in der Küche hat James extra für sie einen Magnetmesserleiste angebracht.

»Es ist wunderbar. Wunderbar. Ich kann es nicht fassen.«

»Und du hast keine Ausrede mehr, wenn du zu spät zur Arbeit kommst.«

Sie hat eine der Wohnungen über dem Café gemietet. Ich habe ihr das Geld für die Kaution geliehen, und sie ist zusammen mit Sharon zurückgefahren, hat ihre Sachen gepackt und ist aus dem Haus ausgezogen, das zwanzig Jahre lang ihr Zuhause gewesen war. Sharon hat gesagt, sie hat nicht einmal zurückgeschaut. Die beiden sind inzwischen gut befreundet.

»Hast du seit deinem Auszug was von Marty gehört?«

»Nein. Habe ich dir erzählt, dass er die Werkstattküche abgeschlossen hatte?«

»Der Lump! Das sind *deine* Würstchen! Dein Rezept, deine harte Arbeit - *du* solltest Ruhm und Ehre dafür einstreichen.«

»Ich werde sie weiter fürs Café machen. Davon kann er mich nicht abhalten. Und das Rezept habe ich im Kopf. Er soll es ruhig versuchen, aber er wird sie nie richtig hinbekommen. Und *ich* weiß, dass es meine Würstchen sind.«

»Tja, das BallyGoBrunch wird Carol-Boland-Würstchen anbieten, nicht Marty-Boland-Würstchen. Und auf ihrem Biohof wird Mammy sie auch verkaufen, dafür sorge ich schon.«

»Du bist eine tolle Frau, Aisling. Dein Vater wäre sehr stolz auf dich. War er sowieso. Er hat immer in der Metzgerei damit angegeben, wie du den Laden schmeißt, als du noch bei diesem Renten-Dings in Dublin gearbeitet hast.«

Davon habe ich ja noch nie gehört. Was er wohl sonst noch über mich erzählt hat?

»Na, ›den Laden schmeißen‹ ist ein bisschen übertrieben.« Das Verdienst kann ich mir nicht auf die Fahne schreiben. Allerdings hätte das Gesundheitsamt bestimmt längst die Teeküche geschlossen, wenn ich nicht gewesen wäre, und die Kollegen hätten weder Stifte noch Haftzettel zur Verfügung gehabt.

Carol hebt lächelnd die Augenbrauen. »Nun, hier schmeißt du den Laden, also musst du irgendwas richtig gemacht haben. Geh schon mal runter, ich komme gleich nach.«

Sadhbh und Elaine haben für mich ein weiteres Mal die Secondhandläden in Dublin durchgekämmt und ein neues Sortiment an Lampenschirmen und verrückten alten Gemälden von Paaren, die so aussehen, als wollten sie sich gegenseitig den Schädel einschlagen, aufgetan. Ich hätte ja lieber einen inspirierenden Spruch an der Wand, aber wenn jemand sich mit Shabby-Chic auskennt, dann Sadhbh und Elaine. Gestern haben sie mir alles gebracht. Was würde ich ohne sie tun? Und jetzt will James mir helfen, alles aufzuhängen – was würde ich ohne ihn tun? Er ist mehr oder weniger druch mit diesem Bauprojekt, aber er hat mir bei jeder Gelegenheit geholfen. Vorhin hat er den Kram der Morans aus seinem Jeep geschleppt. Sie werden jetzt erst einmal Carols Nachbarn. Sich in eine Dreizimmerwohnung zu quetschen, ist nicht ideal, aber wenigstens ist es ein Zuhause.

Seit dem Brand haben Shem und Pablo richtig zueinandergefunden – seltsamerweise wegen Willy. Wie sich herausgestellt hat, war der kleine Scheißer Pablo echt ans Herz gewachsen, und er hatte sogar aufgehört, mit dem Wäschekorb über dem Kopf zu schlafen, damit Willy nicht in sein Ohr rammeln konnte. Der arme Willy. Möge er in Frieden ruhen. Sie warten noch immer auf das Geld von der Versicherung, aber jetzt, da die Brandursache feststeht, sollte es nicht mehr lange dauern. Ich wollte es kurz Frankie Bolger in die Schuhe schieben, aber tatsächlich waren es Fussel im Flusensieb. Das hat mich bis ins Mark erschüttert – warum hat Liz im Juni den Trockner benutzt? Und warum hat sie das Flusensieb nicht gereinigt? Sie haben zunächst nichts davon erzählt, bis die Gerüchteküche im Dorf hochkochte und von Versicherungsbetrug die Rede war. Um ehrlich zu sein, mir wäre es lieber, man unterstellte mir, ich hätte mein eigenes Haus in Brand gesetzt, als dass ich im Sommer den Trockner benutze.

Das Geld, das durch die Modenschau zusammengekommen ist, hat ihnen sehr geholfen, und mit Majellas Job können sie sich über Wasser halten. Mammy überlegt schon, Shem Arbeit zu geben, sobald Constance und sie mit dem Biohof losgelegt haben. Sie treffen sich heute mit einem Jurtenexperten. Ich habe Mammy geraten, eine Dose Haarspray mitzunehmen, falls sie schnell entkommen müssen. »Jurtenexperte«, das kann einfach kein richtiger Beruf sein, deswegen sollten sie vorbereitet sein, falls er in Wirklichkeit Frauenhändler ist oder so.

»Ach, da bist du ja – ich habe mir schon langsam Sorgen gemacht«, witzelt James, als ich den letzten Lampenschirm aus dem Lagerraum durch die Küche ins Café schleife. Er hat sein Werkzeug dabei und hat an den Wänden schon Markierungen für die Bilder gemacht. Die meiste Wanddekoration wurde von Frankie Bolger zerstört – inzwischen wissen wir, dass er es war. Der Fingerabdruck, den sie gefunden haben, stimmte mit seinem überein. Jetzt habe ich aber mehr Wanddekoration als je zuvor, und James wird einiges zu tun haben mit Schrauben und Dübeln und was weiß ich. In den letzten Monaten habe ich mein Handwerkervokabular massiv ausgebaut. Sein T-Shirt ist ein winziges Stück zu kurz, und jedes Mal, wenn er nach oben greift, um einen Punkt an die Wand zu machen, sehe ich seine Unterhose und seine weiche Haut. Und er hat auch so viele wichtige Taschen an seiner Hose. Früher dachte ich immer, Männer machen ein großes Theater um ihre vielen Hosentaschen, aber ich habe gesehen, was er da alles herausholt, und überlege mir echt, mir auch so eine Hose zu kaufen. Mit siebzehn hatte ich so eine Armeehose, aber die Taschen waren zugenäht, und Majella hat mich davor gewarnt, sie aufzuschneiden, weil ich sonst die »Silhouette« verdorben hätte. Das hatte sie in einer Zeitschrift gelesen. Allerdings stand da auch, dass man Mundspülung auf seine Pickel tun soll, deswegen war das wohl nicht die Lifestyle-Bibel, zu der sie sie erklärt hat. Das hat ihr damals die Haut weggeätzt.

James streckt sich und markiert und stemmt ab und zu die Hände in die Hüften, um seine Arbeit zu begutachten. Sein T-Shirt ist ganz schön alt, aber ich wette, es riecht ...

»Aisling.«

Gott, er spricht mit mir. »Tut mir leid, was?«

»Kannst du mal das andere Ende der Wasserwaage halten? Das blöde Ding rutscht mir immer weg.« Sein englischer Akzent ist wie Butter. Ich meinerseits habe ja nichts gegen die Engländer, aber es gibt Leute in BGB, die würden schon was von Kartoffeln und den achthundert Jahren sagen, wenn James nur an ihnen vorbeiginge.

Ich stehe neben ihm, eng an der Wand, und nehme das eine Ende. Mit dem Kopf deutet er auf das andere. »Das andere Ende auch. Ich brauche beide Hände.« Ich schlüpfe vor ihn, lege meine Hand ans andere Ende der Wasserwaage und drücke sie gegen die Wand. Muttergottes, er ist mir sehr nah. Sein Oberkörper berührt fast meinen Rücken. Aber ich weiß, dass meine Haare gut riechen. Danke schön, Herbal-Essences-Shampoo mit Jojoba für lockiges Haar. Du lässt mich nie im Stich. James greift nach unten, nimmt seinen Bohrer in die Hand, streckt sich und greift mit beiden Armen über meinen Kopf.

»Nicht bewegen.« Er legt los und *bzzrrr* – der Bohrer bohrt sich knirschend in die Wand und treibt mir eine winzige Staubwolke ins Gesicht und mich mit einem lauten »He!« nach hinten in ihn rein. Er legt mir die Hände auf die Schultern, und wir lachen beide. Dann dreht er mich zu sich um und klopft mir den Staub von Stirn und Nase. Seine Augen sind sehr braun. Ich frage mich, ob er die gelben Sprenkel in meinen sehen kann. Einmal habe ich mich für eine Hochzeit schminken lassen, und es war ein großer Fehler. Die Kosmetikerin hat mich davon überzeugt, goldenen Lidschatten zu benutzen, hat gesagt, er würde das Gelb in meinen blauen Augen zur Geltung bringen, und ich habe ihr geglaubt, ich Idiotin. Goldener Lidschatten steht mir einfach nicht. Ich habe aber meine Augen nach den gelben Flecken abgesucht, und sie hatte recht. Sie sind da. So oder so guckt James sie sich genau an. Seine eine Hand liegt noch auf meiner Schulter. Die andere spielt mit meinen Haaren. Auf seiner Wange erscheint das Grübchen. Ich kann ihn atmen hören, so nah ist er mir, und er atmet etwas schneller. Und wird er …

»Hallo?« Die Tür geht auf. Die Stimme kenne ich.

Ich luge um James herum und sehe John im Eingang stehen, peinlich berührt.

»Ais, hi. Ich habe dich erst gar nicht gesehen. Falls du beschäftigt …«

»Nein, nein!« Ich springe aus James' Armen und fange panisch an zu plappern: »Du kennst James, oder? James, das ist Aisling – ich meine John.« Ich schwinge meinen Arm zwischen den beiden hin und her. John streckt James die Hand entgegen. »Wir sind uns schon ein paarmal begegnet. Grüß dich.«

»Wenn du Frühstück haben willst, musst du leider noch ein paar Tage warten, fürchte ich.« Was in drei Teufels Namen hat er hier zu suchen?

»Nein, nein. Ich wollte dich nur, also, um einen kleinen Gefallen bitten.«

James meldet sich zu Wort. »Ich will euch nicht stören, muss sowieso noch was in meinem Jeep erledigen.«

Allein im BallyGoBrunch, schauen John und ich uns verlegen an.

»Ich kann uns einen Tee machen.« Ich zeige Richtung Küche.

Er winkt ab. »Ais, wir haben Probleme mit unseren Sponsoren. Für die Trikots.«

»Für die Rangers?«

Seit ich zurückdenken kann, steht vorne auf den Knock-Trikots »Frittenbude«. Das ist die führende Frittenbude des Dorfes und stolze Unterstützerin des irischen Sportverbands.

»Nein, für die Bezirksmannschaft.«

»Und?« Worauf will er hinaus?

»Ich habe mich gefragt, ob das BallyGoBrunch vielleicht Interesse daran hätte, uns zu unterstützen?«

»Was ist mit Mulcahys Futter?«

»Die sind abgesprungen. Johnnie Mulcahys Sohn hat es nicht ins Team geschafft, und daraufhin ist er durchgedreht. Jetzt soll ich schuld sein, weil ich ihn nicht ausgewählt habe. Aber Ais, er ist noch nicht einmal in der Lage, den Schläger richtig zu halten. Das konnte ich beim besten Willen nicht machen.«

»John, du spinnst. Das hier ist ein winziges Café. Trikots von Bezirksmannschaften werden von Automarken, Versicherungen oder Getreideanbietern gesponsert. Nicht vom BallyGoBrunch.«

»Also, ich habe von deinem Geld gehört. Und du bekommst ein super Angebot. Die Mannschaft ist dieses Jahr so gut, Aisling, wirklich.«

Er sieht so ernst aus. Und die Vorstellung von fünfzehn bärenstarken Typen mit meinem Logo auf der Brust ist sehr verführerisch. »Ich denke darüber nach.« Ein Lächeln erscheint auf seinem Gesicht. »Ich habe gesagt, ich *denke* darüber nach.« Aber er kennt mich gut genug, um zu wissen, dass das Ja bedeutet. »Also läuft es gut für dich, mit dem Trainerteam und der großen Liga?«

»Ja, ja, auf jeden Fall. Es ist toll. Ein Traum.«

»Und mit der Arbeit geht es auch gut?«

»So gerade.«

Ich muss es einfach ansprechen: »Und was soll das mit dem ganzen Divagehabe, deinem eigenen Stuhl bei Maguire's und Samtkordeln im Vortex und dass du dir zu fein geworden bist, um mit den Rangers zu trainieren?« Ich halte inne und ergänze dann noch: »Und dass du mit deiner VIP-Freundin angibst?«

John wird rot und macht sein ganz finsteres Gesicht. »Gott, Ais, nicht du auch noch. Das ist totaler Scheiß. Ich habe in meinem ganzen Leben noch nie eine Extrawurst verlangt. Das ist nur Gerede von den Typen, die nichts Besseres zu tun haben, als mich zu beneiden. Ich habe keine Zeit, zum Training zu gehen – der Tag hat eben nur vierundzwanzig Stunden. Und Megan ist keine VIP. Sie ist Lehrerin.« Unter der Bräune sah sie tatsächlich sehr nach Pädagogikstudium aus.

»Okay, und stimmt es, dass du die Schule bei der Medaillenvergabe im Stich gelassen hast?«

»Ich war bei der Arbeit! Ich habe nie gesagt, dass ich komme – die Leute tun immer so, als hätte ich alle Zeit der Welt, aber ich habe auch noch einen Job.«

»Okay, okay.« Ich lache, und die Spannung löst sich auf.

John schaut aus dem Fenster. Er nickt in Richtung James, der konzentriert den Inhalt des Kofferraums seines Jeeps studiert. »Er macht einen netten Eindruck. Dein Typ. Dein Freund.« Er wartet auf meine Reaktion. Ich werde sofort knallrot. Ich greife mir den Besen, der an der Wand lehnt, und mache mich daran, den Staub von James' Bohrer wegzufegen.

»Er ist ein netter Typ. Man kann wunderbar mit ihm zusammenarbeiten. Netter Mann.« Ich fege, ich fege, ich fege.

»Mehr nicht?«, neckt John mich sanft. Gott, fühlt sich das komisch an. Dass er mich wegen eines anderen Mannes aufzieht.

»Mehr nicht.«

Als ich aufblicke, fährt ein Auto auf den Parkplatz und hält neben James' Jeep. Den blonden Schopf erkenne ich sofort. Natasia springt aus dem Auto und direkt in James' Arme.

»Siehst du«, sage ich und versuche, ganz normal zu klingen. »Da ist seine Freundin.«

KAPITEL 41

»Und hier kommt die Verkostungsstation hin, da kann man dann die Produkte aus heimischem Anbau probieren, bevor man sie kauft. Das war Constance' Idee.« Mammy und Constance setzen mit Volldampf ihre Pläne für den Biohof um. Einer der großen Schuppen wurde schon für den Hofladen vorgesehen, und sie haben Shem Moran und William Foley engagiert, um den Boden für die Jurten zu ebnen. Was die Jurten angeht, stehe ich inzwischen voll hinter ihnen. Die Junggesellinnenabschiede werden total darauf anspringen. Davon bin ich überzeugt. William wird Penis-Strohhalme aus den Hecken klauben müssen.

Ich habe Majella, Sharon und Carol zu einer Besichtigungstour eingeladen. Mammy hat zugestimmt, ausschließlich Carols Würstchen anzubieten, sobald sie richtig loslegen. Carol wird jetzt ihre eigene Marke kreieren und alles. Ich bin auch mit eingestiegen, nachdem Sharon mich beschwatzt hat. Die Frau hat wirklich Geschäftssinn! Wie sie überhaupt unter dem Gewicht der Haarverlängerungen und falschen Wimpern ihren Kopf heben kann, ist mir schleierhaft, aber sich ein bisschen aufzudonnern, hat noch keiner geschadet. Das hat sie zumindest gesagt, als sie mir heute Morgen die Augenbrauen gezupft und die Bikinizone enthaart hat, als Vorbereitung auf die Wiedereröffnung des Cafés. Ich habe versucht, ihr klarzumachen, dass kein Mensch meine Muschi sehen wird, aber sie meinte, ich würde mich damit »stark, sexy und machtvoll« fühlen. Keine Ahnung, was sie damit sagen wollte, aber bevor ich mich versah, war ich völlig kahl. Ich kann sogar eine Brise spüren. Gott sei Dank bekommt das niemand zu sehen.

»Und das hier wird der Streichelz...«

Constance wird durch quietschende Reifen in der Einfahrt unterbrochen.

»Wer kommt denn da so hereingeschneit?« Mammy marschiert Richtung Einfahrt, und wir gehen ihr alle nach.

Da sehe ich den roten Lieferwagen, Marty Bolands Lieferwagen. Dann höre ich ihn.

»Wo ist sie?«

Und als wir um die Ecke des Hauses biegen, steht er da, puterrot im Gesicht und mit geschwollenen Adern am Hals.

Mammy ist vollkommen ruhig. »Wer ist ›sie‹, Marty? *Die Mutter der Katze?*«

Carol tritt aus der Gruppe der Frauen hervor. »Suchst du mich?« Sie spricht langsam und fest.

»Was für eine Unverschämtheit!« Wenn hier jemand unverschämt ist, dann er, wenn ihr mich fragt. Er sieht buchstäblich so aus, als würde er gleich in die Luft gehen. »Carol Bolands Würstchen? Was für eine Unverschämtheit!«, brüllt er.

Constance Swinford entfährt ein »Huch!«, wie ich es vornehmer nie gehört habe, und sie baut sich vor ihm auf: »Entschuldigen Sie, was glauben Sie eigentlich, mit wem Sie sprechen? Wie können wir Ihnen helfen?«, sagt sie mit ihrer hochnäsigsten Stimme.

»Sagen Sie dieser Schlampe, dass sie mein Geschäft nicht kaputtmachen wird. Das sind *meine* Würstchen. Mein Name war zuerst da. Die gehören *mir.*«

Einen Moment lang herrscht Schweigen. Die »Schlampe« hängt in der Luft.

Sharon spricht als Erste: »Hör zu, du Arschloch. Du hast dein Geschäft auf dem Rücken deiner Frau aufgebaut und den ganzen Ruhm eingeheimst. Und jetzt ist sie weg, und du hast keinen Fußabtreter mehr. Geschieht dir recht.«

Marty sieht aus, als würde er gleich in Flammen aufgehen. »Wie kannst du es wagen! Ich wusste, dass es mit dir nur Ärger geben würde, sobald du mit deinen kurzen Röcken und diesen Haaren hier aufgetaucht bist. Frauen aufdonnern und hier so rumstolzieren. Du bettelst ja geradezu darum!«

Mammy ringt nach Luft und schiebt Marty am Arm weg: »Na, na. Du gehst jetzt besser. Hier so eine Show abzuziehen. Hau sofort ab oder ich rufe die Polizei.« Marty schubst sie so fest, dass sie rückwärtsstolpert, und ich stürze mich sofort auf ihn.

»Du Schwein! Du blödes Schwein!« Ich schaffe es, ihn zweimal kräftig zu schubsen, bevor Majella mich wegzieht.

»Er ist es nicht wert, Ais. Du bist es nicht wert.« Sie spuckt ihm praktisch auf die Füße.

»Nein«, sagt Carol leise. »Er ist es nicht wert.«

Sie tritt vor. Stellt sich genau vor ihn, in ihrer vollen Größe von gerade mal eins fünfzig. Die Schürze hat sie noch an. Sie zieht sie selten aus. »Du tust mir leid, Marty. Du tust mir wirklich leid. Aber deine Beschimpfungen und deine Wut werde ich nicht eine Sekunde länger ertragen. Dein Geschäft hast du allein mir zu verdanken, und jetzt nehme ich es dir wieder weg. Du verdienst es nicht. Du verdienst es nicht, aber ich schon. Jetzt musst du dir jemand anders suchen, den du schikanieren kannst.«

Dann dreht sie sich um und geht zurück zum Schuppen. Sharon wagt sich noch mal vor und schnauzt ihn an: »Steck dir deine Würstchen sonst wohin«, und rennt Carol hinterher.

Constance ist die Erste, die die Fassung wiedererlangt und ganz nüchtern das Wort an ihn richtet: »Sie gehen jetzt besser, Mr Boland. Ich habe gehört, Sie haben Ihren Vertrag mit dem

High King Hotel verloren. Mein Beileid. Aber so läuft das Geschäft nun mal, nicht wahr?«

Mammy ergänzt noch: »Seamus wäre angewidert gewesen, wenn er gesehen hätte, wie du dich hier heute aufgeführt hast. Schäm dich, Marty Boland. Kommt, wir gehen.«

Und wir drehen uns alle um und lassen ihn stehen. Wie aus einer Folge von *Das A-Team*. Wenn das A-Team kahle Muschis, breitkrempige braune Hüte und Wimpern wie Kehrbürsten hätte.

»Alles in Ordnung, Carol?« Als wir die beiden erreichen, sitzen sie und Sharon auf zwei umgedrehten Kisten und halten ihre Gesichter in die Sonne.

»Alles bestens, Aisling. Bestens. So, lass uns zurückfahren. Wir haben noch zu tun.«

Carol, Sharon und Majella steigen alle in meinen Micra, und ich sage Mammy gerade »Tschüstschüstschüs«, als jemand von der anderen Seite der Straße ruft: »Aisling! Aisling!«

Es ist Niamh von gegenüber, die mich von gegenüber ruft – wahrscheinlich will sie sich darüber beschweren, dass das Café weder vegan noch glutenfrei ist. Sie ist nicht allein.

»Hallo, Niamh, hi, Natasia.«

»Riesigen Glückwunsch, Aisling!«, ruft Niamh. »Mum hat mir von deinem kleinen Café erzählt. Genial!«

»Ja, ausgezeichnet, Aisling. Ich bin so stolz.« Natasia ist wirklich nett. Ich habe ein schlechtes Gewissen, weil ich sie hasse, aber ich kann nicht anders.

»Schön, dich zu sehen, Natasia. Du bist in letzter Zeit ganz schön oft hier, oder?« Jetzt, da ich einmal angefangen habe, kann ich nicht aufhören. Wie, wenn man anfängt, den Shellac von den Fingernägeln zu knibbeln, obwohl Sharon einem geraten hat, genau das nicht zu tun. »Mammy hat dich neulich im Mountrath gesehen, und ich bin mir sicher, dass ich dich vor dem Café gesehen haben – aber du warst schon wieder weg, als ich dich begrüßen wollte.« In Wahrheit habe ich mich von John verabschiedet und mich dann in der Küche versteckt. James hat kurz reingeschaut, um zu sagen, dass er noch mal eine Stunde oder so wegmuss, aber ich habe nicht reagiert.

»Ach ja«, mischt Niamh sich ein. »Natürlich, du wolltest ja James besuchen.«

»James Matthews?« Majella steckt ihren Kopf durchs Autofenster. Ich habe ihr gegenüber neulich erwähnt, dass ich in ihn verknallt bin. Vielleicht war das ein Fehler. Sie hat unsere Hochzeit auf seinem Schloss am See in Schottland schon durchgeplant. Ich habe versucht, ihr zu erklären, dass es weder ein Schloss noch einen See gibt, aber ihre romantische Ader geht gerade voll mit ihr durch.

Natasia lächelt. »Ja, James. Was für ein Zufall, dass er auch hier arbeitet. Ich hatte ihn so lange nicht gesehen, nicht seit Harrys Geburtstagsparty letztes Jahr.«

»Wie bitte?« Majella hängt inzwischen halb aus dem Autofenster. Sharon auf dem Rücksitz hält ihre Beine fest.

»Mein Freund, Harry. James' Bruder.«

Majellas Blick rast so schnell zu mir, dass ich fürchte, ihre Augen könnten gleich rausfallen. Sie ächzt, weil das Autofenster gegen ihren Bauch drückt, bekommt aber noch raus: »Dann ist James also Single?«

»Kaum zu glauben, was?« Natasia lacht. »Aber ich habe das Gefühl … wie sagt man das … er hat sein Auge auf jemanden?«

Ich spüre wieder diese Brise. Jedenfalls glaube ich, dass es eine Brise war.

KAPITEL 42

»Fühlt sich das gut an?«

O ja, und wie! So bin ich nicht berührt worden, seit – Jesus, Maria und Josef, ich kann kaum daran denken, ohne dass sich meine Füße zusammenkrümmen – seit Antony in Vegas.

»Und wie ist das?«

Jetzt ist es noch intensiver, an meinen Schultern und zwischen den Schulterblättern. Eine völlig neue Empfindung mit jemandem, den ich noch nicht lange kenne. Aber es fühlt sich gut an. Wahnsinnig gut.

»Okay, jetzt lehn dich wieder zurück, dann wasche ich dir die Kur raus.«

Sharon hat angeboten, mir für die Wiedereröffnung die Haare zu machen und mich zu schminken, und ich konnte nicht wirklich Nein sagen. Obwohl ich befürchte, dass sie zu allem fähig ist, nachdem sie mich kahl gemacht hat. Aber ich muss sagen, meine Augenbrauen sehen toll aus. Und Kopf Hoch sieht auch toll aus, das muss ich ihr lassen. Sie hat es endlich genauso, wie sie es haben wollte. Vorne gibt es drei Frisierplätze mit schönen großen Spiegeln. In einer Ecke steht der Maniküretisch und eine dieser großen elektronischen Fußpflegeliegen, die deinen Rücken grün und blau prügeln – unter dem Vorwand, dich zu massieren. Hinten an der Wand ist der Waschbereich, und an der einen Seite führt eine Tür auf den Flur, von dem ein Behandlungsraum zum Enthaaren und das neue Sonnenstudio abgehen. Ich muss sagen, dass ich von der eleganten Ausstattung und den aktuellen Zeitschriften beeindruckt bin, und die Klimpermusik ist sehr entspannend. Und das Allerwichtigste: Alles ist blitzsauber.

»Was hast du dir denn vorgestellt, Schatzi?«, sagt Sharon zu meinem Spiegelbild. »Lass mich raten. Bloß nichts zu Ausgefallenes, stimmt's?«

»Genau«, räume ich ein. »Ich will nur ... so gut wie möglich aussehen. Aber trotzdem wie ich, weißt du, nur in besser.«

»Alles klar«, sagt sie und tritt mit ihrem spitzen roten Stöckelschuh auf den Hebel, um meinen Stuhl höherzustellen. »Wie wäre es mit einem schlichten, einfachen Make-up - nur ein paar Betonungen hier und da, nichts Verrücktes? Und dann föhne ich dir die Haare so, dass deine Locken gut zur Geltung kommen, ja?«

»Das klingt perfekt, Sharon. Danke.«

Die Eröffnung des BallyGoBrunch damals war ja wirklich gut, aber nach allem, was passiert ist, habe ich beschlossen, dass die Wiedereröffnung ein bisschen mehr Tamtam verdient hat. Scheiß auf die Kosten. Nichts besonders Aufregendes, aber auf jeden Fall geht der Wein aufs Haus, und es gibt Ballons und die besten Cocktailwürstchen aller Zeiten - Carols neues exklusives Rezept in einer neuen exklusiven Größe, nur für heute Abend. Das ist das Mindeste, was ich tut kann, um allen zu danken, die mir in den letzten Wochen geholfen haben, und so kommen wir in den sozialen Netzwerken hoffentlich auch wieder ins Gespräch.

Ich habe uns für heute Abend einen Partyservice gegönnt. Dann können Carol und ich auch entspannen und uns eine schöne Zeit machen. Wir haben gestern Abend noch spät zusammengesessen, um einen Vertrag aufzusetzen, mit dem ich dann zu neunundvierzig Prozent an Carol Bolands Würstchen GmbH beteiligt sein werde. Wir haben sogar den Namen als

Marke eintragen lassen – verrückt, was man inzwischen alles im Internet machen kann –, und das geheime Rezept ist zum Patent angemeldet. Ich habe ihr geraten, alles aufzuschreiben, falls sie den Löffel abgibt, und sie wird in ihr Testament aufnehmen lassen, wo das Rezept zu finden ist. Man darf kein Risiko eingehen, wenn man vielleicht auf einer wahren Goldgrube sitzt.

Ich habe genug Folgen von *Die Höhle der Löwen* gesehen, um zu wissen, dass Markenpolitik genauso wichtig ist wie das Produkt selbst – das ist ja sowieso super –, also wird Elaine uns mit einem piekfeinen Designer zusammenbringen, damit die Verpackung entsprechend wird. Carols größter Traum ist es, die Würstchen bei SuperValu unterzubringen, aber ich habe ihr gesagt, warum so bescheiden? Ich werde sie bei Avoca reinkriegen, und wenn es mich umbringt. Vielleicht sogar bei Fallon & Byrne. Sie hatte noch nie von Fallon & Byrne gehört, und ich musste ihr gestehen, dass ich es auch nicht kennen würde, wenn Sadhbh mich dort nicht mal mit hingeschleppt hätte. Sie wollte diesen schimmeligen Käse besorgen, den sie so liebt, und dann haben wir tatsächlich Louis Walsh, den Musikmanager, beim Einkaufen gesehen. Sogar Sadhbh war ein bisschen hin und weg. Muss ja schön sein, wenn man sich importierte Frühstücksflocken für neun Euro leisten kann.

Ich sitze an einem Tisch vorne im Café, meine neue Nobelanlage spielt Destiny's Child und ich falte Servietten, als Pablos kleines Auto auf den Parkplatz fährt. Ich habe ihn nicht erwartet und auch sonst niemanden, jedenfalls nicht in den nächsten Stunden. Er steigt aus, rennt gleich ums Auto rum, um für Majella die Beifahrertür zu öffnen, und die beiden kommen Arm in Arm auf den Eingang zu. Maj hat einen großen Strauß Sonnenblumen in der Hand und lacht sich gerade kaputt. Es freut mich, sie so glücklich zu sehen. Sie ist auch aus hartem Holz geschnitzt. Wir alle, eigentlich.

Ich bin von den Blumen so abgelenkt, dass ich Pablo erst richtig angucke, als die beiden im Café sind und vor mir stehen.

»Sag ihm, dass ihm das steht, Ais«, sagt Majella. »Er ist sehr befangen, aber ich finde, er sieht sexy aus.«

Pablo trägt eine Brille. Nicht die Brille, die ihm in Mammys Küche so peinlich war, sondern eine schicke braune Brille. Aus Schildkrötenpatt oder wie das heißt. Und sie steht ihm richtig gut.

»Pablo, du siehst fantastisch aus«, bestätige ich, und er lächelt Majella verschämt an. »Sehr elegant.«

»Ich habe alles erklärt, und Majella, *mi amor,* ist so verständnisvoll«, sagt er und schaut sie an.

»Deine Sehkraft ist mir scheißegal.« Maj erwidert seinen Blick. »Das einzige Problem war, dass die Brille, die er hatte, potthässlich war. Wir waren bei Susie Ó Súilleabháin und haben die hier zusammen ausgesucht. Viel besser.«

»Und wie geht es Susie?«, frage ich mit einem Grinsen.

»Verlangt noch immer zu viel für Kontaktlinsen, aber das ist jetzt egal«, antwortet Majella. »Sie war sehr nett zu Pablo, und seit wir wissen, dass Laserchirurgie bei ihm nichts bringen würde, hat sie uns eine Familienermäßigung auf die Brille gegeben. Das ist eine Designerbrille, weißt du?«

»So sieht sie auch aus.« Ich nicke zustimmend. Designer, von wegen, aber wenn es sie glücklich macht, was soll's.

»Pablo möchte dir was sagen, nicht wahr, Pablo?«

Er nickt und holt tief Luft. »Es tut mir leid, dass ich dich gebeten habe, Majella anzulügen, Aisling. Ich weiß, das ist falsch. Sie meint ...« Er wendet sich an Majella und legt den Kopf schief: »*Sister before mister.* Freundinnen gehen vor.«

Majella nickt beifällig und sieht mich an: »Bleibt es dabei, dass du meine erste Brautjungfer wirst, Ais? Ich will niemand anderen da stehen haben.«

Mir kommen fast die Tränen. Wir haben diesen Pakt geschlossen, als wir Kinder waren und immer mit einem Kopfkissen auf dem Kopf rumliefen und so taten, als wären wir Bräute. Eines Tages wird sie hoffentlich dasselbe für mich tun. »Es wäre mir eine Ehre.« Unwillkürlich entfährt mir ein Quietschen, und ich schlinge die Arme um sie. Mir gehen schon die ersten Ideen für ihren Junggesellinnenabschied durch den Kopf. Das wird der beste JGA aller Zeiten. Ist es übertrieben, über eine Auslandsreise nachzudenken? Sollen wir vielleicht noch mal nach Vegas fahren? Aber ob wir da diesmal lebend wieder rauskommen? Ich muss mal schauen, ob die Männerstripgruppe »Thunder from Down Under« auch durch Europa tourt.

»Und da wir gerade davon sprechen«, sage ich. »Wartet mal kurz.« Ich stürze in mein Büro und greife nach dem steifen weißen Umschlag, den ich gestern abgeholt habe. Atemlos überreiche ich ihn Majella. »Das ist mein Verlobungsgeschenk für euch«, sage ich. »Es soll der schönste Tag eures Lebens werden.«

Majella nimmt den eleganten Geschenkgutschein aus dem Umschlag, und der Hochzeitsprospekt des High King Hotels fällt heraus. Pablo hebt ihn auf und sieht verwirrt aus.

»Ich habe eure Hochzeit bezahlt«, erkläre ich. »Das High-King-Hotel-Hochzeits-Deluxe-Paket. Der Gutschein gilt für jeden Samstag in den nächsten vierundzwanzig Monaten, aber ich rate euch, schnell zu buchen, ihr wisst ...«

Majella bricht in Tränen aus und bedeckt ihr Gesicht mit den Händen. Pablo legt ihr sofort den Arm um die Schultern und streichelt ihr Haar.

»Ais, das kann ich nicht annehmen«, stottert sie. »Das ist zu viel. Wir wollten einfach auf ein paar Drinks ins Maguire's gehen ...«

»Majella! Begeht man so den schönsten Tag seines Lebens? Ins Maguire's kannst du immer. Ich weiß doch, dass du dir immer eine Hochzeit im High King gewünscht hast, und die bekommst du auch.«

»Es ist zu viel.«

»Überhaupt nicht«, sage ich mit fester Stimme. »Dann bist du nicht mehr so unter Druck. So, könntet ihr beide jetzt endlich verschwinden, damit ich hier fertig werde und mich für heute Abend zurechtmachen kann?«

* *

»Aisling, du siehst toll aus! Deine Haare!« Sadhbh und Don – das schönste kahlköpfige Paar, das ich je gesehen habe – kommen als Erste. Sie hat sich kleine Punkte in die Augenwinkel gemalt, und statt damit wie eine Irre zu wirken, sieht sie umwerfend aus, und ihr lila Hosenrock erinnert gar nicht an eine Firmung, wie ich nach ihrer telefonischen Beschreibung gedacht hatte.

»Hallo Sadhbh, hallo Don.« In Don Shields Gegenwart bin ich immer noch befangen, obwohl ich jetzt gerade hauptsächlich mit meinen Haaren beschäftigt bin – mit der schieren Menge. Dass meine Locken zur Geltung kommen, gefällt mir natürlich, aber ich glaube, Sharon hat sich ein paar Freiheiten erlaubt.

»Die Locken hängen sich wieder aus«, hat sie mir versichert und mich sanft aus dem Schönheitssalon geschoben. »Los jetzt, wir sehen uns später.«

Auf dem Weg zum Auto sah ich Marty Boland hinter seiner

Metzgertheke stehen und hatte einen Anflug von Mitleid. Der ging aber schnell vorbei. Carol geht es so viel besser, und das hat sie nicht diesem Idioten zu verdanken.

Sadhbh berührt vorsichtig meine Haare. »Wunderbar sieht das aus, Aisling, so viel Volumen. Du bist richtig sexy.« Sharon hat meine Augen mit schwarzem Eyeliner umrandet und über den Augenrand hinausgemalt. Damit würde ich prima in eine Aufführung von *Grease* passen, aber Sadhbh ist völlig begeistert. Sogar Don nickt zustimmend.

Mammy, Majella, Pablo und Carol stehen am Buffet, und Carol wirft noch einen letzten kritischen Blick auf alles. Gleich kommt noch ein Minibus mit den ganzen Mädels: Deirdre Ruane, Maeve Hennessey, die ganze Truppe. Der Ortsverband von »Unser Dorf soll schöner werden« ist auch auf dem Weg, und Pater Fenlon hat gesagt, er kommt vorbei, um das Café zu segnen. Kann ja nicht schaden. Nach allem, was passiert ist. Sogar John und Megan sind mit ein paar aus dem Rangers-Team da, und wenn ich die beiden zusammen sehe, dann geht es mir ... gut. Wirklich gut. Ich freue mich sogar für sie. Mit Argusaugen beobachte ich den Eingang. Ich bin nervös, und noch nie war ich so kurz davor, mir in die Hose zu machen.

»Aufgeregt wegen dem Überraschungsgast?« Sadhbh, Don und Elaine stehen plötzlich neben mir, während ich auf einem Carol-Boland-Cocktailwürstchen herumkaue und mich am Eingang herumtreibe.

»Was? Ach so, wahrscheinlich kommt er gar nicht.«

»Du meinst doch ›sie‹.« Sadhbh guckt amüsiert. »Und sie kommt ganz bestimmt. Es dauert nur noch ein paar Minuten.«

Wovon redet sie bloß? Ruby unterbricht uns. Sie bewundert meine Lampenschirme und fotografiert alles rauf und runter. »Die stelle ich gleich auf Instagram.«

»Vergiss nicht, dein Handy wieder aufzuladen!« Hier geht keiner ohne ein voll aufgeladenes Handy nach Hause, und wenn ich dabei draufgehe.

Glamourös und voller Pailletten wirbelt Sharon herein und stürzt sich gleich auf Don, der sich für ihre Selfies in alle möglichen Richtungen verbiegen muss. Die Mädchen von der Hurlingmannschaft und der Ortsverband treffen gleichzeitig ein, und bald drängen auch sie sich alle um Don. Sadhbh sieht sich das Ganze lachend an. Ich bin gerade dabei, Martina Cloghessy zwischen Dons Beinen vom Fußboden hochzuziehen, als mir jemand auf die Schulter tippt.

»Aisling.« Diese Stimme. Wie Butter.

Ich drehe mich um, und da steht James Matthews, sein Gesicht fast völlig verdeckt von einem Strauß Rosen. »Gut siehst du aus. Die sind für dich.« Er macht einen ungewöhnlich schüchternen Eindruck. So schick habe ich ihn noch nie gesehen, mit seinem hellblauen Hemd und der dunkelblauen Jacke. Er sieht aus, als sei er für solche Klamotten geschaffen.

»O … äh. Hallo, James. Die Würstchen stehen da drüben.« Plötzlich ist mir alles zu viel. Ich eile davon, Majella sieht mich, löst sich von Pablo und folgt mir in die Küche, wo der Partyservice vor sich hin arbeitet.

»Was soll das? Du hast den ganzen Abend auf ihn gewartet, und jetzt ist er da.«

»Ich weiß. Es ist nur – ich finde ihn so toll, Majella. Damit komme ich nicht zurecht.«

»Er findet dich auch toll! Das ist nicht zu übersehen.«

»Tut er nicht. Ich bin nicht … alles gut. Ich bin eine unabhängige Frau.«

»Du kannst eine unabhängige Frau sein und trotzdem total auf ihn stehen. Sogar ich stehe auf ihn!« Und dann ergänzt sie noch schnell: »Erzähl das nicht Pablo.«

»Ja, vielleicht ...«

Wir werden von Sadhbh unterbrochen, die ihren Kopf in die Küche streckt: »Der Überraschungsgast ist da, Aisling.«

»Wer denn?«, Majella ist ganz Ohr. »Überraschungsgast? Davon wusste ich ja gar nichts.« Und ich auch nicht. Was hat Sadhbh vor? Maj geht zuerst aus der Küche und rutscht fast auf einem verirrten Würstchen aus, als sie sieht, wer da steht.

Colette Green – und ihre glanzvolle Begleitung. Irlands bekannteste Mode- und Beauty-Bloggerin. Colette küsst Elaine herzlich auf die Wange und begrüßt Sadhbh und Don entzückt. Sie sagt, sie habe gar nicht gewusst, dass es der letzte Schrei sei, sich den Kopf zu rasieren. Don und Colette kennen sich schon ewig, wie sich herausstellt, und da sowohl Elaine als auch Don unaufhörlich von diesem tollen neuen Café geschwärmt haben, konnte sie der Einladung nicht widerstehen. Colette trägt eine Jeans ihrer eigenen Marke, natürlich, mit dem raffinierten eingestickten C auf der Tasche. So elegant, und obwohl es mich umbringen würde, hundertzehn Euro für eine Jeans auszugeben, muss ich zugeben, dass sie sehr schick aussieht. Majella hat zwei davon. Sie ärgert sich bestimmt zu Tode, dass sie heute Abend nicht eine davon anhat.

Sharon schiebt sich durch die Menge und drückt mir eine Flasche in die Hand. Mir fällt auf, dass Zyklop nicht weiter als ein paar Meter von ihr entfernt steht, und endlich ist sie entspannt deswegen. »Zeit für einen Trinkspruch, finde ich.« Es ist der edle Champagner, die Flasche, die James mir vor vielen Monaten geschenkt hat – die Geschenktüte habe ich noch. Als ich aufschaue, begegne ich seinem Blick und hebe die Champagnerflasche zum Dank in seine Richtung. Er schenkt mir ein »Keine Ursache«-Lächeln. Nachdem ich mich mit dem Korken abgemüht habe, mit vielen widersprüchlichen Ratschlägen aus der Menge – »Du musst ihn rausdrücken, Ais«, »Dreh die Flasche gegen den Uhrzeigersinn«, »Zieh kräftig« –, macht es *Plopp,* und alle jubeln. Den Rufen nach einer Rede beuge ich mich nicht, und sie geben sich mit Jubelrufen und einem »For She's a Jolly Good Fellow« zufrieden.

Nach dem Champagner fängt dann auch der Wein richtig an zu fließen, und bald ist Majellas Handy an die Lautsprecher angeschlossen, und es wird zu Take Thats größten Hits getanzt, mit ein paar Klassikern von The Peigs dazwischen, was Don sehr peinlich ist.

Colette ist wie wild auf Snapchat und Instagram zugange und sagt, sie wird alles dafür tun, dass das BallyGoBrunch bekannt wird. Über Carols Würstchen ist sie auch schon ins Schwärmen geraten, obwohl sie so ein Strich in der Landschaft ist, dass ich mich frage, was sie abgesehen von Blättern eigentlich isst. Ein paar Würstchen mehr würden ihr nicht schaden. Ich bin vollauf damit beschäftigt, dem Partyservice im Weg zu stehen, Gläser nachzufüllen, mich mit den Gästen zu unterhalten und James zu meiden. Wie ich Majella gesagt habe, ich finde ihn zu toll. Ich kriege es einfach nicht hin.

Als der Abend fortschreitet und die Fenster des BallyGoBrunch vor guter Laune und Tanzfieber fast wackeln, ziehe ich mich einen Moment ins Büro zurück. Mammy und Constance sind gerade nach Hause gefahren, beschwipst vom Weißwein, und erst, nachdem sie Colette Green das Versprechen abgenommen haben, ihre Jurten zu besuchen. Gerade habe ich meine Pumps abgestreift, als es leise an der Tür klopft.

»Hallo.« O Gott. Die Tür ist angelehnt, und er schiebt sie auf.

»Hi«, ist alles, was ich herausbekomme. Meine Wangen sind tomatenrot. Ich setze mich auf den Schreibtisch, weil meine Beine so zittern.

»Ich wollte mich so langsam auf den ...« James verstummt und sieht mich hoffnungsvoll an.

»O, das musst du nicht«, stottere ich. Ich kann mir gleichzeitig nichts Schlimmeres und nichts Besseres vorstellen.

»Okay. Dann bleibe ich noch.« Er bleibt, wo er ist, sieht mich kurz an und holt dann tief Luft. »Und tue das hier.«

Mit einem Schritt steht er direkt vor mir, seine Lippen landen auf meinen, und er kommt zur Sache. Die Hände in meinen wilden Haaren vergraben, drückt er mich gegen den Schreibtisch, drückt sich an mich. Minutenlang geht das so, musikalisch untermalt von dem Geklapper aus der Küche und dem Singsang von der Tanzfläche.

»Yeah, you and me, we can ride on a star,

If you stay with me, girl,

We can rule the world.«

»Aaaaaisling«, ruft Majella absichtlich laut, während sie näher kommt, und wir lösen uns voneinander und wenden uns der Tür zu wie zwei ertappte Kinder.

»Tut mir leid, dass ich störe«, sagt sie und grinst, »aber Colette und die Mädels wollen jetzt los.«

»O, äh, ja, ich komme sofort.«

»Wisch dir vorher noch das Gesicht ab«, sagt sie verschwörerisch, als sie zur Tür rausgeht. »Und du auch.« Sie zwinkert James zu. Wir sehen einander an und lachen laut los. Mein Lippenstift ist auf unseren beiden Gesichtern verschmiert.

Nach zwei Minuten Schrubben und Kichern gehen wir nach draußen, verabschieden Colettes Truppe und danken Don, der sie nach Dublin mitnimmt. »Du bleibst doch noch, Sadhbhy, oder?«, frage ich nach.

»Natürlich! Ich lasse mir doch Marians Gästezimmerkissen nicht entgehen.« Mammy schmückt das Gästezimmer gerne mit Kissen, das muss ich zugeben.

Als Don und die Mädels zur Tür rausgehen, kommt gerade Shem Moran an und hält etwas im Arm. Oder versucht es vielmehr, denn es zappelt und windet sich wie verrückt.

»Was hast du denn da, Shem?«, rufe ich und spähe in die Dunkelheit. Ich hoffe, er will mir kein lebendes Tier verkaufen. Unsere Verbindung zu einem gewissen Metzger haben wir abgebrochen, aber das heißt nicht, dass ich jetzt ein Lamm selbst schlachte oder einen Truthahn rupfe.

»Leute, ihr werdet es nicht glauben.« Er kann sich kaum halten vor Freude.

Angesichts des Champagners, Weins und der Dunkelheit habe ich keine Ahnung, wovon er redet. Dann ist eindeutig ein Jaulen zu hören, und der Groschen fällt. Ich weiß genau, was das ist. Oder wer das ist.

»Willy!«, schreit Majella. »Daddy, wo hast du ihn gefunden?«

»Billy Foran hat mich vorhin angerufen. Er hat ihn im Schuppen, wo er sein Futter lagert, entdeckt«, ruft Shem. »Seine eigene Hündin ist gerade läufig, und alle Hunde in der Umgebung sind hinter ihr her.«

Es ist ein Wunder. Ein modernes Wunder.

»Er ist ein bisschen abgemagert, und das Fell an seinem Schwanz ist versengt, aber abgesehen davon geht es ihm gut – nicht wahr, mein Kleiner?«, fährt Shem fort und streichelt Willys Bauch. Der Hund genießt die Aufmerksamkeit, und wie!

Dann ist ein weiterer Schrei zu hören. Pablo, der etwas lädiert auf einem Stuhl hängt, hat Willy durchs Fenster gesehen.

»*Dios mío!* Mein kleiner Freund. Mein kleiner Rammelmann. Du bist zu mir zurückgekommen!« Ich glaube, er weint.

»Daddy, bringst du Pablo nach oben? Ich glaube, er hat genug.« Majella hilft Pablo zur Tür, und er verschwindet mit Shem und ruft wieder und wieder Willys Namen.

Neben mir räuspert sich James. »Ich, äh, mach mich jetzt auch auf den Weg«, sagt er mir ins Ohr. »Und lass euch Mädels weitermachen.« Er mustert die Übriggebliebenen. Sinéad, Deirdre und Maeve. Sharon und Carol. Sadhbh und Elaine. Und Ruby, der Technofan, die Majella anbrüllt: »Kein Robbie mehr!«

Er bemerkt meine enttäuschte Miene und flüstert mir ins Ohr: »Zimmer 43 im Mountrath. Bis später.« Er küsst mich auf die Wange, und weg ist er. Mein Gott. Und ich vollkommen kahl.

Ich schaue mir die wilde Mischung von Frauen in meinem Café an, die zur Musik mitbrüllen und begeistert die Fäuste recken. Es ist noch gar nicht so lange her, da hatte ich Angst davor, wieder ganz in Ballygobbard zu leben und mein schönes Leben in Dublin zu vermissen. Aber wenn mich die letzten Wochen etwas gelehrt haben, dann, dass es egal ist, wo man lebt – es kommt darauf an, was man daraus macht. Mit welchen Leuten man sich umgibt. Pablo ist der lebende Beweis dafür. Dann nimmt Sharon mich in den Schwitzkasten, um mich in die tanzende Menge zu ziehen, und wir wiegen uns alle mit verschränkten Armen zur Musik. Die hellen Lichter des BallyGoBrunch leuchten in die Dunkelheit.

»Yeah, you and me, we can ride on a star,
If you stay with me, girl,
We can rule the world.«

DANKSAGUNG

Danke an alle, die *OMG, diese Aisling!* gekauft, darüber gesprochen, auf Facebook dazu gepostet oder es einer Freundin empfohlen haben. Wir sind nach wie vor überwältigt von eurer Liebe.

Danke an unsere Familien und Freunde für ihre immerwährende Unterstützung und dafür, dass sie nie zu viele Fragen gestellt haben, auf die wir keine Antwort gehabt hätten.

Ein besonderer Dank geht an Conor Nagle, der uns überredet hat, Aislings Geschichte zu Papier zu bringen, und an das Team von Gill Books, das unermüdlich daran gearbeitet hat, dass Aisling allen zum Begriff wird.

An unsere Agentinnen Sheila Crowley und Abbie Greaves bei Curtis Brown – ihr seid die besten *bad cops* in der Branche.

Danke auch an Marian Keyes, die seit vielen Jahren unsere Heldin ist – und die wahrscheinlich nie wissen wird, wie unglaublich aufregend es jedes Mal ist, wenn wir darüber reden, wie sehr sie uns geholfen und unterstützt hat.

Alles Liebe an Gavan und Ciara Reilly, unsere Spezialisten in Sachen irischer Sportverband, irische Landfrauen und alles dazwischen.

Und an unsere ersten Leserinnen und Leser: John Boyne, Louise McSharry, Fiona Hyde, Eoin Matthews, Áine Bambrick, Breda Gittons, Deirdre Ball, Sarah Kisch, Richard Toner. Eure Begeisterung und Unterstützung waren Balsam für unsere Seelen. Ein Dank auch an Marianne Gunn O'Connor, Donal

Ryan, Louise O'Neill und Paul Howard für ihre klugen Ratschläge.

Und schließlich an Louise Keegan, die eigentlich doch nur ein winziges bisschen Aisling ist.